biblioteca rao

John Grisham la RAO

27 DE THRILLERE JURIDICE:
...Și vreme e ca să ucizi
Firma
Cazul Pelican
Clientul
Camera morții
Omul care aduce ploaia
Juriul
Partenerul
Avocatul străzii
Testamentul
Frăția
Maestrul
Moștenitorii
Mediatorul
Ultimul jurat
Apelul
Asociatul
Mărturisirea
Litigiul
Șantajul
Șirul de platani
Muntele familiei Gray
Avocatul rebel
Informatorul
Negustorul de manuscrise
Barul Rooster
Ziua răzbunării

2 ROMANE:
Campionul din Arkansas
Calico Joe

2 ROMANE UMORISTICE:
Un altfel de Crăciun
Fotbal și pizza

UN VOLUM DE POVESTIRI:
Ford County

O CARTE DE NONFICȚIUNE:
Nevinovatul

4 ROMANE PENTRU TINERI:
Theodore Boone: Puștiul avocat
Theodore Boone: Răpirea
Theodore Boone: Acuzatul
Theodore Boone: Amenințarea

JOHN GRISHAM

ÎNGERII DREPTĂȚII

Traducere din limba engleză
GABRIEL STOIAN

rao

Descrierea CIP a Bibliotecii Naţionale a României
GRISHAM, JOHN
Îngerii dreptăţii / John Grisham ; trad. din lb. engleză: Gabriel Stoian.
- Bucureşti : RAO Distribuţie, 2020
ISBN 978-606-006-479-4

I. Stoian, Gabriel (trad.)

821.111

RAO Distribuţie
Str. Bârgăului nr. 9–11, sector 1, Bucureşti, România
www.raobooks.com
www.rao.ro

JOHN GRISHAM
The Guardians

Îngerii dreptăţii

2020

ISBN 978-606-006-479-4

Pentru James McCloskey,
„Cel care obţine achitări"

1

Duke Russell nu se face vinovat de crimele incalificabile pentru care a fost condamnat: cu toate acestea, peste o oră și patruzeci și patru de minute, urmează a fi executat pentru ele. Ca întotdeauna în cursul unor nopți îngrozitoare, pe măsură ce ora fatidică se apropie, ceasul pare să ticăie mai grăbit. Am îndurat în alte state două astfel de numărători inverse. Una s-a desfășurat complet, iar omul meu a rostit ultimele lui cuvinte. Celălalt a fost salvat printr-un miracol.

Ceasul ticăie – nu se va întâmpla, cel puțin nu în noaptea asta. S-ar putea ca oamenii care conduc statul Alabama să reușească într-o bună zi să îi servească lui Duke ultima masă, apoi să îi înfigă acul hipodermic în braț – însă nu în noaptea asta. El se află pe lista celor care vor fi executați doar peste nouă ani. În acest stat, durata medie de așteptare este de cincisprezece ani. Dar douăzeci de ani nu e o perioadă neobișnuită. Există un recurs ce se plimbă de colo până colo în Circuitul Unsprezece din Atlanta, iar când acesta va ajunge pe masa consilierului juridic potrivit, peste o oră, execuția va fi amânată. Iar Duke va reveni la ororile detenției solitare și va trăi pentru a muri într-o altă zi.

Duke e clientul meu de patru ani. Echipa lui include o firmă-mamut din Chicago, care a dedicat mii de ore pro bono formării și activității unui grup de militanți împotriva pedepsei cu moartea, care s-a extins din Birmingham. Acum patru ani, când m-am convins că Duke era nevinovat, m-am alăturat grupului ca om de acţiune. În prezent, lucrez la cinci cazuri, toate condamnări incorecte, cel puţin după părerea mea.

L-am văzut pe unul dintre clienţii mei murind. Cred în continuare că era nevinovat, doar că nu am putut dovedi asta în timp util. Unul e de ajuns.

Pentru a treia oară pe ziua de azi, intru în secţiunea celor condamnaţi la moarte şi mă opresc în faţa detectorului de metale care blochează uşa principală, unde doi gardieni încruntaţi îşi apără terenul. Unul dintre ei ţine în mână o mapă cu clemă şi se holbează la mine ca şi cum mi-ar fi uitat numele de la ultima mea vizită acolo, în urmă cu două ore.

– Post, Cullen Post, îi spun nătărăului. Pentru Duke Russell.

Verifică fila prinsă cu clemă de parcă ar conţine informaţii cruciale, apoi descoperă ceea ce caută şi îmi face semn din cap spre un coş din plastic plasat pe o bandă rulantă scurtă. Aşa cum am procedat şi înainte, îmi aşez acolo geanta diplomat şi telefonul.

– Ceasul şi cureaua? întreb, făcând pe deşteptul.

– Nu, mormăie el cu un efort.

Trec prin detector şi sunt lăsat să-mi continui drumul – avocatul inocent reuşeşte să intre corect în secţiunea condamnaţilor la moarte, fără vreo armă asupra lui. Înşfac geanta şi telefonul, apoi îl urmez pe celălalt gardian pe un hol curat lună, până ajungem la un zid din gratii. Dă din cap, comutatoarele scot clinchete şi zăngăneli, gratiile se trag deoparte, apoi ne continuăm drumul pe un alt hol, pătrunzând tot mai adânc în clădirea mizerabilă. După un colţ, câţiva bărbaţi aşteaptă în faţa unei uşi metalice fără fereastră. Patru poartă uniforme, iar doi, costume. Unul dintre cei din urmă este directorul închisorii.

Mă măsoară cu un aer grav şi se apropie de mine.

– Aveţi câteva clipe libere?

– Nu multe, îi răspund.

Ne îndepărtăm de grup ca să purtăm o discuție între patru ochi. Nu e un tip rău, ci doar își face meseria, pe care nu o profesează de multă vreme, astfel că nu a apucat să ordone o execuție. Pe de altă parte, el îmi este dușman și nu va obține de la mine ceea ce vrea.

Ne apropiem unul de celălalt ca doi prieteni, iar el mă întreabă:

– Cum e?

Arunc o privire în jur, ca și cum aș cântări situația, apoi spun:

– Ei bine, nu știu. Pentru mine, e ca o execuție.

– Fiți serios, domnule Post. Avocații noștri spun că e cumplit.

– Avocații dumneavoastră sunt niște idioți. Dar am mai purtat această discuție.

– Hai, lăsați, domnule Post! Care sunt șansele în momentul de față?

– Jumi-juma, spun eu, mințind.

Asta îl nedumerește și nu știe cum să reacționeze.

– Aș dori să-mi văd clientul, spun eu.

– Desigur, zice el cu un glas mai puternic, semn că se simte frustrat.

Nu vrea să se creadă că e dispus să coopereze cu mine, de aceea se îndepărtează brusc. Gardienii se retrag și unul dintre ei deschide ușa.

În camera morții, cu ochii închiși, Duke stă întins pe un pat. Pentru această situație festivă, regulamentul îngăduie un televizor mic, astfel ca el să urmărească orice program dorește. E cu sonorul blocat, iar pe ecran se difuzează știri amețitoare despre incendiile pădurilor din vest. Numărătoarea inversă nu reprezintă o știre importantă pe frontul național.

Pentru ziua execuției, fiecare stat care aplică pedeapsa cu moartea are propriile ritualuri ridicole, toate menite să creeze cât mai mult dramatism posibil. Aici, condamnaților li se îngăduie să aibă un contact nestânjenit cu membrii apropiați ai familiei, într-o spațioasă sală de vizite. La ora zece, condamnatul este mutat în Încăperea Morții, care este alături de Camera de Execuție, unde va fi ucis. Un preot și un avocat au permisiunea de a sta cu el, dar nimeni altcineva. Ultima masă i se serveşte la ora 10.30, iar condamnatul poate comanda orice vrea, mai puţin alcool.

– Cum stăm? îl întreb, în timp ce el se ridică în şezut şi îmi zâmbeşte.

– Niciodată nu m-am simţit mai bine. Ceva veşti?

– Nimic deocamdată, dar încă sunt optimist. Ar trebui să auzim ceva cât de curând.

Duke este alb şi are treizeci şi opt de ani, iar înainte de a fi arestat pentru viol şi crimă, cazierul lui cuprindea două cazuri de conducere sub influenţa alcoolului şi o mulţime de amenzi pentru depăşirea vitezei legale. Absolut niciun act de violenţă. A fost petrecăreţ şi scandalagiu în tinereţe, dar după nouă ani petrecuţi la solitar, s-a liniştit considerabil. Treaba mea e să îl eliberez, ceea ce, pentru moment, pare un vis nebunesc.

Iau telecomanda şi schimb canalele până când ajung la unul din Birmingham, dar tot fără sonor.

– Pari al naibii de încrezător, spune el.

– Îmi pot permite. Nu pe mine mă aşteaptă acul seringii.

– Eşti un om ciudat, Post.

– Destinde-te, Duke!

– Să mă destind? Îşi lasă picioarele pe podea şi zâmbeşte din nou. Având în vedere situaţia, chiar pare relaxat. Râde şi spune: Îl mai ţii minte pe Lucky Skelton?

– Nu.

– Până la urmă l-au căpăcit – acum vreo cinci ani –, dar înainte de asta i-au servit trei mese finale. A ajuns de trei ori în pragul morţii până să o încaseze. Pizza cu cârnaţi şi o Coca-Cola cu cireşe.

– Şi tu ce-ai comandat?

– Friptură de vită cu cartofi prăjiţi şi şase doze de bere.

– Nu m-aş baza pe bere.

– Post, o să mă scoţi de aici?

– Nu în seara asta, dar mă ocup de caz.

– Dacă scap de-aici, mă voi duce direct la un bar și voi bea bere rece până o să cad lat.

– O să merg cu tine. A, uite-l pe guvernator!

Apare pe ecran și dau sonorul mai tare.

Stă în fața unui șir de microfoane, iar reflectoarele camerelor sunt ațintite asupra lui. Costum negru, cravată din cașmir, cămașă albă, fiecare fir de păr dat atent cu gel. O adevărată reclamă ambulantă. Îndeajuns de împovărat, spune:

– Am examinat în amănunt cazul domnului Russell și am discutat îndelung cu investigatorii mei. De asemenea, m-am întâlnit cu familia lui Emily Broone, victima domnului Russell, iar aceasta se opune vehement ideii de clemență. După ce am analizat toate aspectele acestui caz, am hotărât să permit ca această condamnare să rămână definitivă. Poporul și-a spus părerea. Prin urmare, domnului Russell i se refuză clemența.

Rostește aceste cuvinte cu tot dramatismul de care este în stare, apoi, semn că măreţul lui rol s-a încheiat, face o plecăciune și se retrage încet din fața camerelor. Elvis a părăsit clădirea. În urmă cu trei zile, își găsise timp să îmi acorde o audiență de un sfert de ceas, după care analizase discuția noastră „privată" cu reporterii agreați de el.

Dacă analiza făcută de el ar fi fost atât de minuțioasă, ar fi știut că Duke Russell nu avusese nimic de-a face cu violul și uciderea lui Emily Broone, petrecute în urmă cu unsprezece ani. Anulez din nou sonorul și spun:

– Asta nu-i deloc o surpriză.

– A acordat vreodată clemență? întreabă Duke.

– Bineînțeles că nu.

Aud o ciocănitură puternică, apoi ușa se deschide. Intră doi gardieni, unul dintre ei împingând un cărucior cu ultima masă. Apoi dispar. Duke se uită la friptura cu cartofi prăjiți și la felia cam subțire de tort de ciocolată și spune:

– Fără bere.

– Merge şi ceai rece.

Se aşază pe pat şi începe să mănânce. Friptura miroase delicios şi asta îmi aminteşte că nu am mâncat nimic în ultimele douăzeci şi patru de ore.

– Vrei nişte cartofi prăjiţi? mă întreabă el.

– Nu, mulţumesc.

– Nu pot mânca totul. Nu ştiu de ce, dar nu prea mi-e foame.

– Cum a reacţionat mama ta?

Îşi vâră în gură o bucată mare de friptură şi o mestecă încet.

– Nu prea bine, după cum era de aşteptat. Multe lacrimi. A fost de-a dreptul îngrozitor.

Mobilul din buzunarul meu vibrează, astfel că îl scot imediat. Mă uit la numele celui care m-a apelat şi spun:

– Ia te uită!

Îi zâmbesc lui Duke şi îl salut pe cel care m-a sunat. E grefierul de la Circuitul Unsprezece, un tip pe care îl cunosc foarte bine, iar el mă informează că şeful lui tocmai a semnat ordinul de amânare a execuţiei pe motiv că ar fi nevoie de mult mai mult timp pentru a se stabili dacă Duke Russell beneficiase de un proces drept. Îl întreb când va fi anunţată amânarea, iar el îmi spune că imediat.

Mă uit la clientul meu şi spun:

– Ai obţinut o amânare. N-ai parte de ac în seara asta. De cât timp mai ai nevoie ca să-ţi termini friptura?

– Cinci minute, spune el zâmbind cu generozitate, în timp ce mai taie o bucată de friptură.

– Îmi poţi acorda zece minute? îl întreb pe grefier. Clientul meu ar dori să termine de mâncat ultima masă.

Ne ciorovăim puţin şi, în cele din urmă, convenim că timpul acordat este de şapte minute. Îi mulţumesc, închei convorbirea şi formez un alt număr.

– Mănâncă mai repede! îi spun lui Duke.

Pe neaşteptate, şi-a regăsit pofta de mâncare şi pare la fel de fericit precum un porc ce are troaca plină în faţă.

Arhitectul condamnării nedrepte a lui Duke este un procuror dintr-un orășel, pe numele său Chad Falwright. În aceste clipe, așteaptă în clădirea administrației închisorii, aflată la jumătate de milă distanță, pregătit pentru cel mai măreț moment al carierei lui. Se gândește că la ora 11.30 va fi condus la o furgonetă a penitenciarului împreună cu familia Broone și cu șeriful local, ca să ajungă aici, la secțiunea celor condamnați la moarte, pentru a fi duși într-o cămăruță cu o fereastră mare, acoperită cu o draperie. Odată așezat pe un scaun, socotește Chad, vor aștepta momentul în care Duke va fi legat de mâini și de picioare de o targă, având ace înfipte în brațe, iar draperia va fi trasă deoparte într-un mod spectaculos.

Pentru un procuror, nu există un sentiment mai înălțător de realizare decât acela de a asista la o execuție pentru care se face răspunzător.

Însă lui Chad i se va refuza acea satisfacție. Formez numărul lui și îmi răspunde imediat.

– Sunt Post, îi spun. Sunt aici, la secția condamnaților la moarte, și am vești proaste. Circuitul Unsprezece a emis o amânare. S-ar părea că o să te duci târâș până la Verona cu coada între picioare.

Se bâlbâie, apoi reușește să spună:

– Ce dracu' înseamnă asta?

– M-ai auzit bine, Chad. Condamnarea forțată pe care ai obținut-o se destramă și nu vei ajunge lângă scalpul lui Duke, care, trebuie să-ți spun, e foarte aproape de mine. Circuitul Unsprezece are îndoieli privind ideea simplă de proces cinstit, de aceea îl retrimit spre rejudecare. S-a terminat, Chad. Îmi pare rău că ți-am stricat momentul de glorie.

– Post, asta-i o glumă?

– Da, bineînțeles. Aici, aproape de camera morții, toată lumea râde. Te-ai distrat vorbind toată ziua cu reporterii, așa că acum distrează-te cu asta!

A spune că îl urăsc pe acest individ ar reprezenta doar o bagatelizare a lucrurilor.

Pun capăt discuţiei şi mă uit la Duke, care se ospătează în continuare. Având gura plină, mă întreabă:

– O poţi suna pe mama?

– Nu. Aici, doar avocaţii pot folosi telefoane mobile, dar va afla destul de curând. Grăbeşte-te!

Îşi clăteşte gura cu ceai rece şi atacă felia de tort. Iau telecomanda şi dau sonorul mai tare. În timp ce Duke îşi curăţă farfuria, un reporter agitat apare undeva pe teritoriul penitenciarului şi, bâlbâindu-se, ne anunţă că s-a acordat o amânare. Pare buimac şi confuz, dar deruta pluteşte peste tot în jurul lui.

După câteva secunde, se aude un ciocănit în uşă şi în cameră apare directorul. Se uită la ecranul televizorului şi zice:

– Aşadar, presupun că aţi aflat, da?

– Adevărat, domnule director, îmi pare rău că v-am stricat distracţia. Spuneţi-le băieţilor dumneavoastră să se retragă şi vă rog să chemaţi furgoneta pentru mine.

Duke se şterge la gură cu o mânecă a cămăşii şi se pune pe râs.

– Nu mai fiţi atât de dezamăgit, domnule director! spune el.

– Ba nu, de fapt, mă simt uşurat, răspunde directorul, însă adevărul se vede de la o poştă.

Şi el şi-a petrecut ziua vorbindu-le reporterilor şi savurând ideea de a se afla în centrul atenţiei. Cu toate acestea, impresionanta lui alergare cu balonul s-a încheiat cu un *fumble*[1] înaintea liniei de *touchdown*.

– Eu o şterg de-aici, spun şi îi strâng mâna lui Duke.

– Îţi mulţumesc, Post, zice el.

– Ne mai vedem. Mă îndrept spre uşă şi îi spun directorului: Vă rog să îi transmiteţi guvernatorului salutările mele!

Sunt escortat în afara clădirii, iar aerul rece care mă izbeşte puternic în piept mi se pare înviorător. Un gardian mă conduce la o furgonetă a închisorii, fără însemne caracteristice, aflată la câţiva paşi. Urc, iar el închide portiera.

---

[1] În fotbalul american, scăparea balonului din mână de către atacant, în urma atacului unui adversar sau a propriei neîndemânări (n.tr.)

– La poarta principală, îi spun şoferului.

Cât rulăm printre clădirile Penitenciarului Corecţional Holman, mă simt doborât de oboseală şi de foame. Dar şi cuprins de un sentiment de uşurare. Închid ochii, inspir adânc şi încerc să asimilez miracolul că Duke va trăi încă o vreme. Deocamdată, i-am salvat viaţa. Asigurarea libertăţii lui va cere un alt miracol.

Din motive cunoscute doar pentru cei din conducerea penitenciarului, acest loc a fost blocat în ultimele cinci ore, pentru cazul în care deţinuţii furioşi ar fi organizat o revoltă de gen Bastilia şi ar fi luat cu asalt secţiunea celor condamnaţi la moarte pentru a-l salva pe Duke. Acum, blocajul se relaxează; agitaţia a dispărut. Forţele de ordine suplimentare aduse aici pentru menţinerea liniştii şi ordinii se retrag şi tot ce vreau e să mă aflu cât mai departe de acest loc. Maşina mea este într-o mică parcare din apropierea porţii principale, unde echipele de televiziune îşi strâng echipamentele şi se pregătesc să plece spre casă. Îi mulţumesc şoferului, urc în micul meu SUV şi plec în grabă. După cinci kilometri, opresc la un magazin sătesc, închis la această oră, ca să dau un telefon.

Numele lui este Mark Carter. Alb, în vârstă de treizeci şi trei de ani, Mark locuieşte într-o casă închiriată din oraşul Bayliss, aflat cam la cincisprezece kilometri de Verona. În dosarele mele apar câteva fotografii ale casei, ale camionetei lui şi ale actualei lui prietene. În urmă cu unsprezece ani, Carter a violat-o şi a ucis-o pe Emily Broone, iar acum nu îmi rămâne decât să dovedesc acest lucru.

Îl apelez folosind un telefon cu cartelă preplătită, cu un număr pe care nu s-ar cuveni să îl deţin. După cinci apeluri, îmi răspunde:

– Alo!

– Domnul Mark Carter?

– Cine vrea să ştie asta?

– Nu mă cunoşti, Carter, dar îţi telefonez din închisoare. Duke Russell tocmai a obţinut o amânare, de aceea, cu regret, te informez că deocamdată cazul e nesoluţionat. Te uiţi la televizor?

– Cine eşti?

– Sunt convins că te uiţi la televizor, stând acolo, pe fundul tău umflat, alături de prietena ta, şi rugându-te ca statul să-l ucidă pe Duke pentru crima comisă de tine. Eşti un gunoi, Carter, dorindu-ţi ca eu să-l văd murind pentru ceva ce ai comis tu. Eşti un laş!

– Să mi-o spui în faţă!

– Ah, am s-o fac, Carter, într-o bună zi, în sala de tribunal. Voi descoperi probe şi, foarte curând, Duke va fi eliberat. Iar tu o să-i iei locul. Sunt cu ochii pe tine, Carter.

Pun capăt convorbirii înainte ca el să apuce să mai scoată vreo vorbă.

2

Cum benzina e ceva mai ieftină decât camera la un motel modest, îmi petrec mult timp conducând pe întuneric pe drumuri aproape pustii. Ca întotdeauna, îmi spun că o să dorm mai târziu, ca și cum o hibernare lungă m-ar aștepta foarte curând. Adevărul este că trag mereu câte un pui de somn, dar dorm rareori cu adevărat, și e posibil ca acest lucru să nu se schimbe. M-am înhămat la poverile oamenilor nevinovați care putrezesc în închisori, în vreme ce violatorii și ucigașii umblă liberi.

Duke Russell a fost condamnat într-un orășel anonim, populat de țărănoi. Jumătate dintre jurați abia dacă știau să silabisească și toți au fost trași pe sfoară cu ușurință de doi experți falși și infatuați aduși la bară de Chad Falwright. Primul era un dentist pensionat, dintr-un orășel din Wyoming, iar felul în care și-a croit drum până în Verona e o altă poveste. Cu un aer autoritar și grav, purtând un costum elegant și având un vocabular impresionant, el a depus mărturie susținând că toate cele trei înțepături de pe brațele lui Emily Broone fuseseră provocate de dinții lui Duke. Clovnul acela își câștigă existența depunând mărturii peste tot, întotdeauna în favoarea acuzării și întotdeauna pentru onorarii frumușele, iar după mintea lui sucită, un viol e îndeajuns de violent doar dacă atacatorul reușește, într-un fel sau altul, să își muște victima destul de tare pentru a lăsa urme.

O asemenea teorie ridicolă și nefundamentată ar fi trebuit dată în vileag la interogatoriul luat de avocatul apărării, însă acesta era fie beat, fie dormea pe el.

Cel de-al doilea expert venea de la laboratorul criminalistic al statului. Domeniul lui de specializare era, și încă este, analiza firelor de păr. Pe cadavrul lui Emily se descoperiseră șapte fire de păr pubian, iar individul a convins juriul că acestea erau ale lui Duke. Neadevărat. Probabil că erau ale lui Mark Carter, dar nu știm asta. Deocamdată. Țăranoii locali care s-au ocupat de anchetă manifestaseră doar un interes trecător față de Carter ca suspect, cu toate că el era ultima persoană văzută cu Emily în seara în care ea dispăruse.

Analiza părului și a urmelor de mușcături a fost discreditată în mai toate jurisdicțiile dezvoltate. Ambele fac parte din domeniul patetic și mereu schimbător de cunoaștere, cunoscut în batjocură în mediul avocaților apărării drept „știință inutilă". Doar Dumnezeu știe câți oameni nevinovați îndură sentințe de ani și ani din cauza experților nepricepuți și a teoriilor lor nefondate privind vinovăția!

Orice avocat al apărării care își merită numele cu adevărat s-ar fi distrat copios cu acei doi experți în cadrul interogatoriului, dar cel al lui Duke nu și-a meritat nici măcar cei trei mii de dolari plătiți de stat. În realitate, el nu valora nimic. Avea puțină experiență în domeniul penal, duhnea a alcool în timpul procesului, era pregătit jalnic și credea în vinovăția clientului său. A fost prins de trei ori conducând sub influența alcoolului după proces și a fost dat afară din avocatură, iar în cele din urmă a murit de ciroză.

Iar eu trebuie să descopăr elementele lipsă din proces și să găsesc dreptatea.

Însă nimeni nu m-a angajat ca să rezolv cazul. Ca întotdeauna, lucrez într-un fel de voluntariat.

Sunt pe autostrada interstatală, îndreptându-mă spre Montgomery, la două ore și jumătate de mers, astfel că am timp destul ca să îmi fac planuri. Dacă aș opri la un motel, oricum nu aș fi în stare să dorm. Sunt prea stârnit de acest miracol petrecut în ultima clipă, pe care parcă l-am scos din joben. Îi transmit un mesaj de mulțumire consilierului juridic din Atlanta. Îi trimit un mesaj și șefei mele, care, sper eu, acum doarme.

Numele ei este Vicki Gourley și lucrează în micul birou al fundației noastre dintr-un cartier vechi din Savannah. A înființat Guardian Ministries[1] acum doisprezece ani, cu bani proprii. Vicki e o creștină practicantă și socotește că munca ei este dictată direct de Scripturi. Iisus a spus să nu îi uităm pe deținuți. Nu își petrece mult timp prin închisori, dar lucrează cincisprezece ore pe zi încercând să îi elibereze pe cei nevinovați. Cu ani în urmă, făcuse parte dintr-un juriu care socotise un tânăr vinovat de o crimă, acesta fiind condamnat la moarte. Condamnarea nedreaptă fusese scoasă la iveală doi ani mai târziu. Procurorul ascunsese dovezi dezvinovățitoare și solicitase mărturii false de la un ciripitor aflat în închisoare. Polițiștii plantaseră dovezi incriminatoare și îi mințiseră pe jurați. Când adevăratul ucigaș fusese identificat cu ajutorul probelor ADN, Vicki le vânduse firma sa de instalat pardoseli nepoților ei, iar cu banii înființase Guardian Ministries.

Eu am fost primul ei angajat. Acum mai avem unul.

E un liber-profesionist pe nume François Tatum, un negru de patruzeci și patru de ani, care, pe când era adolescent, își dăduse seama că viața în zona rurală din Georgia i-ar fi fost mai ușoară dacă s-ar fi numit Frankie, nu François. Se parc că mama lui avea în vene ceva sânge haitian, astfel că le dăduse copiilor ei nume franțuzești, cu totul neobișnuite în acel colț îndepărtat al lumii vorbitoare de limbă engleză.

Frankie a fost primul om a cărui eliberare a fost obținută de mine. Când îl cunoscusem, ispășea o condamnare pe viață pentru o crimă comisă de altcineva. Pe vremea aceea lucram ca preot la o bisericuță episcopală din Savannah. Îmi desfășuram activitatea de preot și la închisoare și așa îl cunoscusem pe Frankie. Era obsedat de nevinovăția lui și vorbea doar despre asta. Era inteligent și extrem de educat, astfel că învățase legile pe dinafară. După două vizite, mă lăsasem convins de nevinovăția lui.

---

[1] Aproximativ, Preoții Păzitori (în lb. engleză în text, n.tr.)

În cursul primei faze a carierei mele de jurist, apărasem oameni care nu își puteau permite un avocat. Avusesem sute de clienți, iar curând ajunsesem în punctul în care presupuneam că toți erau vinovați. Nu mă gândisem nicio clipă la soarta celor condamnați pe nedrept. Frankie schimbase total acest mod de gândire. Mă adâncisem în investigarea cazului său și îmi dădusem seama imediat că aș fi putut dovedi nevinovăția lui. Apoi o cunoscusem pe Vicki, iar ea îmi oferise o slujbă plătită chiar mai prost decât activitatea mea de preot. Situația a rămas la fel.

Așadar, François Tatum a devenit primul client pe care l-a avut Guardian Ministries. După paisprezece ani de detenție, fusese abandonat cu totul de familie. Își pierduse toți prietenii. Mama lui îi abandonase pe el și pe frații lui în pragul casei unei mătuși și nu mai apăruse niciodată. Nu-și cunoscuse tatăl. Când îl cunoscusem în închisoare, fusesem primul lui vizitator după doisprezece ani. Această neglijare pare îngrozitoare, dar exista și o rază de speranță. După ce fusese eliberat și absolvit de orice vină, Frankie primise o groază de bani din partea statului Georgia și a celor care îl închiseseră. Și cum nu avea nici familie, nici prieteni care să îi ceară bani, reușise să fie liber ca o fantomă care nu lasă urme. Are un mic apartament în Atlanta și o căsuță poștală în Chatanooga și își petrece mai tot timpul pe drum, bucurându-se de spațiile deschise. Și-a îngropat banii în diferite bănci din sud, ca să nu îi poată găsi nimeni. Evită orice relație, pentru că a fost rănit în toate cele pe care le-a avut. Pe de altă parte, se teme tot timpul că cineva poate încerca să îl stoarcă de bani.

Frankie nu are încredere decât în mine. După soluționarea cazului său, îmi oferise un onorariu generos. Refuzasem. Își câștigase fiecare bănuț cât supraviețuise în închisoare. Când mă înrolasem în Guardian, făcusem un jurământ de austeritate. Dacă clienții mei pot supraviețui cu doi dolari pe zi pentru mâncare, pot și eu să reduc orice cheltuieli.

Ajuns la est de Montgomery, opresc într-o parcare pentru camioane din apropiere de Tuskegee. E încă întuneric, nu s-a făcut nici ora șase dimineața, iar parcarea presărată cu pietriș e plină de camioane mari, ale căror motoare torc în vreme ce șoferii dorm sau își iau dejunul. Cafeneaua e aglomerată, iar mirosul pătrunzător de bacon și cârnați mă izbește când intru. Din partea din spate a localului, cineva îmi face semn cu mâna. Frankie a reușit să ocupe un separeu.

Cum ne aflăm în zona rurală a Alabamei, ne salutăm printr-o strângere serioasă de mână în locul îmbrățișării la care ne-am gândit amândoi. Doi bărbați, unul negru și celălalt alb, îmbrățișându-se într-un local înțesat de șoferi, ar putea atrage o privire sau două, deși nouă nu ne-ar păsa deloc. Frankie are mai mulți bani decât toți tipii ăștia la un loc și a rămas zvelt și alert ca pe vremea detenției. Nu îi plac încăierările. Pur și simplu, degajă un aer și o încredere care le descurajează.

– Felicitări, spune el. A fost pe muchie de cuțit.

– Duke tocmai începuse să-și mănânce ultima masă când am primit apelul. A trebuit să mănânce în grabă.

– Dar tu erai încrezător.

– Mimam, iar asta e ceva obișnuit pentru un avocat uns cu toate alifiile. Lăuntric, simțeam că mi se strânge stomacul.

– Pentru că tot ai adus vorba, sunt convins că ești rupt de foame.

– Da, așa e. Când am ieșit din închisoare l-am sunat pe Carter. Nu m-am putut abține.

Se încruntă vag și spune:

– Înțeleg. Sunt convins că ai avut un motiv.

– Nu prea grozav. Dar eram prea sictirit ca să n-o fac. Tipul stătea acasă numărând minutele până când Duke avea să fie injectat. Îți închipui cum stă treaba, să fii adevăratul ucigaș și să ovaționezi de pe margine când altcineva este executat? Frankie, trebuie să-l prindem!

– Așa vom face.

Apare o chelneriță, iar eu comand ouă și cafea. Frankie vrea clătite și cârnați.

Știe despre cazurile mele la fel de multe ca și mine. Citește fiecare dosar, fiecare raport și fiecare transcriere a proceselor. E ciudat că Frankie ajunge într-un loc precum Verona, Alabama, unde n-a fost văzut niciodată, căutând informaţii. E neînfricat, dar nu riscă niciodată, pentru că nu vrea să fie luat prin surprindere. Noua lui viaţă e prea frumoasă, iar libertatea lui e extrem de preţioasă, tocmai pentru că a îndurat atât de multe cât timp ea i-a lipsit.

– Trebuie să facem rost de ADN-ul lui Carter, spun. Într-un fel sau altul.

– Ştiu, ştiu... Mă ocup de asta. Şefu', ai nevoie de odihnă.

– Asta-i o noutate? Şi, după cum bine ştim amândoi, fiind avocat, nu pot obţine ADN-ul lui decât prin mijloace ilegale.

– Dar eu *pot*, adevărat?

Zâmbeşte şi soarbe din cafea. Chelneriţa mi-o aduce pe a mea şi îmi umple ceaşca.

– Probabil. Discutăm mai târziu despre asta. În următoarele câteva săptămâni, o să fie speriat din cauza telefonului meu. Asta-i bine. La un moment dat, o să facă un pas greşit şi vom fi acolo.

– Acum unde mergi?

– Savannah. Stau acolo două zile, apoi plec în Florida.

– Florida. Seabrook?

– Da, Seabrook. Am hotărât să preiau cazul.

Faţa lui Frankie nu dezvăluie niciodată prea multe lucruri. Clipeşte rareori şi are vocea controlată şi egală, ca şi cum şi-ar cântări fiecare cuvânt. Supravieţuirea în închisoare impune să ai o faţă de jucător de pocher. Perioadele lungi de singurătate erau cu totul obişnuite.

– Eşti sigur? mă întreabă el.

Este evident că are îndoieli în privinţa lui Seabrook.

– Tipul e nevinovat, Frankie. Şi n-are avocat.

Chelneriţa ne aduce platourile şi ne facem de lucru cu untul, siropul şi sosul condimentat. Cazul Seabrook stă în biroul nostru de aproape trei ani, iar noi, personalul, am tot analizat dacă să ne implicăm sau nu. Acest lucru nu e neobişnuit în meseria noastră. Aspect deloc surprinzător, Guardian e asaltată de corespondenţa deţinuţilor din cincizeci de state şi toţi susţin că sunt nevinovaţi. Marea majoritate nu sunt, de aceea verificăm și reverificăm, fiind selectivi și alegând cu grijă doar cazurile celor care își susțin cu tărie nevinovăția. Și tot facem greșeli.

– Acolo ar putea fi o situație foarte primejdioasă, spune Frankie.

– Știu. Am amânat prea mult cazul. În vremea asta, el numără zilele, executând pedeapsa în locul altuia.

Încă neconvins, mestecă o clătită și dă ușor din cap.

– Când am fugit de o confruntare serioasă, Frankie? îl întreb.

– Poate că acum ar fi momentul să sari peste ea. Doar refuzi cazuri în fiecare zi, nu? Poate că ăsta e mai periculos decât toate celelalte. Ai destui clienți potențiali.

– Te-ai înmuiat?

– Nu. Doar că nu vreau să pățești ceva. Cullen, pe mine nu mă vede nimeni. Trăiesc și lucrez în umbră. Însă numele tău rămâne pe petiții. Te apuci să scormonești într-un loc îngrozitor ca Seabrook și s-ar putea să superi niște oameni răi.

Îi zâmbesc și îi spun:

– Un motiv în plus ca s-o fac.

*

Când plecăm din cafenea, soarele e sus, pe cer. Ajunși în parcare, ne îmbrățișăm bărbătește și ne luăm rămas-bun. Nu am habar încotro pleacă și asta e partea frumoasă în ceea ce-l privește pe Frankie. Se trezește liber în fiecare dimineață, îi mulțumește Domnului pentru norocul lui, urcă în camioneta sa ultimul model, cu patru locuri, însă doar cu două uși, și urmează soarele.

Libertatea lui îmi dă vigoare și mă face să merg mai departe. Dacă nu ar fi existat Guardian Ministries, ar putrezi în închisoare și acum.

3

Nu există o rută directă între Opelika, Alabama și Savannah. Părăsesc autostrada interstatală și încep să merg șerpuit prin centrul Georgiei pe șosele cu două benzi, care se aglomerează pe măsură ce dimineața se scurge. Am mai trecut pe aici. În ultimii zece ani, am condus practic pe fiecare autostradă ce trece prin Centura Morții[1], din Carolina de Nord spre Texas. Cândva, am fost pe punctul să accept un caz din California, dar Vicki nu a fost de acord. Nu-mi plac călătoriile cu avionul, iar Guardian nu și-ar putea permite costurile de zbor. De aceea conduc o groază de timp, cu multă cafea și cărți audio. Și trec de la perioade de tăcere și gândire profundă la reprize frenetice la telefon.

Într-un orășel, trec prin dreptul tribunalului comitatului și văd trei avocați tineri în cele mai bune costume ale lor, intrând precipitați în clădire, pentru a rezolva neîndoielnic un caz important. Nu cu mult timp în urmă, unul dintre ei aș fi putut fi eu.

Aveam treizeci de ani când am renunțat la avocatură pentru prima oară, iar asta dintr-un motiv întemeiat.

*

Dimineața aceea a început cu știrea oribilă că doi adolescenți albi de șaisprezece ani fuseseră găsiți morți, cu beregatele tăiate. Ambii fuseseră mutilați sexual. Evident, parcaseră într-o zonă îndepărtată din comitat și fuseseră atacați de un grup de adolescenți

---

[1] Centura Morții mărginește statele care aplică pedeapsa cu moartea. (n.tr.)

negri, care le furaseră mașina. Aceasta fusese găsită câteva ore mai târziu: cineva din cadrul bandei ciripise. Se efectuaseră arestări. Se prezentaseră amănunte.

Acela a fost subiectul principal al știrilor de dimineață la Memphis. Violențele din noaptea precedentă au ajuns astfel la urechile unui public dur, care trăia punându-și marea întrebare: „Cât mai putem îndura așa ceva?" Cu toate acestea, știrea era șocantă și pentru cei din Memphis.

Eu și Brooke am urmărit știrile din pat, sorbind, ca de obicei, din primele cești de cafea ale zilei. După ce am ascultat prima prezentare, am murmurat:

– Ar putea fi groaznic.

– Dar *este* groaznic, m-a corectat ea.

– Știi la ce mă refer.

– O să te alegi cu vreunul dintre ei?

– Începe-ți rugăciunea, am spus.

În momentul în care am intrat la duș, mă simțeam deja rău și mă întrebam cum să evit sarcina. Îmi pierise pofta de mâncare, așa că am sărit peste dejun. În timp ce ieșeam din baie, mi-a sunat telefonul. Supervizorul meu mi-a spus să mă grăbesc. Am sărutat-o pe Brooke de rămas-bun și i-am zis:

– Urează-mi noroc! O să am parte de o zi lungă.

Biroul apărătorului public era spre centru față de Complexul de Justiție Criminală. La ora opt, când am ajuns acolo, locul amintea de o morgă. Fiecare părea să se ascundă în biroul lui, încercând să evite până și contactul vizual. Câteva minute mai apoi, supervizorul ne-a convocat pe toți într-o sală de conferințe. La Infracțiuni cu Violență eram șase oameni și, cum lucram în Memphis, aveam o sumedenie de clienți. Având treizeci de ani și fiind cel mai tânăr dintre ei, mi-am dat seama când am privit în jur că urma să fiu însărcinat cu acel caz.

Șeful nostru a spus:

– Se pare că sunt cinci, în prezent închiși, cu vârste între cincisprezece și șaptesprezece ani. Doi au fost de acord să dea declarații.

Se pare că i-au descoperit pe cei doi pe bancheta din spate a mașinii băiatului, unde se giugiuleau. Patru dintre cei cinci acuzați aspiră să fie primiți în bandă, care se cheamă Ravens[1], și, pentru a fi inițiați, trebuie să violeze o fată albă. Una cu părul blond. Crissy Spangler era blondă. Șeful bandei, un anume Lamar Robinson, a dat ordinele. Pe băiat, pe nume Will Foster, l-au legat de un copac și l-au silit să urmărească totul în timp ce ei o violau cu rândul pe Crissy. Cum el nu voia să tacă, l-au castrat și i-au tăiat beregata. Urmează să primim fotografii de la poliția din Memphis.

Toți șase eram oripilați și am rămas muți când am priceput realitatea. Am aruncat o privire spre o fereastră închisă: saltul cu capul înainte spre parcare mi s-a părut ceva rațional.

Șeful a continuat:

– Au luat mașina lui Will și au trecut pe roșu într-o intersecție de pe South Third... deștepți băieții! Polițiștii i-au reținut pe trei dintre ei și, observând pete de sânge pe hainele lor, i-au dus la secție. Doi au început să vorbească și au prezentat amănuntele, susținând că, de fapt, ceilalți au comis fapta, dar că mărturiile lor îi implică pe toți cinci. Autopsiile se vor face în dimineața asta. Inutil să vă spun că suntem implicați până peste cap. Înfățișările inițiale sunt programate pentru ora două în după-amiaza asta și vom avea parte de un adevărat circ. Reporterii viermuiesc peste tot, iar amănuntele se scurg ceva de speriat.

M-am apropiat discret de fereastră, dar l-am auzit spunând:

– Post, ție îți revine un băiat de cincisprezece ani, pe nume Terrence Lattimore. Din câte știm, n-a făcut nicio declarație.

După ce s-au făcut și celelalte repartizări, supervizorul a spus:

– Plecați imediat spre închisoare ca să vă întâlniți cu noii voștri clienți. Informați-i pe polițiști că nu trebuie interogați decât în prezența voastră. Ăștia sunt membrii unei bande și probabil că nu vor coopera, cel puțin nu în etapa asta a anchetei.

---

[1] Corbii (în lb. engleză în text, n.tr.)

După ce a încheiat, s-a uitat la fiecare dintre noi, cei nefericiți, și a spus:

– Îmi pare rău!

O oră mai târziu intram pe ușa închisorii orașului, când cineva, probabil o reporteră, a strigat spre mine:

– Îl reprezentați pe vreunul dintre acei ucigași?

M-am prefăcut că nu am auzit-o și am continuat să merg.

Când am pătruns în mica încăpere de detenție, Terrence Lattimore era încătușat de încheieturile mâinilor și de glezne și legat de un scaun metalic. După ce am rămas singuri, i-am explicat că mi se repartizase cazul lui și că trebuia să îi pun câteva întrebări, pentru început doar chestiuni esențiale. Nu m-am ales decât cu un rânjet și cu o privire disprețuitoare. Chiar dacă avea numai cincisprezece ani, era un puști uns cu toate alifiile. Călit în luptă, ca orice membru al unei bande care se ocupă de droguri și violențe. Mi-a spus că nu avea nicio adresă și m-a sfătuit să stau departe de familia lui. Cazierul lui cuprindea două exmatriculări din școală și patru acuzații în tribunalul pentru minori, toate presupunând violențe.

Spre amiază, eram pregătit să mă resemnez și să plec în căutarea altei slujbe. Cu trei ani în urmă, când mă angajasem la biroul departamentului de poliție, o făcusem doar pentru că nu reușisem să îmi găsesc un post la o firmă. Iar după trei ani în care trudisem în haznaua sistemului nostru de justiție criminală, mă întrebam cât se poate de serios de ce alesesem Facultatea de Drept. Chiar nu îmi aminteam de ce. Cariera mă punea zi de zi în contact cu oameni pe care n-aș fi vrut să îi întâlnesc în afara tribunalului.

Masa de prânz era exclusă, fiindcă nimeni aflat în situația mea nu ar fi fost în stare să înghită mâncare. Cei cinci care fuseserăm aleși ne-am întâlnit apoi cu supervizorul și am văzut fotografiile făcute la locul faptei! Am citit după aceea rapoartele autopsierilor. Orice aș fi mâncat ar fi ajuns pe podea.

Ce naiba făceam cu viața mea? Ca avocat al apărării, mă îngrețoșa deja întrebarea: „Cum poți reprezenta o persoană despre care știi că este vinovată?“ Îmi oferisem mereu răspunsul tipic pentru absolvenții de Drept: „Ei bine, fiecare are dreptul la o apărare cinstită. Așa sună Constituția“.

Însă nu mai credeam asta. Adevărul este că există unele crime care sunt atât de odioase și de crude, încât ucigașul ar trebui fie (1) să fie ucis, în cazul în care crezi în pedeapsa capitală, fie (2) izolat pe viață, dacă nu crezi în pedeapsa cu moartea. Când am plecat de la acea ședință îngrozitoare, nu mai știam ce să cred.

M-am întors în biroul meu cât o celulă, care măcar avea o ușă ce putea fi încuiată. De la fereastră, am văzut pavajul de jos și m-am imaginat sărind și plutind în siguranță până pe o plajă exotică, unde viața era splendidă și unde tot ce îmi provoca griji era legat de următoarea băutură rece. Lucru ciudat, Brooke nu era alături de mine în visul acesta. Sunetul telefonului de pe biroul meu m-a trezit la realitate.

Nu visasem, ci halucinasem. Totul a început să se deruleze cu mișcări încetinite, astfel că mi-a fost greu să spun „alo“. Persoana s-a prezentat drept o reporteră care voia să îmi pună câteva întrebări despre crime. Ca și cum aș fi avut de gând să discut cazul cu ea. Am închis. După o oră, nu îmi aminteam să fi făcut ceva. Eram amorțit și îngrețoșat și voiam doar să fug din clădire. Mi-am amintit să o sun pe Brooke ca să îi transmit vestea îngrozitoare că trebuia să mă ocup de unul dintre cei cinci făptași.

Prima înfățișare, de la ora două după-amiaza, a fost mutată dintr-o sală mică de tribunal în alta mai spațioasă, care tot nu s-a dovedit suficient de încăpătoare. Din cauza ratei mari a criminalității, Memphisul avea nenumărați polițiști, iar cei mai mulți dintre ei se aflau în clădire în acea după-amiază. Au blocat ușile și au percheziționat toți reporterii și toți spectatorii. În sala de tribunal, stăteau în rând câte doi pe intervalul central, aliniați de-a lungul a trei pereți.

Vărul lui Will Foster era pompier în Memphis. Acesta a sosit însoțit de un grup de colegi, care păreau pregătiți să atace dintr-o clipă în alta. Câțiva negri s-au retras într-un colț din spate, de pe cealaltă latură a sălii, cât mai departe posibil de familiile victimelor. Reporterii se împrăştiaseră peste tot, dar fără camere de filmat. Curioşi, avocaţii care nu aveau nicio treabă acolo se buluceau în sală.

Am pătruns în camera juraţilor printr-o intrare de serviciu şi m-am strecurat pe o uşă ca să văd mulţimea. Sala era plină ochi de oameni. Încordarea era maximă, aproape palpabilă.

Judecătorul şi-a ocupat locul pe bancă şi a cerut să se facă linişte. Cei cinci acuzaţi au fost aduşi în sală, cu toţii în treninguri similare, de culoare oranj, şi înlănţuiţi împreună. Spectatorii au căscat ochii spre ei. Artiştii desenau de zor. Alţi poliţişti au alcătuit un şir în spatele celor cinci, drept scut. Acuzaţii au rămas în faţa judecătorului, toţi cu privirea spre pantofii din picioare. Din spatele sălii a răsunat un glas puternic şi asurzitor:

– Eliberaţi-i, la naiba! Eliberaţi-i!

Poliţiştii s-au grăbit să îl reducă la tăcere pe acel bărbat.

O femeie înlăcrimată a scos un ţipăt ascuţit.

M-am plasat în spatele lui Terrence Lattimore, la fel ca şi colegii mei. Când am făcut asta, am aruncat o privire spre oamenii care stăteau în apropiere, în primele două rânduri. Se vedea că erau din familiile victimelor şi s-au uitat la mine cu o ură neascunsă.

Eram urât de clientul meu. Detestat de victimele lui. Ce Dumnezeu căutam în acea sală de tribunal?

Judecătorul a bătut cu ciocanul în masă şi a spus:

– Vă anunţ că ţin să păstrez ordinea în tribunal. Aceasta este prima înfăţişare, iar scopul ei este stabilirea identităţii acuzaţilor şi asigurarea că ei sunt reprezentaţi de un avocat. Nimic altceva. Acum, cine e domnul Lamar Robinson?

Robinson a ridicat capul şi a bâiguit ceva.

– Ce vârstă ai, domnule Robinson?

– Şaptesprezece ani.

– Domnişoara Julie Showalter de la biroul apărătorului public a fost numită să te reprezinte. Te-ai întâlnit cu ea?

Colega mea, Julie, a făcut un pas în faţă şi a rămas între Robinson şi următorul acuzat. Întrucât acuzaţii erau înlănţuiţi strâns unul de altul, avocaţii nu se puteau apropia prea mult. Cătuşele şi lanţurile erau întotdeauna scoase în tribunal, iar faptul că acest lucru nu se întâmplase în cazul lor spunea multe despre dispoziţia judecătorului.

Robinson s-a uitat scurt spre Julie, aflată puţin în dreapta lui, şi a ridicat din umeri.

– Pot avea un avocat de culoare? a întrebat el.

– Poţi angaja pe oricine doreşti. Ai bani pentru a plăti un avocat privat?

– Probabil.

– Bine, discutăm mai târziu despre asta. Următorul este domnul Terrence Lattimore.

Acesta s-a uitat la judecător de parcă ar fi vrut să îi taie şi lui beregata.

– Ce vârstă ai, domnule Lattimore?

– Cincisprezece ani.

– Ai bani pentru un avocat privat?

El a scuturat din cap, în semn că nu avea.

– Vrei să fii reprezentat de domnul Cullen Post de la biroul avocaţilor din oficiu?

Lattimore a dat din umeri ca şi cum nu s-ar fi sinchisit.

Judecătorul s-a uitat la mine şi m-a întrebat:

– Domnule Post, ai discutat cu clientul?

Domnul Post nu a putut răspunde însă. Am deschis gura, dar n-am putut articula nicio vorbă. Am făcut un pas înapoi şi am continuat să privesc spre scaunul de pe care judecătorul se uita nedumerit la mine.

– Domnule Post!

În sala tribunalului se instauraseră tăcerea şi nemişcarea, însă în urechi simţeam un sunet ascuţit şi sfredelitor care mi se părea absurd. Genunchii mi s-au înmuiat, iar respiraţia a devenit chinuită. Am făcut încă un pas în spate, apoi m-am întors şi mi-am croit drum prin zidul alcătuit de polițiști. Am ajuns la bară, am deschis poarta rabatabilă aflată la nivelul genunchilor și am pornit pe intervalul central. Am trecut apoi pe lângă polițiști, atingându-i, dar niciunul nu a încercat să mă oprească. Onorata instanță a rostit ceva de genul:

– Domnule Post, unde vă duceți?

Domnul Post nu avea habar însă.

Am trecut de ușa principală, lăsând în urmă sala de tribunal, și m-am dus direct la toaleta bărbaților, unde m-am încuiat într-o cabină și am vărsat. Am icnit și m-am înecat până când în stomac nu mi-a mai rămas nimic, apoi m-am apropiat de o chiuvetă și m-am spălat pe față. Aveam ciudata senzație că mă aflu pe o scară mobilă, dar nu percepeam timpul, spațiul, sunetele sau mișcările. Nici nu îmi aduc aminte cum am ieșit din clădire.

Mă aflam în mașină, conducând spre est pe Poplar Avenue, îndepărtându-mă de centrul orașului. Fără să vreau, am trecut pe roșu într-o intersecție și am evitat la mustață ceea ce ar fi fost o ciocnire urâtă. Am auzit claxoane furioase în urma mea. La un moment dat, mi-am dat seama că îmi uitasem geanta diplomat în tribunal, iar asta m-a făcut să zâmbesc. Nu aveam să o mai văd niciodată.

Părinții mamei mele locuiau într-o mică fermă aflată la șaisprezece kilometri la vest de Dyersburg, orășelul meu natal. Am sosit acolo undeva după-amiază. Pierdusem cu totul noțiunea timpului și nu îmi aduc aminte când am luat hotărârea de a mă duce acasă. Bunicii mei s-au arătat surprinși văzându-mă – mi-au spus ei mai târziu –, dar și-au dat seama imediat că aveam nevoie de ajutor. M-au luat la întrebări, dar toate nedumeririle lor s-au ciocnit de privirea mea goală, pustiită. M-au așezat în pat și au sunat-o pe Brooke.

Târziu în acea noapte, medicii m-au așezat într-o ambulanță. Având-o pe Brooke alături, am călătorit trei ore până la un spital psihiatric din apropiere de Nashville. În Memphis nu erau paturi disponibile și oricum nu voiam să mă întorc acolo. În zilele următoare am început tratamentul, dar și sesiuni îndelungi cu psihiatri, așa că, treptat, am început să stăpânesc situația în privința căderii mele psihice. După o lună, am fost anunțați că firma de asigurări nu mai finanța tratamentul. Era momentul să dispar și eram pregătit să părăsesc acel loc.

Am refuzat să mă întorc în apartamentul nostru din Memphis, astfel că am locuit după aceea la bunici. În acea perioadă, eu și Brooke am hotărât să punem capăt căsătoriei noastre. Cam după un an și jumătate de căsnicie, amândoi ne dăduserăm seama că nu ne puteam petrece restul vieții împreună și că încercarea de a continua n-avea să însemne decât multă suferință. Acest aspect nu a fost discutat în acele momente, căci rareori ne contram și ne certam. Într-un fel sau altul, în cursul acelor zile întunecate de la fermă, am găsit amândoi curajul să discutăm în mod deschis. Încă ne iubeam, dar deja ne îndepărtam unul de celălalt. La început, am convenit să încercăm o despărțire de un an prin instanță, dar chiar și ideea asta a fost abandonată. Nu am învinuit-o niciodată că m-a părăsit din cauza căderii mele nervoase. Voiam să fiu liber, la fel ca și ea. Ne-am despărțit cu inimile sfărâmate, dar ne-am jurat să rămânem prieteni – ori măcar să încercăm asta. Nici asta nu a mers.

În timp ce Brooke ieșea din viața mea, Dumnezeu îmi bătea la ușă, prin persoana părintelui Bennie Drake, preotul de la biserica episcopală din Dyersburg, orașul meu natal. Bennie avea aproape patruzeci de ani, se purta cu detașare, era elegant și avea un limbaj colorat. Purta blugi decolorați mai tot timpul, întotdeauna cu gulerul de rigoare, și o jachetă neagră; curând a devenit lumina sclipitoare care a contribuit la recuperarea mea. Vizitele lui săptămânale au ajuns rapid aproape zilnice și abia așteptam îndelungile noastre conversații pe veranda din fața casei. Am avut imediat încredere în el și i-am mărturisit că nu simțeam nicio dorință de a reveni la activitatea de avocat. Aveam doar treizeci de ani și îmi doream o nouă carieră, prin care să îi ajut pe alții. Nu voiam să îmi petrec restul vieții punând oamenii sub acuzare, sau apărându-i pe cei vinovați, sau lucrând pentru o firmă de avocatură sub o mare presiune. Cu cât mă simţeam mai aproape de Bennie, cu atât mai mult îmi doream să fiu ca el. Bennie a perceput ceva în mine şi mi-a sugerat să mă gândesc la preoţie. Am participat împreună la rugăciuni lungi şi am avut discuţii şi mai lungi, aşa că, treptat, am început să simt chemarea lui Dumnezeu.

După opt luni de la ultima mea apariţie într-un tribunal, m-am mutat în Alexandria, Virginia, şi am fost admis la seminar, unde am petrecut următorii trei ani studiind sârguincios. Pentru a-mi asigura subzistenţa, am lucrat douăzeci de ore pe săptămână ca referent asistent pentru o firmă-mamut de avocatură din Districtul Columbia. Am detestat acea activitate, dar am reuşit să îmi ascund dispreţul faţă de ea. Mi se amintea în fiecare săptămână de ce îmi abandonasem profesia.

Am fost hirotonisit când aveam treizeci şi cinci de ani şi am primit postul de preot asociat la Biserica Episcopală a Păcii de pe strada Drayton, din cartierul istoric al oraşului Savannah. Vicarul, un om minunat pe nume Luther Hodges, fusese ani de-a rândul preot de închisoare. Unchiul lui murise dincolo de gratii, iar el hotărâse să îi ajute pe cei care fuseseră uitaţi. La trei luni după ce m-am mutat în Savannah, l-am cunoscut pe domnul François Tatum, un suflet cu adevărat uitat.

Doi ani mai târziu, eliberarea lui Frankie din închisoare a reprezentat cea mai mare reuşită din viaţa mea. Îmi găsisem vocaţia. Printr-o intervenţie divină, o cunoscusem pe Vicki Gourley, o femeie care avea propria misiune în viaţă.

4

Guardian Ministries e găzduită într-un colţişor al unui fost depozit de pe Broad Street, din Savannah. Restul uriaşei clădiri este folosit de compania de pardoseli pe care Vicki a vândut-o cu ani în urmă. Încă deţine depozitul şi îl închiriază nepoţilor ei, care continuă afacerea. Cea mai mare parte a veniturilor provenite din chirie este înghiţită de Guardian.

E aproape amiază când parchez şi intru în birourile noastre. Nu mă aştept la o primire triumfală şi bineînţeles că nu mă aleg cu aşa ceva. Nu avem recepţioneră şi nici recepţie, nici vreun loc plăcut în care să îi primim pe clienţii noştri. Toţi sunt în închisori. Nu folosim secretare, deoarece nu ne putem permite să le plătim. Redactăm singuri petiţiile şi celelalte acte, întocmim dosare, planificăm, răspundem la telefoane, facem cafea şi ducem gunoiul la tomberon.

La ora prânzului, Vicki ia o masă scurtă la o casă de bătrâni de pe aceeaşi stradă. Biroul ei imaculat este gol. Arunc o privire spre masa ei de lucru şi nu văd nicio foaie de hârtie nelalocul său. În spatele ei, pe bufetul scund, stă o fotografie color a lui Vicki şi Boyd, soţul ei decedat. El a creat afacerea, iar când el a murit de tânăr, ea a preluat-o şi a condus-o ca un tiran până când sistemul judiciar a scos-o din răbdări – şi atunci a înfiinţat Guardian.

De cealaltă parte a holului se află biroul lui Mazy Ruffin, directoarea noastră care se ocupă de litigii şi de consilierea angajaţilor. Nici ea nu este la birou, pentru că probabil îşi duce copiii într-un loc sau altul. Are patru, iar după-amiaza pot apărea ca de niciunde în birourile de la Guardian. În momentul în care începe preocuparea pentru copii, Vicki închide cu discreție ușa biroului ei. La fel procedez și eu, dacă sunt la birou, dar asta se întâmplă rar.

Acum patru ani, când am angajat-o, Mazy a pus două condiții nenegociabile. Prima era să i se acorde permisiunea de a-și ține copiii în biroul ei când era nevoie. Nu își putea permite plata unei bone. A doua se referea la salariul ei. Avea nevoie de șaizeci și cinci de mii de dolari pe an ca să supraviețuiască și nu accepta niciun bănuț mai puțin. Împreună, eu și Vicki nu ajungeam la un asemenea nivel, dar noi nu creșteam copii și nici nu ne făceam probleme în privința salariilor. Am fost de acord cu ambele solicitări, iar Mazy a rămas cel mai bine plătit membru al echipei.

Și reprezintă un atu. Mazy a crescut în zonele defavorizate din sudul Atlantei. Câteodată a rămas fără locuință, deși nu prea vorbește despre acele zile. Remarcându-i inteligența, un profesor de liceu a observat-o și i-a arătat puțină iubire. A trecut prin Morehouse College și Facultatea de Drept de la Emory cu succes și cu note aproape maxime. A refuzat firmele mari de avocatură, preferând să lucreze pentru oamenii ei la Fondul de Apărare Legală al NAACP[1]. Cariera ei s-a stins după ce căsnicia s-a destrămat. În momentul în care căutam un alt jurist, un prieten mi-a sugerat numele ei.

Parterul este teritoriul acestor două femei alfa. Când sunt acolo, îmi petrec timpul la etaj, unde mă refugiez într-o încăpere aglomerată cu tot felul de lucruri, pe care o numesc biroul meu. De cealaltă parte a holului se află sala de conferințe, deși la Guardian nu ținem multe conferințe. Câteodată o folosim pentru obținerea unor depoziții sau pentru întâlniri cu vreun achitat și familia lui.

Intru în sala de conferințe și aprind luminile. În mijlocul ei se află o masă lungă, cu formă ovală, pentru cină, pe care am cumpărat-o de la un târg de vechituri cu o sută de dolari. În jurul acesteia sunt plasate zece scaune desperecheate, pe care le-am achiziționat

---

[1] National Association for the Advancement of Colored People – Asociația Națională pentru Progresul Persoanelor de Culoare (n.tr.)

de-a lungul anilor. Ceea ce îi lipsește sălii ca stil și gust recuperează prin caracter. Pe un perete, numit Peretele Faimei, se află un șir de opt portrete mărite și înrămate ale celor care au fost achitați, începând cu Frankie. Fețele lor zâmbitoare sunt inima și sufletul activității noastre. Ele ne îndeamnă să continuăm, să luptăm împotriva sistemului, pentru libertate și dreptate.

Doar opt. Și alte mii în așteptare. Munca noastră nu se va încheia nicicând și, cu toate că această realitate ar putea părea descurajantă, ea este și extrem de stimulatoare.

Pe un alt perete sunt fotografiile ceva mai mici ale clienților noștri actuali, toți în uniforme de închisoare. Duke Russell în Alabama. Shasta Briley în Carolina de Nord. Billy Rayburn în Tennessee. Curtis Wallace în Mississippi. Little Jimmy Flagler în Georgia. Trei negri, doi albi, o femeie. Culoarea pielii și sexul nu înseamnă nimic în activitatea noastră. În jurul sălii există o colecție amestecată de fotografii din ziare, înfățișând acele momente glorioase în care am scos din închisori deținuți nevinovați. Eu apar în cele mai multe dintre ele, alături de alți avocați care au dat o mână de ajutor. Mazy și Vicki apar doar în câteva. Zâmbetele lor sunt de-a dreptul molipsitoare.

Urc din nou treptele spre apartamentul meu. Locuiesc într-un apartament cu trei camere de la ultimul etaj, fără să plătesc chirie. Merită să spun că Vicki și Mazy, cele două femei din viața mea, nici nu vor să se apropie de acest loc. În medie, stau aici cam zece zile pe lună, iar dezordinea este evidentă. Adevărul este că apartamentul meu ar arăta chiar și mai răvășit dacă aș locui în el tot timpul.

Fac duș în baia minusculă, apoi mă prăbușesc de-a latul patului.

*

După două ore petrecute ca în comă, mă trezesc zgomotele de la etajul de mai jos. Mă îmbrac și, împleticindu-mă, cobor. Mazy mă întâmpină cu un zâmbet până la urechi și cu o îmbrățișare ca de urs.

– Felicitări, spune ea de câteva ori.

– A fost cât pe ce, fata mea, cât pe ce. Duke își mânca friptura de vită când am primit apelul.

– A apucat s-o termine?

– Bineînțeles.

Daniel, băiatul ei de patru ani, vine în fugă pentru a fi îmbrățișat. Nu are habar unde am fost noaptea trecută și ce am făcut, dar se arată întotdeauna pregătit pentru o îmbrățișare. Vicki aude vocile noastre și se repede spre noi. Alte îmbrățișări și felicitări.

Când l-am pierdut pe Albert Hoover din Carolina de Nord, am stat în biroul lui Vicki și am plâns pe săturate. Acum e mult mai bine.

– O să fac niște cafea, spune Vicki.

Biroul ei e ceva mai spațios și deloc dezordonat din cauza jucăriilor și a măsuțelor pliante, pe care se află jocuri și cărți de colorat, de aceea ne retragem acolo pentru o discuție. Cum am vorbit la telefon cu ele în timpul numărătorii inverse din seara trecută, amândouă cunosc mai toate detaliile. Repovestesc întâlnirea mea cu Frankie și discutăm despre următorul pas în cazul lui Duke. Dintr-odată, realizăm că nu avem un termen aici, nici măcar o dată a execuției, nici vreo numărătoare inversă la orizont, astfel că nu ne aflăm sub presiune. Cazurile de condamnare la moarte se târâie ani întregi cu pași mici până când se ajunge la întâlnirea cu acul ucigător. Atunci, lucrurile se precipită nebunește și lucrăm fără pauză, iar când se emite o amânare, știm că vor trece luni sau ani până la următoarea alertă. Cu toate astea, nu ne relaxăm nicio clipă, întrucât clienții noștri sunt nevinovați și se străduiesc să supraviețuiască acelui coșmar care se numește penitenciar.

Discutăm despre celelalte patru cazuri, deși niciunul dintre ele nu prezintă un termen final îngrijorător.

Abordez cel mai neplăcut subiect când o întreb pe Vicki:

– Cum stăm cu bugetul?

Ca întotdeauna, zâmbește și spune:

– A, suntem faliți.

– Trebuie să dau un telefon, spune Mazy. Se ridică, mă sărută scurt pe frunte şi adaugă: Frumoasă treabă, Post!

Ea preferă să evite discuţiile despre buget, iar eu şi Vicki nu o împovărăm cu problema asta. Iese şi se întoarce în biroul ei.

– Am primit cecul de la Fundaţia Cayhill, cincizeci de mii de dolari, aşa că ne putem plăti facturile vreme de câteva luni, spune Vicki.

Avem nevoie de aproape jumătate de milion de dolari pe an ca să ne finanţăm operaţiunile şi reuşim asta cerând şi uneori cerşind de la mici fundaţii fără profit şi de la câteva persoane. Dacă aş avea priceperea de a găsi finanţare, mi-aş petrece jumătate dintre zilele mele la telefon, aş trimite scrisori şi aş ţine cuvântări. Există o legătură directă între suma de bani pe care o cheltuim şi numărul de oameni nevinovaţi a căror achitare o putem obţine, dar, pur şi simplu, nu avem nici timpul, nici dorinţa de a cerşi. Eu şi Vicki am hotărât cu mult timp în urmă că nu ne putem permite durerile de cap provocate de un personal numeros şi de presiunea permanentă de a strânge bani. Preferăm să avem o fundaţie mică şi săracă, astfel că suntem săraci.

O achitare poate solicita mulţi ani de muncă şi costă cel puţin două sute de mii de dolari. Când avem nevoie de sume suplimentare, le găsim întotdeauna.

– Stăm bine, spune ea ca de obicei. Încerc să obţin burse şi îi hăituiesc pe câţiva donatori. O să supravieţuim. Aşa a fost mereu.

– Mâine o să dau câteva telefoane, zic eu.

Oricât de neplăcută ar fi situaţia, mă silesc să pierd câteva ore în fiecare săptămână apelând avocaţi care simpatizează cu cauza noastră şi cărora le solicit bani. Mai am şi o mică reţea de biserici cărora le cer acelaşi lucru. Nu suntem chiar nişte preoţi, dar faptul că ne numim astfel nu dăunează eforturilor noastre.

– Presupun că pleci la Seabrook, spune Vicki.

– Adevărat. M-am hotărât. Am tot amânat treaba asta vreme de trei ani şi m-am cam săturat de discuţie. Suntem convinşi că omul e nevinovat. Stă în închisoare de douăzeci și doi de ani și nu are avocat. Nimeni nu lucrează la cazul lui, de aceea spun că putem interveni.

– Eu și Mazy suntem alături de tine.

– Vă mulţumesc.

Adevărul este că eu hotărăsc în final dacă să primim un caz sau dacă să îl lăsăm să atârne. Evaluăm fiecare caz multă vreme și ajungem să cunoaștem elementele lui cât de bine se poate, dar dacă vreunul dintre noi trei se opune cu străşnicie reprezentării noastre, atunci ne retragem. Cazul de la Seabrook ne-a torturat multă vreme, în primul rând pentru că suntem convinși că următorului nostru client i s-a înscenat totul.

– În seara asta gătesc o găinușă Cornish, spune Vicki.

– Dumnezeu să te binecuvânteze! Tocmai așteptam o invitaţie.

Vicki locuiește singură și îi place să gătească, iar când sunt în oraş, merg de obicei la bungalow-ul ei primitor, aflat la patru cvartale depărtare, unde avem parte cu toţii de o cină care durează câteva ore. Pe Vicki o îngrijorează starea mea de sănătate și obiceiurile mele alimentare. Pe Mazy o îngrijorează viaţa mea amoroasă, care este inexistentă – și, drept urmare, pe mine nu mă îngrijorează în niciun fel.

5

Orașul Seabrook se află într-o zonă rurală izolată din nordul Floridei, departe de regiunile rezidențiale tot mai întinse și de satele în care se retrag pensionarii. Tampa se află în sud, la două ore de mers cu mașina, iar Gainesville, la o oră spre est. Deși Golful este la doar patruzeci și cinci de minute distanță, ajungându-se acolo pe o șosea cu două benzi, coasta din zonă nu a atras deloc atenția dezvoltatorilor maniaci din stat. Având unsprezece mii de locuitori, Seabrook este sediul comitatului Ruiz și centrul celor mai multe activități comerciale din acea zonă neglijată. Depopularea a fost contracarată într-o oarecare măsură de puținii pensionari atrași de viața ieftină din parcările pentru case mobile. Main Street încă rezistă, având câteva clădiri neocupate, iar la marginea orașului există chiar și case mari cu preț redus. Tribunalul frumos, în stil spaniol, este bine întreținut și destul de aglomerat, iar vreo douăzeci și patru de avocați se ocupă de treburile legale obișnuite ale comitatului.

În urmă cu douăzeci și doi de ani, unul dintre ei fusese găsit asasinat în biroul lui, iar vreme de câteva săptămâni în istoria lui, Seabrook se văzuse pentru prima dată în centrul atenției ziarelor. Avocatul se numea Keith Russo și avea treizeci și șapte de ani la data morții. Cadavrul fusese găsit pe podea, în spatele biroului, iar sângele se împrăștiase peste tot. Fusese împușcat de două ori în cap cu o pușcă având calibrul de 18 mm, astfel că din fața lui nu mai rămăsese mare lucru. Fotografiile făcute la locul faptei erau înfricoșătoare, chiar respingătoare, cel puțin pentru unii dintre jurați.

Avocatul era singur în birou, lucrând până târziu în acea seară fatidică de decembrie. Cu puțin timp înainte de a muri, alimentarea cu energie electrică a biroului fusese întreruptă.

Keith practicase avocatura în Seabrook vreme de unsprezece ani, împreună cu partenera și soția lui, Diana Russo. Nu aveau copii. În anii de început ai existenței firmei lor, munciseră intens ca avocați simpli, dar amândoi voiau să progreseze pentru a scăpa de plictisul provocat de redactarea de testamente și de contracte de vânzare-cumpărare, precum și de obținerea de divorțuri din vina ambilor soți. Aspirau să devină avocați de proces și să pătrundă în sistemul penal al statului, ceea ce le-ar fi adus venituri mai mari. Competiția însă se dovedise feroce la acel nivel, așa că ei se zbăteau să obțină cazuri importante.

Diana era la coafor când fusese împușcat soțul ei. Ea îi găsise cadavrul trei ore mai târziu, după ce el nu sosise acasă și nu răspunsese la telefon. După funeralii, devenise retrasă și purtase doliu luni întregi. Închisese biroul, vânduse clădirea și, în cele din urmă, și casa, apoi se întorsese la Sarasota, orașul ei natal. Primise două milioane de dolari din asigurarea de viață și moștenise cota-parte a lui Keith din patrimoniul lor comun. Polița de asigurare de viață fusese luată în discuție de investigatori, dar această pistă nu fusese urmărită. Încă din primele zile de căsnicie, cei doi crezuseră cu fermitate în protecția oferită de asigurări. Și ea avea o asigurare de viață identică.

Inițial, nu existaseră suspecți, asta până când Diana sugerase numele unui anume Quincy Miller, un fost client nemulțumit al firmei. Cu patru ani înainte de comiterea crimei, Keith se ocupase de divorțul lui Quincy, care se arătase mai mult decât nesatisfăcut de rezultat. Judecătorul stabilise o pensie alimentară pentru soție și o alta pentru întreținerea copilului, pe care el nu și le putea permite, iar asta îi distrusese viața. Cum nu putuse să plătească alte onorarii unui avocat pentru a face recurs, Quincy renunțase, punând capăt reprezentării lui de către Keith, iar termenul legal pentru recurs expirase. Lucrând ca șofer de camion la o companie regională,

Quincy avea un salariu bun, dar își pierduse slujba după ce fosta soție îi reținuse salariile pentru neîndeplinirea obligațiilor. Neputând să plătească, el făcuse cerere de faliment și, în cele din urmă, fugise din regiune. Fusese prins, adus la Seabrook și azvârlit în închisoare pentru neplată, executând o detenție de trei luni; după aceea, judecătorul dăduse ordin să fie eliberat. Fugise din nou și fusese arestat pentru vânzare de droguri în Tampa. Stătuse în închisoare un an, după care fusese eliberat condiționat.

Lucru deloc surprinzător, el pusese pe seama lui Keith Russo toate problemele pe care le avea. În mod tacit, mai toți avocații din oraș erau de acord că Russo ar fi putut să se arate mai agresiv în cadrul procesului de divorț. Keith detesta activitatea de avocat de divorțuri și o considera umilitoare pentru un avocat care visa să lucreze în domeniul penal, la cazuri mari. Potrivit Dianei, Quincy trecuse pe la biroul lor de cel puțin două ori, amenințând angajații firmei de avocatură și cerând să discute cu fostul lui avocat. Nu se descoperiseră dovezi că poliția fusese alertată. Tot Diana susținuse că Miller dăduse telefoane de amenințare la locuința lor, dar cei doi nu se simțiseră suficient de îngrijorați ca să solicite schimbarea numărului de telefon.

Nu se descoperise nici arma crimei. Quincy jurase că nu deținuse niciodată o armă, însă fosta lui soție declarase poliției că bănuia că avea o armă. O întorsătură spectaculoasă a cazului se petrecuse la două săptămâni după comiterea crimei, când, în baza unui mandat de percheziție, poliția îi confiscase automobilul. În portbagaj se găsise o lanternă care avea picături minuscule dintr-o substanță împrăștiate pe geam. Se presupusese că era sânge. Quincy susținuse că nu văzuse acea lanternă în viața lui, însă fosta soție declarase că, după părerea ei, aceasta îi aparținea.

Se adoptase imediat o teorie și cazul fusese rezolvat. Poliția considerase că Miller plănuise cu minuțiozitate atacul și așteptase până când Keith rămăsese singur la birou. Întrerupsese curentul de la un contor aflat în spatele biroului, pătrunsese pe ușa din spate, care nu era încuiată, și, cum vizitase biroul de mai multe ori, știuse cu precizie unde să îl găsească pe Keith. Folosind lanterna, dăduse buzna în biroul lui Keith, trăsese două focuri de armă și fugise de la locul faptei. Ţinându-se seama de cantitatea de sânge de acolo, păruse normal ca mai multe obiecte din birou să fi fost stropite.

La o distanţă de două intersecţii, de pe o stradă lăturalnică, o femeie drogată, pe nume Carrie Holland, văzuse un bărbat de culoare îndepărtându-se în fugă. Păruse să aibă în mână un băţ sau ceva asemănător, dar femeia nu era sigură. Quincy este negru. În Seabrook locuiesc optzeci la sută albi, zece la sută negri şi zece la sută hispanici. Carrie nu îl putuse identifica pe Quincy, dar jurase că acesta avea aceeaşi statură și aceeaşi constituţie ca bărbatul pe care îl văzuse.

Avocatul din oficiu al lui Quincy reușise să obţină o strămutare a procesului, astfel că acesta se desfășurase în comitatul învecinat. Populaţia de acolo era albă în proporţie de optzeci şi trei la sută. Din juriu făcuse parte doar o persoană de culoare.

Cazul se axase în jurul lanternei găsite în portbagajul mașinii lui Quincy. Un expert în analiza petelor de sânge din Denver declarase că, ţinându-se seama de plasarea cadavrului şi de linia probabilă de tragere, dar și de staturile decedatului și atacatorului și de volumul de sânge găsit pe pereţi, podea, rafturi cu cărţi și bufet, era sigur că lanterna fusese prezentă la locul crimei. Misterioasele pete de pe geamul ei fuseseră descrise drept „stropire prin ricoșeu". Erau prea mici pentru a fi analizate, astfel că nu fuseseră comparate cu sângele lui Keith. Fără a se simţi descurajat de acest aspect, expertul declarase în faţa juraţilor că picăturile erau neîndoielnic de sânge. Lucru de remarcat, expertul recunoscuse că nu văzuse de fapt lanterna, dar o examinase „minuţios" văzând o serie de fotografii color făcute de anchetatori. Lanterna dispăruse cu câteva luni înainte de proces.

Diana susţinuse cu toată convingerea că soţul ei îl cunoştea bine pe fostul său client şi că era îngrozit de el. Îi mărturisise de multe ori că se temea de Quincy și câteodată avea un pistol asupra lui.

Carrie Holland depusese mărturie și fusese cât pe ce să îl arate pe Quincy ca făptaș. Negase că ar fi fost constrânsă să depună mărturie în favoarea acuzării și respinsese ideea că i se oferise clemență pentru acuzația de consum de droguri.

În timp ce aștepta să fie judecat, Quincy fusese transferat la un penitenciar regional din Gainesville. Nu se dăduse nicio explicație cu privire la acest transfer. Stătuse acolo o săptămână, apoi fusese readus la Seabrook. Cu toate acestea, cât fusese transferat, stătuse în aceeași celulă cu un ciripitor de închisoare pe nume Zeke Huffey, care depusese mărturie că Quincy se lăudase cu crima și că era foarte mândru de sine. Huffey cunoștea amănunte despre crimă, inclusiv numărul de focuri trase și calibrul puștii. Pentru a da mai multă culoare declarației lui, spusese în fața juraților că Quincy menționase în glumă faptul că se dusese a doua zi până pe coastă și aruncase pușca în golf. Interogat de avocatul apărării, Huffey negase faptul că încheiase o înțelegere cu procurorul privind o eventuală clemență.

Anchetatorul de la poliția federală declarase că amprentele lui Quincy nu fuseseră găsite la locul crimei și nici pe contorul electric din spatele biroului, astfel că afirmase că „atacatorul purtase probabil mănuși".

Un patolog dăduse o declarație și prezentase fotografii color mărite ale locului faptei. Avocatul apărării ridicase obiecții înverșunate, susținând că fotografiile aduceau prejudicii mari – ba chiar ațâțătoare – procesului, dar judecătorul le admisese oricum. Unii dintre jurați păruseră șocați de imaginile în care Keith apărea acoperit de sânge, iar cea mai mare parte a feței lui lipsea. Cauza morții era evidentă.

Din pricina cazierului său și a altor probleme cu legea, Quincy nu fusese chemat la bară pentru a depune mărturie. Avocatul lui era un novice pe nume Tyler Townsend, numit de tribunal, care nu avea nici treizeci de ani. În mod normal, faptul că nu apărase niciodată un client acuzat de crimă ar fi putut ridica probleme la recurs, dar nu așa stătuseră lucrurile în cazul lui Quincy. Apărătorul lui fusese tenace. Townsend îi atacase pe toți martorii din partea statului și contestase fiecare probă. Contrazisese experții și concluziile lor, depistase viciile din teoriile lor și luase peste picior departamentul de poliție pentru că pierduse lanterna, cea mai importantă probă. Fluturase fotografiile color în fața juraților și îi întrebase dacă petele dc pe geam chiar erau de sânge. Îi batjocorise pe Carrie Holland și pe Zeke Huffey și îi numise mincinoși. Îi sugerase Dianei că nu era chiar o văduvă nevinovată și o făcuse să plângă atunci când o interogase, ceea ce nu îi ceruse eforturi deosebite. Fusese avertizat în mod repetat de judecător, dar rămăsese neclintit. Apărătorul fusese atât de zelos, încât, deseori, jurații nu își putuseră ascunde disprețul față de el. Procesul devenise o adevărată încăierare când tânărul Tyler îi mustrase pe procurori, manifestase o evidentă lipsă de respect față de judecător și le ținuse predici martorilor statului.

Apărarea oferise un alibi. Potrivit afirmațiilor unei femei pe nume Valerie Cooper, Quincy era cu ea la ora comiterii crimei. Femeia era o mamă singură, care locuia în Hernando, oraș aflat la o oră distanță de Seabrook. Îl cunoscuse pe Quincy într-un bar, iar relația lor se desfășurase cu intermitențe. Ea afirmase că era sigură că el se aflase cu ea, dar, ajunsă la bară, fusese intimidată și nu se dovedise credibilă. Când acuzarea menționase o condamnare a ei pentru consum de droguri, femeia se prăbușise.

În pătimașa lui argumentație de încheiere, Tyler Townsend folosise două elemente de recuzită – o pușcă având calibrul de 18 mm și o lanternă – și susținuse că ar fi fost aproape imposibil ca o persoană să tragă două focuri de armă spre o țintă ținând ambele obiecte în mâini. Jurații, majoritatea din zonele rurale, păruseră să înțeleagă acest lucru, dar nu mai avea importanță. Lui Tyler îi dăduseră lacrimile când solicitase un verdict de nevinovăție.

Nu reușise însă. Juriul nu pierduse mult timp ca să îl condamne pe Quincy de omor. Stabilirea pedepsei se dovedise mai complicată, astfel că juriul rămăsese nedecis. Într-un sfârșit, după două zile de dezbateri aprinse, singurul negru din juriu susținuse ca pedeapsa să fie de detenţie pe viaţă, fără posibilitatea de eliberare condiţionată. Cei unsprezece albi fuseseră dezamăgiţi pentru că nu reuşiseră să obţină condamnarea la moarte.

Recursurile lui Quincy îşi urmaseră traseul, dar condamnarea lui fusese confirmată în unanimitate la toate nivelurile. Vreme de douăzeci şi doi de ani, el îşi susţinuse nevinovăţia, dar nimeni nu îl ascultase.

Tânărul Tyler Townsend fusese distrus de acea pierdere şi nu îşi mai revenise. Cetăţenii oraşului Seabrook se întorseseră împotriva lui, iar practica lui de avocat începător se diminuase. La scurtă vreme după ce recursurile se încheiaseră, renunţase definitiv și se mutase la Jacksonville, unde lucrase ca apărător public, în regim de jumătate de normă, după care urmase o altă carieră.

Frankie îl descoperise la Fort Lauderdale, unde părea să aibă o viaţă plăcută alături de familie şi o afacere bună în domeniul amenajării de centre comerciale împreună cu socrul său.

Abordarea lui o să impună grijă şi prevedere, ceva la care ne pricepem bine.

Diana Russo nu s-a mai întors la Seabrook şi, din câte știm noi, nu s-a recăsătorit. Dar nu suntem convinşi. Lucrând cu un grup privat de securitate la care apelăm ocazional, Vicki a aflat că în urmă cu un an ea locuise pe insula Martinica. Cheltuind alţi bani, spionii noştri pot pătrunde mai adânc, ca să ne ofere și alte informaţii. Încercarea de a discuta cu ea ar fi o pierdere de vreme.

Scopul nostru este achitarea lui Quincy Miller. Descoperirea adevăratului ucigaş nu reprezintă o prioritate. Pentru a reuşi să ne atingem primul ţel, trebuie să derobăm cazul instrumentat de stat. Soluţionarea crimei este treaba altora, iar după douăzeci şi doi de ani, putem paria că nimeni n-ar mai lucra la un asemenea caz. E mort și îngropat. Statul Florida a obţinut o condamnare. Adevărul nu mai contează.

6

Quincy și-a petrecut ultimii ani într-un penitenciar – Instituția Corecțională Garvin – aflat la aproape o oră de mers cu mașina spre nord din întinsul oraș Orlando. Prima mea vizită aici avusese loc în urmă cu patru luni, când sosisem ca preot care-și desfășura activitatea în penitenciare. Atunci purtasem cămașa mea neagră și gulerul specific, ambele vechi. E uimitor să constat de cât respect mă bucur ca preot, mai mult decât ca avocat, cel puțin în închisori.

Astăzi port din nou gulerul, dar doar ca să mă iau la harță cu ei. Vicki a pregătit documentele și, în mod oficial, sunt avocatul lui Quincy. Gardianul de la recepție studiază documentele, examinează gulerul meu, are de pus întrebări, dar e prea derutat ca să mi le adreseze. Îi las telefonul mobil, trec cu bine de detectoarele de metal, apoi stau o oră într-o încăpere sordidă de așteptare, unde frunzăresc o serie de reviste de scandal și mă întreb încă o dată încotro se îndreaptă lumea. Într-un târziu mă caută și pornesc în urma unui gardian, ieșind din prima clădire și mergând pe o alee mărginită de garduri și de sârmă ghimpată. Am văzut interiorul atâtor penitenciare, încât nu mai sunt șocat de duritatea măsurilor de securitate. În multe privințe îngrozitoare, toate arată la fel: clădiri scunde din beton, fără ferestre, curți pentru recreere înțesate de oameni purtând uniforme la fel, care își omoară timpul, gardieni încruntați, al căror dispreț dă pe afară, pentru că sunt un intrus venit acolo ca să-l ajut pe unul dintre acei nenorociți. Pătrundem în altă clădire și ajungem într-o încăpere lungă, cu un şir de cubicule. Gardianul deschide uşa unuia şi eu păşesc înăuntru.

Quincy e deja acolo, de cealaltă parte a unei ferestre groase din material plastic. Uşa se închide şi rămânem singuri. Pentru ca vizitele să fie cât mai dificile posibil, nu există deschizături în acea despărţitură, astfel că ne vedem siliţi să vorbim folosind nişte telefoane care sunt vechi de cel puţin trei decenii. Dacă aş dori să îi prezint clientului vreun document, trebuie să chem un gardian, care mai întâi îl examinează, apoi se duce de cealaltă parte a geamului.

Quincy îmi zâmbeşte şi loveşte cu pumnul în fereastră. Îi răspund la salut în acelaşi fel şi astfel, în mod oficial, se cheamă că ne-am strâns mâinile. Are cincizeci şi unu de ani şi, cu excepţia părului încărunţit, ar putea fi socotit de patruzeci. Ridică greutăţi în fiecare zi, face karate, încearcă să evite lăturile ce i se dau drept mâncare, rămâne zvelt şi meditează. Ia telefonul în mână şi spune:

– În primul rând, domnule Post, vreau să vă mulţumesc pentru că aţi preluat cazul meu.

Ochii îi lăcrimează imediat şi pare copleşit de situaţie.

Vreme de cel puţin cincisprezece ani, Quincy nu a avut avocat şi nici vreun fel de reprezentant legal – de fapt, pe nimeni din lumea liberă care să lucreze pentru a-i dovedi nevinovăţia. Din vasta mea experienţă, ştiu că asta este o povară aproape insuportabilă. Un sistem corupt l-a trimis în temniţă şi nimeni nu luptă împotriva lui. Poverile lui sunt îndeajuns de grele fiind un om nevinovat, însă, neavând nicio voce care să îl reprezinte, se simte neajutorat.

– Eşti bine-venit, serios! Mă simt onorat să mă aflu aici. Cei mai mulţi clienţi ai mei mi se adresează simplu, spunându-mi Post, aşa că haide să renunţăm la treaba cu „domnule“.

Încă un zâmbet.

– S-a făcut. Iar eu sunt doar Quincy.

– Documentele s-au prezentat, astfel că, în mod oficial, eu mă ocupe de toate. Ai vreo întrebare în legătură cu asta?

– În fine, arăţi mai mult a predicator sau ceva de genul ăsta. De ce porţi gulerul acela?

– Fiindcă sunt preot al bisericii episcopale, iar gulerul ăsta îmi aduce câteodată mai mult respect.

– Am avut cândva un predicator care purta un asemenea guler. N-am înţeles niciodată motivul.

Crescuse în cadrul Bisericii Episcopale Metodist-Africane, iar preoţii şi episcopii acelui cult purtau gulere. Părăsise biserica pe vremea adolescenţei. La optsprezece ani se căsătorise cu prietena lui pentru că o lăsase însărcinată, dar căsnicia nu fusese stabilă. Urmaseră alţi doi copii. Le ştiu numele şi adresele, precum şi locurile în care lucrează – şi mai ştiu că ei nu vorbiseră deloc de la data procesului. Fosta lui soţie depusese mărturie împotriva lui. Singurul lui frate este Marvis, un adevărat sfânt, care îl vizitează lunar şi îi trimite când şi când câte un cec.

Quincy e fericit că a rămas în viaţă. Un jurat de culoare îi salvase viaţa. Altfel, ar fi ajuns în şirul celor condamnaţi la moarte într-o perioadă în care Florida se arăta entuziasmată să ucidă oameni.

Ca întotdeauna, dosarul întocmit de Guardian pe marginea cazului său este gros, aşa că ştim foarte multe lucruri despre Quincy.

– Şi-acum ce facem, Post? mă întreabă el zâmbind.

– Eh, avem o mulţime de lucruri de făcut. Începem cu locul crimei şi investigăm totul.

– Asta a fost cu mult timp în urmă.

– Adevărat, dar Keith Russo tot mort e, iar oamenii care au depus mărturie împotriva ta sunt încă vii. O să-i găsim, o să încercăm să le câştigăm încrederea şi vom vedea ce spun acum.

– Şi ce facem cu turnătorul acela?

– Ei bine, lucru surprinzător, drogurile încă nu l-au ucis. Huffey e tot în închisoare, de data asta în Arkansas. Graţie drogurilor, şi-a petrecut în spatele gratiilor nouăsprezece din cei patruzeci de ani pe care îi are de ispăşit. O să mă duc să discut cu el.

– Doar nu te aştepţi să spună că a minţit, nu?

– Probabil. În cazul turnătorilor, nu se ştie niciodată. Mincinoşii profesionişti obişnuiesc să râdă în legătură cu minciunile pe care le-au rostit. În cariera lui nenorocită, a turnat în cel puţin cinci alte cazuri – şi totul pentru a încheia înţelegeri favorabile cu poliţiştii. N-are nimic de câştigat dacă susţine în continuare minciunile pe care le-a spus în faţa juraţilor la procesul tău.

– N-o să uit niciodată cum l-au adus pe băiatul acela în sală, purtând o cămaşă albă şi cravată. La început, nici nu l-am recunoscut. Trecuseră multe luni de când nu mai stăteam în aceeaşi celulă. Iar când a început să vorbească despre mărturisirea mea, mi-a venit să urlu la el. Era evident că poliţiştii îi strecuraseră amănunte despre crimă – întreruperea curentului electric, folosirea lanternei... toate chestiile astea. Mi-am dat seama chiar de atunci că mi se copsese ceva. Mă uitam la juraţi şi îmi dădeam seama că înghiţeau totul, fără nicio problemă. Absolut tot. Până şi ultima minciună scornită de el. Şi ştii ceva, Post? Am stat acolo şi l-am ascultat pe Huffey, zicându-mi: „Dom'le, individul ăla a jurat să spună adevărul, iar judecătorul trebuie să se asigure că toţi martorii rostesc adevărul. Iar procurorul ştie că martorul minte. Ştie că tipul a făcut o înţelegere cu poliţaii ca să-şi salveze curul. Toată lumea ştie asta, toată lumea, în afară de dobitocii din juriu".

– Mi-e ruşine să spun că acest lucru se întâmplă mereu, Quincy. Ciripitorii din închisori dau declaraţii în fiecare zi în comitatul ăsta. Alte comitate mai civilizate le-au interzis, dar asta nu s-a întâmplat şi aici.

Quincy închide ochii şi scutură din cap, apoi spune:

– În fine, când îl vezi pe gunoiul acela, să-i spui că încă mi-e gândul la el.

– Gândul la răzbunare nu ne ajută nicidecum, Quincy. Înseamnă o risipă de energie.

– Tot ce se poate, dar am timp din belşug ca să mă gândesc la toate. Ai de gând să discuţi cu June?

– Dacă e dispusă să vorbească.

– Pun rămășag că nu va dori asta.

Fosta lui soție s-a recăsătorit la trei ani după procesul lui, apoi a divorțat și s-a recăsătorit din nou. Frankie a descoperit-o în Tallahasee, sub numele de June Walker. Evident, în cele din urmă a găsit o oarecare siguranță și a devenit a doua soție a lui Otis Walker, electrician în campusul Universității Florida State. Locuiesc într-un cartier al celor din clasa de mijloc, populat predominant de oameni de culoare, și au împreună un copil. Are cinci nepoți din prima căsătorie, copii pe care Quincy nu i-a văzut niciodată, nici măcar în fotografii. Și nu și-a văzut nici cei trei copii de la data procesului. Pentru el, aceștia există doar ca niște țânci care învață să meargă, înghețați în timp.

– De ce n-ar vrea să discute cu mine? îl întreb.

– Pentru că și ea a mințit. Fii serios, Post, toți au mințit, înțelegi? Până și experții.

– Nu-s convins că experții au crezut că mințeau. Pur și simplu nu se pricepeau la chestiuni științifice și au exprimat păreri proaste.

– Cum zici, dar tu trebuie să descâlcești asta. Eu însă știu sigur că June a mințit. A mințit în legătură cu pușca și cu lanterna și a făcut la fel și când a declarat în fața juraților că eram undeva în oraș în seara în care s-a comis crima.

– Dar de ce a făcut-o, Quincy?

Clatină din cap ca și cum întrebarea mea ar fi ridicolă. Lasă jos telefonul, se freacă la ochi, apoi îl ridică.

– Eram în război, Post. N-ar fi trebuit să mă căsătoresc cu ea. Trebuia naibii să divorțez! Russo m-a fript rău în divorțul ăsta și, dintr-odată, n-am putut plăti pensia alimentară a ei și a copilului. Ea n-avea slujbă și o ducea greu. Când m-am întors, m-a dat în judecată. Divorțul a fost oribil, dar nu la fel de îngrozitor ca tot ce a urmat. Ajunseserăm să ne urâm din tot sufletul. Datoram cam patruzeci de mii de dolari, plăți nefăcute. Cred că încă mai datorez suma asta. La naiba, să mă dea din nou în judecată!

– Deci a fost din răzbunare?

– Mai curând din ură. Post, n-am avut niciodată pușcă. Verifică evidențele.

– Am făcut-o. N-am găsit nimic.

– Păi, vezi?

– Dar evidențele nu-nseamnă mare lucru, mai ales în statul ăsta. Există o sută de feluri în care poți obține o pușcă.

– Post, pe cine crezi, pe mine ori pe mincinoasa aia?

– Quincy, dacă nu te-aș crede, n-aș fi aici!

– Știu, știu... Aproape că-nțeleg chestia cu pușca, dar de ce-a mințit în legătură cu lanterna? N-am văzut-o în viața mea. La dracu', nici măcar n-au putut să o prezinte la proces.

– Ei bine, dacă presupunem că arestarea, acuzarea și condamnarea au fost plănuite atent ca să încalțe un om nevinovat, trebuie să credem că poliția a făcut presiuni asupra lui June ca să declare că lanterna îți aparținea. Iar motivația ei a fost ura.

– Dar cum aveam să plătesc toți banii ăia dacă aș fi fost condamnat la moarte?

– Bună întrebare... iar tu îmi ceri să pătrund în mintea ei.

– A, te rog să nu ajungi la asta! E nebună de legat.

Râdem amândoi cu poftă. Se ridică, se întinde și mă întreabă:

– Post, cât stai cu mine astăzi?

– Trei ore.

– Slavă Cerului! Știi ceva, Post? Celula mea are un metru optzeci pe trei metri, cam cât camera asta de rahat în care suntem acum. Colegul meu de celulă e un alb din Sud. Droguri. Nu-i un băiat rău, nu-i un coleg rău, dar îți închipui ce înseamnă să-ți petreci zece ore pe zi trăind cu alt om într-o cușcă?

– Nu.

– Bineînțeles, n-am mai schimbat o vorbă cu el de mai bine de un an.

– De ce?

– Nu ne înghițim. N-am nimic cu albii, Post, dar sunt o mulțime de diferențe, înțelegi? Eu ascult muzică neagră, iar lui îi place porcăria aia country. Patul meu e curat ca lacrima. Al lui e mizerabil. Eu nu mă ating de droguri. El e drogat mai tot timpul. Dar de-ajuns cu asta, Post. Iartă-mă c-am adus vorba despre așa ceva! Urăsc plângăreții. Post, sunt tare încântat c-ai venit! Nici nu-ți închipui.

– Quincy, sunt onorat să-ți fiu avocat.

– Dar de ce? Nu faci mulți bani din asta, așa e? Adică, n-ai cum să câștigi mult reprezentând oameni ca mine.

– Încă n-am discutat despre onorariu, adevărat?

– Trimite-mi nota de plată. După aia poți să mă dai în judecată.

Râdem și el se așază, ținând telefonul plasat între umăr și gât.

– Serios, cine te plătește?

– Lucrez pentru o fundație nonprofit și... nu, nu câștig mult. Dar nu fac asta pentru bani.

– Dumnezeu să te binecuvânteze, Post!

– Diana Russo a declarat că în cel puțin două rânduri te-ai dus la biroul lor și l-ai amenințat pe Keith. Adevărat?

– Nu. Am mers acolo de câteva ori în timpul divorțului, dar am încetat după ce s-a încheiat cazul. Cum nu voia să discute cu mine la telefon, m-am dus la birou o dată și, la naiba, da, mă gândeam să iau o bâtă de baseball și să-i zbor creierii. Numai că recepționera aia scundă mi-a zis că nu era la birou, că era la tribunal. Era o minciună, pentru că mașina lui, un Jaguar elegant de culoare neagră, era parcată în spatele biroului. Știam că minte și am dat să fac o scenă, dar m-am abținut. Mi-am mușcat limba și-am plecat, apoi n-am mai călcat pe acolo. Jur că ăsta-i adevărul, Post. Jur. Diana a mințit, la fel ca toți ceilalți.

– A susținut în mărturia ei că le-ai telefonat acasă de câteva ori și că l-ai amenințat.

– Altă minciună. Telefoanele lasă urme, Post. Nu-s chiar atât de tâmpit. Avocatul meu, Tyler Townsend, a încercat să obțină evidențe de la compania de telefoane, dar Diana l-a blocat. A încercat să obțină citație, dar n-am mai avut timp în cursul procesului. După ce-am fost condamnat, judecătorul n-a vrut să aprobe o citaţie. Şi n-am obţinut acele evidenţe. Apropo, ai discutat cu Tyler?

– Nu, dar îl am pe listă. Ştim unde e.

– Straşnic tip, Post, chiar foarte bun. Tânărul acela m-a crezut şi a luptat din răsputeri, un adevărat buldog. Ştiu că voi, avocaţii, aveţi o reputaţie proastă, dar omul a fost bun.

– Ai mai luat legătura cu el?

– Nu, a trecut prea multă vreme. Ne-am trimis scrisori câţiva ani, chiar şi după ce s-a lăsat de avocatură. Mi-a scris că procesul meu i-a frânt spiritul. Ştia că sunt nevinovat, iar când a pierdut cazul meu, şi-a pierdut încrederea în sistem. Mi-a spus că nu mai vrea să facă parte din el. A trecut pe aici acum vreo zece ani şi a fost o binecuvântare să-l văd – dar asta mi-a readus şi amintiri neplăcute. Post, a şi plâns când m-a văzut.

– Avea o teorie cu privire la adevăratul ucigaş?

Coboară telefonul şi se uită în tavan, ca şi cum întrebarea ar fi fost prea delicată. Îl duce din nou la ureche şi mă întreabă:

– Post, ai încredere în telefoanele astea?

– E împotriva legii ca închisoarea să tragă cu urechea la discuţiile confidenţiale dintre un avocat şi clientul lui, dar se mai întâmplă. Clatin din cap. Nu.

– Nici eu, spune el. Dar scrisorile mele către tine sunt sigure, da?

– Da.

Închisoarea nu poate deschide scrisorile care conţin chestiuni legale şi, din experienţă, ştiu că nici nu se încearcă asta. E prea uşor de constatat dacă plicul a fost deschis.

Quincy foloseşte limbajul semnelor ca să-mi transmită că va pune totul în scris. Încuviinţez din cap.

Faptul că şi-a petrecut douăzeci şi doi de ani într-un penitenciar, unde probabil este mai în siguranţă faţă de ceea ce se întâmplă afară, şi că încă e îngrijorat mi se pare revelator. Keith Russo a fost ucis dintr-un anumit motiv. Altcineva, nu Quincy Miller, a plănuit omorul, înfăptuindu-l cu precizie, apoi a scăpat. Ceea ce a urmat a fost o înscenare perfectă, care a presupus câțiva conspiratori. Indiferent cine au fost acești oameni, sunt persoane inteligente. S-ar putea ca descoperirea lor să fie imposibilă, dar dacă n-aș crede că putem dovedi nevinovăția lui Quincy, nu m-aș afla aici.

Oamenii aceia sunt liberi, iar Quincy încă se gândește la ei.

Cele trei ore se scurg repede discutând diferite subiecte: cărți – citește două sau trei pe săptămână; cei achitați – e fascinat de cei pe care i-am eliberat; politică – e la curent, pentru că citește ziare și reviste; ascultă muzică – îi place aceea a anilor '60, cântată în Detroit; reeducare – critică aspru sistemul care face prea puține pentru reabilitarea deținuților; sport – are un mic televizor color și abia așteaptă să vadă meciuri, chiar și de hochei. Când gardianul bate la ușă, îi spun la revedere și îi promit că voi reveni. Ne atingem pumnii de fereastră și îmi mulțumește încă o dată.

7

Chevroletul Impala al lui Otis Walker se află în parcarea pentru angajați, în spatele unui atelier mecanic de la marginea campusului. Frankie a parcat în apropiere și așteaptă. Mașina lui Otis e din 2006, cumpărată la mâna a doua și plătită printr-o uniune de credit[1]. Vicki deține evidențele. Cea de-a doua soție a lui are o Toyota sedan, fără obligații. Fiul lor de șaisprezece ani încă nu a obținut permis de conducere.

Cinci minute după ora cinci după-amiaza, Otis iese din clădire împreună cu doi colegi și se îndreaptă spre parcare. Frankie coboară și verifică un pneu. Colegii se despart și își spun la revedere. Când Otis e pe punctul de a deschide portiera, Frankie apare lângă el ca din senin și spune:

– Ascultă, domnule Walker, ai o clipă liberă?

Otis devine suspicios imediat, dar Frankie e un tip de culoare care zâmbește frumos. Iar Otis nu e singurul necunoscut pe care îl abordează.

– Poate, spune Otis.

Frankie îi întinde mâna și spune:

– Mă numesc Frankie Tatum și sunt investigator pentru un avocat din Savannah.

Otis devine și mai bănuitor. Deschide portiera, își aruncă pe scaunul din dreapta cutia în care își aduce mâncarea pentru prânz, apoi o închide și spune:

– În regulă.

---

[1] Instituție în genul caselor de ajutor reciproc (n.tr.)

Mimând capitularea, Frankie ridică ambele mâini în aer și spune:

– Am venit cu gânduri bune. Caut informații despre un caz vechi.

Într-un asemenea moment, un alb ar fi fost respins, însă Frankie pare inofensiv.

– Te ascult, spune Otis.

– Sunt convins că soția ta ți-a vorbit despre primul ei soț, Quincy Miller.

Numele îi provoacă lui Otis o ușoară cădere a umerilor, dar e îndeajuns de curios ca să continue discuția.

– Nu mult, zice el. Asta a fost demult. Ce treabă ai cu Quincy?

– Avocatul pentru care lucrez îl reprezintă. Suntem convinși că lui Quincy i s-a înscenat acea crimă, iar noi încercăm să dovedim asta.

– Vă doresc noroc. Quincy a primit ce-a meritat.

– Nu tocmai, domnule Walker. Quincy e un om nevinovat care a ispășit douăzeci și doi de ani de închisoare pentru crima comisă de altcineva.

– Chiar crezi asta?

– Da. La fel și avocatul pentru care lucrez.

Otis rămâne pe gânduri o clipă. Nu are cazier și n-a călcat niciodată într-o închisoare, dar vărul lui execută o pedeapsă lungă pentru că a atacat un ofițer de poliție. În America albilor, penitenciarele sunt locuri potrivite în care oamenii răi își ispășesc infracțiunile. În America negrilor, ele sunt prea des folosite ca depozite pentru alungarea minorităților de pe străzi.

– Și cine l-a ucis pe avocatul acela? întreabă Otis.

– Nu știm și s-ar putea să nu aflăm niciodată. Dar încercăm să descoperim adevărul și să-l scoatem pe Quincy din închisoare.

– Nu cred că te pot ajuta.

– Dar soția ta ar putea. Ea a depus mărturie împotriva lui. Sunt convins că ți-a spus totul despre asta.

Otis ridică din umeri și aruncă o privire în jur.

– Se poate, dar asta s-a întâmplat demult. Nu a adus vorba de Quincy de ani întregi.

– Pot vorbi cu ea?

– Despre ce?

– Mărturia ei. N-a spus adevărul, domnule Walker. A declarat în faţa juraţilor că Quincy a deţinut o puşcă având calibrul de 18 mm. Cu ea s-a comis crima şi a fost a altcuiva.

– Ascultă, am cunoscut-o pe June după crimă. De fapt, a mai avut un soţ înainte de a o cunoaşte eu. Sunt al treilea, înţelegi? Ştiu că a dus-o greu când a fost mai tânără, dar acum viaţa noastră e destul de bună. Ultimul lucru pe care şi l-ar dori ar fi alte necazuri legate de Quincy Miller.

– Otis, îţi cer ajutorul! Asta-i tot. Un frate de-al nostru se topeşte într-o închisoare care se află la mai puţin de două ore de mers cu maşina de aici. Poliţişti albi şi procurori albi. Iar juriul format din albi a spus că el a ucis un avocat alb. Şi nu s-a întâmplat aşa.

Otis scuipă, se sprijină de portieră şi îşi încrucişează braţele pe piept.

Frankie insistă cu delicateţe.

– Ascultă, am executat paisprezece ani într-o închisoare din Georgia pentru o crimă comisă de altcineva. Ştiu despre ce vorbesc, înţelegi? Am avut noroc şi am scăpat, dar am lăsat câţiva nevinovaţi în spatele gratiilor. Oameni ca mine şi ca tine. Mulţi ca noi sunt închişi. Sistemul e pornit împotriva noastră, Otis. Nu facem decât să-l ajutăm pe Quincy.

– Bine, dar ce treabă are June cu asta?

– Ţi-a vorbit vreodată despre lanternă?

Otis stă pe gânduri o secundă, apoi clatină din cap. Frankie nu vrea nicio pauză în această conversaţie.

– A existat o lanternă cu ceva sânge pe ea. Poliţaii au susţinut că provenea de la locul faptei. Quincy n-o văzuse în viaţa lui, nici nu o atinsese. Iar June a declarat în faţa juraţilor că el avea una la fel. Nu era adevărat, Otis. Un neadevăr. De asemenea, a declarat că în noaptea crimei Quincy era undeva în Seabrook. Fals. Era cu o prietenă, la o oră distanţă de oraş.

Otis e căsătorit cu June de șaptesprezece ani. Frankie presupune că el își dă seama de bătăliile pe care le duce ea cu adevărul – de aceea, ce rost ar avea să bată șaua ca să priceapă iapa?

– O socotești mincinoasă? întreabă Otis.

– Deocamdată, nu. Dar singur ai spus că, pe vremea aceea, June era altfel. Ea și Quincy erau în război. El îi datora o căruță de bani, pe care nu îi putea plăti. Polițiștii au presat-o să iasă la bară și să arate cu degetul.

– Asta s-a întâmplat cu mult timp în urmă, dom'le.

– Ai dreptate. Întreabă-l pe Quincy despre asta. Stă în închisoare de douăzeci și doi de ani.

– În fine, să zicem că atunci n-a spus adevărul. Te aștepți să recunoască asta acum? Fii serios!

– Vreau doar să stau de vorbă cu ea. Știu unde lucrează. Puteam să mă duc acolo, dar noi nu lucrăm așa. Asta nu e o ambuscadă, Otis. Vă respect intimitatea și doar te rog să discuți cu June. Asta e tot.

– Tot a ambuscadă sună.

– Ce altceva aș putea face? Să-i trimit un e-mail? Ascultă, azi plec din oraș. Vorbește cu ea și vezi ce spune.

– Știu ce-o să spună. N-are nimic de-a face cu Quincy Miller.

– Regret, dar are. Frankie îi întinde o carte de vizită de la Guardian Ministries. Ai aici numărul meu de telefon. Otis, îți cer o favoare.

Otis ia cartea de vizită și o citește și pe față, și pe verso.

– Ești angajat de un soi de biserică?

– Nu. Tipul care conduce fundația este avocatul care m-a scos din închisoare. E și predicator. Un tip de treabă. Doar asta face, îi scoate pe nevinovați din penitenciare.

– E alb?

– Da.

– Cred că e un prostovan.

– Ți-ar plăcea să-l cunoști. La fel și June. Otis, oferă-ne o șansă!

– Nu te bizui pe asta.

– Scuză-mă pentru timpul pe care ți l-am răpit.

– N-ai de ce.

8

La Guardian, avem o colecţie de broşuri de care ne slujim în diverse scopuri. Dacă ţinta noastră este un alb, folosim una cu chipul meu zâmbitor pe faţă şi în centru. Cu guler de preot. Dacă trebuie să abordăm o femeie albă, o folosim pe a lui Vicki. Persoanele de culoare o primesc pe aceea în care Mazy apare braţ la braţ cu un negru a cărui achitare am obţinut-o. Ne place să spunem că nu contează culoarea pielii, dar acest lucru nu e întotdeauna adevărat. Ne folosim de asta deseori ca să deschidem uşi.

Cum Zeke Huffey e alb, i-am trimis broşura mea, împreună cu o scrisoare lungă, prin care l-am informat că soarta lui a ajuns în atenţia micii noastre fundaţii şi că ne extindem. După două săptămâni, am primit o scrisoare scrisă de mână pe o filă cu linii, prin care mi se mulţumea pentru interesul arătat. Am răspuns ca de obicei, întrebând dacă omul are nevoie de ceva. Lucru deloc surprinzător, în următoarea lui scrisoare a solicitat bani. I-am trimis două sute de dolari prin MoneyGram, plus o nouă scrisoare în care l-am întrebat dacă e de acord să îl vizitez. Bineînţeles că da.

Zeke e infractor de profesie, executând pedepse în trei state. E originar din zona Tampa, însă noi nu am descoperit nicio urmă a familiei lui. Când avea douăzeci şi cinci de ani, s-a căsătorit cu o femeie care a divorţat curând de el, când a fost condamnat pentru trafic de droguri. Din câte ştim, nu are copii şi presupunem că primeşte puţine vizite. În urmă cu trei ani, a fost arestat în Little Rock, Arkansas, iar în prezent execută o pedeapsă de cinci ani în Ţara Tuturor Oportunităţilor.

Cariera lui de turnător a început odată cu procesul lui Quincy Miller. Când a depus mărturie, avea optsprezece ani, iar o lună mai târziu, acuzațiile privind vânzarea de droguri au fost retrase și a ieșit din închisoare. Acea înțelegere a funcționat atât de bine, încât a folosit-o mereu. În fiecare penitenciar se găsește câte un drogat care are în față o condamnare de durată și care dorește să o reducă. Beneficiind de o instruire atentă din partea polițiștilor și a procurorilor, un informator poate fi foarte eficient în privința sperjurului. Jurații nu pot crede, pur și simplu, că un martor, oricare ar fi el, va promite prin jurământ să spună adevărul și numai adevărul, pentru ca apoi să le prezinte o poveste inventată, o pură ficțiune.

În aceste momente, Zeke execută o pedeapsă într-o închisoare-satelit din mijlocul câmpiilor cultivate cu bumbac din nord-estul Arkansasului. E o închisoare având obișnuita arhitectură mohorâtă, înconjurată de garduri. Din nefericire, instituția funcționează pe profit, fiind administrată de o corporație din afara statului, ceea ce înseamnă că gardienii câștigă mai modest și sunt mai puțin numeroși, că hrana de obicei îngrozitoare e chiar mai proastă, că administratorul îi privează pe deținuți de orice, începând cu untul de arahide și terminând cu hârtia de toaletă, și că asistența medicală este aproape inexistentă. Presupun că, în America, totul, inclusiv educația și reeducarea, reprezintă un domeniu al profitorilor.

Sunt condus într-o încăpere cu separeuri închise, pe ușile cărora scrie VIZITE AVOCAȚI. Un gardian încuie ușa în urma mea. Mă așez și mă uit la geamul despărțitor din material plastic. Minutele se scurg și trece o jumătate de oră, însă eu n-am nicio grabă. Apoi ușa din cealaltă parte se deschide și Zeke Huffy apare. Îmi aruncă un zâmbet în timp ce gardianul îi scoate cătușele. După ce rămânem singuri, spune:

– De ce ne aflăm în camera avocaților?

Se uită la gulerul meu.

– Mă bucur să te cunosc, Zeke. Îți mulțumesc pentru timpul acordat.

– Eh, am mult timp la dispoziţie. Nu ştiam că eşti avocat.

– Sunt şi avocat, şi preot. Cum te tratează aici?

Râde, apoi îşi aprinde o ţigară. Bineînţeles, camera nu este ventilată.

– Am avut parte de multe închisori, dar asta e cea mai nasoală, spune el. E a statului, dar e închiriată unei firme care se numeşte Atlantic Correction Corporation. Ai auzit vreodată de ea?

– Da. Am fost oaspete în câteva din închisorile administrate de ei. Sunt chiar nasoale, am dreptate?

– Patru dolari o rolă de hârtie igienică. Ar trebui să coste un dolar. Ni se dă câte o rolă pe săptămână, care aminteşte de şmirghel. Te face să şchiopătezi când mergi. Mă simt norocos că mi-ai trimis banii ăia. Îţi mulţumesc, domnule Post. Unii dintre camarazii mei nu văd niciun cent din afară.

Are pe gât nişte tatuaje oribile făcute în închisoare. Are ochii înfundaţi în orbite şi obrajii supţi, aspectul unui ratat de pe stradă care a consumat droguri ieftine mai toată viaţa lui.

– O să-ţi mai trimit nişte bani când voi putea, îi spun, dar noi lucrăm cu un buget destul de restrâns.

– Cine este acest „noi"? Şi de ce te afli de fapt aici? Niciun avocat nu mă poate scoate de unde sunt.

– Lucrez pentru o fundaţie nonprofit, care şi-a propus să salveze oameni nevinovaţi. Unul dintre clienţii noştri este Quincy Miller. Îl mai ţii minte?

Chicoteşte şi scoate un nor de fum.

– Aşadar, ai venit aici sub un alt pretext, aşa e?

– Vrei să plec?

– Depinde ce vrei.

Infractor de profesie, Zeke îşi dă seama că jocul s-a schimbat brusc. Vreau să aflu ceea ce doar el ştie, iar el se gândeşte deja cum să stoarcă un profit din asta. A mai făcut jocul ăsta şi înainte.

– Să începem cu adevărul, îi propun eu.

El râde şi spune:

– Adevăr, justiție și modul american de viață. Domnule Post, cred că ești un nătărău dacă vrei să afli adevărul într-un loc ca ăsta.

– Asta mi-e meseria, Zeke. E singura modalitate prin care îl pot scoate pe Quincy din închisoare. Amândoi știm că ești un turnător cu experiență, care a mințit în fața juraților de la procesul lui Quincy. El nu ți s-a confesat. Amănuntele legate de crimă ți-au fost date de polițai și de procuror, care au făcut o repetiție cu tine ca să îți spui povestea. Membrii juriului au înghițit varianta ta, iar Quincy stă în închisoare de douăzeci și doi de ani. Ar fi momentul să-l scot de acolo.

Îmi zâmbește ca și cum ar vrea să îmi facă pe plac.

– Mi-e foame. Poți să-mi cumperi o Coca-Cola și niște arahide prăjite?

– Sigur.

Chiar și într-un asemenea loc, nu e neobișnuit ca vizitatorii să cumpere gustări. Bat în ușă și, într-un târziu, un gardian o deschide. Mergem împreună spre câteva aparate de vânzare, unde încep să vâr monede de un sfert de dolar. Doi dolari o doză de apă minerală de 330 de mililitri, câte un dolar pentru fiecare pachet mic de arahide. Gardianul mă însoțește înapoi în camera noastră, astfel că, după câteva minute, apare din nou alături de Zeke, pentru a-i da ceea ce și-a dorit.

– Mulțumesc, spune el, luând o gură de băutură.

Este important să fac discuția să meargă înainte, de aceea îl întreb:

– Cum se face că polițiștii te-au convins să depui mărturie împotriva lui Quincy?

– Doar știi cum acționează, domnule Post. Mereu caută martori, mai ales când n-au dovezi. Nu-mi amintesc toate amănuntele. Asta s-a întâmplat cu mult timp în urmă.

– Așa e. Pentru Quincy sigur a trecut multă vreme. Te-ai gândit vreodată la el, Zeke? Doar știi cât de greu e în închisoare. Te-ai gândit vreo clipă că ai ajutat la azvârlirea unui om nevinovat în spatele gratiilor pentru tot restul vieții?

– Nu chiar. Am fost preocupat de alte chestii, înţelegi?

– Nu ştiu ce să zic. Quincy are o şansă de scăpare. E doar o bănuială, dar toţi avem în vedere câte ceva. Asta mi-e munca, Zeke, şi ştiu ce fac. Avem nevoie de ajutorul tău.

– Ajutorul meu? Ce ar trebui să fac?

– Să spui adevărul, Zeke. Semnează o declaraţie în care să spui că ai minţit la proces şi că ai făcut asta întrucât poliţiştii şi procurorii ţi-au oferit un târg favorabil.

Sfărâmă între dinţi câteva arahide şi examinează podeaua. Insist.

– Ştiu la ce te gândeşti, Zeke. Te gândeşti că Florida e departe şi că n-ai niciun chef să te implici într-un caz atât de vechi. Te gândeşti că, dacă apari acum şi spui adevărul, copoii şi procurorul te vor acuza de sperjur şi te vor condamna din nou. Însă nu se va întâmpla asta. Statutul limitărilor la sperjur a dispărut de multă vreme. Pe de altă parte, au dispărut toţi. Şeriful s-a pensionat. La fel şi procurorul. Judecătorul a murit. Sistemul de pe vremea aceea nu manifestă niciun interes faţă de tine. Nu ai nimic de câştigat şi nimic de pierdut ajutându-l pe Quincy să fie eliberat. Zeke, practic, nu e nevoie să te gândeşti. Fă ceea ce se cuvine, spune adevărul, iar viaţa ta va merge înainte.

– Ascultă, domnule Post, o să ies peste un an şi cinci luni şi nu vreau să fac nimic care să-mi afecteze ieşirea din închisoare.

– Cei din Arkansas nu se sinchisesc de ce ai făcut într-un tribunal din Florida în urmă cu douăzeci şi doi de ani. Nu eşti singurul care a comis sperjur acolo. Tipilor de aici nu le pasă nici cât negru sub unghie. După ce eşti eliberat condiţionat, singura lor grijă va fi să aducă un alt om în celula ta. Zeke, ştii cum merg lucrurile. Eşti profesionist în jocul ăsta.

E suficient de prostănac pentru a zâmbi când primeşte un asemenea compliment. Soarbe din doza de Coca-Cola, îşi aprinde încă o ţigară şi, într-un sfârşit, spune:

– Domnule Post, nu ştiu ce să zic, mi se pare cumplit de riscant. De ce să mă vâr în chestia asta?

– Dar de ce nu? Nu le eşti dator cu nimic poliţailor şi procurorilor. Iar lor nu le pasă ce se întâmplă cu tine, Zeke. Te afli de cealaltă parte a străzii. Fă ceva folositor pentru cineva ca tine.

În discuţia noastră apare o pauză lungă. Timpul nu înseamnă nimic. Termină un pacheţel de arahide şi îl desface pe al doilea. Apoi spune:

– N-am avut idee că există avocaţi care fac ceea ce faci tu. Câţi oameni ai scos de la mititica?

– Opt, în ultimii zece ani. Toţi nevinovaţi. Acum avem şase clienţi, printre care se numără şi Quincy.

– Pe mine mă poţi scoate din închisoare? întreabă el şi asta ni se pare amuzant amândurora.

– Ei bine, Zeke, dacă aş crede că eşti nevinovat, aş putea face o încercare.

– Probabil c-ar fi o pierdere de vreme.

– Probabil că da. Zeke, ne poţi ajuta?

– Când se termină totul?

– Păi, acum lucrăm din greu. Investigăm totul şi întocmim un caz de nevinovăţie. Dar e foarte dificil, după cum îţi închipui. Nu e nicio grabă în ceea ce te priveşte, dar aş dori să păstrăm legătura.

– Aşa facem, domnule Post, şi dacă mai găseşti ceva dolari, trimite-mi-i. Arahidele şi o Coca-Cola reprezintă o masă bună în văgăuna asta.

– O să-ţi trimit nişte bani, Zeke. Şi, dacă-ţi găseşti ceva timp liber, gândeşte-te la Quincy! Îi eşti dator.

– Aşa o să fac.

9

Carrie Holland avea nouăsprezece ani când declarase în fața juraților care îl judecau pe Quincy că văzuse un bărbat negru alergând pe o stradă întunecoasă cam la ora crimei. Avea aceeași statură și aceeași constituție ca și Quincy și ținea în mână ceva ce părea a fi un băț sau ceva asemănător. Declarase că tocmai își parcase mașina în fața unei clădiri cu apartamente când auzise două zgomote puternice venind din direcția biroului de avocatură al lui Russo, aflat la trei intersecții distanță. Apoi văzuse un bărbat alergând. La interogatoriul din instanță, Tyler Townsend atacase. Carrie nu locuia în clădirea de apartamente, dar declarase că se afla acolo pentru a-și vizita o prietenă. Care era numele prietenei? Când ea ezitase, Tyler reacționase, arătându-și neîncrederea, și o luase peste picior. Când el spusese: „Dă-ne numele prietenei și o vom chema ca martor", procurorul obiectase, iar judecătorul îl susținuse. Potrivit transcrierii mărturiei, se părea că ea nu își amintise niciun nume.

Tyler își concentrase atacul asupra străzii întunecate, care nu era iluminată. Folosind o hartă, indicase clădirile și distanța de la mașina ei până la biroul lui Russo, apoi ridicase semne de întrebare privind capacitatea ei de a vedea ceea ce susținea că văzuse. Se contrazisese cu ea până când judecătorul intervenise și îl silise să se oprească.

Femeia avea o acuzație de consum de droguri din anul precedent și Tyler o încolțise din acest motiv. Când ajunsese în boxa martorilor, o întrebase dacă se aflase sub influența drogurilor și sugerase că ea încă se străduia să renunțe la ele. Dorise să știe dacă era adevărat că se întâlnea cu un adjunct din forţele de poliţie din comitatul Ruiz. Ea negase. Cum interogarea apărării se prelungea, judecătorul îi ceruse să grăbească lucrurile. Când el susţinuse că procurorul beneficiase de tot timpul din lume, judecătorul îl ameninţase, spunându-i că acest lucru reprezenta o insultă adusă instanţei şi că nu era pentru prima oară. Când terminase interogarea lui Carrie Holland, Tyler crease dubii privind credibilitatea ei, însă, pe de altă parte, o abuzase verbal până într-acolo încât juraţii începuseră să manifeste simpatie faţă de ea.

La scurtă vreme după proces, Carrie plecase din oraş. Trăise un timp în apropiere de Columbus, Georgia, apoi se căsătorise acolo, avusese doi copii, divorţase şi dispăruse. Lui Vicki îi trebuise un an de investigaţii întreprinse de la birou ca să descopere că martora trăia sub numele de Carrie Pruitt într-o zonă îndepărtată din vestul statului Tennessee.

Acum lucrează într-o fabrică de mobilier din apropiere de Kingsport şi locuieşte într-o casă mobilă pe care o împarte cu un bărbat pe nume Buck.

Spre lauda ei, femeia a reuşit să nu mai aibă alte necazuri. Cazierul ei cuprinde doar condamnarea pentru consum de droguri de la Seabrook, care nu se prescrie. Noi presupunem că, în prezent, ea a renunţat la droguri, iar în meseria noastră acesta este întotdeauna un element pozitiv.

În urmă cu o lună, Frankie s-a furişat în acea regiune pentru obişnuita lui acţiune de recunoaştere. Are fotografii ale casei mobile în care locuieşte Carrie şi ale zonei din jur, dar şi ale fabricii la care lucrează. Colaborând cu un investigator din Kingsport, a aflat că femeia are un fiu în armată şi unul care locuieşte în Knoxville. Buck conduce un camion şi nu are cazier. Lucru destul de ciudat, tatăl lui a fost pastor cândva, la o mică biserică rurală aflată la treizeci şi doi de kilometri distanţă faţă de locul în care ei locuiesc acum. Asta înseamnă că în cadrul familiei ar putea exista un element de stabilitate.

În plus, există o șansă mare ca nici Buck, nici altcineva aflat pe o rază de opt sute de kilometri să nu știe prea multe despre trecutul ei. Asta complică lucrurile. De ce și-ar reevalua scurta ei întâlnire cu Quincy Miller de acum două decenii și și-ar da viața peste cap?

Îl întâlnesc pe Frankie într-un local specializat în clătite din Kingsport și, cât mâncăm, discutăm despre fotografii. Casa mobilă e în depărtare, având un țarc în spate pentru câini, unde Buck ține câțiva copoi. El conduce camioneta în zona aceea. Ea are o Honda. Vicki a obținut numerele de înmatriculare și a verificat cine este proprietarul lor. Niciunul dintre ei nu e înregistrat pe listele de vot. O barcă de pescuit, cu două motoare, se află sub o copertină, alături de remorcă. Se vede clar că Buck ia în serios vânătoarea și pescuitul.

– Nu-mi place cum arată locul ăsta, spune Frankie în timp ce răsfoiește fotografiile.

– Am văzut altele și mai rele, spun eu, și e adevărat. Am bătut la multe uși dincolo de care mă așteptam să fiu întâmpinat de un câine Doberman sau de o pușcă. Dacă presupunem asta, înseamnă că putem concluziona că ea ar dori să păstreze discreția.

– De acord. De aceea, nu te apropia de casă.

– La ce oră pleacă la muncă?

– Nu știu, dar se pontează la opt, termină la cinci după-amiaza și nu iese pentru a mânca de prânz. Câștigă în jur de nouă dolari pe oră. Lucrează la o linie de asamblare, nu într-un birou, așa că nu se poate discuta cu ea la locul de muncă.

– Și n-ar vorbi dacă ar avea colegi în jur. Care e prognoza vremii pentru sâmbătă?

– Senin și însorit. O zi perfectă pentru pescuit.

– Să sperăm că așa va fi.

*

Sâmbătă, în zori, Frankie pune benzină la un magazin general aflat la vreun kilometru și jumătate de casa mobilă. E ziua noastră norocoasă, cel puțin așa gândim pe moment. Buck și un prieten trec pe lângă noi, tractând barca de pescuit și îndreptându-se spre un lac sau spre un râu. Frankie îmi telefonează, așa că eu sun imediat la numărul lor de acasă.

Îmi răspunde o femeie somnoroasă. Cu un glas prietenos, îi spun:

– Doamnă Pruitt, mă numesc Cullen Post și sunt avocat în Savannah, Georgia. Ai un minut liber?

– Cine? Ce dorești?

Starea de somnolență se topește brusc.

– Numele meu este Cullen Post. Aș vrea să discutăm despre un proces în care ai fost martoră cu mult timp în urmă.

– Ai greșit numărul.

– Pe vremea aceea te chema Carrie Holland și ai locuit în Seabrook, Florida. Am toate dovezile, Carrie, și n-am venit până aici ca să-ți fac necazuri.

– Ai greșit numărul, domnule.

– Îl reprezint pe Quincy Miller. Stă în închisoare de douăzeci și doi de ani din cauza ta, Carrie. Poți măcar să-mi oferi o jumătate de oră.

Legătura se întrerupe. Zece minute mai apoi, parchez în fața casei mobile. Frankie nu se află departe, pentru situația în care s-ar trage în mine.

În cele din urmă, Carrie vine la ușă și o deschide lent, pășind pe veranda îngustă din lemn. E zveltă și poartă blugi strâmți. Părul ei blond este strâns la spate. Chiar și fără să se fi machiat, nu arată rău, însă anii de fumat au strâns riduri în jurul ochilor și gurii. Ține în mână o țigară aprinsă și se uită urât la mine.

Eu port gulerul preoțesc, dar asta nu o impresionează. Îi zâmbesc și spun:

– Îmi cer scuze că dau buzna chiar așa, dar s-a întâmplat să mă aflu în zonă.

– Ce dorești? întreabă ea și trage din țigară.

– Vreau să-mi scot clientul din închisoare, Carrie, și de aceea am nevoie de tine. Ascultă, n-am venit să te deranjez sau să te hărțuiesc.

Pariez că Buck nu a auzit de Quincy Miller, adevărat? Nu te pot învinui pentru asta. Nici nu mă voi referi la așa ceva. Însă Quincy e încă închis pentru o crimă comisă de altcineva. N-ai văzut niciun om de culoare fugind de la locul crimei. Ai depus mărturie pentru că te-au silit polițaii, adevărat? Te întâlneai cu unul dintre ei, așa că te cunoșteau. Aveau nevoie de un martor, iar tu aveai acea mică problemă cu drogurile, am dreptate, Carrie?

– Cum m-ai găsit?

– Doar nu te ascunzi.

– Pleacă de-aici înainte să chem poliția!

Ridic mâinile în semn de supunere.

– Nicio problemă. E proprietatea ta. O să plec. Arunc o carte de vizită pe iarbă și spun: Ai acolo numărul meu. Meseria nu-mi permite să uit de tine, așa că o să mă întorc. Și promit că nu-ți voi distruge acoperirea. Vreau doar să discutăm, atâta tot, Carrie. Ai făcut ceva îngrozitor acum douăzeci și doi de ani și a sosit vremea să îndrepți lucrurile.

Nu se clintește din loc și mă urmărește plecând.

*

Scrisoarea lui Quincy este scrisă îngrijit, cu majuscule. Cred că i-au trebuit ore întregi ca să o aștearnă pe hârtie. Sună astfel:

DRAGĂ POST,

ÎȚI MULȚUMESC ÎNCĂ O DATĂ PENTRU CĂ AI PRELUAT CAZUL MEU. NICI NU ÎȚI ÎNCHIPUI CE ÎNSEAMNĂ SĂ FII ÎNCHIS FĂRĂ SĂ AI PE NIMENI AFARĂ CARE SĂ TE CREADĂ. POST, ZILELE ASTEA SUNT CU TOTUL ALT OM ȘI NUMAI DATORITĂ ȚIE. PUNE-TE PE TREABĂ ȘI SCOATE-MĂ DE AICI!

M-AI ÎNTREBAT DACĂ TÂNĂRUL ȘI MINUNATUL MEU AVOCAT TYLER TOWNSEND AVEA VREO TEORIE ÎN LEGĂTURĂ CU ADEVĂRATUL UCIGAȘ. AVEA. MI-A SPUS DE MULTE ORI CĂ SE ȘTIA FOARTE BINE ÎN ACEA PARTE A FLORIDEI CĂ KEITH RUSSO ERA AMESTECAT CU OAMENI NEPOTRIVIȚI. ACEIA

ERAU AVOCAŢII UNOR TRAFICANŢI DE DROGURI. AU ÎNCEPUT SĂ FACĂ O GRĂMADĂ DE BANI ŞI AU STÂRNIT ATENŢIA. ÎN SEABROOK NU SE POT FACE BANI MULŢI, NICI MĂCAR AVOCAŢII, IAR OAMENII AU DEVENIT BĂNUITORI. MARELE ŞERIF PFITZNER A FOST UN TICĂLOS ŞI TYLER MI-A SPUS CĂ SE OCUPA DE DROGURI. PROBABIL ŞI DE CRIME.

ŞTIU SIGUR ASTA, POST. CINEVA A PUS BLESTEMATA AIA DE LANTERNĂ ÎN PORTBAGAJUL MAŞINII MELE ŞI MAI ŞTIU CĂ PFITZNER A FOST ACELA. TOATĂ TREABA A FOST O ÎNSCENARE. ŞTIAU CĂ VA FI MAI UŞOR DE CONDAMNAT UN NEGRU ÎN SEABROOK DECÂT UN ALB, ŞI UITE CĂ AU NIMERIT-O.

UN PRIETEN MI-A SPUS CĂ AR TREBUI SĂ ÎL ANGAJEZ PE RUSSO PENTRU DIVORŢUL MEU. UN SFAT RĂU DE TOT. MI-A CERUT PREA MULŢI BANI ŞI A FĂCUT O TREABĂ MIZERABILĂ. PE LA JUMĂTATEA PROCESULUI, MI-AM DAT SEAMA CĂ NU VOIA SĂ FIE AVOCAT DE DIVORŢURI. CÂND JUDECĂTORUL A IMPUS ACEA PENSIE ALIMENTARĂ ŞI DE ÎNTREŢINERE A COPILULUI, I-AM SPUS LUI RUSSO: „DOMNULE, CRED CĂ GLUMEŞTI! NU POT NICICUM SĂ PLĂTESC ATÂŢIA BANI!“ ŞTII CE A ZIS? „AI FOST NOROCOS CĂ NU S-A STABILIT O SUMĂ MAI MARE!“ JUDECĂTORUL ERA UN MARE BISERICOS ŞI URA BĂRBAŢII FUSTANGII. FOSTA MEA NEVASTĂ A SPUS CĂ MĂ ŢINEAM DE FEMEI. RUSSO S-A PURTAT CA ŞI CUM CĂPĂTASEM CE MERITAM.

TYLER NU ŞTIA DE CE ÎL UCISESERĂ PE RUSSO, DAR, CÂND AI DE-A FACE CU O BANDĂ DE TRAFICANŢI, TREBUIE SĂ ÎŢI ÎNCHIPUI CĂ I-A ÎNŞELAT ÎN VREUN FEL. PROBABIL A OPRIT PREA MULT DIN BANI. POATE CIRIPEA. POATE SOŢIA LUI NU VOIA SĂ PIARDĂ TOT CE AVEAU. AM ÎNTÂLNIT-O DE CÂTEVA ORI CÂND AM MERS LA BIROUL LOR ŞI NU MI-A PLĂCUT. O TIPĂ DURĂ.

DUPĂ PROCESUL MEU, TYLER A PRIMIT AMENINŢĂRI ŞI ERA DE-A DREPTUL SPERIAT. PÂNĂ LA URMĂ, L-AU GONIT DIN ORAŞ.

MI-A SPUS CĂ ACOLO ERAU UNII OAMENI RĂI ŞI CĂ VREA SĂ PLECE. DUPĂ ANI BUNI, CÂND RECURSURILE MELE S-AU ÎNCHEIAT, IAR EL NU MAI ERA AVOCATUL MEU, MI-A SPUS CĂ UN ADJUNCT DE ŞERIF DIN SEABROOK A FOST UCIS. SUSŢINEA CĂ ASTA AVEA LEGĂTURĂ CU UCIDEREA LUI RUSSO ŞI CU BANDELE DE TRAFICANŢI. ÎNSĂ EL FĂCEA DOAR SPECULAŢII.

DECI, POST, ASTA E TEORIA LUI TYLER CU PRIVIRE LA CINE L-A OMORÂT PE RUSSO. ŞI MAI CREDEA ŞI CĂ SOŢIA LUI RUSSO ERA PROBABIL AMESTECATĂ. DAR E PREA TÂRZIU CA SĂ SE MAI DOVEDEASCĂ ACUM CEVA.

POST, ÎŢI MULŢUMESC DIN NOU. SPER CĂ ASTA TE AJUTĂ ŞI MAI SPER SĂ TE VĂD CURÂND. LA TREABĂ!

CLIENTUL ŞI PRIETENUL TĂU, QUINCY MILLER

10

Expertul în pete de sânge care depusese mărturie împotriva lui Quincy era un fost detectiv de la serviciul Omucideri din Denver, pe nume Paul Norwood. După ce se ocupase de crime vreme de câţiva ani, hotărâse să îşi predea insigna, să îşi cumpere două costume bune şi să devină martor expert. Abandonase colegiul şi nu avea timp să obţină o diplomă în criminologie sau ceva legat de adevărata ştiinţă, aşa că participa la seminare şi la ateliere pe teme de medicină legală şi citea reviste şi cărţi scrise de alţi experţi. Ştia să vorbească în mod convingător şi folosea un vocabular savant, astfel că îi era uşor să îi convingă pe judecători că îşi cunoştea meseria. După ce se calificase ca expert legist, îi fusese şi mai uşor să îi convingă pe juraţii necunoscători că părerile lui se bazau pe cunoştinţe ştiinţifice solide.

Norwood nu era nicidecum singurul. În anii '80 şi '90, mărturiile depuse de experţi proliferaseră în tribunalele specializate în cazuri penale, astfel că tot soiul de autorităţi autoproclamate bântuiau prin ţară, impresionând juraţii cu părerile lor libere. Pentru a înrăutăţi situaţia, filmele poliţiste de televiziune îi prezentau pe anchetatorii medico-legali drept detectivi sclipitori, capabili să soluţioneze infracţiuni complexe cu ajutorul ştiinţei lor infailibile. Practic, detectivii celebri se uitau la un cadavru plin de sânge şi, după o oră sau două, descopereau numele criminalului. În viaţa reală, mii de acuzaţi de crimă erau condamnaţi şi închişi prin teorii precare privind pete şi stropi de sânge, incendiere, urme de mușcături, țesături, cioburi de sticlă, păr pubian și de pe scalp, urme de încălțăminte, balistică și chiar amprente digitale.

Avocații apărători de calitate contestau credibilitatea acestor experți, însă rareori aveau câștig de cauză. Judecătorii erau deseori copleșiți de știință ori nu aveau vreme să se educe în domeniu. Dacă un asemenea martor era cât de cât instruit și lăsa impresia că știe despre ce vorbește, i se permitea să depună mărturie. Cu timpul, judecătorii au adoptat raționamentul că, dacă un martor se calificase ca expert în procese desfășurate în alte state, atunci sigur era o autoritate în materie. Curțile de apel au intrat în acest joc confirmând condamnări fără să pună la îndoială în mod serios metodele științifice care stăteau la baza concluziilor medico-legale – și astfel au sporit reputația experților. Pe măsură ce prezentările deveneau mai consistente, părerile au ajuns să cuprindă și mai multe teorii ale vinovăției.

Cu cât depunea mai multe depoziții, cu atât mai inteligent devenea un expert. Cu un an înainte de procesul lui Quincy din 1988, Norwood petrecuse douăzeci și patru de ore la un seminar privind analiza petelor de sânge, organizat de o companie privată din Kentucky. Absolvise cursul, i se acordase un certificat care să îi ateste aptitudinile și adăugase un nou domeniu de expertiză la repertoriul lui tot mai vast. Curând, începuse să impresioneze jurații prin cunoștințele lui științifice cu privire la numeroasele moduri complicate în care sângele se putea împrăștia în timpul unei crime oribile. Se specializase în sânge, reconstituirea locului faptei, balistică și analiza firelor de păr. Făcuse reclamă serviciilor lui, se aliase cu forțele de poliție și cu procurorii și chiar scrisese o carte de medicină legală. Reputația lui crescuse, astfel că serviciile lui ajunseseră la mare cerere.

În cursul unei cariere de douăzeci și cinci de ani, Norwood depusese mărturie în sute de procese penale, întotdeauna în numele acuzării și implicând întotdeauna acuzatul.

Apoi apăruseră testele ADN, care îi afectaseră serios afacerile. Acestea nu numai că au schimbat viitorul investigațiilor criminalistice, ci au și dus la o analiză amănunțită, proaspătă și devastatoare a științei de doi bani pe care o practicau Norwood și cei din tagma lui. În cel puțin jumătate din achitările unor oameni nevinovați pe baza ADN-ului, medicina legală defectuoasă a fost piatra de temelie a dovezilor prezentate de acuzare.

Într-un singur an, 2005, trei dintre condamnările date în baza mărturiilor lui Norwood au fost infirmate când testele ADN au scos la iveală metodele și concluziile lui greșite. Cele trei victime ale sale își petrecuseră împreună cincizeci și nouă de ani în închisoare, una dintre ele fiind condamnată la moarte. La interogatoriul luat de apărare, după ce își prezentase analiza standard privind petele de sânge, el a fost discreditat cum nu se poate mai rău. Avocatul apărării a prezentat în mod dureros fiecare dintre cele trei achitări din anul precedent. Interogatoriul a fost sclipitor, brutal și revelator. Acuzatul a fost găsit nevinovat. Ulterior, a fost identificat și adevăratul criminal. Iar Norwood s-a lăsat de meserie.

Cu toate acestea, răul fusese înfăptuit. Quincy Miller fusese condamnat cu mult timp în urmă din cauza analizei făcute de Norwood asupra lanternei cu picături de sânge, pe care nu o văzuse personal. Analiza lui extrem de clară a cazului constase în vizionarea unor fotografii color mărite ale locului crimei și ale lanternei. El nu atinsese dovada crucială a cazului, ci se bizuise pe fotografii ale ei. Fără a fi descurajat de acest lucru, depusese mărturie susținând cu certitudine că picăturile de sânge de pe geamul lanternei erau stropi prin ricoșeu proveniți de la împușcăturile care îl uciseseră pe Keith Russo.

Lanterna dispăruse înainte de proces.

*

Norwood refuză să discute cu mine despre caz. I-am scris de două ori. Mi-a răspuns o dată, spunându-mi că nu este dispus să discute despre el nici măcar la telefon. Susține că este bolnav; cazul a fost cu mult timp în urmă; memoria îl lasă și așa mai departe. O discuție nu ar fi chiar atât de productivă. Până în prezent, cel puțin șapte dintre condamnările date în baza mărturiilor lui s-au dovedit a fi fraude, iar el este folosit cu regularitate drept exemplu privind știința neserioasă care o luase razna. Avocații din domeniul pedepsei cu moartea îl atacă permanent. Ba chiar a fost dat în judecată. Bloggerii îl jupoaie de viu pentru nenorocirile pe care le-a provocat. Judecătorii curților de apel prezintă în amănunțime cariera lui deplorabilă. Un grup de apărători ai nevinovaților se străduiește să adune o avere pentru revizuirea tuturor cazurilor în care el a depus mărturie, dar o asemenea sumă e greu de procurat. Dacă mi-ar acorda o audiență, l-aș ruga să își repudieze activitatea și să încerce să îl ajute pe Quincy, dar deocamdată nu a dat niciun semn că ar avea remușcări.

Cu sau fără Norwood, nu avem altă șansă decât să ne angajăm propriul specialist în medicină legală, iar cei mai buni sunt scumpi.

Mă aflu în Savannah pentru două zile, încercând să liniștesc lucrurile. Eu, Vicki și Mazy suntem în sala de conferințe și discutăm probleme de medicină legală. Pe masă, în fața noastră, stau patru CV-uri, ultimii patru oameni de pe lista noastră. Toți sunt criminaliști de vârf, cu o reputație impecabilă. Începem cu doi dintre ei și le trimitem cazul. Cel mai ieftin cere cincisprezece mii de dolari pentru analiză și consultanță. Cel mai scump vrea treizeci de mii de dolari și nu negociază prețul. Întrucât activitatea de dovedire a nevinovăției s-a intensificat în ultimul deceniu, acești oameni sunt extrem de căutați de către grupurile care pledează în favoarea celor condamnați pe nedrept.

În fruntea listei noastre se află doctorul Kyle Benderschmidt, de la Virginia Commonwealth University din Richmond. A predat câteva decenii și a construit una dintre cele mai solide catedre de știință a medicinei legale din țară. Am consultat și alți avocați, iar aceștia au vorbit foarte elogios despre el.

Încercăm să păstrăm șaptezeci și cinci de mii de dolari în fondul nostru de război pentru a plăti experți, detectivi particulari și chiar avocați, dacă este nevoie. Nu ne face plăcere să plătim avocați, iar de-a lungul anilor am fost foarte convingători, solicitându-le celor înţelegători să acţioneze pro bono[1]. Avem o reţea largă în întreaga ţară. Iar unii oameni de ştiinţă îşi vor reduce onorariile ca să ajute o persoană nevinovată – dar asta se întâmplă foarte rar.

Onorariul standard al lui Benderschmidt e de treizeci de mii de dolari.

– Avem banii ăştia? o întreb pe Vicki.

– Bineînţeles, spune ea zâmbind, arătându-se mereu optimistă.

Dacă nu i-am avea, s-ar pune pe telefon şi ar stârni câţiva donatori.

– Atunci, să-l angajăm pe el, spun.

Mazy este de acord. Trecem la al doilea expert.

– Post, spune Mazy, s-ar părea că demarăm încet în cazul ăsta. Cum să zic, te-ai întâlnit cu June Walker, cu Zeke Huffey şi cu Carrie Holland. Până acum, niciunul dintre ei nu vrea să discute cu tine.

Ca în fiecare birou din cadrul Guardian, există o mulţime de frecuşuri animate de amiciţie. Vicki şi Mazy se împacă destul de bine, deşi fiecare îi oferă celeilalte o remarcabilă libertate de mişcare. Când mă aflu în oraş, devin o ţintă facilă. Dacă nu am ţine unul la altul, am ajunge să ne batem cu pietre.

Râd şi zic:

– Fără glumă! Şi te rog să-mi aminteşti ultimul caz în care am demarat rapid.

– Suntem o ţestoasă, nu un iepure, zice Vicki, aruncându-ne una dintre zicalele ei preferate.

– Da, spun eu. Ne-au trebuit trei ani până să ne apucăm de cazul ăsta. Aţi vrea să obţinem o achitare într-o lună?

– Bine, dar măcar arată-ne că ai făcut ceva progrese, zice Mazy.

– Încă n-am apăsat butonul care să mă facă fermecător, le spun.

Mazy zâmbeşte.

– Când te duci la Seabrook?

– Habar n-am. Amân asta cât de mult pot. Nimeni de acolo nu ştie că ne-am implicat şi aş vrea să rămân în umbră.

---

[1] Pro bono (latină), spre binele public (n.tr.)

– Care e nivelul temerilor? întreabă Vicki.

– Greu de spus, dar sigur e un factor. Dacă Russo a fost eliminat de o bandă de traficanţi de droguri, înseamnă că indivizii aceia sunt încă în activitate. Probabil că vor afla imediat ce apar acolo.

– Post, mi se pare cumplit de riscant, spune Mazy.

– Adevărat, dar riscăm în cele mai multe dintre cazurile noastre, corect? Clienţii noştri sunt în închisori pentru că altcineva a apăsat pe trăgaci. Ceilalţi sunt încă acolo râzând, pentru că poliţia a înhăţat un nevinovat. Ultimul lucru pe care l-ar dori ar fi să vadă un avocat al nevinovaţilor care să răscolească un caz vechi.

– Să ai grijă! spune Vicki.

Mi-e limpede că amândouă au discutat cu îngrijorare pe la spatele meu.

– Sunt atent întotdeauna. Astă-seară găteşti?

– Îmi pare rău, joc bridge.

– Avem nişte pizza congelată, spune Mazy.

Detestă să gătească şi, cu patru copii acasă, se bazează foarte mult pe sectorul de articole congelate din magazine.

– James e aici? o întreb pe Mazy.

Ea şi soţul ei s-au despărţit cu câţiva ani în urmă şi au încercat să divorţeze. N-a mers, dar nici convieţuirea sub acelaşi acoperiş nu a funcţionat. Ştie că îmi pasă cu adevărat şi că nu mă vâr în viaţa ei.

– Vine şi pleacă şi stă câtva timp cu copiii.

– Mă rog pentru voi, oameni buni!

– Ştiu asta, Post. Şi noi ne rugăm pentru tine.

*

Nu păstrez mâncare în apartamentul meu, pentru că există posibilitatea să se strice din cauza neglijenţei. Cum nu pot să mă aleg cu o masă de seară de la niciuna dintre colege, lucrez până la căderea întunericului, după care fac o plimbare lungă prin partea veche a oraşului. Crăciunul e peste două săptămâni şi aerul este răcoros. Trăiesc în Savannah de vreo doisprezece ani, dar nu cunosc cu adevărat oraşul. Sunt plecat prea mult timp ca să mă bucur de farmecul şi de istoria lui şi e greu să stabilesc relaţii de prietenie dacă am un stil de viaţă atât de rătăcitor. Însă primul meu prieten este acasă şi abia aşteaptă să fie în compania cuiva.

Luther Hodges m-a scos din seminar şi m-a atras în Savannah. Acum e pensionar, iar soţia i-a murit în urmă cu câţiva ani. Locuieşte într-o căsuţă deţinută de dioceză, aflată la două intersecţii de Piaţa Chippewa. Mă aşteaptă pe verandă, dornic să iasă din casă.

– Bună, padre, spun în timp ce ne îmbrăţişăm.

– Bună, fiule, răspunde el cu pioşenie.

Salutările noastre obişnuite.

– Ai slăbit, spune el.

Îşi face griji în legătură cu stilul meu de viaţă – o dietă nepotrivită, prea puţin somn şi mult stres.

– Mda, tu sigur n-ai slăbit, îi răspund.

Se bate pe burtă şi spune:

– Nu mă pot abţine de la îngheţată.

– Mor de foame. Să mergem!

Suntem pe trotuar braţ la braţ, păşind de-a lungul străzii Whitaker. Luther are aproape optzeci de ani şi, la fiecare vizită, bag de seamă că se mişcă tot mai încet. Şchiopătează uşor şi are nevoie de un genunchi nou, dar spune că părţile înlocuite sunt pentru boşorogi.

„Nu poţi îngădui bătrâneţii să se instaleze“ e una dintre replicile lui preferate.

– Pe unde ai mai fost? mă întreabă el.

– Ca de obicei. Pe ici şi pe colo.

– Spune-mi despre cazul acesta, zice el.

Îl fascinează munca mea şi vrea să fie ţinut la curent. Ştie numele clienţilor fundaţiei şi urmăreşte on-line fiecare progres pe care îl facem.

Îi povestesc despre Quincy Miller şi despre obişnuita demarare lentă a noastră. Mă ascultă cu atenţie şi, ca întotdeauna, vorbeşte puţin. Câţi dintre noi avem un prieten adevărat căruia îi place ce facem și care e dispus să ne asculte ore în șir? Mă simt binecuvântat pentru că îl am pe Luther Hodges.

Ating punctele esențiale, fără să îi dezvălui nimic confidențial, și îl întreb câte ceva în legătură cu activitatea lui. Își petrece ore în șir în fiecare zi redactând scrisori către bărbați și femei care se află în spatele gratiilor. Acesta este domeniul lui și i s-a dedicat cu totul. Păstrează cu meticulozitate evidențe și copii ale corespondenței pe care o poartă. Dacă te afli pe lista lui Luther, primești scrisori, împreună cu felicitări de ziua de naștere și de Crăciun. Dacă ar avea bani, le-ar trimite tuturor deținuților.

În acest moment, pe lista lui se numără șaizeci de oameni. Unul a murit săptămâna trecută. Un tânăr din Missouri s-a spânzurat, iar glasul lui Luther se frânge când îmi vorbește despre el. Omul vorbise despre sinucidere în două scrisori, iar Luther se îngrijorase. Telefonase la închisoare de numeroase ori, solicitând ajutor, dar nu îl obținuse.

Coborâm spre râul Savannah și pășim pe strada presărată cu pietriș din apropierea apei. Micul bistrou preferat de noi oferă fructe de mare și funcționează acolo de decenii bune. Luther m-a dus la un prânz acolo la prima mea vizită în oraș. Ajunși la ușă, îmi spune:

– Fac eu cinste.

Îmi cunoaște situația financiară.

– Dacă insiști..., spun eu.

11

VCU este un campus orășenesc ce pare să ocupe cea mai mare parte a centrului orașului Richmond. Într-o după-amiază geroasă de ianuarie, mă îndrept spre Catedra de Științe Medico-legale de pe West Main Street. Kyle Benderschmidt conduce catedra de două decenii și domnește peste acest loc. Biroul lui ocupă o bună parte a etajului. O secretară îmi oferă cafea, ceea ce nu refuz niciodată. Studenții vin și pleacă. La ora trei fix, renumitul criminalist apare și mă întâmpină cu un zâmbet.

Doctorul Benderschmidt are puțin peste șaptezeci de ani și se îmbracă încă precum un membru al unei fraternități, ceea ce a fost cândva: pantaloni kaki apretați, pantofi ieftini și o cămașă încheiată la toți nasturii. Deși este la mare căutare ca expert, încă îi place să predea, și ține două cursuri în fiecare semestru. Nu îi plac sălile de tribunal și se străduiește să evite să depună mărturie. Și eu, și el știm că, dacă obținem o rejudecare a cazului lui Quincy, nu se va întâmpla decât peste câțiva ani. În mod obișnuit, el analizează cazul, pregătește constatările, oferă păreri și trece la următorul, în vreme ce avocații își văd de treburile lor.

Îl urmez într-o mică sală de conferințe. Pe masă se află mormanul de materiale pe care i le-am trimis în urmă cu trei săptămâni: fotografii și scheme ale locului crimei, fotografii ale lanternei, raportul autopsiei și întreaga transcriere a procesului, totul însumând aproape o mie două sute de pagini.

Fac un semn spre întreaga hârțogărie.

– Ce părere aveţi?

Zâmbeşte şi clatină din cap.

– Am citit totul şi nu-mi dau seama cum de a fost condamnat domnul Miller. Dar acest lucru nu e ieşit din comun. Ce s-a întâmplat cu lanterna?

– În camera în care poliţia depozita obiecte delicte a izbucnit un incendiu. Lanterna nu a fost găsită.

– Ştiu, am citit şi acea parte. Dar ce s-a întâmplat cu adevărat?

– Încă nu ştim. Nu am investigat incendiul şi probabil că nici nu vom putea face asta.

– Aşadar, să presupunem că incendiul a fost pus în mod deliberat şi că cineva a vrut să facă lanterna să dispară. Ce ar câştiga poliţia prin distrugerea ei şi ferind-o de juriu?

Mă simt ca un martor care este asaltat de întrebări de avocatul părţii adverse.

– Bună întrebare, spun, luând o înghiţitură de cafea. Pentru că tot lucrăm cu presupuneri, să zicem că poliţia nu a vrut ca expertul apărării să o examineze.

– Dar nu a existat un expert al apărării, spune el.

– Bineînţeles că nu. A fost un caz de apărare fără bani, cu un avocat numit din oficiu. Judecătorul a refuzat să asigure fonduri pentru un expert al apărării. Probabil că poliţiştii au anticipat această situaţie, dar au decis să nu riște. Și-au închipuit că pot găsi un tip precum Norwood, care va fi încântat să analizeze și să speculeze folosind doar fotografii.

– Cred că asta are logică.

– Acum nu facem decât presupuneri, doctore Benderschmidt. În acest moment, e tot ce putem. Și probabil că acei stropi de sânge aparţin altei persoane.

– Exact, spune el zâmbind, ca și cum și-ar fi dat deja seama de ceva. Ia o fotografie color mărită a geamului cu diametrul de cinci centimetri al lanternei. Noi am examinat asta cu tot felul de intensificatori de imagini. Eu și câțiva colegi. Nici măcar nu sunt convins că acele puncte sunt de sânge uman – sau chiar de sânge.

– Dacă nu sunt de sânge, atunci de ce sunt?

– Imposibil de spus. Ceea ce mă tulbură foarte mult e că lanterna nu a fost recuperată de la locul crimei. Nu știm de unde provine și de unde e sângele, dacă asta este, nici cum a ajuns pe suprafața geamului. Mostra e atât de mică, încât nu se poate lucra cu ea, astfel că e imposibil de stabilit ceva clar.

– Dacă e vorba de stropire prin ricoșeu, n-ar fi ajuns picături de sânge pe pușcă și chiar pe ucigaș?

– Mai mult decât probabil, dar nu vom afla asta niciodată. Nu s-au recuperat nici pușca și nici îmbrăcămintea ucigașului. Știm însă că a fost vorba de o pușcă din pricina gloanțelor găsite. Două focuri într-un spațiu atât de restrâns ar produce o cantitate foarte mare de sânge. Cred că fotografiile dovedesc asta. Mă surprinde că nu au rămas urme de sânge pe tălpile ucigașului, când a plecat de acolo.

– Nu există o asemenea probă.

– Atunci, aș zice că ucigașul a făcut eforturi mari ca să evite identificarea. Nu există amprente, deci probabil că a purtat mănuși. Nici amprente de pantofi sau de ghete, ceea ce înseamnă că a avut ceva care i-a acoperit tălpile. Pare a fi vorba de un ucigaș foarte specializat.

– Putea fi o crimă comisă de o bandă, de un profesionist.

– Eh, asta e treaba ta. Nu merg atât de departe.

– E posibil să tragi cu o pușcă ținând-o într-o mână, în timp ce ții lanterna în cealaltă? întreb eu, deși răspunsul mi se pare evident.

– Foarte puțin probabil. Dar e o lanternă mică, având un geam cu diametrul de cinci centimetri. Ar fi posibil să ții lanterna în mâna pe care o folosești pentru a stabiliza țeava armei. Asta înseamnă să accepți teoria acuzării. Dar mă îndoiesc serios că lanterna a fost prezentă la locul crimei.

– Numai că Norwood a depus mărturie că exista sânge pe lanternă ca urmare a stropirii prin ricoșeu.

– Norwood a greșit încă o dată. Și el ar fi trebuit să fie aruncat în închisoare.

– Deci drumurile voastre s-au încrucișat?

– A, da. De două ori. Am demontat două dintre condamnările obținute de el, dar cei doi oameni sunt încă în penitenciar. Norwood a fost foarte cunoscut în domeniu pe vremea lui de glorie. Din fericire, s-a retras, dar încă există mulți ca el în activitate, care fac același lucru. Asta mă îngrețoșează.

Benderschmidt s-a arătat foarte vocal în criticile aduse seminarelor de o săptămână, în cursul cărora ofițeri de poliție și anchetatori – toate persoanele, de fapt, care aveau suficienți bani pentru instruire – obțineau un certificat de absolvire, pentru ca apoi să se declare experți.

– A fost cu totul iresponsabil din partea lui, continuă el, să declare în fața juraților că acele picături sunt de sânge și că ele provin din corpul lui Russo. Scutură din cap în semn de neîncredere și dezgust. Asta nu este, pur și simplu, o modalitate științifică de a dovedi ceva.

Norwood le spusese juraților că stropirea prin ricoșeu nu putea parcurge mai mult de un metru și douăzeci de centimetri prin aer, o părere obișnuită pentru acea perioadă. Prin urmare, țeava armei fusese aproape de victimă. Distanța de deplasare a picăturilor de sânge depinde mult de fiecare împușcătură, iar faptul că Norwood stabilise atât de precis distanța fusese cât se poate de greșit. Există mult prea multe variabile implicate aici pentru a emite păreri.

– Și care e părerea ta?

– Că nu există nicio bază științifică pentru ceea ce a declarat Norwood în fața juriului. Că nu avem cum să știm dacă acea lanternă a existat la locul faptei. Că există chiar posibilitatea ca aceste picături să nu fie de sânge. Multe păreri, domnule Post. O să le îmbrac pe toate într-un limbaj frumos, care să nu lase nicio urmă de îndoială.

Se uită la ceasul de la mână și îmi spune că trebuie să dea un telefon. Mă întreabă dacă asta mă deranjează. Sigur că nu. Cât timp e plecat, extrag câteva notițe, câteva întrebări la care nu pot găsi răspunsuri. Nici el, dar aş aprecia părerea lui. Doar îl plătesc pentru asta. Se întoarce după un sfert de oră cu o cană de cafea în mână.

– Deci, ce te frământă? îl întreb. Să lăsăm ştiinţa şi să facem câteva speculaţii!

– Lucrul ăsta e la fel de amuzant ca şi ştiinţa, spune el zâmbind. Prima întrebare: dacă poliţiştii au plasat lanterna în portbagajul maşinii lui Miller, de ce n-au mers mai departe punând şi puşca acolo?

Şi eu mi-am pus aceeaşi întrebare de o sută de ori.

– Probabil se temeau că n-aveau să poată dovedi că era a lui. Sunt convins că nu era înregistrată. Sau poate era mai greu să fie pusă în portbagaj. Lanterna era mai mică şi mai uşor de plantat. Şeriful Pfitzner a declarat că a găsit-o când a percheziţionat portbagajul. Erau şi alţi poliţişti acolo.

Mă ascultă cu atenţie şi încuviinţează.

– Plauzibil.

– Ar fi fost uşor să scoată lanterna din buzunar şi să o scape în portbagaj. Nu putea face asta cu o puşcă.

El continuă să dea din cap.

– Accept ideea. Următoarea întrebare: potrivit turnătorului, Miller a afirmat că a doua zi a mers până în Golf şi a aruncat puşca în ocean. De ce n-ar fi aruncat şi lanterna? Ambele fuseseră la locul faptei. Ambele erau mânjite de sânge. E absurd că nu le-a aruncat pe amândouă.

– Nu am răspuns la întrebarea asta, îi răspund, şi aici apare o fisură uriaşă în povestea pe care poliţaii i-au servit-o turnătorului.

– Şi de ce în ocean, unde apa e mică din cauza mareelor?

– Nu se susţine, spun eu.

– Aşa e. Următoarea întrebare: de ce s-a folosit o puşcă? Face prea mult zgomot. Ucigaşul a fost norocos că nimeni nu a auzit bubuiturile.

– Ei bine, Carrie Holland a declarat că a auzit ceva, dar ea nu e credibilă. S-a folosit o puşcă pentru că, probabil, un om ca Miller ar fi folosit așa ceva. Un profesionist ar fi apelat la un pistol cu amortizor, dar ei nu înscenau asta unui profesionist. Îl voiau pe Miller.

– De acord. Miller mergea la vânătoare?

– Nici vorbă. A declarat că n-a vânat niciodată.

– Deţinea pușcă?

– A spus că ţinea două pistoale în casă pentru a se proteja. Soţia lui a declarat că deţinea o pușcă, dar nici ea nu e credibilă.

– Ești foarte bun, Post.

– Mulţumesc. Am căpătat ceva experienţă pe stradă. La fel ca și tine, doctore Benderschmidt. Acum, când cunoști cazul, aș vrea să aud versiunea ta estimativă. Lasă deoparte știinţa și spune-mi cum s-a petrecut crima!

Se ridică în picioare și pășește spre fereastră, privind îndelung afară.

– Aici a fost vorba de un creier, domnule Post, și, de aceea, dacă nu se întâmplă un miracol, probabil că nu vei soluţiona crima asta. Diana Russo a prezentat o poveste convingătoare privind conflictul dintre Miller și soţul ei. Bănuiesc că a exagerat, dar juraţii au crezut-o. A arătat cu degetul spre un negru dintr-un oraș al albilor. Și încă unul care ar fi avut motiv. Ei, conspiratorii, au știut suficient de multe lucruri despre probele găsite la locul faptei ca să folosească lanterna pentru a face legătura cu Miller. Adevăratul ucigaș n-a lăsat indicii detectabile, ceea ce e un lucru remarcabil – care ne spune multe despre nivelul ridicat de planificare. Și dacă a comis vreo greșeală, poliţiștilor le-a scăpat sau poate au mușamalizat-o. După douăzeci și doi de ani, avem un caz închis – și încă unul care pare imposibil de soluţionat. Domnule Post, nu vei găsi criminalul, dar ai putea să dovedești nevinovăţia clientului tău.

– Există probabilitatea ca el să fie vinovat?

– Deci ai îndoieli?

– Întotdeauna. Asta mă ţine treaz noaptea.

Revine pe scaun și ia o gură de cafea.

– Nu cred. Motivul nu se susţine. Sigur, probabil că l-a urât pe fostul lui avocat, dar uciderea lui zburându-i creierii i-ar fi adus sigur pedeapsa cu moartea. Miller a avut un alibi. Nu există niciun indiciu care să-l lege de locul crimei. Cea mai bună estimare informată este că nu el a comis crima.

– Mă bucur să aud asta, îi răspund zâmbind.

Nu e un tip milostiv și a depus mărturii mai mult în favoarea acuzării decât a apărării. Merge direct la ţintă și, când nu e de acord, nu se teme să critice un alt expert, chiar dacă îi este coleg. Mai petrecem câteva minute discutând despre alte cazuri faimoase în care au apărut pete de sânge și curând se apropie momentul să plec.

– Mulţumesc, doctore, îi spun și îmi strâng lucrurile. Știu că timpul tău e preţios.

– Doar plătești pentru asta, spune el zâmbind.

Da, treizeci de mii de dolari.

În timp ce deschid ușa, adaugă:

– Încă un lucru, domnule Post, care nu ţine de domeniul meu: situaţia de acolo ar putea deveni riscantă. Nu e treaba mea, înţelegi, dar ai face bine să fii precaut.

– Mulţumesc.

12

Drumurile mele mă duc la următoarea închisoare de pe lista mea. Se numește Tully Run și este ascunsă la poalele munților Blue Ridge din vestul Virginiei. E a doua vizită pe care o fac acolo. Din cauza internetului, există acum sute de mii de oameni condamnați pentru infracțiuni sexuale. Din nenumărate motive, aceștia nu sunt prea agreați de populația închisorilor. Cele mai multe penitenciare încearcă să îi plaseze în facilități separate. Statul Virginia îi expediază pe cei mai mulți la Tully Run.

Numele bărbatului e Gerald Cook. Alb, având patruzeci și trei de ani, condamnat la douăzeci de ani pentru molestarea celor două fiice vitrege. Cum am atât de mulți clienți dintre care să aleg, am încercat întotdeauna să evit infractorii sexuali. Cu toate acestea, lucrând în acest domeniu, am descoperit că unii dintre ei sunt de fapt nevinovați.

În tinerețe, Cook a fost un țărănoi rebel și băutor de frunte, gata oricând să sară la bătaie și să alerge după fuste. În urmă cu nouă ani, a nimerit prost și s-a căsătorit. Soții au conviețuit cu greu câțiva ani, părăsind domiciliul când unul, când celălalt. Ambii aveau probleme când era vorba să își păstreze slujbele, iar banii erau tot timpul o problemă. La o săptămână după ce soția lui a înaintat cererea de divorț, Gerald a câștigat o sută de mii de dolari la loteria de stat din Virginia și s-a străduit să păstreze secretul. Ea a aflat aproape imediat, iar avocații ei au fost entuziasmați. Gerald a fugit din regiune cu banii, iar divorțul a fost tărăgănat. Ca să îi distragă atenția și să obțină măcar o parte din bani, femeia a conspirat cu fiicele ei, pe atunci în vârstă de unsprezece și, respectiv, paisprezece ani, să îl acuze de abuzuri sexuale, infracțiuni care nu fuseseră menționate niciodată. Fetele au semnat declarații scrise sub jurământ, prezentând în detaliu violuri și molestări. Gerald a fost arestat și azvârlit în închisoare, apoi a plătit o cauțiune exorbitantă și ne-a spus neîncetat că era nevinovat.

În Virginia este dificil să aperi pe cineva care este acuzat de așa ceva. La proces, ambele fete au fost chemate în boxa martorilor și, în mărturiile lor îndurerate, au descris lucrurile oribile pe care se presupunea că le comisese tatăl lor vitreg. Gerald a negat totul în mărturia lui, dar, fiind o minte înfierbântată, nu a convins. A fost condamnat la douăzeci de ani. Până să ajungă în închisoare, câștigul de la loterie dispăruse de mult.

Niciuna dintre fete nu a terminat liceul. Cea mare a dus o viață uimitor de promiscuă, iar la vârsta de douăzeci și unu de ani e la a doua căsătorie. Cea mică are un copil și lucrează pentru un salariu minim la un restaurant fast-food. Mama lor deține un salon de înfrumusețare de la marginea orașului Lynchburg și are o gură bogată.

Investigatorul nostru de acolo a obținut declarații de la două foste cliente, care au afirmat că femeia spunea mereu povești hilare despre faptul că îl „aranjase" pe Gerald cu acuzații fabricate. Mai avem declarația unui fost prieten de-al ei, care prezintă o poveste similară. Ea l-a speriat atât de rău, încât a părăsit-o.

Cook a ajuns în atenția noastră în urmă cu doi ani, când ne-a scris din închisoare. Primim în jur de douăzeci de asemenea scrisori săptămânal, iar restanțele noastre sunt frustrante. Eu, Vicki și Mazy ne petrecem cât de mult timp putem citindu-le și încercând să îi eliminăm pe cei pe care nu îi putem ajuta. Multe sunt trimise de deținuți vinovați, care au la dispoziție suficient timp ca să inventeze motive de nevinovăție și care ne trimit scrisori lungi. Călătoresc având mereu la mine un teanc de scrisori, pe care le citesc când ar trebui de fapt să dorm. Politica noastră de la Guardian este să răspundem fiecărei scrisori.

Povestea lui Cook părea plauzibilă, de aceea i-am răspuns imediat. Am schimbat câteva scrisori, iar el mi-a trimis transcrierea și dosarul procesului. Am efectuat o investigație preliminară și ne-am convins că probabil spunea adevărul. L-am vizitat acum un an și mi-a displăcut imediat. A confirmat ceea ce aflaserăm din corespondența noastră: e obsedat de gândul răzbunării. Scopul lui este să iasă din închisoare și fie să le facă vreun rău fizic fostei soții și fiicelor ei, fie, mai curând, să le arunce în cârcă acuzații de consum de droguri și să le vadă închise. Visează ca într-o bună zi să le viziteze în închisoare. Am încercat să îl domolesc, explicându-i că avem așteptări de la oameni după ce sunt eliberați și că nu ne implicăm niciodată cu persoane care vor să se răzbune.

Cei mai mulți deținuți pe care îi vizitez sunt ascultători și recunoscători pentru timpul ce li se acordă. Însă, repet, Cook e belicos. Rânjește la mine prin geamul din plexiglas, apoi apucă telefonul și spune:

– De ce a durat atât de mult, Post? Doar știi că sunt nevinovat, scoate-mă de aici!

Îi zâmbesc și îi zic:

– Mă bucur să te revăd, Gerald. Cum îți mai merge?

– Scutește-mă de căcaturile astea cu fericirea, Post! Vreau să știu ce faci cât eu stau închis aici împreună cu o sumedenie de perverși. De șapte ani mă zbat să scap de avansurile homosexualilor și m-am săturat până peste cap.

Păstrându-mi calmul, spun:

– Gerald, probabil că s-ar cuveni să începem cu vizita asta. Deja te rățoiești la mine și nu-mi place asta. Doar nu mă plătești. Sunt voluntar. Dacă nu poți păstra lucrurile plăcute, atunci o să plec.

Lasă capul în jos și începe să plângă. Aștept răbdător cât încearcă să se liniștească. Își șterge apoi obrajii cu mânecile uniformei și nu se uită direct la mine.

– Sunt nevinovat, Post, spune el cu glas spart.

– Cred asta, altfel nu m-aș afla aici.

– Târfa aia și-a pus fetele să mintă și încă se hlizesc toate trei pe tema asta.

– Cred și asta, Gerald. Chiar cred, dar va dura ceva până să te scot de aici. Pur și simplu nu există nicio modalitate de a grăbi lucrurile. Cum ți-am mai spus, e destul de ușor să condamni un om nevinovat și aproape imposibil să obții achitarea lui.

– Post, asta nu e bine deloc.

– Știu, știu. Asta e problema mea acum, Gerald. Dacă ai ieși mâine, mă tem că ai face ceva cu totul prostesc. Te-am rugat de multe ori să îți reprimi gândurile de răzbunare și, dacă ele persistă, atunci nu mă bag.

– N-am s-o omor, Post. Promit. N-o să fac ceva chiar atât de prostesc, ca să mă văd azvârlit din nou într-un loc ca ăsta.

– Dar?

– Dar ce?

– Dar ce-ai putea face, Gerald?

– O să mă gândesc eu la ceva. Post, după ce mi-a făcut, merită să fie și ea închisă o vreme. Nu pot uita asta.

– Trebuie să uiți, Gerald. Trebuie să te duci undeva departe și să o uiți cu totul.

– Nu pot, Post. Nu mi-o pot scoate din minte pe târfa aia mincinoasă. Și pe fiicele ei. Le urăsc din străfundul ființei mele. Uite-mă aici, un om nevinovat, iar ele își văd de viața lor și râd de mine. Asta e dreptate?

Fiindcă sunt prevăzător din necesitate, încă nu am ajuns avocatul lui. Deși Guardian a cheltuit aproape douăzeci de mii de dolari și a făcut investigații timp de doi ani, încă nu suntem implicați în mod oficial. Omul mi-a creat îngrijorări încă de la început și am ținut deschisă ușa eliberării lui.

– Gerald, tot mai vrei să te răzbuni?

Îi tremură buzele și ochii i se umezesc din nou. Se holbează la mine și încuviințează.

– Gerald, îmi pare rău, dar îți spun nu. Nu te voi reprezenta.

Brusc, explodează într-un acces de furie.

– Post, nu poţi face asta! răcneşte el în telefon, apoi îl azvârle şi se năpusteşte spre despărţitura din plexiglas. Nu! Nu! La naiba, nu-mi poţi face asta! O să mor aici!

Începe să bată cu pumnii în plexiglas.

Sunt şocat, astfel că mă retrag.

– Post, trebuie să mă ajuţi! Doar ştii că sunt nevinovat! Nu poţi pleca aşa de aici, lăsându-mă să mor! Sunt nevinovat! Sunt nevinovat şi ştii prea bine că sunt nevinovat!

Uşa din spatele meu se deschide, iar în cameră intră un gardian.

– Stai jos! strigă el spre Gerald, care, aflat de cealaltă parte a despărţiturii din plexiglas, bate cu pumnii în ea.

Gardianul urlă la el, apoi uşa din spatele lui Gerald se deschide şi apare un alt gardian. Îl înşfacă şi îl îndepărtează de despărţitură. În timp ce mă strecor pe uşă ca să scap, el continuă să răcnească:

– Post, sunt nevinovat! Sunt nevinovat.

Aproape că îl aud şi în timp ce mă îndepărtez cu maşina de Tully Run.

*

Patru ore mai târziu, pătrund în incinta Institutului Corecţional pentru Femei din Carolina de Nord (NCCIW), din Raleigh. Parcarea este plină şi, ca întotdeauna, bombăn ceva despre banii cheltuiţi în ţară pentru reabilitare. E o afacere imensă, de-a dreptul profitabilă în unele state, dar cu siguranţă un mare angajator pentru orice comunitate îndeajuns de norocoasă pentru a avea o astfel de închisoare. În Statele Unite există peste două milioane de oameni închişi, astfel că este nevoie de un milion de angajaţi şi de optzeci de miliarde de dolari în taxe pentru a le purta de grijă.

La fel ca toate penitenciarele pentru femei, NCCIW ar trebui închis. Foarte puţine femei au comis crime. Greşeala făcută de ele a fost că şi-au ales prieteni nepotriviţi.

Carolina de Nord îşi trimite femeile condamnate la moarte la NCCIW. Acum, acolo sunt şapte, inclusiv clienta noastră, Shasta Briley.

A fost condamnată pentru uciderea celor trei copii, la aproape treizeci și doi de kilometri distanță de locul în care este acum încarcerată.

Povestea ei, una tristă, este a unei puștoaice care n-a avut niciodată o șansă în viață. A fost un copil abandonat, plimbat permanent din case de copii în orfelinate în cadrul unor proiecte de înfiere. A abandonat școala, a avut un copil, a trăit cu o mătușă, a lucrat ici și colo pe un salariu mizer, a mai avut un copil, apoi a devenit dependentă de droguri. După ce a născut cel de-al treilea copil, a avut șansa de a găsi o cameră într-un adăpost pentru persoane fără locuință, unde un consilier a ajutat-o să se lase de droguri. Un bărbat de la o biserică i-a oferit o slujbă, i-a adoptat pe ea și pe copii, iar ea s-a mutat într-un mic apartament de închiriat. Cu toate astea, fiecare zi reprezenta o luptă, astfel că în scurt timp a fost arestată pentru falsificarea de cecuri. Și-a vândut trupul pentru bani, după care s-a apucat să vândă droguri.

Viața ei a fost un coșmar; prin urmare, a fost ușor de condamnat.

În urmă cu opt ani, apartamentul ei luase foc la miezul nopții. Reușise să scape pe o fereastră, alegându-se cu tăieturi și cu arsuri, și fugise din casă răcnind, în timp ce vecinii se repeziseră în ajutorul ei. Cele trei fiice ale ei pieriseră în incendiu. După tragedie, comunitatea se strânsese în jurul ei. Înmormântarea fetelor fusese sfâșietoare și constituise cea mai importantă știre locală. Apoi anchetatorul specializat în incendii sosise în oraș. Când rostise cuvântul „incendiere", toată compătimirea pentru Shasta se mistuise.

La procesul ei, statul dovedise că, în lunile de dinaintea incendiului, ea încheiase câteva polițe de asigurare: trei polițe de viață de câte zece mii de dolari pentru fiecare copil și una de zece mii de dolari pentru ceea ce deținea în apartament. O rudă depusese mărturie spunând că Shasta se oferise să îi vândă copiii cu o mie de dolari fiecare. Expertul în incendii își exprimase clar părerea. Shasta avea multe în cârcă: trei copii cu trei tați diferiți, cazier și un istoric de consum de droguri și de prostituție. Aflați la locul sinistrului incident, vecinii le declaraseră polițiștilor că ea încercase să pătrundă în apartament, însă flăcările erau prea intense. Era plină de sânge, avea arsuri pe mâini și era ca scoasă din minți. Cu toate astea, după ce începuse să circule teoria privind incendierea, cei mai mulți dintre vecini se resemnaseră. La proces, trei dintre ei declaraseră în fața juraților că ea păruse nepăsătoare cât incendiul se intensifica. Unuia i se permisese să speculeze că probabil era drogată.

După șapte ani, își petrece zilele singură într-o celulă și are puține contacte cu alte persoane. Sexul este moneda obișnuită într-o închisoare pentru femei, însă deocamdată gardienii i-au dat pace. E fragilă, mănâncă puțin, citește ore în șir cărți de buzunar și Biblia și vorbește cu voce pierită. Discutăm printr-un paravan, astfel că nu sunt necesare telefoane. Îmi mulțumește pentru că am venit la ea și mă întreabă de Mazy.

Având patru copii, Mazy pleacă rareori din Savannah, dar a vizitat-o de două ori pe Shasta și s-a legat de ea. Își scriu săptămânal și discută la telefon o dată pe lună. Mazy știe deja mai multe despre incendieri decât majoritatea experților.

– Ieri am primit o scrisoare de la Mazy, spune ea zâmbind. Se pare că toți copiii ei sunt bine.

– O duc grozav.

– Le simt lipsa copiilor mei, domnule Post. Ăsta-i cel mai rău lucru dintre toate. Îmi lipsesc copiii.

Astăzi, timpul nu contează. Aici, avocaților li se permite să stea cât de mult vor, iar Shasta se bucură că se află afară din celulă. Vorbim despre cazul ei, despre copiii lui Mazy, despre vreme, Biblie, cărți, orice o interesează pe ea. După o oră, o întreb:

– Ai citit raportul?

– Fiecare cuvânt, de două ori. Doctorul Muscrove își cunoaște meseria.

– Să sperăm.

Muscrove e expertul nostru în incendieri, un adevărat om de știință, care a demistificat complet investigația efectuată de stat. E ferm în opinia lui cum că incendiul nu a fost provocat în mod deliberat.

Cu alte cuvinte, nu a fost vorba nicidecum de o crimă. Însă plasarea raportului său în mâinile unui judecător înţelegător va fi dificilă. Şansa noastră cea mai mare va fi o graţiere de ultim moment acordată de guvernator, iar acesta este un scenariu improbabil.

În timp ce discutăm, îmi reamintesc faptul că acesta este un caz pe care probabil îl vom pierde. Dintre cei şase clienţi ai noştri din prezent, Shasta Briley are cele mai reduse şanse de supravieţuire.

Încercăm să discutăm despre raportul lui Muscrove, dar ştiinţa este deseori copleşitoare chiar şi pentru mine. Ea îmi vorbeşte despre ultimul roman de dragoste pe care l-a citit, iar eu o îndemn fericit să continue. Deseori, sunt uimit să constat cât de mult citesc unii dintre aceşti deţinuţi în timpul încarcerării.

Un gardian îmi aminteşte că s-a făcut târziu. Discutăm de trei ore. Ne atingem palmele de partiţie şi ne luăm rămas-bun. Ca întotdeauna, ea îmi mulţumeşte pentru timpul pe care i l-am acordat.

13

La data asasinării lui Russo, şeful poliţiei din Seabrook era Bruno McKnatt, care, potrivit cercetărilor noastre, se pare că a avut foarte puţin de-a face cu acea investigaţie. În Florida, şeriful comitatului era principala oficialitate a forţelor poliţieneşti şi putea să îşi asume jurisdicţia în privinţa oricărei infracţiuni, chiar şi a acelora din cadrul municipalităţilor, deşi, în oraşele mai mari, departamentele de poliţie se ocupă de astfel de lucruri. Russo fusese ucis în limitele oraşului Seabrook, dar McKnatt fusese dat deoparte de Bradley Pfitzner, şerif acolo de multă vreme.

McKnatt a fost şef al poliţiei din 1984 până în 1990, după care s-a transferat în Gainesville. Acolo, cariera lui a fost chinuită, de aceea a încercat să se ocupe şi de afaceri imobiliare. Vicki l-a descoperit într-un sat sărac din apropiere de Winter Haven, populat predominant de pensionari, numit Sunset Village. Are şaizeci şi şase de ani şi primeşte două pensii, una de la asigurările sociale, iar cealaltă, de la stat. E căsătorit şi are trei copii adulţi, răspândiţi prin sudul Floridei. Dosarul nostru despre McKnatt e subţire, deoarece a avut foarte puţin de-a face cu investigaţia. Nu a depus mărturie la proces, iar numele lui abia dacă e menţionat.

Contactarea lui McKnatt reprezintă prima mea incursiune în Seabrook. Omul nu este din oraş şi şi-a petrecut în zonă doar câţiva ani. Presupun însă că are câteva persoane de contact acolo. A manifestat totuşi puţin interes faţă de crimă. L-am sunat cu o zi înainte de a sosi acolo şi a părut dispus să discute cu mine.

Sunset Village este alcătuit dintr-o serie de cercuri aproape perfecte de case mobile, aşezate în jurul unui centru al comunităţii. Fiecare casă are câte un copac umbros alături de o alee din beton pentru maşini, iar fiecare vehicul este vechi de cel puţin zece ani. Rezidenţii par dornici să evadeze din limitele caselor lor mici, astfel că mai toţi stau pe verande şi socializează. Multe dintre casele pe roţi au rampe construite pentru scaunele cu rotile. Când dau roată primului cerc, sunt examinat cu atenţie. Câţiva dintre bătrâni îşi flutură mâinile prietenos, dar cei mai mulţi se uită încruntaţi la plăcuţele de înmatriculare de Georgia ale Fordului meu SUV, ca şi cum ar detecta sosirea unui intrus. Parchez aproape de centrul comunităţii şi mă uit câteva momente la un grup de bătrâni care joacă shuffleboard[1] sub un cort mare. Alţii joacă dame, şah sau domino.

La şaizeci şi şase de ani, McKnatt face parte sigur din fracţiunea tânără a acestei populaţii. Îl zăresc purtând o şapcă albastră de baseball cu inscripţia Braves pe ea şi mă apropii de el. Ne aşezăm la o masă de picnic din apropierea unui perete pe care se află zeci de afişe şi de buletine. E supraponderal, dar pare să fie într-o formă destul de bună. Bine măcar că nu are nevoie de o butelie de oxigen.

Oarecum apărându-se, îmi spune:

– Îmi place aici, sunt mulţi oameni cărora le pasă de ceilalţi. Nimeni nu are bani mulţi, astfel că nimeni nu se preface. Ne străduim să rămânem activi şi avem multe de făcut.

Îi spun o banalitate, ceva de genul că locul pare plăcut. Chiar dacă e bănuitor, nu lasă impresia asta. Ţine să discute cu cineva şi pare mândru că are un vizitator. Vreme de câteva minute, îl fac să îmi povestească despre cariera lui din poliţie şi, în cele din urmă, ajung la subiectul care mă interesează.

– Dar de ce te interesează cazul lui Quincy Miller?

– Îmi este client şi mă străduiesc să-l scot din închisoare.

---

[1] Joc în care adversarii, folosind crose, încearcă să împingă discuri grele pe locurile care aduc puncte (n.tr.)

– Asta s-a întâmplat demult, adevărat?

– Acum douăzeci și doi de ani. L-ai cunoscut?

– Nu până la comiterea crimei.

– Ai mers la locul faptei?

– Bineînțeles. Pfitzner era deja acolo – ajunsese foarte repede – și mi-a cerut să o duc acasă pe doamna Russo. Ea găsise cadavrul, înțelegi, și telefonase la 911. Sărmana femeie era distrusă, după cum îți poți închipui. Am condus-o acasă și am rămas cu ea până când au venit câteva prietene – a fost groaznic –, iar după aceea m-am întors la locul faptei. Ca întotdeauna, Pfitzner era la comandă și dădea ordine. Am zis că sunt de părere să chemăm poliția statului, pentru că așa ar fi trebuit să procedăm, dar Pfitzner a spus că o va face mai târziu.

– Și a făcut-o?

– A doua zi. Nu s-a grăbit. Nu voia ca altcineva să lucreze la caz.

– Care a fost relația ta cu Pfitzner? îl întreb.

Zâmbește, dar nu plăcut.

– O să fiu cinstit cu tine, spune el, ca și cum până atunci ar fi fost nesincer. Pfitzner a reușit destituirea mea, așa că nici nu vreau să aud de el. Era șerif de douăzeci de ani când orașul m-a angajat ca șef al poliției, iar el nu ne-a respectat niciodată, nici pe mine, nici pe ofițerii din departamentul meu. Controla comitatul cu o mână de fier și nu voia ca vreun om care poartă insignă să îi calce teritoriul. Așa au stat lucrurile.

– De ce ai fost concediat?

McKnatt scoate un mormăit și se uită la bătrânii care joacă shuffleboard. Într-un târziu, ridică din umeri și spune:

– Trebuie să înțelegi politica dintr-un orășel. Aveam sub comandă doisprezece oameni, iar Pfitzner avea de două ori mai mulți. Avea un buget mare, obținea orice dorea, iar eu mă alegeam cu resturi. Nu ne-am înțeles niciodată, pentru că vedea în mine o amenințare. A concediat un ajutor de șerif, iar când l-am angajat eu, s-a înfuriat. Toți politicienii se temeau de el, așa că a tras niște sfori, obţinând concedierea mea. Abia aşteptam să plec din oraş. Ai călcat în Seabrook?

– Încă nu.

– N-o să afli prea multe acolo. Pfitzner s-a pensionat de mult și sunt convins că a acoperit toate urmele.

E o afirmaţie cu greutate, menită să mă facă să insist, dar eu nu am nicio reacţie. E prima noastră întâlnire și nu vreau să par prea înflăcărat. Trebuie să îi câştig încrederea, iar asta cere timp. De ajuns cu şeriful Pfitzner. O să revin la subiect la vremea potrivită.

– L-ai cunoscut pe Keith Russo? îl întreb.

– Sigur. I-am cunoscut pe toţi avocaţii. E un oraş mic.

– Ce părere aveai despre el?

– Inteligent, încrezut... n-a fost unul dintre preferaţii mei. În cadrul unui proces, i-a tratat de sus pe doi dintre oamenii mei și nu mi-a plăcut asta. Ținea să fie un avocat important și cred că era pe cale să devină. Într-o zi ne-am trezit că era la volanul unui Jaguar negru, nou-nouţ, probabil singurul din oraş. S-a zvonit că soluţionase un caz greu în Saratoga și că dăduse lovitura. Atât era de fălos...

– Și Diana, soţia lui?

Clatină din cap ca și cum întrebarea i-ar fi redeșteptat amintiri dureroase.

– Sărmana doamnă! Cred că am avut mereu o slăbiciune pentru ea. Îţi imaginezi prin ce a trecut când a găsit cadavrul lui în halul acela? Era distrusă.

– Nu pot. Era bună ca avocat?

– Bine privită, așa bănuiesc. N-am avut nicio treabă cu ea. Însă era o minunăţie de femeie, o adevărată frumuseţe.

– Ai urmărit procesul?

– Nu. L-au strămutat în comitatul vecin, Butler, și nu puteam justifica timpul alocat ca să asist la proces.

– La data aceea, chiar ai crezut că Quincy Miller a comis crima?

Ridică din umeri și spune:

– Sigur. Nu aveam niciun motiv să mă îndoiesc de asta. Din câte țin minte, a existat un motiv foarte serios pentru a ucide, o ranchiună. N-a fost și un martor care l-a văzut fugind de la locul faptei?

– Da, dar ea n-a putut să îl identifice cu certitudine.

– N-au găsit arma crimei în mașina lui Miller?

– Nu tocmai. Au găsit o lanternă cu niște sânge pe ea.

– Și ADN-ul s-a potrivit, adevărat?

– Nu, în 1988 nu se făceau teste ADN. Iar lanterna a dispărut.

Rămâne un moment pe gânduri și mi-e clar că nu își amintește detaliile importante. A plecat din Seabrook la doi ani după crimă și s-a străduit să uite acel loc.

– Am crezut mereu că a fost un caz clar de la cap la coadă. Presupun că ești de altă părere, nu?

– Sigur, altfel nu m-aș afla aici.

– Bine, dar ce te face să crezi în nevinovăția lui Miller după atâția ani?

Nu am de gând să îmi împărtășesc teoriile, cel puțin nu în aceste momente. Poate mai târziu. Îi răspund.

– Cazul instrumentat de stat nu stă în picioare, zic eu vag, apoi continui: După ce-ai plecat, ai mai ținut legătura cu cineva din Seabrook?

Clatină din cap.

– Nu chiar. Cum am spus, n-am stat acolo prea multă vreme și am plecat destul de precipitat. Nu a fost cea mai bună perioadă a carierei mele.

– Ai cunoscut cumva un adjunct de șerif pe nume Kenny Taft?

– Sigur, i-am cunoscut pe toți, pe unii mai bine decât pe alții. Când a fost ucis, am citit asta în ziare. Eram în Gainesville și mă ocupam de narcotice. Îmi amintesc fotografia lui. Un tip de treabă. De ce ești curios în legătură cu el?

– Domnule McKnatt, în prezent toate îmi stârnesc curiozitatea. Kenny Taft era singurul adjunct negru care lucra sub comanda lui Pfitzner.

– Traficanților nu le pasă dacă ești alb sau negru, mai ales într-o confruntare cu arme.

– Aici ai dreptate. Eram doar curios să știu dacă l-ai cunoscut.

Un bătrân purtând șort, șosete negre și adidași roșii se apropie de noi și pune pe masă două pahare din carton pline cu limonadă. McKnatt spune:

– Ei, mulțumesc, Herbie. Era și timpul.

– O să-ți trimit nota de plată, se răstește el, apoi pleacă.

Sorbim din pahare și urmărim jocul lent de shuffleboard.

– Așa, dacă băiatul ăsta, Miller, nu l-a ucis pe Russo, atunci cine a făcut-o? întreabă McKnatt.

– N-am idee – și probabil că nici nu vom afla. Treaba mea este să dovedesc că nu Miller a comis crima.

Scutură din cap și zâmbește.

– Noroc! Dacă a făcut-o altcineva, înseamnă că a avut la dispoziție peste douăzeci de ani ca să fugă și să se ascundă. Vorbim de un caz mort.

– Mort și îngropat, îl aprob eu și zâmbesc. Însă toate cazurile mele sunt la fel.

– Și doar cu asta te ocupi? Soluționezi cazuri vechi și scoți oameni din închisoare?

– Exact.

– Câți până acum?

– Opt, în zece ani.

– Și toți opt au fost nevinovați?

– Da, la fel de nevinovați ca noi doi.

– În câte rânduri ai descoperit adevăratul ucigaș?

– Nu toate au fost cazuri de crimă, dar în patru cazuri am identificat vinovatul.

– Ei bine, noroc și în cazul ăsta!

– Îți mulțumesc. Am nevoie de așa ceva.

Îndrum apoi discuția spre sport. E susținător al Aligatorilor și e mândru că echipa lui de baschet câștigă. Vorbim despre vreme, pensionare, puţin despre politică. McKnatt nu e tipul cel mai inteligent pe care l-am cunoscut şi pare să manifeste puţin interes faţă de asasinarea lui Russo.

După o oră, îi mulţumesc pentru timpul acordat şi îl întreb dacă mai pot reveni. „Desigur", spune el, dornic să aibă vizitatori.

În timp ce mă îndepărtez cu maşina, mă miră faptul că nu m-a prevenit în legătură cu Seabrook şi istoria lui ascunsă. Cu toate că nu-l are deloc la suflet pe şeriful Pfitzner, nu a avansat nici cea mai vagă aluzie cum că ar fi fost corupt.

Povestea asta nu se încheie aici.

14

După două luni în care am luat un start lent, facem un prim pas înainte. E vorba de un telefon din partea lui Carrie Holland Pruitt, care vrea să vorbească. Plec într-o duminică, înainte de crăpatul zorilor, și conduc șase ore până la Dalton, Georgia, aflat cam la jumătatea distanţei dintre Savannah și Kingsport, Tennessee. Parcarea pentru camioane e aproape de autostrada interstatală 75 și am mai oprit acolo. Parchez în așa fel încât să văd intrarea și îl aștept pe Frankie Tatum. Discutăm la telefon, iar douăzeci de minute mai târziu parchează alături de mine. Îl urmăresc intrând în restaurant.

Ajuns înăuntru, alege un separeu din spate și comandă cafea și un sandvici, apoi deschide un ziar. Pe masa lipită de perete se află obișnuita selecţie de condimente și un pachet cu șervețele de hârtie. Ţinând ziarul ca un scut, scoate solniţa și piperniţa și le înlocuiește cu propriile noastre versiuni, obiecte ieftine pe care le găsești în orice magazin. Pe fundul solniţei noastre există un dispozitiv de interceptare a discuţiilor. Când îi sosește sandviciul, presară pe el puţină sare, ca să se asigure că nimic nu bate la ochi. Îmi trimite un mesaj, spunând că totul e bine și că localul nu e aglomerat.

La ora unu după-amiaza, îi trimit un mesaj în care îi spun să mănânce încet. Nu văd nici camioneta lui Buck și nici Honda lui Carrie Pruitt. Am la dosar fotografiile color ale mașinilor și am memorat numerele lor de înmatriculare din Tennessee. La unu și un sfert urmăresc camioneta încetinind pe rampa de ieșire și îl anunţ pe Frankie printr-un mesaj. Cobor din SUV-ul meu, intru în restaurant și îl văd pe Frankie la tejghea plătind nota. O chelneriță curăță masa la care a stat el și o întreb dacă mă pot așeza acolo.

Carrie l-a adus pe Buck cu ea, ceea ce e un semn bun. Evident, i-a spus vechea poveste și are nevoie de sprijinul lui. E un tip robust, cu brațe musculoase și cu o barbă căruntă și presupun în mod greșit că e cu capsa pusă. Imediat ce intră, sar în picioare și le fac semn să se apropie. Facem prezentările cu stângăcie și îi invit să ia loc la masă. Le mulțumesc pentru întâlnire și insist ca ei să comande mâncare de prânz. Eu unul sunt mort de foame și cer ouă și cafea. Ei comandă burgeri și cartofi prăjiți.

Buck mă măsoară din ochi cu multă îndoială. Înainte de a trece la subiect, îmi spune:

– Te-am verificat on-line. Guardian Ministries. Ești predicator sau avocat?

– Și una, și alta, spun cu un zâmbet cuceritor, apoi le vorbesc pe scurt despre trecutul meu.

El zice cu mândrie:

– Și tăticul meu a fost predicator, știai?

O, știam. În urmă cu patru ani, tăticul lui se pensionase după treizeci de ani de activitate la o bisericuță de țară aflată departe de Blountville. Mimez interesul și dăm puțin târcoale subiectului. Bănuiesc că Buck s-a îndepărtat de credință cu mult timp în urmă. În ciuda înfățișării rustice, are o voce moale și maniere plăcute.

– Domnule Post, din nenumărate motive, nu i-am povestit niciodată lui Buck prea multe despre trecutul meu, spune Carrie.

– Te rog să mă tutuiești, îi zic.

Îmi zâmbește și sunt șocat din nou de ochii ei și de trăsăturile ferme ale feței. S-a machiat și și-a strâns la ceafă părul blond și mă gândesc că, în altă viață, înfățișarea ei ar fi putut deschide uși mai primitoare.

– În regulă, mai întâi de toate, cum știm că putem avea încredere în tine?

Îl întreabă acest lucru pe omul care îl înregistrează în secret.

Înainte de a apuca să răspund, zice:

– Cum să spun, Carrie mi-a povestit despre ce s-a întâmplat atunci și despre ce a făcut și, evident, suntem îngrijorați, altfel n-am fi venit aici. Dar situația mi se pare periculoasă.

– Ce vrei, de fapt? intervine ea.

– Adevărul, spun.

– N-ai aparat de înregistrat sau ceva de genul ăsta? mă întreabă Buck.

Auzind asta, pufnesc și ridic mâinile ca și cum nu aș avea nimic de ascuns.

– Serios, nu sunt polițist. Dacă vrei să mă percheziționezi, te rog.

Chelnerița ne mai aduce cafea, astfel că rămânem muți. După ce pleacă, preiau inițiativa.

– Nu, n-am microfon asupra mea. Noi nu lucrăm așa. Ceea ce vreau e simplu. În mod ideal, îmi spuneți adevărul, apoi semnați o declarație pe care s-ar putea să o folosesc într-o bună zi ca să-l ajut pe Quincy Miller. Mai discut și cu ceilalți martori și încerc să obțin același lucru – adevărul. Știu că multe mărturii de la proces au fost fabricate de polițiști și de procuror și încerc să pun lucrurile cap la cap. Declarația voastră sigur ne va fi de ajutor, dar ea face parte dintr-un scenariu mai cuprinzător.

– Ce fel de declarație? întreabă Buck.

– O simplă declarație sub jurământ. O voi pregăti eu, iar voi doi o examinați. Apoi o voi păstra până când voi avea nevoie de ea. Nimeni din Kingsport nu va afla despre ea. Iar Seabrook e prea departe.

– Va trebui să apar la tribunal? întreabă ea.

– Puțin probabil. Să presupunem că pot convinge un judecător că Quincy nu a avut parte de un proces cinstit. Sincer, asta e o presupunere firavă. Dar, dacă se va întâmpla, există probabilitatea îndepărtată ca procurorul să hotărască rejudecarea lui pentru crimă. Asta ar putea dura ani și ani. Dacă da, ați putea fi chemați ca martori, ceea ce e puțin plauzibil, deoarece tu nu ai văzut un negru fugind de la locul faptei, așa e?

Preț de un moment, nici nu încuviințează din cap, nici nu spune ceva. Apoi sosesc farfuriile cu mâncare și ne pregătim să începem. Lui Buck îi place ketchupul. Niciunul nu vrea sare sau piper. Presar sare pe ouă și așez solnița în mijlocul mesei.

Carrie ciugulește dintr-un cartof prăjit și evită orice contact vizual. Se vede clar că au discutat îndelung situația fără să ia vreo hotărâre. Ea are nevoie de un imbold, de aceea o întreb:

– Cine te-a convins să depui mărturie? Șeriful Pfitzner?

– Ascultă, domnule Post, spune ea, voi discuta cu tine și-ți voi relata ce s-a întâmplat, dar nu agreez ideea de a mă amesteca. O să mă gândesc mult și bine înainte de a semna o declarație.

– Nu poți repeta ceea ce va spune ea, am dreptate? mă întreabă Buck în timp ce se șterge la gură cu un șervețel.

– Dacă vrei să știi, nu pot repeta asta în instanță. Pot vorbi cu personalul meu despre asta, dar mai mult de atât nu se poate. Orice judecător ar cere o declarație a martorului.

– Sunt îngrijorată din cauza copiilor mei, spune ea. Ei nu știu. Mi-ar fi rușine dacă ar afla că mama lor a mințit în instanță și a trimis un om la închisoare.

– Carrie, înțeleg asta, și se cuvine să fii îngrijorată, îi răspund. Dar există și posibilitatea ca ei să fie mândri că ai hotărât să ajuți la eliberarea unui nevinovat. Toți am făptuit lucruri rele pe când aveam douăzeci de ani, dar unele greșeli pot fi îndreptate. Te îngrijorează părerea băieților tăi. Dar gândește-te la Quincy Miller! Are trei copii și nu i-a văzut de douăzeci și doi de ani. Și cinci nepoți pe care nu i-a văzut niciodată, nici măcar în poze.

Asta îi pune pe gânduri, astfel că se opresc un moment din mâncat. Sunt copleșiți și înspăimântați, dar se gândesc. Continui:

– Avem documente care atestă că acuzația de consum de droguri a fost făcută uitată la câteva luni după proces. Pfitzner te-a convins să depui mărturie, să-ți spui versiunea, iar procurorul a promis că va face pierdută acuzația cu drogurile, am dreptate?

Ea inspiră adânc și se uită la Buck, care ridică din umeri și zice:

– Continuă. N-am condus cinci ore pentru hamburgeri cu brânză.

Ea încearcă să bea din cafea, dar îi tremură mâinile. Lasă ceașca pe masă și își împinge farfuria câțiva centimetri. Privind în față, spune:

– Mă întâlneam cu un adjunct de șerif, pe nume Lonnie. Amândoi consumam droguri – multe. Am fost prinsă, dar el m-a ajutat să nu fiu închisă. Apoi a fost omorât avocatul, iar câteva săptămâni mai apoi, Lonnie mi-a zis că rezolvase lucrurile. Dacă susțineam că văzusem un negru îndepărtându-se în fugă de la biroul avocatului, acuzațiile de consum de droguri aveau să fie șterse. Exact așa. După aceea, m-a dus la biroul lui Pfitzner și mi-am spus povestea. În ziua următoare, Lonnie și Pfitzner m-au condus la procuror, nu mai țin minte cum îl chema.

– Burkhead, Forrest Burkhead.

– Așa e. Și mi-am spus povestea încă o dată. M-a înregistrat, dar n-a scos nicio vorbă în legătură cu acuzația de consum de droguri. Mai târziu, când l-am întrebat pe Lonnie despre asta, mi-a spus că se încheiase un târg între Pfitzner și Burkhead și că n-ar trebui să-mi fac probleme. Domnule Post, nu mai consum droguri de paisprezece ani.

– Minunat. Felicitări!

– Buck m-a ajutat.

Acesta adaugă:

– Îmi place berea, dar nu m-am atins niciodată de droguri. Știam că tăticul meu o să mă împuște.

– În orice caz, m-au dus în comitatul Butler pentru proces și am depus mărturie. M-am simțit cumplit, dar adevărul e că nu voiam să stau prea mult în închisoare. Mi-am închipuit că era vorba de mine sau de Quincy Miller și am fost întotdeauna credincioasă față de mine însămi. Fiecare pentru sine, înțelegi? De-a lungul anilor, am încercat să uit de proces. Pentru că acel avocat tânăr m-a făcut de pomină.

– Tyler Townsend.

– De el e vorba. N-o să-l uit niciodată.

– Și după aceea ai părăsit orașul?

– Da, domnule. Imediat după încheierea procesului, Pfitzner m-a chemat în biroul lui, mi-a mulţumit, mi-a dat o mie de dolari, bani peşin, şi mi-a zis să dispar. Mi-a spus că, dacă mă întorc în Florida în decurs de cinci ani, o să pună să fiu arestată pentru că am minţit juraţii. Îţi închipui aşa ceva? Un adjunct de şerif m-a condus până la Gainesville şi m-a îmbarcat într-un autobuz care mergea spre Atlanta. Nu m-am întors acolo şi nici nu vreau. Nici măcar prietenilor mei nu le-am spus unde sunt. Nu aveam mulţi. Mi-a fost uşor să părăsesc acel oraş.

Buck doreşte să aibă şi el un rol, de aceea spune:

– Acum câteva săptămâni, când mi-a povestit despre asta, i-am zis: „Iubito, trebuie să spui adevărul. Acel om a fost întemniţat din cauza ta".

– Încă mai există o acuzaţie de consum de droguri în cazierul tău, îi spun.

– Aceea a fost prima, din urmă cu un an.

– Ar trebui să faci ceva ca să fie ştearsă.

– Știu, dar asta s-a întâmplat cu mult timp în urmă. Eu și Buck o ducem bine în prezent. Amândoi muncim din greu şi ne plătim facturile. Chiar nu vreau să mă preocupe trecutul, domnule Post.

– Dacă semnează o declaraţie, o pot încălţa pentru sperjur în Florida? întreabă Buck.

– Nu, termenul de prescripţie a expirat. Pe de altă parte, nimeni nu se mai sinchiseşte. Există un nou şerif, un nou procuror şi un nou judecător.

– Și când se va întâmpla asta? întreabă ea, uşurată acum, după ce a spus adevărul.

– E un proces de durată, ar putea dura luni sau ani, dacă se întâmplă aşa ceva. Întâi trebuie să semnezi declaraţia.

– O va semna, zice Buck şi mai ia o îmbucătură. Având gura plină, adaugă: Nu-i aşa, scumpo?

– Trebuie să mă mai gândesc, spune ea.

– Ascultă, zice Buck, dacă trebuie să mergem în Florida, te duc eu până acolo și îl iau la pumni pe cel care ne face necazuri.

– Nu vor apărea necazuri, vă asigur. Singura ta problemă, Carrie, este să le spui fiilor tăi. Restul familiei și prietenii voștri nu vor afla niciodată. În cazul în care Quincy Miller ar ieși mâine din închisoare, cine din Kingsport, Tennessee, va afla asta?

Buck dă aprobator din cap și mai ia o îmbucătură. Carrie ridică încă un cartof prăjit.

– Fiii ei sunt băieți de treabă, spune Buck. Ai mei sunt cam destrăbălați, dar ai lui Carrie sunt buni. La naiba, cum zici, pariez că vor fi mândri de tine, scumpo!

Ea zâmbește, dar nu sunt sigur că e convinsă. Buck, noul meu aliat, e încrezător.

Îmi termin mâncarea și încep să o iscodesc pe Carrie despre consumul de droguri în Seabrook la acea dată. Cocaina și marijuana erau drogurile preferate, iar Lonnie avea întotdeauna din belșug. Idila lor se desfășurase cu intermitențe, iar ea nu petrecuse timp cu alți adjuncți de șerif, deși unii dintre ei erau cunoscuți ca ocupându-se de cantități mici de droguri. Ea susține că nu știuse nimic despre presupusul rol al lui Pfitzner în acel comerț.

După ce ni se debarasează masa, cer nota de plată. Le mulțumesc respectuos și îmi exprim admirația pentru curajul lui Carrie de a recunoaște adevărul. Îi promit că nu voi redacta o declarație decât după ce se hotărăște ea să o semneze. Ne luăm rămas-bun în parcare și îi urmăresc îndepărtându-se. Mă întorc în restaurant și mă duc la masa noastră ca să îmi recuperez o șapcă de baseball pe care am uitat-o dinadins acolo. Când nu se uită nimeni la mine, schimb solnița și pipernița cu cele două pe care le am în buzunar.

După vreo opt kilometri pe autostradă, ies de pe autostrada interstatală și pătrund în parcarea unui centru comercial. Câteva secunde mai apoi, Frankie apare în mașina lui, parchează alături de mine și, numai un zâmbet, se așază pe scaunul din dreapta. Ține în mână un casetofon mic și spune:

– S-a auzit limpede precum cristalul.

Asta poate fi o treabă urâtă. Ne vedem siliţi să tratăm cu martori care au minţit, poliţişti care au fabricat dovezi, experţi care i-au indus în eroare pe juraţi sau procurori care i-au mituit pe cei care au comis sperjur. Noi, băieţi buni, descoperim deseori că singura modalitate de a ne salva clienţii este să ne murdărim pe mâini.

În cazul în care Carrie Holland Pruitt refuză să coopereze şi să semneze o declaraţie, vom găsi o cale de a prezenta declaraţiile ei în instanţă. Am mai făcut asta.

15

Ne murdărim pe mâini și chiar mai mult. Frankie a angajat un investigator din Birmingham ca să îl urmărească pe Mark Carter, omul care a violat-o și a ucis-o pe Emily Broone. Locuiește în orășelul Bayliss, la șaisprezece kilometri de Verona, unde a fost condamnat Duke Russell. Carter vinde tractoare pentru un dealer din Verona și își încheie cele mai multe zile de muncă într-o bombă unde își întâlnește câțiva prieteni ca să bea bere și să joace biliard.

Carter stă la o masă, bând bere Bud Light direct din sticlă, când un bărbat se împiedică și se prăbușește peste masa petrecăreților. Sticlele zboară care încotro, iar berea se varsă din ele. Omul se ridică, își cere scuze, iar situația devine încordată timp de câteva momente. Culege sticlele pe jumătate goale, le cumpără oamenilor încă un rând și continuă să își ceară scuze. Așază patru sticle pline pe masa lor și face o glumă. În cele din urmă, Carter și amicii lui râd. Toate sunt bune în timp ce bărbatul, investigatorul nostru, se retrage într-un colț și își scoate telefonul mobil dintr-un buzunar. Într-un alt buzunar al hainei are sticla de bere din care a băut Carter.

În ziua următoare, Frankie se duce la un laborator din Durham și predă sticla, împreună cu un singur fir de păr pubian pe care l-am șterpelit din dosarul cu dovezi întocmit de poliție. Guardian plătește șase mii de dolari pentru un test de urgență. Rezultatele sunt grozave. Acum avem proba ADN care îl leagă pe Carter de viol și de crimă.

La procesul intentat lui Duke, șapte fire de păr pubian făcuseră parte din dovezile prezentate de statul Alabama. Se presupusese că fuseseră recoltate de la locul crimei, de pe cadavrul lui Emily. Duke dăduse mostre din părul lui pubian. Cu o siguranţă deosebită, experţii statului depuseseră mărturie cum că acestea se potriveau cu cele găsite pe cadavru, o dovadă convingătoare a faptului că Duke o violase pe Emily şi apoi o strangulase. Un alt expert depusese mărturie că tot el o muşcase de câteva ori în timpul violului.

Nu se descoperise spermă în cadavru sau în apropierea lui. Fără să se simtă descurajat de acest lucru, procurorul, un anume Chad Falwright, le spusese pur şi simplu juraţilor că, probabil, Duke „îşi pusese un prezervativ". Nu se descoperise nicio dovadă cu privire la acest lucru, nici nu fusese găsit prezervativul, dar acest lucru li se păruse absolut normal membrilor juriului. Pentru a obţine un verdict de condamnare la moarte, Falwright trebuia să dovedească crima, plus violul. Victima era goală şi probabil că fusese abuzată sexual, însă probele erau firave. Părul pubian devenise proba crucială.

Într-un moment de trezie, avocatul lui Duke îi ceruse bani instanţei pentru a angaja propriul expert în analiza firelor de păr. Aceasta îi refuzase cererea. Avocatul nu ştia de existenţa testelor ADN ori nu dorise să se complice cu aşa ceva. Probabil bănuia că instanţa n-avea să autorizeze acest lucru. Prin urmare, cele şapte fire de păr pubian nu fuseseră supuse testului.

Însă ele sigur fuseseră analizate. Depoziţiile experţilor îl trimiseseră pe Duke la moarte, iar în urmă cu trei luni fusese la două ore distanţă de moarte.

Acum deţinem adevărul.

*

Verona se află în mijlocul statului, într-o zonă plată, slab populată, înţesată de păduri de pin. Pentru cei cinci mii de locuitori, o slujbă bună înseamnă să conduci un camion cu cherestea, iar una proastă, să pui produse în saci. Unu din cinci locuitori nu are nicio slujbă. E un loc deprimant, dar mai toate opririle mele sunt în oraşe pe lângă care timpul a trecut fără folos.

Biroul lui Chad Falwright se află în tribunal, pe holul prăfuit ce duce la sala în care Duke a fost condamnat în urmă cu nouă ani. Am mai fost aici o dată şi aş prefera să evit locul acesta în viitor. Discuţia nu va fi plăcută, dar m-am obişnuit cu asta. Cei mai mulţi procurori mă detestă, iar sentimentele noastre sunt reciproce.

Aşa cum ne-am înţeles, sosesc la ora 1.58 după-amiaza şi îi arunc un zâmbet prietenos secretarei lui Chad. Este evident că nici ea nu mă agreează. Evident, omul este ocupat, iar ea mă invită să mă aşez sub portretul oribil al unui individ surâzător, despre care cred că este un judecător decedat. Trec zece minute, timp în care ea tastează ceva pe laptop. Se aud sunete venind dinspre birou. Un sfert de ceas. După douăzeci de minute, spun, nu tocmai politicos:

– Domnişoară, am stabilit o discuţie pentru ora două. Am condus mult ca să ajung aici, ce naiba se întâmplă?

Ea aruncă o privire spre un telefon fix demodat şi îmi răspunde:

– Încă vorbeşte cu un judecător.

– Ştie măcar că am ajuns? o întreb, suficient de vocal ca să audă şi el.

– Da. Vă rog să vă liniştiţi.

Mă aşez, mai aştept zece minute, apoi mă apropii de uşa biroului şi bat tare. Înainte ca secretara sau el să spună ceva, dau buzna în birou şi îl găsesc pe Chad nu la telefon, ci lângă fereastră, privind fermecat oraşul ce se vede de la etajul său.

– Chad, ne-am înţeles pentru ora două. Ce naiba?

– Îmi pare rău, Post, am vorbit cu un judecător. Intră!

– Nu mă deranjează asta. Am condus cinci ore ca să ajung aici. Puţină politeţe n-ar strica.

– Îmi cer iertare, spune el cu sarcasm în glas şi se lasă pe fotoliul mare, rotativ, tapiţat cu piele.

E cam de vârsta mea, iar ultimii cincisprezece ani şi i-a petrecut acuzând infractori, cu precădere producători şi vânzători de metadonă. Cel mai incitant caz al lui a fost de departe uciderea lui Emily. În urmă cu trei luni, în timpul care se scurgea, i-a alungat pe toţi reporterii TV din zonă și a vorbit despre greutățile pe care le întâmpină în slujba lui.

– Nicio problemă, spun, apoi mă așez pe un scaun.

– Ce ai de gând? mă întreabă, aruncând o privire la ceasul de la mână.

– Am efectuat câteva teste ADN, spun eu și reușesc să îmi păstrez expresia acră de pe față. Vreau să îi trântesc direct în față anumite lucruri. Chad, știm cine este adevăratul criminal, iar acesta nu e Duke Russell.

Acceptă asta cu seninătate.

– Spune-mi, te rog!

– Chiar asta o să fac! Am obținut o mostră de la ucigaș și am comparat-o cu unul dintre firele de păr pubian colectate de stat. Am o veste proastă, Chad. L-ai condamnat pe omul care era nevinovat.

– Ai intervenit în dovezile noastre?

– Ești sclipitor. Te preocupă mai mult păcatele mele decât ale tale. Un om nevinovat a fost pe punctul să fie executat din cauza ta, Chad. Nu-ți face griji în ceea ce mă privește. Eu nu sunt decât tipul care a descoperit adevărul.

– Cum ai furat un fir de păr?

– Mi-a fost ușor. Mi-ai dat dosarul, mai ții minte? Acum un an, aici, pe hol. Vreme de două zile, am transpirat în cămăruța aceea și am verificat probele. Un fir de păr pubian mi s-a lipit de un deget. A trecut un an și nimeni nu a sesizat asta.

– Ai furat un fir de păr pubian. Incredibil!

– Nu l-am furat, Chad. Doar l-am împrumutat. Ai refuzat efectuarea testului ADN, așa că trebuia să o facă cineva. Dă-mă în judecată, că nu-mi pasă! Acum ai probleme mai mari.

Expiră apăsat și umerii i se pleoștesc. Trece un minut până când își adună gândurile. În cele din urmă, întreabă:

– În fine, cine a ucis-o?

– Ultimul bărbat văzut cu ea înainte de a fi ucisă. Mark Carter. Aveau o idilă încă din liceu. Polițiștii ar fi trebuit să se concentreze asupra lui, dar, din anumite motive, n-au făcut-o.

– Cum de știi că este el?

– Am obținut o mostră.

– Cum?

– Îi place berea și lasă în urmă multe sticle. Am dus una la laborator și ți-am adus o copie a rezultatelor testului.

– Ai furat și o sticlă de bere?

– Dă-mă din nou în judecată, Chad, și continuă jocul ăsta. Uită-te în oglindă, domnule, și renunță! Acuzarea ta de rahat se duce pe apa sâmbetei și curând vei fi umilit.

Îmi aruncă un zâmbet nătâng, după care îmi servește o replică tipică pentru un procuror:

– Mută-ți gândul, Post! Tot mai cred în cazul pe care l-am instrumentat.

– Atunci, ești un dobitoc, domnule Chad. Dar amândoi știam asta de multă vreme.

Îi arunc pe birou o copie a raportului și pornesc spre ușă.

– Post, stai o clipă, spune el. Să încheiem discuția! Presupunând că spui adevărul, ce... ce anume urmează?

Mă așez calm și îmi pocnesc degetele. Duke va ieși din închisoare mai devreme dacă îl conving pe Chad să coopereze. Dacă mă înfruntă, ceea ce fac procurorii de obicei, atunci achitarea va dura luni, în loc de săptămâni.

– Uite care e ieșirea cea mai bună din situația asta, Chad, și n-am chef să discut acum despre strategie. Ca să fim clari, eu dețin toate cărțile. Mai există șase fire de păr pubian. Să le testăm și pe acelea, ca să știi mai multe. Dacă toate îl exonerează pe Duke, atunci va fi eliberat. Dacă toate șapte îl incriminează pe Carter, atunci te vei trezi în brațe cu alt caz. Dacă te declari de acord cu testarea suplimentară, lucrurile vor decurge mai bine. Dacă blochezi totul, atunci voi notifica tribunalul statului și probabil că voi pierde; apoi însă mă voi adresa Curții federale. În cele din urmă, voi face ca testele să se efectueze – și știi bine asta.

Realitatea situației i se revelează, și asta îl înfurie. Își împinge brusc scaunul înapoi și, adâncit în gânduri, se duce spre fereastră.

Respiră greoi, își rotește capul, gâtul îi scârțâie, apoi își masează bărbia. Rezultatul ar trebui să mă surprindă, dar nu este cazul. Nicidecum. Spune:

– Post, știi ceva? Parcă îi văd pe amândoi având-o cu rândul.

– Chad, nu poți vedea cerul – și asta pentru că nu vrei.

Mă ridic și pornesc spre ușă.

– Post, cred în cazul pe care l-am instrumentat.

– Chad, uite care-i planul! Ai la dispoziție două săptămâni. Dacă în timpul ăsta vei continua să ai iluzii, o să prezint moțiunea pentru testarea ADN și, în plus, o să mă întâlnesc cu Jim Bizko, de la *Birmingham News*. După cum știi, el a prezentat cazul și ne cunoaștem. După ce o să-i povestesc despre testul ADN, numele tău va ajunge pe prima pagină a ziarelor de știri și n-o să ai parte de titlurile pe care le visezi. Împreună cu Bizko, te pot prezenta drept un netrebnic de mare proporții, Chad. Nu ne va fi deloc greu.

Deschid ușa și plec. Ultima imagine pe care o văd este cea a lui Chad stând la fereastră, holbându-se la mine derutat, rămas cu gura căscată, complet doborât. Regret că nu l-am fotografiat în postura aceea.

Părăsesc Verona în grabă și hotărăsc să pornesc în lunga călătorie până la închisoarea condamnaților la moarte. Duke nu are știință de rezultatele analizelor ADN. Țin să i le comunic personal. Întâlnirea dintre noi va reprezenta o ocazie minunată.

16

Nu am nicio urgenţă să ajung în Seabrook. Toţi actorii din procesul lui Quincy fie au murit, fie s-au pensionat, fie au fugit, fie au dispărut în circumstanţe misterioase. Nu am habar de cine ar trebui să îmi fie frică, însă în aer pluteşte o senzaţie palpabilă de teamă.

De aceea, îl trimit pe Frankie în recunoaştere. Își petrece acolo două zile și tot atâtea nopţi, mişcându-se prin umbră aşa cum numai el ştie. Ca de obicei, raportul lui verbal este sec: „Nu sunt multe de aflat, şefu'".

Decide să plece de acolo şi conduce vreme de câteva ore până la Deerfield Beach, în apropiere de Boca Raton. Bântuie pe străzi, accesează internetul, caută diverse locuri şi, în scurt timp, îmbracă un costum elegant şi dă un telefon. Tyler Townsend este de acord să îl întâlnească într-un nou centru comercial pe care compania lui tocmai îl finisează. Reclame mari anunţă numeroase spaţii de închiriat. Frankie se preface că, împreună cu un partener, caută spaţii de primă mărime pentru a deschide un magazin de articole sportive. E o companie nouă, care încă nu şi-a făcut prezenţa pe internet.

Tyler pare destul de prietenos, însă e puţin precaut. A ajuns la cincizeci de ani şi a abandonat avocatura cu multă vreme în urmă, ceea ce a fost o hotărâre bună. A prosperat în domeniul imobiliar din sudul Floridei şi îşi cunoaşte meseria. El şi soţia lui au trei copii adolescenţi şi locuiesc într-o casă spaţioasă. Taxele pe proprietate s-au ridicat la optzeci şi cinci de mii de dolari în anul precedent. Conduce un automobil şic de import şi se îmbracă şi arată ca un om cu bani.

Şmecheria lui Frankie nu are viaţă lungă. Cei doi pătrund într-un spaţiu de trei sute şaptezeci de metri pătraţi, unde tencuiala abia se usucă, şi Tyler întreabă:

– Şi care este numele companiei tale?

– N-are nume, pentru că nu există o asemenea companie. Am venit aici prin înşelăciune, dar chestiunea pentru care am ajuns în locul acesta este totuşi importantă.

– Eşti poliţist?

– Orice, numai asta nu. Sunt un fost condamnat, care a stat paisprezece ani într-o închisoare din Georgia pentru o crimă comisă de altcineva. Un avocat tânăr a preluat cazul meu şi a dovedit că sunt nevinovat, reuşind achitarea mea, iar scumpa Georgie mi-a dat o grămadă de bani. Cazierul meu e curat. Lucrez din când în când pentru acest avocat. Îmi închipui că măcar atât pot face pentru el.

– Nu cumva cazul ăsta e legat de Quincy Miller?

– Ba da. Acum, avocatul acela îl reprezintă. Ca şi tine, ştim că omul e nevinovat.

Respiră adânc şi practic zâmbeşte, dar numai pentru o clipă. Se apropie de o fereastră mare din faţă, iar Frankie îl urmează. Se uită amândoi la echipa care asfaltează parcarea.

– Care ţi-e numele? întreabă Tyler.

– Frankie Tatum. Îi întinde o carte de vizită de la Guardian, iar Tyler o examinează pe ambele feţe, apoi întreabă: Ce mai face Quincy?

– E închis de douăzeci şi doi de ani. Eu am executat doar paisprezece şi, într-un fel sau altul, am reuşit să rămân cu mintea întreagă. Dar fiecare zi era un nou coşmar.

Tyler îi înapoiază cartea de vizită de parcă ar vrea să scape de o probă.

– Ascultă, chiar nu am timp pentru aşa ceva. Ştiu ce vrei, dar eu nu pot să mă implic, înţelegi? Îmi pare rău, dar Quincy reprezintă un capitol încheiat din viaţa mea.

– Tyler, ai fost un avocat extraordinar de bun. Chiar dacă erai novice, ai luptat nebuneşte în favoarea lui Quincy.

Zâmbește, ridică din umeri și spune:

– Și-am pierdut. Acum, te rog să pleci.

– Sigur. E proprietatea ta și înțeleg. Șeful meu e un avocat pe nume Cullen Post, te rog să-l verifici pe internet. A reușit să obțină achitarea a opt oameni și nu a făcut asta acceptând „nu" drept răspuns. Tyler, vrea să discute cu tine undeva, între patru ochi. Foarte privat. Crede-mă, Post știe care sunt jocurile și n-are de gând să se tragă deoparte. Ne poți scuti de multe eforturi și de o mare pierdere de timp dacă accepți să stai de vorbă cu el un sfert de ceas.

– Și e în Savannah?

– Nu. E de cealaltă parte a străzii.

Frankie arată cu degetul spre mine.

Mergem toți trei după colț, la un restaurant de tip familial, pe care îl construiește compania lui Tyler. E nefinisat, iar muncitorii își fac scaune din lăzi. Strada de dincolo este înțesată de clădiri noi: reprezentanțe de firme de mașini, restaurante fast-food și drive-in, malluri, o spălătorie auto, benzinării și vreo două filiale de bancă. Florida se extinde foarte frumos. Ne oprim într-un colț, departe de lucrători, și Tyler spune:

– În fine, să auzim!

Am impresia că această conversație s-ar putea încheia brusc, de aceea sar peste banalități și spun:

– E posibil să dovedesc că e nevinovat Quincy?

Se gândește o clipă, apoi clatină din cap.

– Ascultă, eu nu mă bag în treaba asta. Cu ani în urmă, am încercat din răsputeri să-i dovedesc nevinovăția și n-am reușit. Asta s-a întâmplat în altă viață. Acum am trei copii, o soție frumoasă, bani și nicio grijă. Nu vreau să mă întorc în trecut. Regret.

– Care e pericolul, Tyler?

– Ah, vei afla curând. Cum să spun? Sper că nu, spre binele tău, dar te vâri într-o situație primejdioasă, domnule Post.

– Toate cazurile mele presupun situații primejdioase.

Mormăie, ca și cum nu ar avea idee.

– Nu se compară cu acest caz.

– Tyler, avem cam aceeași vârstă și amândoi am renunțat la avocatură în același timp, pentru că eram deziluzionați. Cea de-a doua carieră a mea n-a prea mers și atunci am găsit o nouă chemare. Îmi petrec timpul cercetând străzile, căutând o soluție și dând o mână de ajutor. Tyler, în momentul ăsta, Quincy are nevoie de ajutor.

Inspiră adânc, dând impresia că s-a săturat.

– Cred că trebuie să fii agresiv în activitatea ta, dar eu nu mă las agresat, domnule Post. La revedere! Dă-mi pace – și să nu te întorci!

Se răsucește și iese pe ușă.

*

Chad Falwright se încăpățânează, lucru care nu mă surprinde. Nu este de acord cu testarea ADN pentru celelalte șase fire de păr pubian. Acum le ține sub cheie, alături de alte probe. Și, pentru a demonstra ce procuror dur este, amenință că mă dă în judecată pentru sustragere de probe. La fel ca toate statele, Alabama interzice acest lucru, deși pedepsele variază – de aceea îmi scrie satisfăcut că m-aș putea alege cu un an de închisoare.

Închis pentru un fir nenorocit de păr.

În plus, spune că plănuiește să depună împotriva mea o plângere pentru lipsă de etică la barourile din Alabama și Georgia. Auzind asta, râd. Am mai fost amenințat – și încă de procurori mult mai ingenioși decât el.

Mazy redactează o petiție consistentă pentru degrevare post-condamnare. Procedural, ea trebuie prezentată mai întâi unui tribunal de stat, la Verona. Cu o zi înainte de a o depune, mă duc la Birmingham și mă întâlnesc cu Jim Bizko, un reporter veteran care a scris despre procesul lui Duke. A urmărit cazul în perioada în care recursurile au fost tărăgănate și și-a exprimat îndoielile cu privire la corectitudinea procesului. În plus, s-a arătat deosebit de nemilos în criticarea avocatului apărării. Când sărmanul om a murit de ciroză, Jim a scris din nou un articol și a sugerat că ar fi trebuit să existe o nouă anchetă în cazul crimei. E încântat când aude vestea că testele ADN îl dezvinovăţesc pe Duke. Mă feresc să spun că ucigaşul este Mark Carter. Asta poate să mai aştepte.

În ziua de după depunerea petiţiei, Bizkc scrie un articol lung care ajunge pe prima pagină a secţiunii Metro[1]. În el se citează o declaraţie a lui Chad Falwright: „Rămân încredinţat că am pedepsit omul potrivit şi lucrez cu atenţie pentru a obţine executarea lui Duke Russell. Testele ADN nu reprezintă nimic în acest caz".

După alte două discuţii cu Otis Walker, ambele la telefon, Frankie este convins că June Walker nu vrea să aibă de-a face cu Quincy Miller. Evident, divorţul lor dezastruos a lăsat urme permanente, iar ea este de neclintit în hotărârea de a nu se implica. Pentru ea, nu există decât amintiri dureroase şi stânjeneala provocată de confruntarea cu minciuni spuse demult.

Otis îl avertizează pe Frankie să lase femeile în pace.

El promite că aşa va face. Deocamdată.

---

[1] În această secţiune a unui ziar se publică articole care tratează probleme locale ale unui oraş. (n.tr.)

17

În prezent, în Seabrook lucrează douăzeci și trei de avocați și pentru fiecare dintre ei avem câte un dosar subțire. Aproape jumătate erau în oraș când a fost ucis Russo. Avocatul cel mai vârstnic e un domn de nouăzeci și unu de ani, care merge zilnic la birou cu mașina. În anul precedent au apărut doi novici care și-au deschis birouri. Toți sunt albi, iar șase sunt femei. Cei mai prosperi, se pare, sunt doi frați care, vreme de douăzeci de ani, s-au ocupat de falimente. Mai toți membrii baroului local par să supraviețuiască foarte greu, lucru valabil în multe orașe mici.

Glenn Colacurci a lucrat cândva la Senatul Floridei. Se ocupa de comitatul Ruiz și de alte două, iar la data crimei era în al treilea an de activitate în Seabrook. Keith Russo îi era rudă îndepărtată. Ambii proveneau din același cartier de italieni din Tampa. În tinerețe, Colacurci a avut cea mai mare firmă de avocatură din oraș și l-a angajat pe Keith în timp ce acesta era încă în facultate. Când a apărut în Seabrook, a venit cu soția, dar Colacurci nu a avut un post și pentru ea. Keith nu a rămas mult timp la firma lui Colacurci, astfel că, un an mai târziu, familia Russo și-a înființat propria firmă, cu sediul într-un apartament cu două camere de deasupra unei brutării de pe Main Street.

Îl aleg pe Colacurci pentru că dosarul lui e ceva mai consistent, dar și pentru că, probabil, știe mai multe despre Keith. Dintre toți avocații activi din oraș, el ar trebui să își amintească mai bine decât oricine despre caz. Vorbesc cu el la telefon și îmi spune că îmi poate oferi o jumătate de oră.

În timp ce conduc pentru prima oară prin Seabrook, mă simt ca și cum aș cunoaște bine acest loc. Nu sunt multe puncte de interes: clădirea de birouri deținută cândva de Keith și de Diana și locul în care s-a petrecut crima; strada din spatele ei, de unde Carrie Holland susținuse că văzuse un negru fugind; tribunalul. Parchez vizavi de el, pe Main Street, și urmăresc din mașină traficul pietonal relaxat. Mă întreb câți dintre acești oameni își mai aduc aminte de crimă. Câți l-au cunoscut pe Keith Russo? Dar pe Quincy Miller? Știu oare că orașul a greșit și a trimis în închisoare un om nevinovat? Sigur că nu.

Când se face ora, intru și eu în traficul pietonal și merg preț de jumătate de intersecție până la birou. Cu litere negre, groase, a căror vopsea se exfoliază, plăcuța de pe ușă anunță: FIRMA DE AVOCATURĂ COLACURCI. Un clopoțel vechi instalat la ușă scoate un clinchet când pășesc înăuntru. O pisică tigrată și bătrână coboară alunecând de pe o canapea și stârnește un norișor de praf. În dreapta mea este un birou-cortină pe care se află o mașină de scris Underwood, ce parcă așteaptă o secretară căruntă să se întoarcă și să își reia dactilografierea. Miroase a piele veche și a tutun stătut, nu întru totul neplăcut, dar locul chiar are nevoie să fie curățat.

Cu toate acestea, remarcabil e că în acest mediu de la mijlocul unui secol trecut apare o asiatică tânără și uimitor de frumoasă, purtând o fustă scurtă, care îmi zâmbește și spune:

– Bună dimineața! Vă pot ajuta cu ceva?

Îi răspund la zâmbet și spun:

– Da, sunt Cullen Post. Am discutat ieri cu domnul Colacurci și am convenit să ne întâlnim în dimineața asta.

Reușește să zâmbească și să se încrunte în același timp, apoi se apropie de un birou ceva mai modern și îmi spune încet:

– Nu mi-a spus. Scuze. Numele meu e Bea.

– E aici? o întreb.

– Sigur. Îl anunț imediat. Nu e chiar atât de ocupat.

Îmi zâmbește din nou și dispare. Un moment mai târziu, îmi face semn cu mâna și intru în biroul mare, în care Glenn a lucrat decenii întregi. Stă lângă birou, ca și cum ar fi încântat să aibă un vizitator, și facem rapid prezentările. Îmi indică să mă așez pe o canapea din piele și îi spune lui Bea:

– Adu-ne niște cafea, te rog.

Merge șchiopătând până la un scaun pe care ar încăpea doi oameni. Are aproape optzeci de ani și chiar își arată vârsta, fiind supraponderal și având o barbă albă și un păr alb neîngrijit, care ar trebui neapărat aranjat. În același timp, arată destul de spilcuit, cu papionul roz și bretelele roșii pe care le remarc imediat.

– Sunteți preot sau ceva de genul ăsta? mă întreabă, uitându-se la gulerul meu.

– Da. Episcopal.

Îi servesc o prezentare scurtă a Guardian Ministries. În timp ce îi vorbesc, își sprijină bărbia nerasă de mânerul bastonului și ascultă fiecare cuvânt, privindu-mă cu ochii săi verzi și pătrunzători, deși evident injectați. Bea ne aduce cafeaua și sorb puțin. Călâie, probabil ness.

După ce ea pleacă și închide ușa, el mă întreabă:

– Cum se face că un preot își vâră nasul într-un caz atât de vechi precum cel al lui Quincy Miller?

– Bună întrebare. Nu m-aș afla aici dacă nu aș crede în nevinovăția lui.

Asta îl amuză.

– Interesant, mormăie el. N-am avut nicio legătură cu condamnarea lui Miller. Din câte țin minte, a existat un martor.

– Nu au existat martori. O tânără pe nume Carrie Holland a depus mărturie, afirmând că a văzut un bărbat de culoare fugind de la locul faptei, având în mână ceea ce se putea presupune a fi o pușcă. A mințit. Obișnuia să consume droguri și a încheiat un târg cu autoritățile ca să scape de închisoare. Acum a recunoscut că a mințit. Și n-a fost singura persoană care a mințit la proces.

Își desface degetele unei mâini și își dă peste cap părul lung. E unsuros și pare nespălat.

– Interesant.

– Ați fost apropiat de Keith?

Urmează un mormăit de frustrare și o schiță de zâmbet.

– Ce doriți de la mine?

– Doar istorie. Ați urmărit procesul?

– Nu. Am vrut, dar au strămutat procesul în Butler, comitatul alăturat. Pe vremea aceea făceam parte din Senat și eram foarte ocupat. Aveam șapte avocați care lucrau aici, fiind cea mai mare firmă de avocatură din părțile astea, și nu-mi puteam pierde timpul stând într-un tribunal ca să văd la treabă alți avocați.

– Keith v-a fost rudă, e adevărat?

– Într-un fel. Foarte îndepărtată. I-am cunoscut pe ai lui în Tampa. M-a tot sâcâit să-i ofer o slujbă și i-am dat-o, dar nu s-a potrivit la noi. A dorit să-i angajez și soția, dar n-am vrut. A rămas la noi cam un an și ceva, după care și-a făcut propria firmă. Asta nu mi-a plăcut. Italienii apreciază la culme fidelitatea.

– A fost un avocat bun?

– Ce importanță mai are acum?

– Eram curios. Quincy a afirmat despre Keith că a făcut o treabă de mântuială la divorțul lui, iar dosarul procesului pare să îi sprijine afirmația. Procurorul a jucat cartea conflictului dintre soți ca să dovedească motivul, ceea ce înseamnă că a întins prea mult coarda. Cum să zic... poate fi un client atât de nemulțumit încât să-i facă fața praf și pulbere?

– Mie nu mi s-a întâmplat așa ceva, spune el și scoate un hohot de râs. Îndatoritor, râd și eu. Dar am avut parte și de clienți nebuni. A fost un tip care, în urmă cu mulți ani, a apărut aici cu un pistol. Era iritat de soluție în procesul lui de divorț. Mai precis, a spus că avea o armă la el. Fiecare avocat din clădire avea pistol și se putea sfârși urât, dar o secretară isteață și simpatică l-a domolit. Întotdeauna am avut încredere în secretarele simpatice.

Avocații bătrâni preferă să spună povești de război în loc să mănânce de prânz, iar eu nu-mi doresc decât să îl fac să povestească. Așadar, continui:

– Pe vremea aceea aţi avut o firmă mare.

– Mare pentru partea asta din stat. Şapte, opt şi câteodată zece avocaţi, douăsprezece secretare, birouri la etaj şi clienţi care stăteau la rând în faţa uşii. A fost o adevărată nebunie pe vremea aceea, dar m-am săturat de toată drama asta. Mi-am petrecut jumătate din timp instruindu-i pe angajaţi. Aţi practicat avocatura?

– O practic acum, dar într-un alt domeniu. În urmă cu mulţi ani am lucrat ca apărător public, dar mi s-a făcut lehamite. L-am găsit pe Dumnezeu, iar El m-a îndrumat spre seminar. Am devenit preot şi, printr-un program umanitar, am cunoscut un nevinovat închis. Asta mi-a schimbat viaţa.

– L-aţi scos din închisoare?

– Da. Apoi pe alţi şapte. În prezent, lucrez la şase cazuri, printre care şi al lui Quincy.

– Am citit undeva că probabil zece la sută din oamenii închişi sunt nevinovaţi. Vă vine să credeţi aşa ceva?

– Zece la sută ar putea fi cam mult, dar există mii de nevinovaţi în închisori.

– Nu prea cred asta.

– Majoritatea albilor nu cred, dar dacă mergeţi în comunităţile de culoare, veţi găsi o sumedenie de oameni care sunt de altă părere.

În cei optsprezece ani cât făcuse parte din Senatul statului, Colacurci votase cu sârg pentru lege şi ordine: în favoarea pedepsei cu moartea, a dreptului de port de armă, fiind un adevărat luptător împotriva drogurilor şi aprobând cheltuieli mari pentru tot ce solicitau poliţia statului şi procurorii.

– N-am avut niciodată vreun apetit pentru latura penală, spune el. Din asta nu se pot câştiga bani.

– Dar Keith a făcut bani în domeniul ăsta, nu?

Se uită urât la mine şi se încruntă, ca şi cum aş fi depăşit măsura. În cele din urmă, spune:

– Keith a murit cu peste douăzeci de ani în urmă. De ce vă interesează felul în care a practicat avocatura?

– Pentru că nu clientul meu l-a ucis. A făcut-o altcineva, care avea un alt motiv. Știm că el și Diana reprezentau niște traficanți de droguri la sfârșitul anilor '80; și au avut clienți și în zona Tampa. Tipii aceia ar fi suspecții potriviți.

– Tot ce se poate, dar mă îndoiesc că vor vorbi după atâția ani.

– Ați fost un apropiat al șerifului Pfitzner?

Se uită din nou urât la mine. Într-un mod nu tocmai subtil, am făcut legătura între Pfitzner și traficanți, iar Colacurci știe încotro bat. Inspiră adânc, expiră zgomotos, apoi spune:

– Eu și Bradley nu am fost niciodată apropiați. El își vedea de ale lui, iar eu de ale mele. Amândoi voiam să fim votați, dar ne-am evitat unul pe celălalt. Nu am avut tangență cu latura penală, astfel că drumurile noastre s-au încrucișat rareori.

– Unde e acum? îl întreb.

– Presupun că a murit. A plecat de aici de ani buni.

– Nu a murit, ci duce o viață lejeră în Florida Keys. S-a pensionat după treizeci și doi de ani ca șerif și s-a mutat. Apartamentul lui cu trei camere din Marathon este evaluat la 1,6 milioane de dolari. Nu e o pensionare nefericită pentru un funcționar public care nu a câștigat mai mult de șaizeci de mii de dolari pe an.

– Credeți că Pfitzner era amestecat în vreun fel cu Keith? mă întreabă el.

– A, nu. Nu voiam să sugerez asta.

Ba da. Dar Colacurci nu înghite nada. Își îngustează ochii și spune:

– Acea martoră declară că Pfitzner a convins-o să mintă în instanță?

Dacă – și când – Carrie Holland se va dezice de mărturia mincinoasă, acest lucru va fi inclus într-un dosar al Curții pentru a fi văzut de toată lumea. Încă nu sunt pregătit să îi dezvălui ceva acestui om, de aceea spun:

– Atenție, domnule Colacurci, totul e confidențial, înțelegeți?

– Sigur, sigur, mă aprobă el imediat.

Am fost doar un străin pentru el până în urmă cu un sfert de oră și probabil că se va repezi la telefon înainte să ajung la mașină.

– Nu l-a numit pe Pfitzner, ci a spus doar că a fost vorba de poliţişti şi de procuror. N-am niciun motiv să-l suspectez pe Pfitzner de ceva.

– Asta e bine. Această crimă a fost soluţionată acum douăzeci de ani. Faceţi mari eforturi fără să ajungeţi undeva, domnule Post.

– Probabil. Cât de bine aţi cunoscut-o pe Diana Russo?

Îşi dă ochii peste cap, de parcă acesta ar fi ultimul lucru despre care ar vrea să discute.

– Nu prea bine. Am rămas la distanţă încă de la început. Voia o slujbă, dar pe vremea aceea nu angajam femei. A interpretat asta drept o insultă şi nu m-a agreat niciodată. L-a influenţat pe Keith în privinţa mea şi de aceea nu ne-am înţeles niciodată. M-am simţit uşurat când a plecat, deşi nu terminasem cu el. A devenit o adevărată pacoste pentru mine.

– În ce mod?

Se uită în tavan, ca şi cum ar analiza dacă e cazul sau nu să îmi spună o poveste. Fiind avocat cu vechime, nu se poate abţine.

– Păi, iată ce s-a întâmplat, începe el, în vreme ce îşi mută greutatea pe scaun, aşezându-se mai bine ca să îmi povestească. Pe vremea aceea, luam toate cazurile de prejudicii din comitatul Ruiz. Toate accidentele de automobil, produsele de proastă calitate, malpraxis, înşelătorie, tot ce vreţi. Dacă o persoană era prejudiciată, apărea aici sau, câteodată, mă duceam eu la ea ca să o vizitez în spital. Keith a vrut o parte din cazuri, fiindcă nu e niciun secret că vătămările sunt singurele din care poţi câştiga bani pe străzi. Tipii cu firme mari de avocatură din Tampa o duc bine, dar nici nu se compară cu cei din domeniul prejudiciilor. Când a părăsit biroul meu, Keith a furat un caz; l-a luat cu el şi ne-am certat la cuţite. Era falit şi avea nevoie de bani, însă cazul aparţinea firmei mele. L-am ameninţat că îl dau în judecată şi ne-am luptat vreme de doi ani. În cele din urmă, a fost de acord să-mi dea jumătate din onorariu, însă relaţia dintre noi se răcise. Diana a fost la mijloc în situaţia aceea.

Firmele de avocatură se încaieră în fiecare săptămână şi întotdeauna este vorba despre bani.

– V-aţi împăcat cu Keith?

– Cam aşa ceva, dar asta după ani buni. Trăim într-un orăşel, iar avocaţii se înţeleg în general între ei. Am luat prânzul cu el cu o săptămână înainte de a fi ucis şi am râs o dată sau de două ori. Keith era un băiat bun, care lucra din greu. Poate că era cam ambiţios. Cu toate astea, niciodată nu m-am apropiat de Diana. Însă a trebuit să-mi pară rău pentru ea. Sărmana femeie şi-a găsit soţul cu faţa distrusă complet. Şi el era un tip atrăgător. A suferit mult, nu şi-a mai revenit, a vândut clădirea şi, în cele din urmă, a părăsit oraşul.

– Nu aţi mai luat legătura cu ea de atunci?

– Deloc.

Se uită la ceas, de parcă s-ar confrunta cu o nouă zi trepidantă, iar aluzia îmi este clară. Mai discutăm de una şi de alta, iar după o jumătate de oră îi mulţumesc şi plec.

18

Înainte de a se pensiona, Bradley Pfitzner a domnit în comitat vreme de treizeci și doi de ani. În cursul carierei sale a evitat scandalurile și a controlat strict orice acțiune. La fiecare patru ani, fie nu avea concurent, fie se confrunta cu o opoziție firavă. A fost înlocuit de un adjunct de șerif care a deținut slujba șapte ani, după care sănătatea precară l-a silit să se pensioneze.

Actualul șerif e Wink Castle, al cărui birou se află într-o clădire metalică în care este găzduită întreaga forță de poliție – șerif, poliția orașului și închisoarea. Douăsprezece mașini de patrulare, vopsite sclipitor, sunt parcate în fața clădirii de la marginea orașului. Holul de la intrare este înțesat de polițiști, funcționari și rude triste care se interesează de reținuți.

Sunt condus în biroul lui Castle, iar el mă întâmpină cu un zâmbet și o strângere fermă de mână. Are aproape patruzeci de ani și purtarea degajată a unui politician din zona rurală. Nu locuia în comitat la data uciderii lui Russo, de aceea sper că nu poartă vreo povară de pe vremea aceea.

După câteva minute în care discutăm despre vreme, el spune:

– Quincy Miller, da? Seara trecută m-am uitat prin dosar ca să-mi fie mai ușor acum. Sunteți preot sau ceva de genul ăsta?

– Și avocat, și preot, spun, după care îi răpesc câteva momente ca să îi vorbesc despre Guardian. Preiau cazuri vechi care implică persoane nevinovate.

– Vă doresc noroc în cazul ăsta!

Îi zâmbesc şi spun:

– Domnule şerif, toate sunt dificile.

– Am priceput. Şi cum plănuiţi să dovediţi că nu clientul dumneavoastră l-a ucis pe Keith Russo?

– Păi, ca întotdeauna, mă duc la locul crimei şi încep să investighez. Ştiu că majoritatea martorilor în favoarea statului au minţit la proces. Dovezile sunt, în cel mai fericit caz, şubrede.

– Zeke Huffey?

– Un turnător de închisoare tipic. L-am găsit într-un penitenciar din Arkansas şi mă aştept să renege cele declarate. Şi-a făcut o carieră din a minţi şi a retracta, ceea ce nu e neobişnuit pentru astfel de indivizi. Carrie Holland mi-a spus deja adevărul – a minţit sub presiunile exercitate de Pfitzner şi de procuror. I-au oferit o înţelegere bună pentru o acuzaţie de consum de droguri ce urma să fie judecată. După proces, Pfitzner i-a dat o mie de dolari şi a gonit-o din oraş. Nu s-a mai întors. June Walker, fosta soţie a lui Quincy, locuieşte în Thalahasse, dar deocamdată refuză să coopereze. A depus mărturie împotriva lui Quincy şi a minţit pentru că era nemulţumită de rezultatul procesului de divorţ. O mulţime de minciuni, domnule şerif.

Toate sunt lucruri noi pentru el şi mă ascultă cu interes. Apoi clatină din cap şi spune:

– Mai e mult de mers până la adevăr. Nu există arma crimei.

– Exact. Quincy n-a avut niciodată o puşcă. Evident, cheia este lanterna stropită cu sânge care a dispărut în mod misterios la scurtă vreme după crimă.

– Ce s-a întâmplat cu ea? întreabă el.

E şerif. Eu ar trebui să îl întreb asta.

– Spuneţi-mi dumneavoastră. Potrivit lui Pfitzner, versiunea oficială este că a ars în incendiul din locul în care se păstrau probele.

– Vă îndoiţi de asta?

– Domnule şerif, pun la îndoială orice. Expertul din partea statului, un anume domn Norwood, nici nu a văzut lanterna. Depoziţia lui a fost aproape scandaloasă. Bag mâna în geanta diplomat, scot câteva documente și le așez pe biroul lui. Aici este sumarul făcut de noi în privința probelor. Veți găsi un raport al unui anumit doctor Kyle Benderschmidt, un renumit criminalist, care ridică dubii serioase privind mărturia lui Norwood. Ați văzut fotografiile cu lanterna?

– Da.

– Doctorul Benderschmidt consideră că petele sau stropii de pe geam nici nu sunt probabil de sânge uman. Iar lanterna nu a fost găsită la locul faptei. Nu știm sigur de unde a apărut, iar Quincy jură că nu a văzut-o în viața lui.

Ia raportul și nu se grăbește cât îl frunzărește. După ce se plictisește, îl aruncă pe masă și spune:

– O să-i dedic ceva timp în seara asta. Mai exact, ce doriți să fac eu?

– Să mă ajutați. O să depun o petiție pentru degrevare post-condamnare, în baza noilor probe. Va fi însoțită de rapoarte întocmite de experții noștri și de declarații ale martorilor care au mințit. Am nevoie ca dumneavoastră să redeschideți ancheta privind crima. Ne-ar fi de mare ajutor dacă tribunalul ar ști că localnicii cred că a fost condamnat un nevinovat.

– Fiți serios, domnule Post! Acest caz a fost închis acum mai bine de douăzeci de ani, cu mult înainte ca eu să ajung în oraș.

– Domnule șerif, toate sunt cazuri vechi, moarte și îngropate. Asta e natura activității noastre. Cei mai mulți dintre participanți au plecat – Pfitzner, Burkhead –, iar judecătorul a murit. Puteți analiza cazul dintr-o nouă perspectivă și ajuta la eliberarea din închisoare a unui om nevinovat.

Clatină din cap.

– Nu cred. Nu mă văd implicat în acest caz. La naiba, nici nu m-am gândit vreodată la el până ieri, când m-ați sunat.

– Cu atât mai mult merită să vă implicați. Nu puteți fi învinuit de nimic pentru ceea ce a mers prost în urmă cu douăzeci de ani. Veți fi perceput ca un tip de treabă, care încearcă să îndrepte lucrurile.

– Trebuie să descoperiți adevăratul criminal ca să obțineți eliberarea lui Miller?

– Nu. Trebuie să dovedesc nevinovăția lui, atâta tot. În aproape jumătate din cazurile soluționate de noi reușim să prindem criminalul, dar nu întotdeauna.

Continuă să clatine din cap. Zâmbetul i-a dispărut de pe față.

– Nu înțeleg, domnule Post. Cum să zic, vă așteptați ca eu să îl scot pe unul din detectivii mei – care și așa sunt suprasolicitați – de la unul dintre cazurile actuale ca să scotocească prin tenebrele unei crime săvârșite acum douăzeci de ani, despre care oamenii de aici au uitat de mult. Fiți serios, domnule!

– Eu fac grosul operațiunii, domnule șerif. Asta mi-e misiunea.

– Și care e misiunea mea?

– Să cooperați. Să nu ne stați în cale.

Se sprijină de spătarul scaunului și își împreunează mâinile la ceafă. Se uită în tavan și minutele se scurg. Într-un târziu, mă întreabă:

– În cazurile dumneavoastră, ce fac de obicei localnicii?

– Mușamalizează. Tac cu îndărătnicie. Ascund dovezi. Luptă cu înverșunare împotriva mea. Contestă tot ce prezint instanței. Domnule șerif, vă rog să înțelegeți, în astfel de cazuri mizele sunt prea mari, iar greșelile sunt prea evidente pentru ca vreo persoană să admită așa ceva. Oamenii nevinovați, bărbați și femei, execută pedepse de zeci de ani, în vreme ce adevărații făptași umblă liberi și deseori ucid din nou. Acestea sunt nedreptăți uriașe, iar eu încă trebuie să găsesc un polițist sau un procuror care are coloană vertebrală și poate recunoaște că a dat-o în bară. Acest caz este oarecum diferit, deoarece oamenii care se fac răspunzători de condamnarea nedreaptă a lui Quincy sunt plecați de aici. Dumneavoastră puteți fi eroul.

– Nu mă interesează să devin erou. Pur și simplu, nu pot justifica pierderea de timp. Credeți-mă, am destul de multe lucruri care îmi dau bătăi de cap.

– Sunt convins, dar puteți coopera, făcându-mi treaba mai ușoară. Domnule șerif, nu fac decât să descopăr adevărul.

– Nu ştiu ce să zic. Lăsaţi-mă să mă gândesc.

– Atâta lucru vă cer şi eu deocamdată.

Încă neconvins şi clar nededicat cauzei, inspiră adânc.

– Altceva?

– Ei bine, ar mai fi o problemă, o altă posibilă piesă lipsă din acest puzzle. Ştiţi ceva despre moartea lui Kenny Taft? S-a întâmplat la vreo doi ani după crimă.

– Sigur. A fost ultimul ofiţer mort la datorie. Fotografia lui este atârnată pe peretele de acolo.

– Aş vrea să consult dosarul de caz fără a trebui să apelez la Legea privind Accesul Liber la Informaţii şi la toate prostiile astea.

– Şi credeţi că moartea lui are vreo legătură cu Quincy Miller?

– Mă îndoiesc, dar eu fac săpături, domnule şerif. Cu asta mă ocup – şi mereu apar surprize în timpul cercetării.

– Îngăduiţi-mi să mă mai gândesc!

– Vă mulţumesc!

*

Şeful pompierilor este un veteran grizonant şi burtos, cunoscut drept locotenentul Jordan, care nu e nici pe departe la fel de prietenos ca şeriful. Lucrurile se desfăşoară lent în remiza de pompieri, aflată la două intersecţii de Main Street. Doi dintre oamenii lui lustruiesc o pompă sclipitoare din stradă, iar înăuntru, o secretară vârstnică îşi face de lucru cu nişte documente de pe un birou. Într-un târziu apare şi Jordan, iar după o rundă scurtă de amabilităţi forţate, mă conduce într-o încăpere mică, plină de fişete din anii '40, în care se află dosare. Preţ de câteva momente, caută prin istoricul remizei şi găseşte sertarul pentru anul 1988. Îl deschide şi trece printr-un şir de dosare murdare, apoi găseşte ceea ce caut eu şi extrage documentele.

– Din câte-mi amintesc, n-a fost un incendiu prea mare, spune el şi aşază dosarul pe masă. Poftim!

Apoi părăseşte încăperea.

Pe vremea aceea, biroul şerifului se afla la distanţă de câteva intersecţii, într-o clădire veche, demolată între timp. La fel ca şi în alte părţi, în comitatul Ruiz nu era ceva neobişnuit să se depoziteze dovezile culese de la locul incendiilor care erau din întâmplare spaţii goale sau închise. M-am târât deseori prin poduri de tribunale şi prin subsoluri cu o atmosferă sufocantă în căutarea unor dosare vechi.

Pentru a face faţă lipsei de spaţii de depozitare, Pfitzner folosise un şopron mobil, pe care îl plasase în spatele biroului său. În dosar există o fotografie alb-negru a şopronului înainte de incendiu, având vizibil pe singura uşă un lacăt mare. Nu existau ferestre. Apreciez că avea nouă metri lungime şi trei metri şi jumătate lăţime, iar înălţimea era cam de doi metri şi jumătate. O fotografie făcută după incendiu nu înfăţişează decât nişte resturi carbonizate.

Prima alarmă fusese recepţionată la ora 3.10 dimineaţa, iar pompierii găsiseră şopronul cuprins complet de flăcări. Incendiul fusese stins în câteva minute, dar nu se putuse recupera nimic. Lanterna descoperită în portbagajul maşinii lui Quincy părea distrusă în totalitate. Nu se găsise nici urmă din ea. În mod convenabil, rapoartele autopsiei, declaraţiile martorilor, diagramele şi fotografiile rămăseseră încuiate în siguranţă în biroul lui Pfitzner. Avea tot ce îi trebuia pentru condamnarea lui Quincy Miller.

Pentru moment, incendiul reprezintă o pistă născută moartă.

19

Îi sun pe Carrie și pe Buck o dată pe săptămână, ca să aflu ce mai fac. Își dau seama că nu am de gând să le dau pace și, treptat, se dau pe brazdă. Am asigurat-o pe Carrie în repetate rânduri că nu are nimic de riscat dacă va coopera cu mine, astfel că stabilim un anumit nivel de încredere.

Ne întâlnim într-o cafenea din apropiere de Kingsport și mâncăm omletă. Carrie citește declarația pregătită de Mazy, apoi Buck o parcurge încet. Le răspund la aceleași întrebări cu privire la ce se va întâmpla în continuare și la altele asemenea, iar după o oră de ademeniri, ea o semnează.

În parcare o îmbrățișez, iar Buck se așteaptă la același tratament. Acum suntem amici care au încredere unul în altul și le mulțumesc pentru că au avut curajul necesar ca să îl ajute pe Quincy. Printre lacrimi, Carrie mă roagă să îi spun să o ierte. Asta s-a întâmplat deja, îi răspund.

*

Mama a moștenit ferma familiei din apropiere de Dyersburg, Tennessee, localitatea mea natală. Mama are șaptezeci și trei de ani și trăiește singură după moartea tatei, din urmă cu doi ani. Îmi fac griji în privința ei din cauza vârstei, deși ea e mai sănătoasă decât mine și nu se simte defel singură. Ea își face griji în ceea ce mă privește, atât din cauza stilului meu nomad de viață, cât și a absenței unei relații amoroase de durată. Împotriva voinței ei, a acceptat realitatea că întemeierea unei familii nu reprezintă una dintre prioritățile mele şi că probabil nu îi voi oferi alţi nepoţi. Sora mea i-a oferit trei, dar locuieşte prea departe de mama.

Nu consumă carne şi trăieşte doar din ce îi oferă solul. Grădina ei este legendară şi ar putea hrăni sute de oameni, ceea ce chiar se întâmplă. Duce coşuri cu fructe şi cu legume proaspete la banca locală de alimente. La cină, mâncăm roşii umplute cu orez şi ciuperci, fasole Lima şi o tocană de legume. În ciuda acestei abundenţe, mănâncă extrem de puţin şi nu bea decât ceai şi apă. Este în formă şi e vioaie şi refuză să ia pastile; în timp ce îşi plimbă legumele prin farfurie, mă îndeamnă să mai mănânc. O îngrijorează silueta mea, dar îi fac semn să renunţe. Am auzit asta şi din gura altora.

După aceea, ne aşezăm pe veranda din faţa casei şi bem ceai de mentă. Puţine lucruri s-au schimbat de la convalescenţa mea petrecută cu ani în urmă şi discutăm despre acele zile sumbre. Vorbim şi despre Brooke, fosta mea soţie. Ele se plăceau, astfel că au rămas în legătură una cu cealaltă. La început, mama s-a înfuriat pentru că ea m-a părăsit în timpul căderii mele nervoase, însă, în cele din urmă, am convins-o că despărţirea noastră fusese inevitabilă încă din ziua căsătoriei. Brooke s-a căsătorit după aceea cu un antreprenor căruia îi merge bine. Au împreună patru copii, nişte adolescenţi frumoşi, iar mama devine oarecum melancolică gândindu-se la ceea ce ar fi putut fi. Imediat ce găsesc o şansă, îndrept discuţia în altă direcţie.

În ciuda stilului meu neconvenţional de viaţă, mama e mândră de ceea ce fac, deşi înţelege puţine lucruri despre sistemul de justiţie penală. I se pare deprimant că există atât de multe crime, atât de mulţi oameni întemniţaţi, atât de multe familii destrămate. Am avut nevoie de ani şi ani ca să o conving că există mii de oameni închişi pe nedrept. Asta e prima noastră şansă de a discuta despre Quincy Miller şi ei îi place să afle amănunte. Un avocat ucis, un şerif corupt, un cartel de droguri, un om nevinovat căruia i s-a înscenat totul, până la ultimul amănunt. Îi place povestea, iar la început nu îi vine să creadă. Nu mă îngrijorează că îi spun prea multe. La urma urmelor, stăm pe o verandă întunecată din zona rurală a statului Tennessee, departe de Florida, şi cui ar putea să îi povestească? Pot avea încredere că mama nu va dezvălui aceste secrete.

Îi spun despre fiecare dintre ceilalţi clienţi ai mei: Shasta Briley, aşteptând să fie executată în Carolina de Nord, condamnată pentru incendiul în care i-au murit cele trei fiice; Billy Rayburn, condamnat de ştiinţa îndoielnică a ceea ce a devenit cunoscut sub numele de Sindromul Copilului Traumatizat[1], după ce s-a împiedicat şi a căzut având în braţe bebeluşul prietenei lui; Duke Russell, încă pe lista de aşteptare a condamnaţilor la moarte din Alabama; Curtis Wallace, condamnat în Mississippi pentru răpirea, violarea şi uciderea unei tinere pe care nu a văzut-o niciodată; şi Little Jimmy Flagler, un tânăr retardat, care, la vârsta de şaptesprezece ani, a fost întemniţat pe viaţă în Georgia.

Cele şase cazuri reprezintă viaţa şi cariera mea. Trăiesc cu ele în fiecare zi şi deseori obosesc gândindu-mă şi vorbind despre ele. Dirijez discuţia spre preocupările mamei şi o întreb cum îi merge jocul de pocher. Joacă o dată pe săptămână cu un grup de prietene şi, deşi mizele sunt mici, competiţia e pe viaţă şi pe moarte. În prezent are de primit 11,50 dolari. Doamnele îşi reglează conturile de Crăciun, printr-o petrecere unde se prostesc şi beau alcool – şampanie ieftină. Cu un alt grup joacă bridge de două ori pe lună, dar preferă pocherul. Face parte din două grupuri – unul format din doamne bisericoase, cu care discută teologie, iar altul de prietene mai libertine, care preferă romanele uşoare. Uneori chiar şi cărţi proaste. Predă la o clasă de la şcoala de duminică, le citeşte bătrânilor de la un azil şi lucrează ca voluntar pentru organizaţii nonprofit pe care le poate numi. Tocmai şi-a cumpărat o maşină electrică şi îmi explică în detaliu ce o face să funcţioneze.

Frankie Tatum trece de câteva ori pe an ca să ia cina cu ea. Sunt prieteni apropiaţi, iar ei îi place să gătească pentru el. A vizitat-o cu o săptămână în urmă şi îmi vorbeşte despre întâlnirea lor. E foarte

---

[1] Leziuni cerebrale provocate de şocuri puternice care pot împiedica oxigenarea creierului şi care pot duce chiar la deces (n.tr.)

mândră de faptul că el încă ar fi închis dacă n-aş fi fost eu. La un moment dat, a vrut ca eu să depăşesc această fază şi să aleg o altă carieră, mai bănoasă, probabil la o firmă de avocatură serioasă, dar astfel de discuţii sunt de domeniul trecutului. Pensia îi asigură o viaţă confortabilă, nu are datorii şi trimite la Guardian câte un cec modest în fiecare lună.

Se culcă la ora zece fix şi doarme neîntoarsă opt ore. Sărutându-mă pe cap, mă lasă pe verandă, unde rămân ore în şir cu ochii larg deschişi în noaptea tăcută şi răcoroasă şi mă gândesc la clienţii mei, care dorm în paturi înguste şi incomode în spatele gratiilor.

Oameni nevinovaţi.

20

În urmă cu o lună, acţionând în baza unui pont, gardienii au percheziţionat celula lui Zeke Huffey şi au găsit un şiş, un cuţit artizanal. De obicei, în cursul unor astfel de raiduri, se găsesc droguri, dar o asemenea situaţie este tratată cu nonşalanţă. Însă deţinerea unei arme este o infracţiune gravă, deoarece reprezintă o ameninţare la adresa gardienilor. Zeke a ajuns în Peşteră, o unitate subterană folosită pentru pedepsirea făptaşilor aflaţi la izolare. Visul lui de a fi eliberat condiţionat s-a năruit. În schimb, a primit un supliment de pedeapsă.

La biroul central sunt întâmpinat de un bărbat în costum, un fel de gardian adjunct, şi, împreună cu un alt gardian, sunt trecut prin dispozitivul de verificare şi securitate, apoi condus spre o clădire aflată departe de unităţile deţinuţilor. Adjunctul dă din cap şi se încruntă, iar uşile se deschid imediat. S-au tras sforile potrivite. Cobor o scară din beton şi ajung într-o încăpere rectangulară, umedă şi fără ferestre. Zeke aşteaptă, stând pe un scaun din metal, ale cărui picioare sunt prinse în podea. Nu există partiţie între noi. Are mâinile libere, iar după şocul de un moment provocat de vederea mea, îmi permite o strângere moale de mână.

După ce gardianul pleacă trântind uşa, Zeke întreabă:

– Ce cauţi aici?

– Am venit în vizită, Zeke. Mi-era dor de tine.

Mormăie şi nu găseşte un răspuns. Cei azvârliţi la izolator nu au dreptul să primească vizite. Scot un pachet de ţigări şi îl întreb:

– Vrei una?

– Cum dracu' să nu? spune el, trezit de dependență.

Îi întind o țigară și observ că îi tremură mâinile. I-o aprind cu un chibrit. Închide ochii și trage cu sete din ea într-un efort puternic de a o termina dintr-odată. Scoate un nor de fum spre tavan, apoi trage din nou din ea. După trei fumuri, aruncă scrumul pe podea și reușește să zâmbească.

– Post, cum de-ai ajuns aici? Vizitele sunt interzise în gaura asta.

– Știu. Am un prieten în Little Rock.

Fumează țigara până la filtru, apoi strivește chiștocul de perete și spune:

– Îmi mai dai una?

Îi aprind o altă țigară. E palid și tras la față, chiar mai slab decât ultima oară când l-am văzut, și văd că are un nou tatuaj pe gât. Nicotina îl calmează și nu-i mai tremură mâinile.

– Se plănuiește să ți se adauge câteva luni la sentință, Zeke, îi spun. Mare prostie să ascunzi un șiș!

– Mai tot ce fac poate fi socotit prostesc, Post. Știi asta. Oamenii inteligenți nu trăiesc așa.

– Adevărat. Quincy Miller e un tip inteligent, Zeke, și a fost întemnițat din cauza ta. Ar fi timpul să-l eliberăm pe băiat, nu crezi?

De la ultima mea vizită, ne-am mai scris de câteva ori, iar Guardian i-a trimis încă un cec cu o sumă mică. În ciuda acestor lucruri, din tonul scrisorilor lui îmi dau seama că nu e pregătit să admită că a mințit. Consideră că el e la comandă în relația noastră fragilă și că ne manipulează din orice punct de vedere.

– A, nu știu ce să zic, Post. Asta a fost cu mult timp în urmă. Nu-s sigur că-mi amintesc toate amănuntele.

– Am amănuntele aici, în declarație, Zeke. Una pe care aș vrea s-o semnezi. Mai ții minte un vechi amic pe nume Shiner? Un alt drogat cu care ai fost închis în Georgia?

Îmi zâmbește și răspunde:

– Sigur că-l țin minte pe Shiner. Mare fraier!

– Și el te ține minte. L-am găsit în apropiere de Atlanta și se descurcă bine. Mult mai bine decât tine. S-a lăsat de droguri și până acum n-a mai avut necazuri. Avem o declarație semnată de el în care spune că voi doi vă lăudați deseori cu carierele voastre de turnători. Spune că ai râs de Quincy Miller. Și de puștiul pe nume Preston, din Dothan, încă ispășindu-și pedeapsa. Shiner a mai spus că întotdeauna te amuzai de rolul pe care l-ai jucat într-un proces judecat la Gulfport, iar Kelly Morris încă execută o pedeapsă pe viață din cauza ta. Zeke, am verificat cazurile astea, am citit transcrierile proceselor în care se află mărturiile tale. Shiner spune adevărul.

Se uită urât la mine și scutură scrumul țigării.

– Și ce dacă?

– E vremea să-ți descarci sufletul și să-l ajuți pe Quincy. N-ai nimic de pierdut, Zeke. Oricum nu ai unde să pleci. Cum ți-am zis de câteva ori până acum, cei din Florida te-au uitat de multă vreme. Nu le pasă nici cât negru sub unghie dacă recunoști acum că ai mințit în legătură cu Quincy.

Stinge al doilea chiștoc și mai cere o țigară. I-o aprind. Trage tare din ea, sporind fumul care plutește deasupra capetelor noastre, și spune sarcastic:

– Of, nu știu ce să zic, Post, îmi fac griji pentru reputația mea.

– Foarte amuzant, dar eu nu mi-aș pierde prea multă vreme făcându-mi griji în legătură cu asta. Zeke, îți propun un târg, unul care e valabil un sfert de ceas, apoi va dispărea pentru totdeauna. Cum ți-am spus, am un prieten în Little Rock, un om influent, altfel n-aș fi acum aici. Nimeni dintre cei trimiși în Peșteră nu primește vizite, am dreptate? Așa că târgul sună în felul umător. Statul Arkansas plănuiește să îți adauge șase luni la condamnarea pe care o ai, drept pedeapsă pentru șiș. Asta se adaugă la cele douăzeci și una de luni pe care le mai ai de executat în văgăuna asta. Prietenul meu poate face să dispară totul, mai puțin trei luni. Un an și jumătate ar dispărea ca și cum nici n-ar fi fost. Tot ce trebuie să faci e să semnezi declarația.

Pufăie, scutură scrumul și se holbează neîncrezător la mine.

– Cred că glumești.

– De ce aș glumi? Tu fă ceea ce trebuie, ca o adevărată ființă umană, ceea ce nu ești, și amândoi știm asta, iar Quincy are o șansă.

– Post, niciun judecător n-o să-l elibereze fiindcă apar eu după douăzeci de ani și declar că am mințit. Fii serios!

– Lasă grija asta în seama mea! Zeke, în cazurile astea, orice probă e de ajutor. Probabil că nu-ți mai aduci aminte de o martoră pe nume Carrie Holland. Și ea a mințit atunci, dar diferența e că acum a avut curajul să recunoască. Dacă vrei, o citești, îți arăt declarația ei. O femeie curajoasă, Zeke. E vremea să te arăți bărbat, băiatule, și să spui măcar o dată adevărul.

– Știi ceva, Post? Începusem să te plac.

– Nu te deranja! Nu sunt chiar atât de agreabil și chiar nu-mi pasă. Misiunea mea e să descâlcesc ghemul de minciuni care a dus la condamnarea lui Quincy. Vrei sau nu să ți se șteargă optsprezece luni din pedeapsă?

– Pot avea încredere în tine?

– Cuvântul „încredere" nu sună bine în gura ta, Zeke. Sunt un om cinstit. Eu nu mint. Cred că va trebui să dai cu banul.

– Mai dă-mi una!

Îi aprind cea de-a patra țigară. Acum e calm, calculat, așa că spune:

– Înțelegerea asta... Poți s-o pui în scris?

– Nu, treaba nu merge așa. Toate închisorile din Arkansas sunt supraaglomerate și statul trebuie să le mai golească puțin. Închisorile comitatelor sunt sufocate, iar în unele celule dorm câte șase deținuți. Puternicii zilei caută spațiu. Nu le pasă ce se întâmplă cu tine.

– Aici ai dreptate.

Aruncă o privire la ceasul de la mână.

– Zeke, mi-au promis zece minute. Se apropie clipa. Facem târgul sau nu?

Fumează și se gândește.

– Cât mai rămân în Peșteră?

– Ieşi mâine de aici, îţi promit.

Încuviinţează şi îi întind declaraţia. Presupunând că nu prea citeşte grozav, formularea este simplă, din cuvinte care nu au mai mult de trei silabe. Ţinând ţigara într-un colţ al gurii şi simţind fumul arzându-i ochii, o citeşte cu atenţie. După ce termină de citit ultima pagină, aruncă jos chiştocul şi spune:

– Nu găsesc nimic anapoda aici.

Îi întind un pix.

– Îmi promiţi, Post?

– Îţi promit.

*

Cel mai bun avocat penalist din Arkansas mi-e prieten şi am lucrat cu el la un alt caz. Vărul soţiei lui este senator al statului, preşedinte al Comisiei de Credite, astfel că răspunde de finanţarea tuturor agenţiilor, inclusiv ale penitenciarelor corecţionale. Nu-mi place să lucrez în favoarea băncilor, pentru că am prea puţine de oferit în schimb, dar în activitatea mea mă văd silit să colaborez. Ocazional, dau câteva clicuri şi se întâmplă un miracol.

Lăsând în urmă câmpurile cu bumbac din nord-estul statului Arkansas, o sun pe Vicki pentru a-i da vestea. Este entuziasmată şi dă fuga să o anunţe pe Mazy.

*

După ce a depăşit coşmarul căsătoriei cu Quincy, June s-a măritat din nou. Al doilea efort al ei, cu un bărbat pe nume James Rhoad, a fost ceva mai puţin haotic decât primul, dar n-a avut viaţă lungă. În acea perioadă, June era încă răvăşită, instabilă emoţional şi continua să consume droguri. Frankie l-a găsit pe Rhoad în Pensacola. Nu a avut nimic frumos de spus despre fosta soţie, iar după câteva sticle de bere, a prezentat povestea pe care o speram noi.

Trăiseră în concubinaj înainte de a se căsători, iar în acea scurtă perioadă de romantism şi exaltare băuseră mult şi consumaseră cocaină, dar întotdeauna departe de copii. În câteva rânduri, June a râs de Quincy, un om pe care avea să îl urască pe veci. I s-a confesat lui Rhoad că mințise pentru a ajuta la condamnarea lui și că minciunile ei fuseseră încurajate de șeriful Pfitzner și de procurorul Forrest Burkhead.

Rhoad a manifestat rețineri în a se implica, dar Frankie știe să fie insistent. Asta face parte din cultura noastră. Strecoară-te ușurel, cunoaște-i pe martori, creează un grad de încredere și amintește-i mereu că un om nevinovat a fost nedreptățit de sistem. În cazul de față, de albi dintr-un orășel uitat de lume.

Frankie l-a asigurat pe Rhoad că el nu făcuse nimic rău și că nu va avea necazuri. June mințise, iar ea refuza să recunoască răul pe care îl făcuse. El, Rhoad, putea ajuta foarte mult.

În alt bar, după câteva sticle de bere, el s-a declarat de acord să semneze o declarație.

21

În ultimele trei luni, ne-am făcut treaba cât de discret am putut. Nu avem idee dacă oamenii care l-au ucis pe Keith Russo știu că facem cercetări. Acest lucru se schimbă când prezentăm petiția pentru degrevare post-condamnare în numele lui Quincy Miller.

Ca întotdeauna, pledoaria lui Mazy e groasă de aproape doi centimetri și jumătate, redactată frumos și argumentată cu pricepere. Începe cu o distrugere a mărturiei expertului Paul Norwood privind analiza petelor de sânge. Îi atacă dur competența și spune lucruri neplăcute despre el. Cu detalii îngrozitoare, ea descrie cele șapte cazuri în care el a arătat cu degetul spre oameni nevinovați, care ulterior au fost achitați prin teste ADN. Mazy pomenește cât se poate de convingător faptul că acești șapte bărbați au executat în total nouăzeci și opt de ani de detenție, dar niciunul la fel de mult precum Quincy Miller.

După ce pledoaria lui Mazy îl îneacă pe Norwood în propriul sânge, ea îl atacă folosind adevărata știință, iar pe scenă apare Kyle Benderschmidt. Reputația lui impecabilă este prezentată și comparată cu aceea a expertului adus de stat. Raportul lui începe în mod incredibil: lanterna este singura probă care duce la Quincy ca făptaș, iar ea nu a fost recuperată de la locul faptei. Nu există absolut nicio probă că aceasta a fost prezentă în timpul crimei. Nu există nicio dovadă că minusculele pete de pe geamul lanternei erau de fapt de sânge uman. Este imposibil de stabilit din fotografii dacă micile puncte de culoare oranj sunt chiar de sânge. Este imposibil de stabilit unghiul de tragere. Este imposibil de știut cum ținea ucigașul lanterna și trăgea cu pușca, dacă a ținut-o cu adevărat în mână. O mulțime de lucruri imposibile. Depoziția lui Norwood a fost de fapt falsă, nedovedită științific, contrară rațiunii și iresponsabilă din punct de vedere legal. Norwood a presupus fapte care nu apăreau din dovezi, iar când s-a văzut confruntat cu necunoscute, pur și simplu a fabricat alte elemente ale depoziției.

Sumarul constatărilor lui Benderschmidt este copleșitor, convingător și reprezintă noi dovezi. Însă ar mai fi ceva.

Cel de-al doilea expert al nostru este doctorul Tobias Black, un renumit criminalist din San Francisco. Lucrând independent de doctorul Benderschmidt, doctorul Black a examinat fotografiile și probele și a citit transcrierea procesului. Disprețul lui față de Norwood și a ciracilor lui de breaslă – pseudooameni de știință – e greu de controlat. Concluziile lui sunt similare.

Mazy scrie ca o laureată a Premiului Nobel, iar când este înarmată cu fapte, devine inatacabilă. N-aș vrea să se înfurie pe mine dacă aș comite vreo infracțiune.

Critică ancheta condusă de șeriful Pfitzner. Folosindu-se de prevederile Legii Libertății de Informare, Vicki a obținut documente de la poliția statului Florida. Într-o informare, un investigator s-a plâns de autoritatea excesivă a lui Pfitzner și de eforturile lui de a păstra un control exclusiv și deplin asupra cazului. Șeriful nu a vrut amestec din afară și a refuzat să coopereze.

Cum nu existau dovezi fizice care să îl lege pe Quincy de crimă, era imperios necesar ca Pfitzner să le creeze pe ale lui. Fără să înștiințeze poliția statului, a obținut un mandat de percheziție pentru mașina lui Quincy și, în mod convenabil, a descoperit lanterna în portbagajul acesteia.

Pledoaria vorbește apoi despre martorii care au mințit și cuprinde declarațiile date de Carrie Holland Pruitt, Zeke Huffey, Tucker Shiner și James Rhoad. Mazy se abține, dar se arată aproape crudă în privința tratamentului acordat mincinoșilor și continuă în forță cu un comentariu usturător despre apelul la depozițiile turnătorilor în procesele din America.

Apoi ea analizează problema mobilului și insistă mult asupra faptului că presupusa ranchiună a lui Quincy la adresa lui Keith Russo a fost mai curând anecdotică decât reală. Prezintă o declarație dată de o fostă secretară a firmei de avocatură, care susține că își amintește doar de o vizită a clientului nemulțumit, care era „ușor tulburat". Însă el nu lansase amenințări și plecase când ea îl informase că Russo nu era în birou. Femeia nu își aduce aminte de a doua sau de a treia vizită de amenințare despre care Diana Russo a vorbit în fața juraților. Poliția nu a fost chemată în niciuna dintre aceste situații. Adevărat, nu există nicio dovadă că vreo persoană de la firmă s-ar fi plâns de comportamentul lui Quincy. Cât privește amenințările prin telefon, nu a existat absolut nicio probă. Diana a blocat eforturile apărării de a obține desfășurătorul convorbirilor telefonice ale cuplului, iar acestea au fost distruse între timp.

Ultima porțiune a pledoariei prezintă mărturia lui Quincy. Cum el nu a depus mărturie la proces, acum poate să își expună propria declarație. El neagă orice implicare, respinge acuzația că ar fi posedat sau ar fi tras cu o pușcă având calibrul de 18 mm și declară că nu știa nimic despre lanternă până când fotografiile acesteia au fost prezentate instanței. Neagă faptul că s-ar fi aflat acolo în noaptea crimei. Alibiul lui a fost și rămâne fosta lui prietenă, Valerie Cooper, care nu și-a retras mărturia prin care declara că el era cu ea în acea noapte. Anexăm și o declarație a lui Valerie.

Pledoaria, lungă de cincizeci și patru de pagini, cuprinde raționamente solide și lasă puține îndoieli, cel puțin în mintea oamenilor de treabă de la Guardian, despre faptul că statul Florida a pedepsit pe cine nu trebuia. Ea ar trebui citită de judecători educați și drepți, care s-ar cuveni să se arate îngroziți și să acționeze rapid pentru a repara o nedreptate – dar asta nu se întâmplă niciodată.

Prezentăm pledoaria cu discreție și așteptăm. După trei zile, este evident că presa nu manifestă niciun interes, iar asta ne convine. La urma urmelor, cazul a fost închis acum douăzeci și doi de ani.

Cum nu am licenţă de practică a avocaturii în Florida, ne asociem cu Susan Ashley Gross, o veche prietenă care conduce Central Florida Innocence Project. Numele ei este trecut primul pe pledoaria noastră, deasupra numelui meu şi al lui Mazy. Reprezentarea noastră este acum de domeniu public.

Trimit o copie a petiţiei şi una a pledoariei noastre către Tyle Townsend şi sperăm să primim un răspuns.

*

În Alabama, conform promisiunii lui, Chad Falwright încearcă să facă dreptate în ceea ce mă priveşte – nu în cazul adevăratului ucigaş. Depune o plângere de încălcare a eticii la baroul din Alabama, din care nu fac parte, şi una în Georgia, unde este înregistrată licenţa mea. Chad vrea să fiu dat afară din barou pentru că am intervenit în probe. Pentru că am furat un fir de păr pubian.

Am mai trecut prin situaţii ca asta. E vorba de hărţuială şi poate intimida pe oricine, dar eu nu mă las doborât. Duke Russell continuă să execute o pedeapsă în locul lui Mark Carter, iar asta mă ţine treaz noaptea. Sun un prieten, avocat în Birmingham, care abia aşteaptă să lupte în instanţă. Mazy se va ocupa de plângerea depusă în Georgia.

*

Mă aflu în sala de conferinţe de la etaj, citind un maldăr de scrisori disperate sosite din închisori, când Mazy mă strigă. Cobor pe scară şi intru în biroul ei, unde ea şi Vicki se uită cu ochi dilataţi la ecranul computerului. Mesajul e scris cu litere îngroşate, ciudate, şi se citeşte greu, dar e inteligibil.

Declarația depusă de voi în comitatul Poinsett e o lectură interesantă, dar nu face referire la Kenny Taft. Probabil că nu a fost ucis de traficanții de droguri.

Poate știa prea multe. (Acest mesaj se va șterge la cinci minute după ce e deschis. Nu poate fi descoperită sursa lui. Nu vă obosiți.)

Ne holbăm la el până când se șterge treptat, iar pagina devine albă. Eu și Vicki ne retragem pe scaune și ne uităm în gol la pereți. Mazy continuă să tasteze și, într-un târziu, spune:

– E un site numit From Under Patty's Porch[1]. Pentru douăzeci de dolari pe lună, plătiți cu un card de credit, ai acces timp de treizeci de zile la o cameră de chat, în care mesajele sunt confidențiale, temporare și nu li se poate descoperi sursa.

N-am habar despre ce vorbește. Mai tastează câteva momente, apoi spune:

– Pare normal și, probabil, inofensiv. O mulțime de asemenea servere sunt în Europa de Est, unde reglementările privind intimitatea sunt mai stricte.

– Îi putem răspunde? întreabă Vicki.

– Chiar vrem asta? zic eu.

Mazy spune:

– Da, putem răspunde, dacă plătim douăzeci de dolari.

– Nu-s prevăzuți în buget, spune Vicki.

– Persoana asta folosește adresa cassius.clay.444. Am putea plăti ca să-i trimitem un răspuns.

– Nu acum, spun. Nu vrea să ne vorbească și nu ne va spune nimic. Să ne gândim la asta.

Ponturile anonime fac parte din joc și reprezintă o modalitate excelentă de a ne pierde mult timp.

*

În 1990, Kenny Taft avea douăzeci și șapte de ani când a fost ucis într-o zonă îndepărtată din comitatul Ruiz. Era singurul adjunct de șerif de culoare dintre oamenii lui Pfitzner și lucrase acolo vreme de trei ani. El și Gilmer, partenerul lui, fuseseră trimiși de Pfitzner într-un loc despre care se bănuia că era folosit ca punct de etapă de către traficanții de cocaină, știindu-se că aceștia nu se aflau în zonă. Taft și Gilmer nu se așteptau, așadar, să dea de vreun bucluc. Cei doi

[1] De sub veranda lui Patty (n.tr.)

ar fi trebuit să efectueze o misiune de recunoaștere care, în teorie, era solicitată de biroul din Tampa al Administrației de Luptă Antidrog (DEA). Exista doar o firavă posibilitate ca acel loc să fie folosit, iar treaba lor era să arunce o privire și să prezinte un raport.

Potrivit celor declarate de Gilmer, care supraviețuise cu răni minore, fuseseră prinși într-o ambuscadă în timp ce mergeau încet cu mașina de patrulă pe un drum neasfaltat la ora trei dimineața. Pădurea era deasă și nu văzuseră pe nimeni. Primele împușcături vizaseră laturile mașinii fără însemne oficiale pe care o conducea Gilmer, apoi geamurile din spate fuseseră ciuruite. Oprise mașina și se aruncase afară, ajungând într-un șanț. Pe latura cealaltă, Kenny Taft se azvârlise din mașină, dar fusese lovit imediat de un glonț în cap și murise pe loc. Nici nu apucase să își scoată pistolul de serviciu. După ce împușcăturile încetaseră, Gilmer se dusese târâș până la mașină și solicitase ajutoare.

Atacatorii dispăruseră fără urmă. Oficialii DEA au socotit că aceea fusese acțiunea traficanților. Câteva luni mai târziu, un informator a susținut că ucigașii nu își dăduseră seama că aveau de-a face cu polițiști. Exista multă cocaină ascunsă în locul acela, alături de drum, iar oamenii se văzuseră siliți să își protejeze marfa.

Același informator a declarat că traficanții se aflau undeva în America de Sud. Adio oricărei investigații!

22

Primesc un telefon de la Otis Walker, care e furios. Se pare că June, soţia lui, este iritată pentru că fostul ei soţ, James Rhoad, a declarat ceva urât despre ea în instanţă. Îi explic răbdător că încă nu am prezentat nimic vreunei instanţe, dar că am trimis o declaraţie semnată de Rhoad, în care susţine că June a râs când i-a povestit despre minciunile spuse în faţa juraţilor pentru a-l da în vileag pe Quincy.

– A spus că ea e o mincinoasă? întreabă Otis, ca şi cum asta l-ar surprinde. În faţa juraţilor?

– Nu. Nu, domnule Walker, nu într-o sală de tribunal, ci doar în documente.

– De ce-a făcut asta?

– Pentru că i-am solicitat noi. Încercăm să îl scoatem pe Quincy din închisoare, pentru că nu el l-a ucis pe acel avocat.

– Aşadar, spui că June, soţia mea, e o mincinoasă, da?

– Susţinem doar că a minţit în tribunal atunci.

– E acelaşi lucru. Nu înţeleg cum de puteţi târî rahatul ăsta la suprafaţă după douăzeci de ani.

– Adevărat, domnule. A trecut multă vreme. Întreabă-l pe Quincy!

– Cred că ar trebui să discut cu un avocat.

– Chiar te rog! Dă-i numărul meu de telefon şi voi fi încântat să am o discuţie cu el. Dar îţi cheltuieşti banii degeaba.

*

De la Under Patty's Porch, Mazy primește următorul mesaj:

Salty Pelican e un vechi bar de pe cheiul din Nassau, Bahamas; să fii acolo marți la amiază; e important. (Acest mesaj se va șterge la cinci minute după ce a fost deschis; nici măcar să nu te gândești că ai putea găsi originea lui.)

Iau un card de credit, ajung la Patty, plătesc ca să mă loghez ca joe.frazier.555 și trimit mesajul:

Să-mi iau un pistol sau un bodyguard?

Zece minute mai târziu, primesc răspuns:

Nu, vin în pace. Barul e întotdeauna plin, așa că sunt mulți oameni în jur.

Îi răspund:

Cine e cel care îl va recunoaște pe celălalt?

Va merge totul. Doar să nu fii urmărit.

Pe curând.

*

Dezbaterea devine aproape o ceartă. Mazy e de neclintit în părerea ei cum că ar fi o neghiobie să merg la o asemenea întâlnire cu un necunoscut. Nici Vicki nu agreează ideea. Susțin că, din motive evidente, e un risc pe care trebuie să ni-l asumăm. Persoana cunoaște multe despre caz și vrea să ne ajute. Iar el sau ea se teme îndeajuns dacă vrea să ne întâlnim în afara țării, ceea ce, pentru mine cel puțin, arată că putem strânge niște informații cu adevărat murdare.

Deși copleșit numeric, plec cu mașina până în Atlanta. Vicki se pricepe de minune să descopere prețuri aproape de nimic pentru zboruri, hoteluri și firme de închiriat mașini, astfel că mă îmbarc pe un avion cu motor turbopropulsor din Bahamas, care face două escale înainte de a părăsi America. Are doar o stewardesă, care nu știe să zâmbească și nici nu are vreun interes să se ridice de pe scaunul tip strapontină.

Neavând bagaj, trec ușor prin vamă și iau un taxi dintr-un șir lung. E un Cadillac din anii '70, de colecție, iar din difuzoarele radioului se revarsă puternic un cântec de-al lui Bob Marley, pentru noi, turiștii. Ca să adauge puțină culoare locală, șoferul fumează o țigară cu marijuana. Traficul abia se mișcă, astfel că există puține șanse să aibă loc vreo coliziune mortală. Zăbovim într-un blocaj pe cinste și simt că sunt la capătul răbdării. Cobor, îi plătesc, iar el îmi arată încotro să o iau.

Salty Pelican e un bar vechi, cu grinzi lăsate și cu acoperiș din stuf. Ventilatoarele mari și zgomotoase din tavan ne oferă o idee de adiere. Câțiva localnici gălăgioși joacă domino la o masă aglomerată. Par să joace pe bani. Alții joacă darts într-un colț. Albii îi domină numeric pe indigeni și îmi dau seama că locul este clar apreciat de turiști. Îmi iau o bere de la bar și mă așez la o masă de sub o umbrelă, aflată la trei metri de apă. Port ochelari de soare și o șapcă de baseball și încerc să observ nepăsător ceea ce mă înconjoară. De-a lungul anilor, am devenit un investigator destul de bun, dar deocamdată sunt un spion jalnic. Nu-mi voi da seama niciodată dacă mă urmărește cineva.

În timp ce contemplu apa, vine și trece amiaza.

Apoi aud un glas în spatele meu.

– Bună, Post!

Tyler Townsend se așază pe scaun alături de mine. Numele lui era primul pe lista mea de posibili interlocutori.

– Bună, îi răspund, fără să-i spun pe nume, și ne strângem mâinile.

Are și el o sticlă cu bere.

Și el poartă ochelari de soare și șapcă, fiind îmbrăcat de parcă ar fi pregătit să meargă la tenis. Bronzat și atrăgător, având doar câteva fire cărunte. Suntem de aceeași vârstă, dar el pare mai tânăr.

– Vii des aici? îl întreb.

– Da, deținem două centre comerciale în Nassau, așa că soția mea crede că am venit aici cu afaceri.

– De ce suntem aici de fapt?

– Hai să facem câțiva pași! spune el ridicându-se. Mergem de-a lungul portului, până când pătrundem într-un doc mare în care se află vreo sută de ambarcațiuni. Apoi spune: Vino după mine!

Coborâm pe o platformă joasă, iar el îmi arată o frumusețe de iaht. Are aproape cincisprezece metri lungime și e proiectat pentru a se aventura departe în largul oceanului, dar și pentru a prinde pești-pânză, pe care îi poți vedea împăiați și atârnând pe pereți. Sare în iaht și întinde mâna ca să mă ajute.

– E al tău?

– Îl dețin împreună cu socrul meu. Să ieșim în larg!

Scoate două sticle cu bere dintr-un răcitor, apoi se instalează pe scaunul căpitanului și pornește motoarele. Mă așez pe o canapea matlasată și inspir aerul sărat în timp ce trecem prin port. Curând, o ceață fină îmi umezește fața.

*

Tyler a crescut în Palm Beach, fiind fiul unui avocat renumit, specializat în apărare. A petrecut opt ani la Universitatea din Florida, obținând diplome în științe politice și Drept și având de gând să se întoarcă acasă și să lucreze la firma familiei. Viața lui s-a dat peste cap când tatăl lui a fost omorât de un șofer beat, cu o săptămână înainte de data programată pentru examenul de barou. A așteptat un an, a reușit să își revină, apoi a luat examenul și a găsit o slujbă în Seabrook.

Având viitorul post aproape asigurat, nu se deranjase să studieze cu silință. CV-ul lui universitar era cam subțire. I-au trebuit cinci ani dezordonați ca să obțină licența. A terminat în ultima treime a listei colegilor de Drept și i-a plăcut să se afle acolo. Avea reputația unui băiat vorbăreț la petreceri și se arăta deseori încrezut, pentru că tatăl lui era un mare avocat. Brusc, silit să își caute o slujbă, a fost primit la puține interviuri. Apoi l-a angajat o firmă de imobiliare din Seabrook, dar nu a rezistat acolo decât opt luni.

Pentru a face faţă costurilor, a împărţit spaţiul biroului cu alţi avocaţi. Ca să-şi plătească facturile, a lucrat ca voluntar, fiind numit de tribunal să apere în cazurile în care erau implicaţi oameni nevoiaşi. Comitatul Ruiz era prea mic pentru a ajunge apărător public, iar cazurile nevoiaşilor erau repartizate de judecători. Dorinţa lui acerbă de a fi prezent în instanţă l-a costat scump când uciderea lui Russo a cutremurat oraşul. Toţi ceilalţi avocaţi au refuzat ori s-au ascuns, astfel că Tyler a fost numit să îl reprezinte pe Quincy Miller, care a fost considerat vinovat încă din ziua în care a fost arestat.

Pentru un avocat de douăzeci şi opt de ani, cu o experienţă limitată în instanţă, apărarea lui a fost aproape un act de măiestrie. A luptat cu fervoare, a contestat fiecare probă, s-a încăierat verbal cu martorii acuzării şi a crezut cu tărie în nevinovăţia clientului său.

Când am citit prima oară transcrierea procesului, m-a amuzat impertinenţa lui în instanţă. Însă la a treia lectură, mi-am dat seama că apărarea lui, care pârjolea totul, i-a iritat probabil pe juraţi. Cu toate astea, puştiul avea un potenţial enorm ca avocat apărător.

Apoi a abandonat avocatura.

*

Navigăm de-a lungul Insulei Paradis şi amarăm într-o staţiune. În timp ce mergem pe dig spre hotel, Tyler spune:

– Ne gândim să cumpărăm locul ăsta. E de vânzare. Vreau să ne diversificăm activitatea şi să ne lăsăm de construcţia de centre comerciale. Socrul meu e mai conservator.

Un dezvoltator imobiliar din Florida care acţionează în mod conservator?

Încuviinţez, ca şi cum acest lucru mi s-ar părea extrem de fascinant. Discuţiile despre bani îmi provoacă dureri de cap. Tot ce ţine de finanţe, pieţe, fonduri de garanţie, capital propriu, capital de risc, puncte de bază, imobile, acţiuni şi aşa mai departe mă face să mi se înceţoşeze ochii. Cum nu am nicio leţcaie, chiar nu îmi pasă cum îşi sporesc alţii averile.

Ne plimbăm prin holul de la intrare ca un cuplu de turişti din Akron, apoi luăm liftul până la etajul trei, unde Tyler are un apartament mare. Îl urmez pe o terasă care oferă o privelişte încântătoare a oceanului. Aduce două sticle cu bere dintr-un frigider şi ne aşezăm să discutăm.

Începe astfel:

– Post, te admir pentru ceea ce faci. Serios. L-am abandonat pe Quincy pentru că n-am avut de ales, dar n-am crezut nicio clipă că el l-a ucis pe Keith Russo. Încă mă gândesc la el.

– Dar cine a făcut-o?

Expiră şi ia o gură sănătoasă din sticlă. Se uită spre ocean. Stăm sub o umbrelă mare de pe terasă şi nu vedem niciun semn de activitate umană în vecinătate, cu excepţia câtorva hohote îndepărtate, care vin dinspre plajă. Mă priveşte şi spune:

– Post, ai microfon asupra ta?

Astăzi, nu. Din fericire.

– Fii serios, Tyler! Nu-s poliţist.

– Nu mi-ai răspuns la întrebare.

– Nu. N-am microfon. Vrei să mă percheziţionezi până la piele?

Încuviinţează şi spune:

– Da.

Îi fac semn că nu e nicio problemă. Mă îndepărtez de masă şi mă dezbrac, până rămân doar în boxeri. Se uită atent, apoi spune:

– Asta-i bine.

Mă îmbrac şi revin la scaunul şi la berea mea.

– Îmi pare rău, Post, spune el, dar niciodată nu poţi fi suficient de atent. O să înţelegi mai târziu.

Ridic ambele mâini şi spun:

– Ascultă, Tyler, n-am habar la ce te gândeşti, de aceea o să mi ţin gura şi vei vorbi doar tu, bine? Ştiu că-ţi dai seama că totul e îngrozitor de confidenţial. Oamenii care l-au lichidat pe Russo încă există undeva şi se tem de adevăr. Poţi avea încredere în mine, înţelegi?

Dă din cap şi spune:

– Așa cred. M-ai întrebat cine l-a asasinat pe Russo și răspunsul este că nu știu. Am o teorie solidă, de fapt excelentă, iar după ce-ţi voi spune povestea, o să mă aprobi.

Iau o gură de bere și zic:

– Sunt numai urechi.

Inspiră adânc și încearcă să se destindă. Alcoolul e important în aceste momente, de aceea golesc sticla. Mai aduce două beri din frigider, apoi se reazemă de spătarul scaunului și contemplă oceanul.

– Îl cunoșteam pe Keith Russo – și încă bine. Era cu vreo zece ani mai în vârstă decât mine și pleca mereu, fiindcă era sătul de orășelul acela și visa ceva mai măreţ. Nu am ţinut în mod deosebit la el, de fapt nimeni nu îl agrea. El și soţia lui câștigau ceva bani reprezentând traficanţi de droguri din Tampa – chiar aveau și un apartament acolo. Se zvonea mult în Seabrook că plănuiau să ridice ștacheta, să plece din acel loc izolat și să pătrundă în lumea mare a avocaturii. El și Diana nu se amestecau cu oricine, de parcă ne-ar fi fost superiori nouă, cei care mâncam doar ouă cu șuncă. Uneori însă, au fost nevoiţi să se murdărească pe mâini când lucrurile nu le prea mergeau – ocupându-se de divorţuri, falimente, testamente și cesiuni –, dar o asemenea activitate nu era de nasul lor. Treaba pe care a făcut-o pentru Quincy în divorţul lui a fost patetică și bineînţeles că omul a fost sictirit pe drept cuvânt. Au ales perfect ţapul ispășitor, nu-i așa, Post? Clientul nemulţumit înnebunește și-l ucide pe avocatul trântor.

– Planul lor a funcţionat.

– Adevărat. Oamenii din oraș au trăit un șoc. Quincy a fost arestat și toată lumea a răsuflat ușurată. Toţi avocaţii s-au ascuns, toţi în afară de mine, așa că am fost convocat. N-am avut de ales. La început, mi-am închipuit că era vinovat, dar curând el m-a convins de contrariu. Am preluat cazul și mi-am ruinat cariera de avocat.

– Ai făcut o treabă minunată la proces.

Face semn să îl scutesc de laude.

– Acum nu-mi mai pasă. Asta a fost în altă viaţă. Se apleacă în faţă și se lasă pe coate, ca și cum lucrurile ar începe să devină și mai serioase. Asta mi s-a întâmplat, Post. N-am spus nimănui povestea asta, nici măcar soției, iar tu n-o poți repeta. Nu pentru că ai vrea, ci pentru că e prea periculoasă. Dar uite ce s-a petrecut! După proces, m-am simțit epuizat emoțional și fizic. Pe de altă parte, eram dezgustat de el și de verdict și am început să detest sistemul. Dar după câteva săptămâni, o parte din agitație a revenit, întrucât trebuia să pregătesc recursul. Am lucrat la el zi și noapte și am ajuns să cred că puteam convinge Curtea Supremă din Florida, ceea ce se pomenește rareori.

Ia o gură de bere și examinează oceanul. După un timp, continuă:

– Și oamenii răi mă urmăreau. Știam asta. Am devenit paranoic în legătură cu discuțiile telefonice, apartamentul, biroul, mașina, totul... Am primit două telefoane anonime și de fiecare dată o voce ciudată de bărbat mi-a spus: „Retrage-te!“ Doar atât. „Retrage-te!“ N-am putut anunța polițiștii, pentru că nu aveam încredere în ei. Pfitzner controla totul și el era inamicul. La naiba, probabil că la telefon era chiar vocea lui. La aproape cinci sau șase săptămâni după proces, cât lucram la recurs, doi dintre foștii mei colegi de facultate știau că trebuia să plec de acolo, de aceea au organizat o partidă de pescuit de pește-os, în Belize. Ai încercat un asemenea pescuit?

Nici nu auzisem de așa ceva.

– Nu.

– E demențial. Urmărești peștii prin ape mici, ceea ce e grozav aici, în Bahamas și în toată America Centrală. Belize are unele dintre cele mai bune locuri. Amicii mei m-au invitat acolo și simțeam nevoia unei recreeri. Pescuitul de pește-os e o adevărată aventură pentru băieți – fără soții sau prietene și cu băutură din greu. De aceea, m-am dus. În a doua noapte petrecută acolo, am mers la o petrecere pe plajă, nu departe de cabana noastră de pescuit. O mulțime de localnici, chiar și femei, plus străini veniți acolo ca să pescu iască și să bea. Lucrurile au cam degenerat. Beam bere și punci cu rom, dar nu până într-acolo încât să cad lat sub masă. Nu eram beți ca la colegiu, dar în băutura mea s-a turnat ceva și cineva m-a luat de acolo. Nu știu unde și nici nu voi afla vreodată. M-am trezit pe podeaua unei celule din beton, fără ferestre. Era cald ca naiba, o adevărată saună. Am găsit o sticluță cu apă pe podea și am băut-o toată. Fusesem dezbrăcat până la chiloți. Am rămas pe podea vreme de ore întregi și am așteptat. Apoi s-a deschis ușa și au venit la mine doi tipi cu adevărat duri. M-au pălmuit, m-au legat la ochi și la mâini, după care m-au obligat să merg vreo jumătate de oră pe un drum nepavat. Mă împleticeam și muream de sete și la fiecare zece pași una dintre brute mă înjura în spaniolă și mă împingea înainte. Când ne-am oprit, mi-au legat o frânghie de o încheietură, mi-au întins brațele deasupra capului și m-au ridicat în picioare. Mă durea de nu-ți poți închipui, iar asta a necesitat o intervenție chirurgicală la umăr un an mai târziu, dar atunci nu mă gândeam la ceea ce mă aștepta mai târziu. În timp ce mergeam, mă ciocneam de bârne din lemn. În cele din urmă, ne-am oprit în vârful unui turn, unde mi-au scos legătura de pe ochi și mi-au îngăduit să văd bine tot peisajul. Ne aflam la marginea unui iaz sau a unui braț mort de râu, cam cât un teren de fotbal de mare. Apa era cafenie, mâloasă și plină de crocodili. O mulțime de crocodili. Aproape de mine, pe puntea aceea erau trei indivizi înarmați până în dinți, care nu se arătau deloc prietenoși, și doi puști slăbănogi care nu cred că aveau mai mult de optsprezece ani. Aveau pielea întunecată și erau goi pușcă. O tiroliană pleca de la turn și trecea pe deasupra iazului, fiind legată de un copac aflat de cealaltă parte. Dacă n-ar fi existat crocodilii, ar fi fost doar o baltă cu o tiroliană pentru înot vara. Dacă n-ar fi existat crocodilii... Am simțit că-mi plesnește capul, iar inima era pe punctul să-mi explodeze. Au ridicat apoi un sac din pânză groasă plin cu găini pline de sânge și l-au fixat de frânghia tirolienei, după care i-au dat drumul să coboare. În timp ce se legăna pe deasupra apei, din sac curgea sânge, iar asta i-a înnebunit pe crocodili. Când sacul s-a oprit deasupra mijlocului iazului, unul dintre indivizi a tras de o sfoară, iar găinile moarte au căzut grămadă deasupra crocodililor. Pesemne că erau înfometați, pentru că au devenit demenți. După acel aperitiv, venise timpul unui antreu. L-au înșfăcat pe unul dintre puștii de origine hispanică și i-au legat încheieturile mâinilor de frânghia tirolienei. El a urlat când l-au împins de pe turn, dar a răcnit și mai tare când a zburat peste iaz. Când s-a oprit în centrul lui, degetele picioarelor lui se aflau la aproape trei metri deasupra crocodililor. Sărmanul băiat urla și plângea. Încet, un individ a rotit o manivelă, iar copilul a coborât. A dat din picioare și a răcnit ca să se salveze, dar curând picioarele lui au ajuns în apă, iar crocodilii au început să-i smulgă hălci de carne și bucăți de oase. Omul a continuat să rotească manivela, iar băiatul a coborât și mai mult în iaz. Am urmărit o ființă umană mâncată de vie. Ia o gură de bere și contemplă oceanul, apoi continuă: Post, nu există niciun mod în care să descriu spaima și oroarea absolută pe care ți-o provoacă un lucru atât de indescriptibil, știind că în curând urmează ca tu să fii următoarea victimă. Mi-am udat boxerii. Am fost pe punctul să leșin. Am vrut să sar de pe turn, dar indivizii mă țineau strâns. Am simțit o groază prin care puțini oameni au trecut. Dacă stai în fața unui pluton de execuție, te simți cumplit, dar măcar mori într-o clipă. Dar să fii mâncat de viu e altceva. În fine, când l-au legat pe al doilea băiat, mi-am dat seama de ceea ce era evident – că fusesem ales să pier ultimul și să sufăr coșmarul de a-i vedea pe primii doi. Cu toate astea, s-a întâmplat altceva. Am auzit un hohot de râs în dreapta mea, de cealaltă parte a micii clădiri. Voci de bărbați, râzând de acea distracție. M-am întrebat cât de des se întâlneau acolo acei indivizi ca să se distreze și să se joace. Am făcut o mișcare spre marginea platformei, dar un individ m-a prins de păr și m-a făcut să mă lovesc de balustradă. Tipii erau mătăhăloși și duri și nu eram suficient de puternic ca să mă opun, chiar dacă asta nu m-ar fi ajutat în niciun fel. Am încercat să mă uit în altă parte, dar unul dintre ei m-a prins din nou de păr și mi-a spus șuierat: „Privește! Privește!“

Apoi l-au împins și pe cel de-al doilea băiat de pe turn. El a urlat și mai tare, iar când l-au făcut să se legene deasupra crocodililor, a strigat ceva gen: „Maria! Maria!“ Când au început să îl coboare, am închis ochii. Sunetele cărnii lui sfârtecate și ale oaselor fărâmate au fost cumplite. În cele din urmă, am leşinat, dar asta nu m-a ajutat defel. M-au pălmuit cu furie, apoi m-au ridicat în picioare, m-au agăţat de cablul tirolienei şi mi-au făcut vânt de pe turn. Am auzit din nou acel râs. Când m-au oprit deasupra mijlocului iazului, am aruncat o privire în jos. N-am văzut decât sânge, fragmente de oase, porţiuni de corp şi toţi crocodilii aceia înnebuniţi, care voiau mai mult. Când mi-am dat seama că aveam să fiu coborât, m-am gândit la mama şi la sora mea, precum şi la faptul că n-aveau să afle niciodată ce se întâmplase cu mine. Şi era bine că nu ar fi ştiut niciodată. Nu am strigat, nu am răcnit şi nici n-am plâns, dar nu m-am putut abţine să nu lovesc cu picioarele. Când primul crocodil gras s-a năpustit spre un picior de-al meu, am auzit o voce puternică strigând în spaniolă. Apoi am început să urc. M-au coborât din turn şi m-au legat la ochi. Eram prea slăbit ca să merg singur, de aceea au adus un cărucior de golf. Am fost azvârlit în aceeaşi celulă, unde m-am făcut ghem pe podeaua din beton, plângând şi transpirând vreme de cel puţin o oră, după care gardienii s-au întors. Unul dintre ei m-a lovit şi mi-a ţintuit un braţ la spate, iar celălalt mi-a făcut o injecţie cu un drog. Când m-am trezit, eram din nou în Belize, în bena unei camionete în care se aflau doi poliţişti. Ne-am oprit la închisoare şi i-am urmat înăuntru. Unul dintre ei mi-a dat o ceaşcă de cafea, în timp ce al doilea mi-a explicat cât de îngrijoraţi erau cei doi prieteni ai mei în legătură cu soarta mea. Li se spusese că fusesem închis pentru stare de ebrietate în public şi că asta era cea mai bună variantă pe care trebuia să o susţin. După ce mi s-a limpezit mintea şi am ajuns înapoi la cabana de pescuit, am vorbit cu amicii mei şi am încercat să stabilim o perioadă. Le-am spus că ajunsesem în închisoare, ceea ce nu însemna mare lucru, reprezentând doar o aventură oarecare. Răpirea durase aproape patruzeci de ore şi sunt convins că presupusese o ambarcaţiune, un elicopter şi un avion, dar memoria mea fusese distrusă. Drogurile. Abia aşteptam să plec din Belize şi să ajung acasă. Nu mă voi mai supune niciodată jurisdicţiei unei ţări din Lumea a treia. Şi m-am lecuit de pescuitul de peşte-os.

Se oprește și mai soarbe din bere. Eu sunt prea năucit ca să pot spune ceva, dar reușesc să bâigui:

– E o nebunie...

– Încă îmi dă coşmaruri. Trebuie să o mint pe soţia mea când mă trezesc urlând. Totul a rămas viu în mintea mea.

Nu pot decât să scutur din cap.

– Când am revenit în Seabrook, eram răvășit. Nu puteam mânca sau dormi, nu reușeam să stau la birou. Mă încuiam în dormitor și încercam să dormitez, având întotdeauna cu mine un pistol încărcat. Eram extenuat până la limita prăbușirii și nu reușeam să dorm. Îi tot vedeam pe cei doi băieţi, mereu și mereu. Auzeam urletele lor, strigătele prin care cerșeau îndurare, frenezia oribilă a crocodililor flămânzi, pocnetele oaselor care se frângeau... și acel râs din depărtare. Post, m-am gândit și la sinucidere, vorbesc serios.

Își golește sticla și se duce la frigider ca să își ia alta. Se așază și continuă:

– Într-un fel sau altul, m-am convins că totul a fost doar un vis provocat de prea multă băutură și de un pahar în care mi s-au pus droguri. A trecut o lună și, treptat, am început să pun lucrurile cap la cap. Apoi am primit asta prin poştă.

Scoate un dosar pe care nu îl observasem până în acel moment. În timp ce îl deschide, spune:

– Post, n-am arătat asta nimănui!

Îmi întinde o fotografie color, cu dimensiunile de 20 pe 25 de centimetri. Îl înfăţişează pe Tyler în boxeri, atârnând de frânghia tirolienei și având picioarele la câţiva centimetri de gura căscată, cu dinţi zimţaţi, a unui crocodil mare. Expresia de pe faţa lui nu poate fi descrisă în cuvinte. Este o fotografie făcută de aproape, neavând nimic în fundal care să indice locul sau momentul.

O privesc cu ochii căscaţi, după care mă uit la Tyler. Își șterge o lacrimă de pe un obraz și, cu glas pierit, îmi spune:

– Uite, trebuie să dau un telefon, înţelegi? Mai ia-ţi o bere! Mă întorc peste un sfert de oră. Mai am de povestit ceva.

23

Pun fotografia înapoi în dosar și îl las pe masă, sperând să nu o mai văd niciodată. Apoi merg spre marginea terasei și contemplu oceanul. Prin minte mi se perindă prea multe gânduri nebunești ca să rețin vreunul și să-l analizez. Dar teama le caracterizează pe toate. Spaima care l-a făcut pe Tyler să fugă de meseria de avocat. Spaima care îi păstrează secretele îngropate. Spaima care îmi înmoaie genunchii la douăzeci de ani după răpirea lui.

Rămân cufundat în gânduri și nu îl aud revenind pe terasă. Mă face să tresar când spune:

– Care e primul tău gând acum, Post?

Stă alături de mine, având în mână o cafea fără zahăr într-un pahar din carton.

– De ce nu te-au ucis? Nimeni nu va ști asta vreodată.

– E întrebarea evidentă și am avut douăzeci de ani la dispoziție ca să mă gândesc la ea. Cel mai plauzibil răspuns e că au avut nevoie de mine. Obținuseră condamnarea. Quincy intra în închisoare pe viață. Trebuie să fi fost îngrijorați în legătură cu recursul lui și modul în care îl pregăteam – voiau ca eu să renunț. Și-am făcut-o. Am invocat toate chestiunile legale clare, dar mi-am moderat mult limbajul. M-au îngenuncheat, Post. Am trimis documentele. Le-ai citit, e adevărat?

– Sigur, am citit totul. Argumentația ta mi s-a părut solidă.

– Legal, da, dar am făcut-o doar din obligație. Chiar dacă nu avea nicio importanță. Indiferent ce aș fi scris, Curtea Supremă din

Florida nu avea să revină asupra condamnării. Quincy nu a știut asta. A crezut că protestam față de nedreptatea ce i se făcuse, dar eu, de fapt, am pășit înapoi.

– Curtea a confirmat în unanimitate.

– Asta nu e o surpriză. Am prezentat obișnuitul recurs de formă către Curtea Supremă. A fost respins, ca întotdeauna. Și i-am spus lui Quincy că epuizasem toate căile de atac.

– De aceea n-ai cerut derogare post-condamnare?

– Da, plus că nu apăruseră dovezi noi la acea dată. Am aruncat prosopul și am plecat. Inutil să mai spun că în acel moment nu mai eram plătit. Doi ani mai târziu, Quincy a înaintat propriile moțiuni din închisoare, apoi a primit un avocat de penitenciar care să-l ajute, dar n-au ajuns nicăieri.

Se întoarce și revine la masă, apoi se așază. Pune dosarul pe un scaun liber. Mă alătur lui și stăm tăcuți multă vreme. În cele din urmă, spune:

– Post, gândește-te doar la logistică. Au știut că mergeam la pescuit în Belize și au știut unde voi sta, astfel că probabil mi-au interceptat telefoanele. Asta s-a întâmplat înainte de apariția internetului, așa că nu erau e-mailuri de interceptat. Gândește-te la forța umană de care au avut nevoie ca să-mi drogheze băutura, să mă târască de acolo, să mă îmbarce pe o ambarcațiune sau un avion și să mă ducă la mica lor tabără, unde s-au distrat dându-și dușmanii ca hrană pentru crocodili. Tiroliana lor era destul de complicată, iar crocodilii erau din belșug – și flămânzi.

– O bandă foarte bine organizată.

– Da, una cu o mulțime de bani, resurse, legături cu poliția locală, probabil și cu poliția de frontieră – tot ce-i mai bun din ceea ce au nevoie traficanții de droguri. Cu siguranță că m-au convins. Am terminat recursul, dar eram o epavă. În cele din urmă, am primit consiliere psihologică și i-am spus terapeutului că fusesem terorizat de oameni care își puteau duce la îndeplinire amenințările, iar asta mă făcuse să cedez psihic. Omul m-a scos din starea aceea și, până la urmă, mi-am făcut bagajele și am părăsit orașul. Mai ai nevoie de vreo dovadă că nu Quincy l-a ucis pe Russo?

– Nu. Și nici măcar de asta nu aveam nevoie.

– Post, ăsta e un secret care nu trebuie spus. Și motivul pentru care nu mă alătur eforturilor nimănui de a-l ajuta pe Quincy.

– Deci știi mai multe decât mi-ai spus?

Rămâne pe gânduri, timp în care soarbe din cafea.

– Să zicem că știu anumite lucruri.

– Ce-mi poți spune despre Brad Pfitzner? Presupun că l-ai cunoscut destul de bine pe vremea aceea.

– Au existat suspiciuni în legătură cu el, dar erau rostite în șoaptă. Câțiva dintre avocații care lucrau în domeniul penal – inclusiv eu – au auzit mai multe bârfe decât ceilalți. Exista un mic port în Golf, numit Insulița lui Poley. Se zvonea că șeriful permitea intrarea drogurilor pe acolo pentru a fi depozitate în părți îndepărtate ale comitatului, după care acestea erau distribuite în nord, spre Atlanta. Repet, doar zvonuri. Pfitzner nu a fost prins asupra faptului, deci nu i s-au adus acuzații. După ce-am plecat, am urmărit totul de la distanță și am rămas în legătură cu doi prieteni avocați din Seabrook. Poliția federală nu a pus mâna pe Brad.

– Și Kenny Taft?

– Taft a fost ucis cu puțin timp înainte ca eu să părăsesc orașul. S-a zvonit că acea crimă nu se petrecuse așa cum a descris-o Pfitzner. Repet, ca și Russo, Pfitzner a condus ancheta și a putut scrie povestea așa cum a vrut. A făcut mare tam-tam din pierderea unuia dintre oamenii lui. O înmormântare fastuoasă, o procesiune, polițiști sosiți de pretutindeni, care s-au aliniat de-a lungul străzilor... O despărțire glorioasă de un soldat căzut la datorie.

– Pista oferită de Taft prezintă vreo importanță? îl întreb.

Rămâne tăcut și privește oceanul. Pentru mine, răspunsul este evident, dar el spune:

– Nu știu. Ar putea exista ceva acolo.

Nu am de gând să îl presez. Am ajuns deja mai departe decât speram și vom mai sta de vorbă. Observ rezerva lui de a discuta despre Taft și hotărăsc să continui.

– Și de ce l-au lichidat pe Keith Russo? îl întreb.

Ridică din umeri, ca și cum răspunsul ar trebui să fie evident.

– A făcut ceva care a supărat banda, iar ea l-a eliminat. Cea mai ușoară modalitate de a primi un glonț în cap e să trădezi. Probabil că DEA[1] l-a încolțit și a renunțat la el. Cum Russo era scos din joc, iar Quincy primea pedeapsa, curând afacerile puteau merge ca de obicei. Au ținut să obțină condamnarea, iar eu am hotărât să merg la pescuit de pești-os.

– Pfitzner s-a pensionat și s-a retras la Keys, unde locuiește într-un apartament frumos, evaluat de comitat la 1,6 milioane de dolari, spun eu. Nu e rău pentru un șerif care a câștigat șaizeci de mii pe an în culmea carierei sale.

– Și care n-a terminat nici liceul – și probabil că nu e prea deștept nici ca investitor. Pariez că mai toată averea lui e îngropată offshore. Post, fii atent unde-ți bagi nasul! S-ar putea să descoperi lucruri pe care ți-ai dori să le lași așa cum sunt.

– Scotocitul face parte din meseria mea.

– Dar nu și din a mea. Asta este doar istorie pentru mine. Duc o viață plăcută, am o soție frumoasă și trei copii adolescenți. De azi încolo, nu mă mai implic deloc în cazul ăsta. Îți doresc mult noroc și toate cele bune, dar nu vreau să ne mai vedem.

– Am înțeles. Mulțumiri pentru întâlnirea asta.

– Dacă vrei, apartamentul îți aparține. Dacă rămâi, poți lua un taxi până la aeroport mâine-dimineață.

– Îți mulțumesc, dar plec cu tine.

---

[1] DEA – Drug Enforcement Administration – Administrația de Combatere a Drogurilor (n.tr.)

24

Potrivit secțiunii 13A-10-129 din Codul de Procedură Penală al statului Alabama, persoana care „sustrage sau modifică probele fizice" dintr-o procedură oficială se face vinovată de degradarea acelor probe. Și, deși este doar o infracțiune din Clasa A, persoana respectivă este pasibilă de o pedeapsă cu închisoarea de până la un an și o amendă de cinci mii de dolari. În mod normal, într-un caz în care se constată infracțiunea, reclamantul, în acest caz procurorul districtual Chad Falwright, poate depune o plângere și o declarație prin care să mă acuze de acea infracțiune și să-i solicite șerifului să emită un mandat de arestare pe numele meu.

Însă zilele acestea Chad este înspăimântat, întrucât cea mai măreață realizare a carierei lui lipsite de strălucire urmează să devină cea mai mare bară pe care a dat-o vreodată. Urmează să fie reales anul viitor, deși nimeni nu-și dorește cu adevărat slujba lui, iar dacă faptul că a acuzat și aproape a reușit să obțină executarea lui Duke Russell pentru crima comisă de altcineva devine cunoscut, atunci ar *putea* pierde câteva voturi. De aceea, Chad reacționează, și încă feroce. În loc să caute scopul înalt de a descoperi adevărul și de a dejuca o nedreptate, mă atacă agresiv, fiindcă încerc să dovedesc că a greșit și vreau să obțin achitarea unui om nevinovat.

Pentru a-și dovedi tăria, convoacă un mare juriu în Verona și obține condamnarea mea pentru amestec în probe. Îl cheamă pe Jim Bizko de la *Birmingham News* și se fălește cu această realizare majoră.

Însă Bizko îl disprețuiește pe Chad și îl întreabă de ce refuză să prezinte toate cele șapte fire de păr pubian pentru analiza ADN. Bizko nu publică știrea despre condamnarea mea.

Amicul meu din Alabama este Steve Rosenberg, un avocat radical din New York, care s-a mutat în sud și rămâne vizibil neasimilat în acel mediu străin. Are o fundație nonprofit în Birmingham și este avocat apărător în zeci de cazuri de condamnare la moarte.

Rosenberg îl sună pe Chad și se implică într-o luptă cu înjurături, iar asta nu se întâmplă pentru prima oară. După ce lucrurile se liniștesc, se convine ca eu să mă predau lui Chad în biroul lui, să fiu interogat și să compar imediat în fața unui judecător, pentru a trata cauțiunea. Există posibilitatea să petrec o noapte sau două în închisoare, dar asta nu mă îngrijorează. Cum clienții mei stau decenii la rând în închisori oribile, și eu pot supraviețui o scurtă perioadă într-o închisoare de comitat.

Asta e prima mea condamnare și sunt foarte mândru de ea. Pe un raft, am o carte despre avocați renumiți care au fost azvârliți în închisoare pentru că au luptat pentru clienții lor. Și Rosenberg a petrecut cândva o săptămână în spatele gratiilor, pentru sfidarea instanței în Mississippi. Încă râde amintindu-și și spune că astfel și-a găsit câțiva clienți noi.

Ne întâlnim în fața tribunalului și ne îmbrățișăm. Steve bate spre șaizeci de ani și, odată cu înaintarea în vârstă, pare tot mai radical. Părul des și alb e lung până pe umeri și pare neîngrijit. Și-a mai pus un cercel și un tatuaj nou i-a apărut pe gât, peste artera carotidă. A crescut ca un scandalagiu în Brooklyn și practică avocatura ca un bătăuș de cartier. E neînfricat și nu-i place nimic mai mult decât să dea buzna în vechi tribunale din orășele izolate din sud și să se amestece cu localnicii.

– Toate astea pentru un nenorocit de fir de păr pubian? întreabă el râzând. Îți puteam da unul de-al meu.

– E foarte probabil să fie prea cărunt, îi răspund.

– Ridicol. De-a dreptul ridicol.

Intrăm în tribunal și urcăm la etaj, unde se află biroul lui Chad. Șeriful așteaptă împreună cu doi adjuncți, dintre care unul are o cameră de filmat. În cadrul unei demonstrații de adevărată ospitalitate, localnicii au convenit să ne facă o plăcere și să evite cererea de încarcerare – asta deocamdată. Acum două zile, le-am trimis amprentele mele. Stau pentru o fotografie a mutrei mele, îi mulțumesc șerifului, care pare plictisit de toată scena aceasta, și îl aștept pe Chad. Într-un târziu, după ce suntem conduși în biroul lui, nimeni nu face nici cel mai mic efort de a strânge mâini. Eu și Rosenberg îl detestăm cu desăvârșire pe acest individ, iar el are același sentiment față de noi. În timp ce ne chinuim cu discuțiile preliminare, văd clar că el este preocupat de ceva, ba chiar agitat.

Curând, înțelegem motivul. La ora unu după-amiaza, intrăm în sala principală de tribunal și ne ocupăm locurile la masa apărării. Chad se așază de cealaltă parte, alături de doi asistenți. Tribunalul este tărâmul onorabilului Leon Raney, o fosilă ursuză, care condusese procesul lui Duke și nu îi acordase acestuia nicio șansă. Nu avem spectatori. Nu-i pasă nimănui. E vorba doar de un fir de păr pubian luat de un avocat nevinovat din Georgia. Visul lui Chad de a stârni puțină publicitate a eșuat din nou.

În locul morocănosului bătrân, îmbrăcat în robă neagră, pe scaunul judecătorului apare o doamnă de culoare, tânără și foarte atrăgătoare, purtând o robă cafenie, și ne salută cu un zâmbet. Judecătoarea Marlowe ne informează că judecătorul Raney își luase concediu medical din cauza unei comoții cerebrale survenite săptămâna trecută și că ea va fi înlocuitoarea sa până la întoarcerea lui. Femeia este din Birmingham și a fost trimisă printr-un ordin special emis de Curtea Supremă a statului Alabama. Începem să înțelegem de ce este atât de agitat Chad. Avantajul de gazdă s-a șters prin prezența unui arbitru neutru și cinstit.

Preocupările judecătoarei Marlowe sunt apariția mea inițială și emiterea cauțiunii. Face semn din cap către stenografă, apoi se uită la documente și, cu un glas plăcut, începe:

– Am citit condamnarea şi, sinceră să fiu, domnule Falwright, cazul acesta nu se prea susţine. Sunt convinsă că aveţi lucruri mai bune de făcut, domnule Falwright. Domnule Rosenberg, clientul dumneavoastră mai este în posesia firului de păr pubian care a fost supus analizei ADN?

Rosenberg se ridică în picioare.

– Sigur că da, doamnă judecător. E chiar aici, pe masă, şi am dori să îl înapoiem domnului Falwright – sau oricui deţine dosarul cu probe în prezent. Clientul meu nici nu a modificat, nici nu a furat nimic. Pur şi simplu, a împrumutat unul dintre firele de păr pubiene. S-a văzut silit să facă asta, onorată instanţă, deoarece domnul Falwright refuză să le supună analizei ADN.

– Să îl văd, spune ea.

Rosenberg ridică un pliculeţ din plastic şi i-l întinde. Fără să deschidă plicul, femeia se uită la el, îşi încordează ochii şi, în cele din urmă, când vede ceva, îl lasă pe masă. Se încruntă şi clatină din cap spre Falwright, apoi îi spune:

– Cred că glumiţi.

Chad se ridică precipitat în picioare şi începe să se bâlbâie. A fost procuror districtual vreme de douăzeci de ani, iar în cariera sa îndelungată a beneficiat de protecţia unui om de dreapta care gândea la fel ca el, având puţină înţelegere faţă de cei acuzaţi de crimă. Leon Raney a fost predecesorul lui la biroul procurorului districtual. Brusc, Chad se vede silit să joace pe un teren pe care nu există înşelătoria şi nu cunoaşte regulile.

– Onorată instanţă, este vorba de ceva foarte grav, se văicăreşte el, cu o expresie falsă de indignare. Acuzatul, domnul Post, recunoaşte că a furat o probă din dosar, care este sacrosanctă.

Lui Chad îi plac vorbele mari şi deseori încearcă să impresioneze juraţii folosindu-le, dar, după ce am citit transcrierea procesului, am constatat că de multe ori nu le foloseşte corect.

Ea îi răspunde:

– Ei bine, dacă am citit bine evidenţele, firul de păr pubian în chestiune a lipsit timp de un an până când dumneavoastră să vă daţi seama că dispăruse – iar asta a ajuns în atenţia dumneavoastră doar când domnul Post v-a vorbit despre el.

– Nu putem proteja toate dosarele vechi, onorată instanţă...

Ea ridică o mână şi îl întrerupe:

– Domnule Rosenberg, aveţi de depus o petiţie?

– Da, doamnă. Depun o moţiune prin care resping această acuzaţie la adresa domnului Post.

– Se admite, spune ea imediat.

Lui Chad îi cade falca şi reuşeşte să scoată un icnet, după care se prăbuşeşte cu un bufnet puternic pe scaun. Ea se uită atât de urât la el, încât mă sperie şi pe mine – şi, iată, m-am văzut scutit de acuzaţie.

Judecătoarea ridică un alt teanc de documente şi spune:

– Acum, domnule Rosenberg, am în faţă petiţia dumneavoastră pentru derogare post-condamnare, prezentată în urmă cu două luni în numele lui Duke Russell. Pentru că sunt judecătorul acestui tribunal, mă simt îndemnată să accept această petiţie. Sunteţi pregătiţi să o susţineţi?

Eu şi Rosenberg suntem pe cale să izbucnim în hohote de râs.

– Da, doamnă, răspunde el cât se poate de repede.

Chad păleşte şi se chinuieşte să se ridice în picioare.

– Domnule Falwright? întreabă ea.

– În niciun caz, doamnă judecător. Să fim serioşi! Statul nici măcar nu a prezentat un răspuns. Cum putem proceda?

– Veţi proceda cum spun eu. Statul a avut la dispoziţie două luni pentru a răspunde – de ce a durat atât de mult? Aceste tărăgănări sunt nedrepte şi oneroase. Luaţi loc, vă rog!

Îi face semn din cap lui Rosenberg şi ambii avocaţi se aşază. Toată lumea inspiră adânc.

Judecătoarea îşi drege glasul şi spune:

– În cazul de faţă, avem o simplă cerere de analiză ADN făcută de apărare pentru cele şapte fire de păr pubian prelevate de la locul faptei. Apărarea este dispusă să suporte costurile analizei. În prezent, analizele ADN sunt folosite în mod curent pentru a include și exclude suspecţi și acuzaţi. Da, înţeleg, acuzarea, prin funcţia dumneavoastră, domnule Falwright, refuză testarea. De ce vă temeţi? Dacă testele îl exclud pe Duke Russell, înseamnă că avem de-a face cu o condamnare nedreaptă. Dacă îl incriminează pe domnul Russell, veţi avea suficiente argumente pentru a susţine că el a beneficiat de o judecată corectă. Domnule Falwright, am citit dosarul, toate cele o mie patru sute de pagini ale transcrierii procesului și toate celelalte piese. Condamnarea domnului Russell s-a bazat pe urmele de mușcături și pe analiza părului, ambele dovedindu-se, când și când, a fi complet neserioase. Am îndoieli în privinţa acestei condamnări, domnule Falwright, și cer testarea ADN a celor șapte fire de păr.

– Voi face recurs împotriva acestei hotărâri, spune Chad, fără să se deranjeze să se ridice de pe scaun.

– Vă cer scuze. Vă adresaţi cumva acestei instanţe?

Chad se ridică din nou în picioare și repetă:

– Voi face recurs împotriva acestei hotărâri.

– Bineînţeles că veţi face. De ce vă opuneţi atât de mult unei analize ADN, domnule Falwright?

Eu și Rosenburg schimbăm priviri prin care ne exprimăm uimirea, priviri din care nu lipsește amuzamentul. În meseria noastră, rareori se întâmplă să ne vedem în avantaj și aproape niciodată nu vedem un judecător jupuindu-l de piele pe un procuror. Ne vine greu să ne ascundem mirarea.

Încă în picioare, Chad reușește să spună:

– Nu este nevoie, onorată instanţă. Duke Russell a fost condamnat în cadrul unui proces drept, de juraţi cinstiţi, în acest tribunal. Ne pierdem vremea.

– Eu nu îmi pierd timpul, domnule Falwright. Dar cred că asta se întâmplă. Trageţi de timp și încercaţi să evitaţi inevitabilul. Această acuzaţie de amestec în probe reprezintă o dovadă în plus. Am cerut testarea, iar dacă faceţi recurs la hotărârea mea, nu veţi reuși decât să pierdeţi şi mai mult timp. Vă sugerez să cooperaţi şi să lăsaţi lucrurile să decurgă de la sine.

Se uită la Chad cu o expresie severă, care îl face să se cutremure. Cum el nu mai găseşte nimic de spus, judecătoarea îşi strânge hârtiile, spunând:

– Vreau ca toate cele şapte fire de păr pubian să apară pe masa mea în decurs de o oră. Ar fi cumplit de neplăcut ca ele să dispară pur şi simplu.

– Doamnă judecător, vă rog, încearcă Chad să protesteze.

Ea bate cu ciocanul în masă şi spune:

– Curtea se retrage!

*

Bineînţeles că Chad nu cooperează. Aşteaptă până în ultimul moment posibil ca să recuze ordinul ei, iar cazul este trimis spre Curtea Supremă a statului, unde ar putea zăbovi vreme de un an sau mai mult. Acolo, judecătorii Curţii Supreme nu au niciun termen care să îi silească să dea o decizie în asemenea cazuri, şi se ştie prea bine că acţionează extrem de lent, mai ales în cazuri de derogare post-condamnare. Cu ani în urmă, judecătorii de acolo confirmaseră condamnarea lui Duke după proces şi stabiliseră o dată pentru executarea lui, după care respinseseră prima lui încercare de derogare. Cei mai mulţi judecători de apel, fie ei ai statului sau federali, detestă astfel de cazuri, deoarece ele se tărăgănează vreme de decenii. Iar odată ce decid că un acuzat este vinovat, rareori se răzgândesc, indiferent care ar fi noile probe.

De aceea, aşteptăm. Eu şi Rosenberg discutăm despre strategia de a impune o audiere în faţa judecătoarei Marlowe. Ne temem că judecătorul Raney şi-ar putea reveni şi relua funcţia, deşi acest lucru este puţin probabil. Are aproape optzeci de ani, ani de aur pentru un judecător federal, dar e oarecum prea bătrân pentru a fi reales. Cu toate astea, ne confruntăm cu realitatea clară că, fără testul ADN, nu putem dovedi nimic.

Mă întorc la Holman şi la condamnaţii la moarte ca să îl vizitez pe Duke. Au trecut trei luni de când l-am văzut ultima oară, ca să îi transmit că îl descoperisem pe adevăratul ucigaş. Acel moment de euforie s-a mistuit de mult. În prezent, dispoziţia lui oscilează între o furie oarbă şi o depresie profundă. Discuţiile noastre la telefon nu au fost deloc plăcute.

Închisoarea reprezintă un coşmar pentru cei care îşi merită soarta. Pentru cei care nu şi-o merită, ea reprezintă o zbatere zilnică pentru menţinerea unui anumit nivel de sănătate mintală. Pentru cei care află peste noapte că există o dovadă privind nevinovăţia lor, însă rămân încă în închisoare, situaţia este de-a dreptul înnebunitoare.

25

Conduc pe o autostradă cu două benzi, îndreptându-mă spre est, prin Mississippi sau Alabama, dar e greu de spus, pentru că pădurile de pini arată la fel. Destinația mea este Savannah. N-am mai fost acasă de trei săptămâni și am nevoie de o pauză. Îmi sună telefonul și văd că sunt căutat de Glenn Colacurci, bătrânul avocat din Seabrook.

De fapt nu e el, ci Bea, micuța și simpatica lui secretară, care vrea să știe când mai revin în zonă. Glenn vrea să discute cu mine, dar în alt loc decât Seabrook.

Trei zile mai târziu, intru în The Bull, un bar apreciat din Gainesville. Într-un separeu din spate, o văd pe Bea, care îmi face semn cu mâna și dă să o șteargă. Așezat vizavi de ea și dichisit frumos, e avocatul Colacurci. Costum albastru cu dungi din bumbac, cămașă albă apretată, papion în dungi și bretele.

Bea se scuză și pleacă, iar eu mă așez pe scaunul ei. Chelnerița ne informează că barmanul pregătește rețeta lui specială de sangria și că ar trebui neapărat să o încercăm. Comandăm două pahare.

– Ador Gainesville, spune Glenn. În altă viață, am petrecut aici șapte ani. Grozav oraș! Universitatea e extraordinară. Ce școli ai urmat, Post? Nu-mi amintesc.

Nici eu nu-mi amintesc să îi fi spus.

– Tennessee, absolvent acolo. *Good ole Rock Top*[1].

[1] Cântec american country, scris în 1967 de Felice și Boudleaux Bryant, ce deplânge dispariția unei existențe simple și libere în zona statului Tennessee. (n. red.)

Face o ușoară grimasă și spune:

– Nu-i cântecul meu preferat.

– Nici eu nu mă dau în vânt după echipa Gators.

– Sigur că nu.

Am reușit să ocolim vremea, subiect care în Sud consumă cel puțin cinci minute din orice conversație relaxată dintre doi oameni, după care se trece la fotbal, discuție ce durează în medie vreun sfert de oră. Uneori sunt aproape nepoliticos în dorința mea de a evita atâta pierdere de timp.

– Să sărim peste fotbal, Glenn. Nu de aceea suntem aici.

Chelnerița ne aduce două pahare impresionante cu sangria roz cu gheață.

După plecarea lui Bea, el spune:

– Fata mea ți-a găsit petiția on-line și mi-a imprimat-o. Eu nu mă prea pricep la computere. O lectură interesantă. Bine gândită, bine argumentată, foarte convingătoare.

– Mulțumesc. Cu asta ne ocupăm.

– Asta m-a făcut să mă gândesc la ceea ce a fost acum vreo douăzeci de ani. După ce Kenny Taft a fost ucis, au existat unele speculații cum că acel episod nu s-a petrecut așa cum a susținut Pfitzner. Au existat o mulțime de zvonuri cum că Taft a fost prins în ambuscadă chiar de oamenii lui, băieții lui Pfitzner. Pesemne că bunul nostru șerif era amestecat în traficul de droguri, așa cum bănuiești și tu. Probabil că Taft știa prea multe. Oricum, cazul s-a răcit după douăzeci de ani. Nici urmă de ucigași, absolut nicio probă.

Încuviințez, în timp ce el se încinge. Îmi beau sangria cu paiul, iar el îmi urmează exemplul.

– Partenerul lui Taft era un băiat pe nume Brace Gilmer, care a scăpat cu răni minore; se pare că a fost nimerit de un glonț, dar nu a fost ceva grav. Am cunoscut-o pe mama lui, o veche clientă într-un proces. Gilmer a părăsit orașul la scurtă vreme după moartea lui Taft și nu s-a mai întors. În urmă cu câțiva ani, am întâlnit-o întâmplător pe mama lui și am purtat o discuție plăcută. Atunci, cred că în urmă cu cincisprezece ani, ea mi-a spus că Brace socotea că și el fusese țintă în noaptea aceea și că avusese noroc. El și Taft erau de aceeași vârstă, douăzeci și șapte de ani, și se înțelegeau bine. Taft era singurul adjunct de șerif de culoare și nu avea mulți prieteni. Pe de altă parte, știa ceva despre asasinarea lui Russo – cel puțin așa zicea Gilmer. Ați discutat cumva cu el?

– Nu.

Nu îl găsim. De obicei, Vicki poate găsi pe oricine în douăzeci și patru de ore, dar Brace Gilmer ne-a scăpat până acum.

– Nici nu credeam asta. Mama lui a plecat de acolo de ceva timp. Am găsit-o săptămâna trecută într-o casă de bătrâni din apropiere de Winter Haven. E mai vârstnică decât mine și are probleme de sănătate, dar am avut o discuție plăcută la telefon. Vrei să discuți cu Gilmer?

– Probabil, spun eu cu reținere.

Gilmer se află în capul listei mele.

Glenn scoate o carte de vizită de-a lui, pe dosul căreia e scris un nume: *Bruce Gilmer*. Adresa e din Sun Valley.

– Idaho? întreb.

– A fost pușcaș marin și a cunoscut o fată de acolo. Mama lui nu crede că va fi prea vorbăreț. S-a speriat și a părăsit orașul cu mult timp în urmă.

– Și și-a schimbat numele.

– Așa se pare.

– De ce ți-ar da mama tipului adresa dacă el nu vrea să vorbească? îl întreb.

Își plimbă arătătorul în jurul urechii, ca să-mi dea de înțeles că femeia e cu mintea dusă.

– Pesemne c-am prins-o într-o zi bună.

Râde ca și cum s-ar socoti isteț, apoi trage din pai cu putere. Iau și eu o gură. Are nasul roșu și ochii îi lăcrimează ca ai unui băutor. Încep să simt alcoolul.

Continuă:

– Acum câteva săptămâni, am băut ceva cu un avocat bătrân și bășinos din Seabrook, un tip pe care nu-l cunoști. Am fost parteneri demult, dar a plecat după ce soția lui a murit și i-a lăsat ceva bani. I-am spus că te-am întâlnit și i-am povestit teoriile tale, apoi i-am dat o copie a petiției pe care ai făcut-o. Mi-a zis că a bănuit mereu că Pfitzner a prins pe cine nu trebuia, pentru că așa a vrut el. Keith știa prea multe și trebuia eliminat. Însă, sincer să fiu, nu-mi amintesc de asemenea discuții la data crimei, Post.

Zvonurile de demult nu-mi slujesc prea mult. Întrucât oamenii dintr-un oraș se grăbesc să judece, e cât se poate de normal ca unii să-și găsească timp pentru a reflecta odată cu trecerea anilor. Însă mulți oameni răsuflă ușurați că a fost condamnat cineva, iar cazul este închis.

Am obținut tot ce aveam nevoie și e puțin probabil să mai culeg vreo altă informație utilă. În timp ce își golește paharul, pleoapele lui încep să coboare. Probabil că în fiecare zi bea la prânz în loc să mănânce și dormitează toată după-amiaza.

Ne strângem mâinile și ne spunem la revedere ca niște vechi prieteni. Mă ofer să plătesc, dar el a hotărât să mai bea un pahar cu sangria. În timp ce mă îndepărtez, Bea apare ca din senin și, cu un zâmbet larg, spune că o să ne revedem.

*

Kenny Taft a lăsat în urmă o soție însărcinată, Sybil, și un copil de doi ani. După moartea lui, Sybil s-a întors în Ocala, orașul natal, a devenit învățătoare, s-a recăsătorit și a mai avut un copil.

Strecurându-se în stilul său, Frankie sosește în oraș și găsește casa cu etaj dintr-o suburbie. Vicki s-a ocupat bine de partea de documentare, de aceea știm că Sybil este căsătorită cu un director de liceu. Casa lor este evaluată la o sută șaptezeci de mii de dolari, iar taxele plătite în anul precedent au fost de optsprezece mii de dolari. Există o ipotecă veche de opt ani. Ambele mașini au fost cumpărate printr-un împrumut bancar. Evident, ea și soțul ei duc o viață confortabilă într-un cartier elegant din oraș.

Nici Sybil nu dorește să i se tulbure viața. La telefon, îi spune lui Frankie că nu vrea să discute despre soțul ei mort. Tragedia provocată de moartea lui Kenny s-a întâmplat în urmă cu mai bine de douăzeci şi doi de ani şi i-a trebuit mult timp ca să uite. Faptul că ucigaşii nu au fost prinşi nu face decât să înrăutăţească lucrurile. Nu, nu ştie nimic în plus faţă de ceea ce se ştia în oraş. Frankie insistă puţin, iar ea devine iritată. Îi închide telefonul. Frankie mă anunţă şi hotărâm să ne retragem. Deocamdată.

*

Dacă aş fi condus non-stop timp de trei zile de la Savannah la Boise, mi-ar fi fost mai uşor decât să ajung acolo cu avionul. Din cauza vremii nefavorabile dintr-o zonă aflată la mijloc, stau în aeroportul din Atlanta treisprezece ore, în timp ce zborurile sunt anulate unul după altul. Mă aşez aproape de un bar şi urmăresc oamenii intrând acolo şi, câteva ore mai apoi, ieşind nesiguri pe picioare. Încă o dată, sunt recunoscător că nu mă tentează alcoolul. În cele din urmă, ajung la Minneapolis, unde mi se spune că pentru zborul meu spre Boise s-au făcut prea multe rezervări. Aştept şi tot aştept şi, într-un târziu, mi se acordă ultimul loc. Sosim la Boise la ora 2.30 dimineaţa şi, bineînţeles, maşina pe care am rezervat-o nu e disponibilă, întrucât firma de închirieri este închisă.

Totuşi, în afară de frustrări, asta nu înseamnă mare lucru. Nu am fixat nicio întâlnire în Sun Valley. Bruce Gilmer nu ştie că sunt în drum spre el.

Doar Vicki e capabilă să găsească un motel cu adevărat ieftin în această zonă de staţiuni renumite. În zori, ajung mai mult târâş într-o cămăruţă dintr-un motel dărăpănat aflat aproape, în Ketchum, şi dorm ore în şir.

Gilmer este angajat ca administrator al unui teren de golf ce aparţine unei staţiuni din Sun Valley. Nu cunoaştem multe despre el, însă cum nu există evidenţe privind vreun divorţ al lui Brace sau Bruce Gilmer, presupunem că este căsătorit cu aceeaşi femeie. Vicki nu a descoperit nici evidenţe oficiale privind schimbarea legală a numelui din Brace în Bruce. Cu toate astea, el a făcut o treabă bună plecând din Seabrook în urmă cu douăzeci și ceva de ani. Acum are patruzeci și șapte de ani, fiind cu un an mai tânăr decât mine.

Conducând de la Ketchum spre Sun Valley, nu-mi pot dezlipi ochii de la munţi și peisaj. Vremea e de vis. Erau 35 de grade și aerul părea lipicios când am plecat din Savannah. Aici e mai răcoare cu aproape optsprezece grade, iar dacă există umiditate, nu o simt.

Terenul este exclusivist, doar pentru membri, iar acest lucru mi-ar putea crea probleme. Însă gulerul mă ajută întotdeauna. Mi-l fixez și opresc la poartă. Îi spun paznicului că am o întâlnire cu Bruce Gilmer. Verifică o listă, în vreme ce mai multe mașini se înșiră în urma mea. Multe dintre ele sunt ale amatorilor de golf dornici să joace. În cele din urmă, îmi dă o cartelă și-mi face semn să trec.

La magazinul cu articole de golf întreb de domnul Gilmer și primesc indicaţii. Biroul lui se află într-o clădire ascunsă vederii, înconjurată de tractorașe, mașini de tuns iarba și echipamente de irigaţii. Întreb un lucrător, iar el îmi arată un bărbat care stă sub o terasă și discută la telefon. Mă furișez în spatele lui și aștept. Când își vâră telefonul în buzunar, apar lângă el și zic:

– Iertaţi-mă, sunteţi Bruce Gilmer?

Se întoarce, se uită la mine, observă gulerul și presupune că sunt un preot de vreun fel, nu un avocat care scotocește prin trecutul lui.

– Da. Și dumneavoastră?

– Cullen Post, de la Guardian Ministries, spun și îi întind cartea mea de vizită.

Am făcut asta de atâtea ori, încât sincronizarea mea e perfectă.

Examinează cartea de vizită, apoi întinde încet o mână și spune:

– Mă bucur să vă cunosc.

– Și eu.

– Cu ce vă pot fi de folos? mă întreabă el zâmbind.

La urma urmelor, lucrează în domeniul serviciilor. Clientul înainte de toate și așa mai departe.

– Sunt preot și, în același timp, avocat, unul care se ocupă de nevinovaţi. Lucrez pentru clienţi care au fost condamnaţi pe nedrept și încerc să-i scot din închisoare. Oameni precum Quincy Miller. Acum e clientul meu. Vă pot răpi câteva minute?

Zâmbetul de pe față îi dispare și aruncă o privire în jur.

– Ca să discutăm despre ce?

– Kenny Taft.

Mormăie ceva și dă să râdă, în timp ce umerii i se pleoștesc. Clipește de câteva ori, semn că nu îi vine să creadă, și bolborosește:

– Cred că glumiți.

– Ascultați, sunt unul dintre băieții buni, înțelegeți? N-am venit să vă înspăimânt sau să vă distrug acoperirea. Kenny Taft știa ceva despre asasinarea lui Keith Russo și probabil că a dus secretul în mormânt – sau poate nu. Domnule Gilmer, caut piste.

– Spune-mi Bruce. Face semn din cap spre o ușă și adaugă: Hai să mergem în biroul meu!

Din fericire, nu are secretară. Își petrece timpul în aer liber, iar biroul lui are aspectul dezordonat al celui care preferă să repare aspersoare decât să redacteze o scrisoare. Peste tot sunt gunoaie și calendare vechi prinse pe pereți. Face semn spre un scaun și se lasă brusc pe unul din spatele biroului metalic.

– Cum m-ai găsit? întreabă el.

– S-a întâmplat să mă aflu în zonă.

– Nu. Vorbesc serios.

– Ei bine, Bruce, nu te ascunzi cu adevărat. Ce s-a întâmplat cu Brace?

– Cât de multe știi...

– O sumedenie de lucruri. Quincy Miller nu l-a ucis pe Keith Russo. Asasinarea lui a fost lovitura unei bande de traficanți de droguri, iar Pfitzner probabil că îi acoperea. Nu prea cred că-l voi găsi vreodată pe cel care a apăsat pe trăgaci, dar nu am nevoie de asta. Treaba mea e să adun dovezi că nu Quincy a făcut-o.

– Mult noroc!

Își scoate șapca și își trece degetele prin păr.

– Toate sunt bănuieli, dar câștigăm mai des decât pierdem. Mi-am scos din închisoare opt clienți.

– Și doar cu asta te ocupi?

– Ai priceput. Acum am șase clienți, printre care și Quincy. L-ai cunoscut întâmplător?

– Nu. El a crescut în Seabrook, la fel ca și Kenny Taft, dar eu sunt din Alachua. Nu l-am întâlnit niciodată.

– Deci n-ai lucrat la ancheta privind crima?

– A, nu, nu m-am putut apropia de caz. Pfitzner era la comandă și a păstrat-o pentru sine.

– Pe Russo l-ai cunoscut?

– Nu tocmai. Știam cine era, îl vedeam în tribunal din când în când. Ești convins că nu Quincy Miller l-a ucis?

– Sută la sută.

Rămâne pe gânduri un moment. Mișcările ochilor și ale mâinilor sunt lente. Nu clipește deloc. A trecut peste șocul celui care se simte urmărit de cineva din trecutul lui și nu pare îngrijorat.

– Bruce, am o întrebare, spun apoi. Încă te ascunzi?

Îmi zâmbește și răspunde:

– Nu chiar. A trecut multă vreme de atunci, înțelegi? Eu și soția mea am plecat în grabă, cam pe la miezul nopții, dorind să lăsăm acel loc în urmă, iar în primii doi ani m-am uitat mereu peste umăr.

– Dar de ce? De ce ai plecat și de ce te temeai?

– Știi ceva, Post? Nu cred că vreau să vorbesc despre asta. Nu te cunosc și nici tu nu mă cunoști. Mi-am lăsat bagajele în Seabrook și, după cât de mult îmi pasă, pot rămâne acolo pe veci.

– Am înțeles. Dar de ce i-ai spune cuiva toate astea? N-ai fost martor în cazul lui Quincy. Nu te-aș putea târî înapoi la Seabrook nici dacă aș vrea. Nu ai nimic de declarat în fața instanței.

– Atunci, de ce ai venit până aici?

– Întrucât cred că Taft a știut ceva despre asasinarea lui Russo și vreau cu disperare să aflu.

– Kenny nu mai poate vorbi.

– De acord. Dar ţi-a spus vreodată ceva despre Russo?

Se gândeşte îndelung şi intens şi începe să clatine din cap.

– Nu-mi amintesc nimic, spune el, dar eu am îndoieli că îmi spune adevărul. Se simte stânjenit, astfel că face ceea ce era de aşteptat şi trece la un alt subiect. O lovitură a unei bande, ca o crimă comandată?

– Ceva de genul ăsta.

– Cum de poţi fi sigur? Am crezut că nu a existat nicio îndoială legată de faptul că Miller l-a ucis pe avocat.

– Cum de pot fi atât de sigur? Imaginea lui Tyler, atârnând la câţiva centimetri deasupra colţilor crocodililor, îmi fulgeră prin minte. Bruce, nu-ţi pot spune tot ce ştiu. Sunt avocat, iar cea mai mare parte a activităţii mele este confidenţială.

– Aşa o fi dacă spui tu. Ascultă, sunt cam ocupat!

Aruncă o privire spre ceasul de la mână şi se preface că ar fi în criză de timp. Brusc, vrea să mă vadă plecat din biroul lui.

– Sigur, îi spun. O să revin peste câteva zile, pentru că am ceva timp la dispoziţie. Mai putem discuta?

– Despre ce?

– Aş vrea să ştiu ce s-a întâmplat în noaptea în care a fost ucis Kenny.

– Şi la ce i-ar folosi clientului tău?

– Bruce, nu se ştie niciodată. Treaba mea e să investighez în continuare. Ai numărul meu de telefon.

26

Fac o ascensiune până în vârful Muntelui Chel și cobor încet vreo mie cinci sute de metri. Nu sunt deloc în formă și pot găsi multe scuze pentru asta. În primul rând, e vorba de stilul meu nomad de viață, care mă împiedică să am vreo șansă de a frecventa zilnic o sală de gimnastică. Motelurile ieftine pe care mi le găsește Vicki nu se laudă cu asemenea dotări. În al doilea rând, e faptul că îmi petrec prea mult timp stând, dar nu stau în picioare și nici nu merg. La patruzeci și opt de ani, au început să mă doară coapsele și știu că asta se datorează orelor neîntrerupte de șezut la volan. Pe de altă parte, mănânc și beau cât de puțin posibil și nu mă ating de țigări. Ultimele analize medicale le-am făcut acum doi ani, iar doctorul mi-a spus că arată totul bine. Cu ani în urmă, mi-a explicat că secretul unei vieți lungi și sănătoase este să consumi cât mai puțină mâncare. Exercițiile fizice sunt importante, dar nu pot anula efectele dăunătoare ale caloriilor în exces. M-am străduit să îi urmez sfaturile.

Prin urmare, ca să sărbătoresc această coborâre, mă opresc la o cabană atrăgătoare aflată aproape de poalele muntelui și mănânc hamburger cu brânză și beau două sticle de bere cât mă las scăldat de soare. Am convingerea că acest loc poate deveni înspăimântător iarna, însă la mijlocul lunii iulie mi se pare divin.

Sun la numărul de la biroul lui Bruce și am parte de mesageria vocală. O să-l sâcâi astăzi și mâine, după care voi părăsi orașul. Nu mă văd făcând încă o călătorie până aici. Viitoarele conversații vor fi telefonice, dacă vor avea loc vreodată.

Găsesc o bibliotecă în Ketchum și mă simt în largul meu. Am de citit un teanc de materiale, inclusiv evaluarea celor de la Guardian privind un nou client din Carolina de Nord. Joey Barr a stat șapte ani în închisoare până acum, pentru un viol pe care susţine că nu l-a comis. Victima lui susţine această versiune. Ambii au jurat că relaţiile dintre ei au fost consimţite întru totul. Joey e negru și fata e albă, iar când aveau șaptesprezece ani, au fost surprinși în pat de tatăl ei, un individ dur. Acesta a forţat-o să facă acuzaţii și să arate cu degetul, până când Joey a fost condamnat de un juriu alcătuit în totalitate din albi. Mama fetei, care divorţase de tatăl ei și îl dispreţuia, a susţinut cauza lui Joey după ce a fost închis. Mama și fiica și-au petrecut ultimii cinci ani încercând să convingă curţile de apel și pe oricine era dispus să le asculte că Joey e nevinovat.

Acesta e caracterul lecturii mele zilnice. Nu m-am bucurat de luxul de a citi un roman până la capăt de ani întregi.

Creierul de la Guardian consideră că suntem pe cale de a-l scoate pe Duke Russell din închisoare, de aceea a sosit momentul să mă gândesc să reîncarc lista noastră de cazuri.

Mă aflu într-o sală de lectură tăcută de la parterul bibliotecii publice din Ketchum, având diverse documente răsfirate pe o masă mică, de parcă aş deţine acel loc, când îmi sună telefonul. Bruce și-a terminat ziua de muncă și dorește să-mi vorbească.

*

Conduce o mașinuţă de golf pe o alee asfaltată și mergem în jurul terenului. E aglomerat, iar amatorii de golf se bucură de o zi perfectă, fără niciun nor. Apoi frânează și oprește pe o culme de unde se poate vedea minunatul traseu.

– E foarte frumos, spun eu, admirând munţii din depărtare.

– Joci golf? mă întreabă el.

– Nu. N-am făcut-o niciodată. Presupun că ai un handicap scăzut.

– Da, la un moment dat, dar acum nu mai e așa. Nu am suficient timp să joc. O partidă durează patru ore și mi-e greu să găsesc atât de mult timp. Azi-dimineaţă am discutat cu avocatul meu. E acolo, pe zona a zecea de verde.

– Ce ți-a spus? îl întreb.

– Nu prea multe. Post, uite cum stă treaba! N-am de gând să spun ceva care să mă implice, pentru că, din capul locului, nu știu nimic. Nu semnez nicio declarație și nu voi lua în seamă nicio citație. Niciun tribunal din Florida nu mă poate atinge în vreun fel.

– Nu-ți cer nimic de felul ăsta.

– Bine. Ai spus că ai vrea să vorbim despre noaptea în care am căzut în ambuscadă. Cât de multe știi despre asta?

– Avem o copie a dosarului de la poliția de stat a Floridei. Chestii legate de Libertatea Informațiilor. Prin urmare, avem doar lucrurile de bază, știm ce le-ai declarat anchetatorilor.

– Bun. După cum îți închipui, nu le-am spus totul. Am fost atins de un glonț în umăr și am stat în spital două zile, după care am putut vorbi cu cineva. Am avut timp să mă gândesc. Vezi tu, Post, sunt convins că Pfitzner a organizat ambuscada și ne-a trimis pe noi acolo. Sunt sigur că ținta era Kenny, dar au încercat să mă ucidă și pe mine – și ar fi reușit dacă nu aș fi avut noroc.

– Noroc?

Ridică o mână ca și cum ar vrea să spună: „Ai răbdare!"

– Era un drum îngust, presărat cu pietriș, având de o parte și de alta o pădure deasă. Era foarte întuneric la ora trei dimineața. Am fost loviți din ambele părți și din spate, așa că am înțeles că erau câțiva băieți răi cu puști. Domnule, a fost îngrozitor! Noi mergeam fără probleme și râdeam, fără să ne facem vreo grijă, iar după o clipă, luneta s-a făcut țăndări, iar gloanțele au început să treacă prin geamurile laterale, de parcă izbucnise iadul. Nu-mi aduc aminte să fi oprit mașina, dar am făcut-o – am tras frâna de mână, după care m-am furișat pe după portieră și m-am aruncat într-un șanț, iar gloanțele au străpuns portiera mea și au ricoșat peste tot. L-am auzit pe Kenny când a fost lovit. În ceafă. Aveam revolverul de serviciu încărcat și armat, dar era întuneric beznă. Totul s-a oprit brusc, la fel cum începuse. Am auzit oameni mișcându-se prin pădure. Brutele nu erau dispuse să plece. Se apropiau. Am strecurat o privire printre ierburi, am văzut o siluetă și-am tras. L-am nimerit în plin. Post, pe vremea aceea eram un trăgător bun. Omul a răcnit și a strigat ceva... și, Post, în niciun caz în spaniolă. Nu, dom'le! Recunosc un sudist dacă-l aud spunând ceva, iar nenorocitul acela crescuse la mai puțin de optzeci de kilometri de Seabrook. Pe nepusă masă, aveau o belea – un camarad rănit grav, poate chiar mort. Avea nevoie de ajutor, dar unde îl puteau duce? Nu era treaba mea, zău așa! Dar s-au retras și au dispărut în pădure. Am tot așteptat și am observat sânge pe brațul stâng. După câteva minute, poate cinci, poate chiar o jumătate de oră, m-am dus târâș după mașină și l-am găsit pe Kenny. Ce porcărie! Glonțul îi pătrunsese prin ceafă, iar rana de ieșire îi spulberase jumătate din față. Murise pe loc. Mai fusese împușcat și în piept de câteva ori. I-am luat arma, m-am târât de-a lungul șanțului vreo șase metri, mi-am făcut un culcuș și am rămas ascuns. Am tras cu urechea multă vreme, dar n-am auzit niciun sunet în noapte. Nu era lună, doar beznă. După jurnalul dispecerului, am sunat la 4.02 și am anunțat că picaserăm într-o ambuscadă. Kenny murise. Pfitzner a ajuns primul, ceea ce mi s-a părut de-a dreptul ciudat. Așa cum a ajuns primul și la biroul lui Russo.

– Pesemne era în pădure și dădea ordine, spun eu.

– Tot ce se poate. M-au dus la spital și mi-au tratat rana. Nimic grav, doar o zgârietură. Dar le-am cerut niște calmante și am dormit ca lemnul. Le-am spus doctorilor că nu voiam să discut cu nimeni o zi sau două, iar ei m-au protejat. A apărut și Pfitzner într-un târziu împreună cu poliția statului, dar n-am scos nicio vorbă despre faptul că îl împușcasem pe nemernicul a cărui limbă maternă cu siguranță nu era spaniola.

– De ce?

– Pfitzner ne voia morți pe amândoi, Post. Voia să-l elimine pe Kenny pentru că el știa ceva și, cum eu îl însoțisem, era necesar să mă lichideze și pe mine. Nu-și putea permite să lase în urmă un martor. Post, gândește-te numai! Un șerif ales de oameni și în care avea încredere toată comunitatea îi trimite pe doi dintre oamenii săi într-o ambuscadă, cu gândul să-i lichideze pe amândoi. Ăsta-i Bradley Pfitzner.

– Încă trăieşte, ştiai?

– Nu-mi pasă. Am încheiat socotelile cu el acum mai bine de douăzeci de ani.

– Şi la spital ce i-ai zis?

– Totul, mai puţin faptul că îl împuşcasem pe unul dintre oamenii lui. N-am povestit nimănui despre asta şi aş nega şi mâine dacă te apuci să repeţi aşa ceva cuiva.

– Deci încă ţi-e frică?

– Nu, Post. Nu mi-e teamă. Doar că nu vreau să am necazuri aici.

– Nu s-a vorbit despre tipul pe care l-ai împuşcat?

– Deloc. Era înainte de apariţia internetului şi căutarea ar fi fost mai dificilă. Am scormonit însă suficient ca să aflu că la acea dată două victime împuşcate fuseseră internate în spitalul public din Tampa. Unul dintre cei doi bărbaţi fusese împuşcat de un intrus care fusese prins. Celălalt fusese găsit mort pe o alee. Nu puteam dovedi nimic, de aceea mi-am pierdut orice interes. Cam tot atunci, eu şi soţia am hotărât să părăsim oraşul.

– Cum te-a tratat Pfitzner după aceea?

– La fel ca înainte. A vrut întotdeauna să pară un profesionist, poliţistul perfect, conducătorul care credea în disciplină. După înmormântarea lui Kenny, mi a acordat un concediu plătit de o lună şi a făcut tot ce-a putut ca să se arate îngrijorat. Tocmai de aceea era atât de înşelător... Comunitatea îl admira şi nimeni n-ar fi crezut că era corupt.

– Treaba era cunoscută în rândul oamenilor lui?

– Aveam bănuieli. Pfitzner avea doi tipi, nişte duri care se ocupau de toate, Chip şi Dip. Erau fraţi, două brute care făceau treburile murdare. Arnie avea dinţii mult prea lungi, iar unul din faţă era ciobit; de aceea era poreclit Chip[1] pe la spate. Amos avea dinţii mai scurţi, dar buza de jos îi era umflată şi mereu avea sub ea un şomoiog de tutun de mestecat; de aici, Dip[2]. Sub comanda lor erau câţiva

---

[1] Ciobitură (în lb. engleză în text, n.tr.)

[2] Aprox. Tutunaru, de la Dip sau Dipso, termeni de argou care înseamnă a mesteca tutun (în lb. engleză în text, n.tr.)

care participau la tot felul de acţiuni – mită pentru droguri –, dar nu amestecau asta cu protecţia comitatului. Repet, ca şerif, Pfitzner a făcut treabă bună. La un moment dat, înainte de a ajunge eu acolo, cedase tentaţiei de a scoate bani din droguri. Proteja portul, permitea mărfii să intre, asigura zone sigure pentru depozitare şi aşa mai departe. Sunt convins că a scos bani buni şi cred că şi Chip şi Dip au avut partea lor. Noi, ceilalţi, aveam salarii bune şi sporuri.

Face semn cu mâna spre o maşinuţă de golf şi două doamne atrăgătoare îi răspund la salut. Le urmează pe o pistă de golf, apoi coteşte spre un podeţ şi ajungem într-un loc ascuns sub câţiva copaci. După ce ne aşezăm, îl întreb:

– Bun, şi ce ştia Kenny?

– Nu ştiu, pentru că n-a vorbit niciodată despre asta. A făcut o aluzie la un moment dat, dar nu a terminat conversaţia. Ai ştiinţă de incendiul care a distrus multe probe, inclusiv diverse chestii de la uciderea lui Russo?

– Da, am văzut raportul.

– Când era puştan, Kenny voia să se facă spion. Lucru cam ciudat pentru un băiat negru dintr-un orăşel din Florida, dar lui îi plăceau cărţile de spionaj şi revistele care publicau asemenea poveşti. CIA nu l-a chemat, de aceea s-a făcut poliţist. Era tare priceput la tehnică şi la dispozitive. De exemplu, avea un prieten care bănuia că-l înşală soţia. I-a cerut ajutorul, iar Kenny, în câteva minute, a meşterit un dispozitiv de interceptare în camera cu scule a tipului. Înregistra orice telefon, iar omul verifica banda în fiecare zi. După scurtă vreme, şi-a auzit nevasta giugiulindu-se cu acel Romeo al ei şi plănuind următoarea întâlnire. Prietenul lui Kenny i-a prins în pat şi l-a bătut măr pe individ. Apoi a luat-o şi pe ea la palme. Kenny era foarte mândru de isprava asta.

– Şi ce auzise?

– Ceva despre distrugerea probelor. Cu câteva zile înainte de uciderea lui Russo, a avut loc un viol undeva în comitat, alb contra albă, iar victima a declarat că nu îi văzuse faţa agresorului, dar ştia că era alb. Suspectul cel mai probabil era un nepot de-al lui Chip şi

Dip. Probele luate de la scena violului erau depozitate laolaltă cu celelalte, pentru că în vechiul sediu nu era loc. Când a ars magazia, a fost distrus şi setul de probe de la viol, împreună cu alte probe importante. Eu şi Kenny beam o cafea într-o seară, când mi-a spus pe neaşteptate că incendiul nu fusese un accident. Am vrut să aflu mai multe, dar am primit un apel şi am plecat. L-am întrebat mai târziu şi mi-a spus că auzise din întâmplare o discuţie dintre Chip şi Dip despre incendierea clădirii.

S-a oprit şi a făcut o pauză lungă. Când îmi dau seama că şi-a terminat povestea, îl îndemn să continue:

– Nimic altceva?

– Post, e tot ce ştiu, îţi jur. De-a lungul anilor, m-am gândit că probabil Kenny interceptase telefoanele de la birou. Îi suspecta pe Pfitzner şi pe cei din banda lui că se ocupau de droguri şi voia să obţină dovezi. DEA dădea târcoale şi se vorbea că agenţii federali aveau să apară acolo curând. Puteam fi daţi afară toţi? Era posibil ca Pfitzner să ciripească şi să dea vina pe noi? Nu ştiu, era doar o bănuială, dar Kenny trăgea cu urechea şi auzise ceva.

– Teoria e cam trasă de păr.

– Adevărat.

– Şi n-ai idee ce-ar fi putut auzi?

– Nimic, Post. N-am habar.

Porneşte maşinuţa de golf şi ne continuăm turul. Fiecare cotitură dezvăluie câte o perspectivă pitorească asupra munţilor şi văilor. Traversăm păraie repezi pe podeţe înguste. Ajunşi la a treisprezecea zonă de ţintă, mă prezintă avocatului său, care mă întreabă cum decurg lucrurile. Îi spunem că totul e bine, iar el se grăbeşte să plece cu amicii lui, mult mai preocupat de joc decât de treburile clienţilor. La club, îi mulţumesc lui Gilmer pentru ospitalitate şi timpul pe care mi l-a acordat. Ne promitem să mai discutăm în viitorul apropiat, dar amândoi ştim că asta nu se va întâmpla.

A fost o călătorie lungă, dar extrem de productivă şi de interesantă. Totuşi, într-o asemenea activitate, nu e deloc neobişnuit. În cazul în care Kenny Taft ştiuse ceva, luase secretul cu el în mormânt.

27

În baza legii din statul Florida, petițiile pentru scutirea de pedeapsă post-condamnare trebuie depuse în comitatul în care persoana este încarcerată, nu în cel în care a fost condamnată. Întrucât Quincy se află în prezent la Penitenciarul Corecțional Garvin, care se situează la jumătate de oră de mers din orășelul Peckham – aflat la cel puțin o oră de drum de civilizație –, cazul lui intră în jurisdicția unui tribunal de circuit rural, prezidat de un judecător cu o părere rezervată despre scutirea de pedeapsă post-condamnare. Nu îi pot găsi vreo vină. Rolul lui este ticsit de tot felul de solicitări jalnice, prezentate de avocații care lucrează în închisoarea aflată pe aceeași stradă cu biroul lui.

Tribunalul comitatului Poinsett e o clădire modernă, lipsită de gust, proiectată de un arhitect care nu a fost plătit prea bine. Sala principală de judecată e întunecoasă, fără ferestre și cu un tavan scund, care creează o senzație de claustrofobie. Mocheta uzată e de un castaniu-închis, iar lambriurile din lemn și mobilierul sunt lăcuite în brun. Am intrat în cel puțin o sută de săli de tribunal din peste zece state, dar asta e de departe cea mai deprimantă și mai asemănătoare cu o temniță.

Statul e reprezentat de procurorul general, un om pe care nu-l voi vedea niciodată, pentru că are în subordine aproape o mie de lachei, aflați între mine și el. Sărmana Carmen Hidalgo a avut ghinion când s-a ales cu soluționarea petiției lui Quincy. În urmă cu cinci ani, era la Facultatea de Drept din Stetson, având rezultate care au situat-o la jumătatea listei celor din anul ei. Dosarul nostru în ceea ce o privește e subțirel, fiindcă nu e nevoie să știm prea multe. Reacția ei la petiția noastră a fost doar un răspuns de complezență cu o formulare standard, în care era schimbat doar numele.

Se așteaptă să câștige fără probleme, mai ales dacă ținem seama de atitudinea judecătorului. Onorabilul Jerry Plank lâncezește de ani întregi și visează să se pensioneze. Cu generozitate, și-a rezervat o zi întreagă pentru audieri, dar asta nu înseamnă opt ore de muncă. Întrucât nimeni nu se sinchisește de un caz care are deja o vechime de douăzeci și trei de ani, sala de tribunal e pustie. Până și cei doi grefieri par plictisiți.

Cu toate acestea, stăm cu ochii pe ei și așteptăm. Frankie Tatum s-a așezat singur cu șase rânduri în spatele nostru, iar Vicki Gourley e cu cinci rânduri în spatele procurorului statului. Ambii au camere video minuscule, care pot fi activate prin telefon. La ușă nu e niciun agent de securitate. E clar, nimeni din acest oraș ori comitat nu a auzit vreodată de Quincy Miller. Dacă eforturile noastre sunt monitorizate de tipii răi, oricine ar fi ei, acum ar avea prima șansă de a ne vedea în acțiune. Sălile de tribunal sunt locuri publice. Oricine poate intra și ieși din ele după cum poftește.

Cea de-a doua consilieră a mea e Susan Ashley Gross, războinica de la Central Florida Innocence Project. În urmă cu șapte ani, Susan Ashley era cu mine când l-am scos din închisoarea din Miami pe Larry Dale Kline. Era al doilea achitat al nostru și primul al ei. Aș cere-o în căsătorie pe Susan Ashley chiar azi, însă ea e cu cincisprezece ani mai tânără decât mine și pe moment logodită.

Cu o săptămână în urmă am prezentat o moțiune prin care am cerut ca acuzatul să asiste la audieri. Prezența lui Quincy nu e necesară, dar m-am gândit că i-ar prinde bine o zi la soare. Lucru deloc surprinzător, judecătorul Plank a spus nu. Cum a hotărât împotriva noastră la fiecare preaudiere, suntem aproape convinși că va decide împotriva unei eliberări post-condamnare. Mazy lucrează deja la apelul nostru.

E aproape zece când judecătorul Plank apare, în cele din urmă, pe o uşă ascunsă din spatele scaunului său şi se aşază. Un aprod îşi recită avertismentele standard cât noi ne ridicăm stânjeniţi. Arunc o privire în jur şi număr persoanele din sală. În afară de Vicki şi de Frankie, mai sunt doar patru spectatori şi mă întreb de ce Dumnezeu i-ar putea interesa această audiere. Nimeni din familia lui Quincy nu ştie despre ea. Cu excepţia unui frate, niciunul dintre membrii familiei nu a luat legătura cu el în anii care au trecut. Keith Russo a murit în urmă cu douăzeci de ani şi, din punctul de vedere al familiei, ucigaşul este închis de multă vreme.

Un bărbat alb în jur de cincizeci de ani poartă un costum scump. Un alt alb are în jur de patruzeci de ani și poartă o cămașă neagră din bumbac. Un altul, de aproape șaptezeci de ani, are aspectul plictisit al clientului fidel al sălilor de tribunal, care asistă la orice fel de proces. Cea de-a patra persoană e o femeie albă, care stă în primul rând de bănci din spatele nostru și care are în mână un blocnotes, ca și cum ar fi reporteră. Am depus petiția cu câteva săptămâni în urmă și nu am primit nicio întrebare din partea presei. Nu-mi pot închipui cine ar asista și ar descrie o audiere dintr-un caz uitat din estul sălbatic al Floridei.

Susan Ashley Gross îl cheamă la bară pe doctorul Kyle Benderschmidt de la Virginia Commonwealth University. Părerile și descoperirile lui sunt trecute într-o declaraţie cu multe pagini pe care am depus-o împreună cu petiţia, dar am hotărât să cheltuim banii necesari pentru a-l aduce aici în persoană. Reputaţia lui este impecabilă, iar în timp ce Susan Ashley prezintă rezumatul activităţii noastre, judecătorul Plank se uită la Carmen Hidalgo și o întreabă:

– Aveţi obiecţii faţă de acreditările acestui domn?

Ea se ridică și răspunde simplu:

– Nu.

– Bine. Atunci este acceptat ca expert în domeniul analizei petelor de sânge. Continuaţi.

Folosind patru dintre fotografiile color mărite la dimensiunea de 13 pe 16 centimetri, folosite la proces, Susan Ashley îl interoghează pe martorul nostru cu privire la lanternă și la picăturile minuscule de culoare roșiatică de pe geamul ei.

Judecătorul Plank întrerupe interogatoriul, întrebând:

– Și ce s-a întâmplat cu acea lanternă? Nu a fost prezentată ca probă la proces, corect?

Martorul ridică din umeri, pentru că nu poate depune mărturie în legătură cu asta. Susan Ashley intervine:

– Onorată instanţă, potrivit transcrierii procesului, șeriful a depus mărturie, susţinând că a fost distrusă într-un incendiu petrecut la aproape o lună după crimă, împreună cu alte probe pe care poliţia le păstra în acea clădire.

– Nu s-a găsit nicio urmă din ea?

– Nu, după știinţa noastră, onorată instanţă. Expertul din partea acuzării, domnul Norwood, a examinat cu atenţie aceste fotografii și a emis opinia conform căreia geamul lanternei a fost stropit cu sângele victimei. La acea dată, lanterna dispăruse de mult.

– Așadar, dacă înţeleg poziţia dumneavoastră, lanterna era singura legătură reală între domnul Miller și locul crimei, iar când lanterna a fost găsită în portbagajul mașinii lui, a devenit principalul suspect. Când li s-a prezentat această probă, juraţii au socotit-o suficientă pentru a da un verdict de vinovăţie.

– Întocmai, onorată instanţă.

– Continuaţi!

Benderschmidt continuă criticile aduse depoziţiei greșite a lui Norwood. Nu se baza pe știinţă, deoarece el nu înţelesese ce reprezentau acele pete. Benderschmidt a folosit de câteva ori cuvântul „iresponsabil" pentru a descrie ce declarase Norwood în faţa juraţilor. Era iresponsabil să sugerezi că ucigașul ţinuse lanterna într-o mână în timp ce trăgea cu o pușcă în victimă. Nu exista nicio probă în acest sens. Nici vreo probă cum că Russo stătea în picioare ori era așezat când fusese împușcat. Nici vreo dovadă privind identitatea ucigaşului. Având în vedere cantitatea mică, era iresponsabil să afirme că picăturile erau chiar de sânge. Era iresponsabil să folosească lanterna drept probă incriminatoare, deoarece ea nu fusese găsită la locul crimei.

După o oră, judecătorul Plank pare extenuat şi are nevoie de o pauză. Nu mi-e clar dacă e chiar somnoros, deşi ochii îi strălucesc în mod ciudat. Frankie se deplasează discret către rândul din spate şi se aşază exact lângă intervalul dintre bănci. Când se cere pauza, iar Plank dispare, spectatorii se ridică şi părăsesc sala de tribunal. În timp ce fac asta, Frankie îi filmează pe toţi.

După ce fumează o ţigară, urinează şi probabil trage un pui de somn, Plank revine fără chef ca să îl audieze în continuare pe Benderschmidt, astfel că acesta este chemat la bară. În cursul evaluării, pare că a început să aibă îndoieli că presupuşii stropi de sânge de pe geamul lanternei au ricoşat dinspre victimă. Folosind o diagramă a biroului lui Russo şi alte fotografii de la locul crimei, Benderschmidt afirmă că, având în vedere poziţia uşii şi cea probabilă a ucigaşului, precum şi poziţia cadavrului lui Keith şi cantitatea enormă de sânge şi alte materii de pe pereţi şi de pe rafturile din spatele lui, e puţin probabil ca impactul celor două împuşcături să fi azvârlit picături de sânge spre ucigaş. Ca să îşi sprijine părerea, Benderschmidt expune câteva fotografii făcute la locul unor crime în care se folosise o puşcă similară.

Sunt nişte fotografii oribile, astfel că, după câteva minute, onorata instanţă se satură de aşa ceva.

– Domnişoară Gross, să continuăm! Nu sunt convins că fotografiile de la alte crime ne folosesc în acest caz.

Probabil că are dreptate. La interogarea de către acuzare, Carmen Hidalgo îşi face numărul şi are un oarecare succes doar când îl face pe Benderschmidt să admită că experţii în pete de sânge nu se pun întotdeauna de acord, aşa cum se întâmplă în lumea experţilor.

După ce martorul pleacă de la bară, judecătorul Plank se uită la ceas de parcă ar fi avut parte de o dimineaţă lungă şi grea şi spune:

– Facem o pauză pentru prânz. Revenim la ora două și sper că vom avea ceva nou, doamnă Gross.

Bate cu ciocanul în masă și dispare, dar eu am o bănuială că a tras deja concluzia.

Ca în aproape toate statele, și în Florida eliberarea post-condamnare este analizată doar când se descoperă probe noi. Nu dovezi mai clare. Nu dovezi mai credibile. Juriul care l-a condamnat pe Quincy l-a ascultat pe Norwood, presupus expert în pete de sânge, și, cu toate că părerile și acreditările lui au fost atacate furibund de tânărul Tyler Townsend, jurații l-au crezut în unanimitate pe expert.

Avându-i pe Kyle Benderschmidt și pe Tobias Black, cel de-al doilea expert al nostru în pete de sânge, prezentăm de fapt dovezi mai clare – dar nu noi. Comentariul judecătorului Plank este cât se poate de revelator.

*

În timp ce bărbatul în costum elegant și cel cu cămașă neagră din bumbac părăsesc sala separat, noi îi urmărim. Am angajat doi detectivi particulari care să ne ajute să controlăm lucrurile. Frankie i-a informat deja și vorbește la telefon. Vicki stă într-unul dintre cele două restaurante aflate lângă tribunal și așteaptă. Eu mă duc la celălalt restaurant și mă așez la bar. Frankie iese din tribunal și se duce la mașina lui, parcată în apropiere. Domnul cu costum scump se urcă într-o limuzină Mercedes de culoare neagră, cu numere de înmatriculare de Florida. Domnul cu cămașă neagră se urcă într-un BMW verde cu numere de Florida. Părăsesc centrul orașului la două minute diferență și amândoi parchează la un centru comercial de pe autostradă. Cel în negru urcă în Mercedes și pleacă amândoi de acolo, lăsând semne de recunoaștere cât cuprinde. Neglijență totală.

După ce primesc vestea, mă grăbesc să ajung la celălalt restaurant, unde Vicki stă într-un separeu având în față un coșuleț cu cartofi prăjiți, de care nu s-a atins. Vorbește la telefon cu Frankie.

Mercedesul merge spre sud pe Autostrada 19 şi codiţa noastră s-a furişat în urma lui. Omul nostru ne spune numărul de înmatriculare şi Vicki are de lucru. Comandăm ceai rece şi salate. Frankie soseşte câteva minute mai târziu.

Ne-am văzut duşmanii.

Mercedesul este înregistrat pe numele unui anume domn Nash Cooley din Miami. Vicki îi transmite această informaţie prin e-mail lui Mazy, aflată acasă, şi ambele tastează de zor. După câteva minute, aflăm că domnul Cooley e partener la o firmă de avocatură specializată în apărare în cazuri penale. Sun doi avocaţi din Miami pe care îi cunosc. Susan Ashley Gross, care mănâncă un sandvici în sala de tribunal, îşi apelează contactele. Mazy apelează un avocat din Miami pe care îl cunoaşte. Vicki continuă să tasteze. Frankie mănâncă ton cu cartofi prăjiţi.

Cooley şi domnul în negru parchează la un fast-food din oraşul Eustis, cu o populaţie de optsprezece mii de locuitori, aflat la douăzeci de minute depărtare. Ceea ce este evident devine strigător la cer. Cei doi indivizi s-au furişat în oraş ca să urmărească audierea şi nu au vrut să fie văzuţi împreună sau recunoscuţi în vreun fel, apoi s-au strecurat undeva pentru a gusta ceva. Între timp, detectivul nostru schimbă maşina cu colegul lui. Când Cooley pleacă din Eustis, revenind spre noi, e urmărit de la distanţă de o altă maşină.

Cooley este partener al unei firme de avocatură cu doisprezece angajaţi, care are o istorie lungă de reprezentare a traficanţilor de droguri. Lucru deloc surprinzător, este o firmă discretă, cu un website sărăcăcios. Nu îşi face reclamă, deoarece nu are nevoie. Cooley are cincizeci şi doi de ani, a absolvit Dreptul la Miami, are cazierul curat, fără reclamaţii către barou. Fotografia lui de pe site ar trebui actualizată, deoarece acolo pare cu cel puţin zece ani mai tânăr, dar acest lucru nu este neobişnuit. După prima verificare preliminară, descoperim doar un element interesant despre firma la care este partener. În 1991, individul care a înfiinţat firma a fost găsit în piscina de acasă cu beregata tăiată. Crima a rămas nesoluţionată. Probabil a fost vorba de vreun client nemulţumit.

*

Se face ora două după-amiază şi niciun semn de la judecătorul Plank. Poate c-ar trebui să îl rugăm pe unul dintre grefieri să verifice dacă el (1) mai trăieşte sau (2) trage încă un pui de somn. Nash Cooley intră şi se aşază în spate, neştiind că noi cunoaştem până şi numele copiilor lui şi unde urmează colegiul. Cel în cămaşă neagră intră un moment mai târziu şi îşi găseşte un loc departe de Cooley. Amatori din cale-afară.

Folosind o firmă de înaltă securitate din Fort Lauderdale, ale cărei servicii le-am plătit, trimitem cadre video cu domnul în negru. Tehnologia de recunoaştere facială a firmei a fost programată să ruleze imaginea prin numeroasele bănci de date pe care le deţine, dar nu a fost necesar. Prima bancă de date a fost Departamentul Penitenciarelor din Florida, iar căutarea a durat cel mult unsprezece minute. Cămaşa neagră este Mickey Mercado, în vârstă de patruzeci şi trei de ani, cu domiciliul în Coral Gables, un individ condamnat, cu dublă cetăţenie – mexicană şi americană. Când avea nouăsprezece ani, Mercado a fost condamnat la şase ani de închisoare, bineînţeles pentru trafic de droguri. În 1994, a fost arestat şi judecat pentru crimă. Juriul nu a fost convins, astfel că a scăpat.

În timp ce îl aşteptăm pe judecătorul Plank, Vicki e încă în restaurant, comandând cafea şi căutând pe internet. Ceva mai târziu, ne va spune că Mercado este consultant de securitate privat, lucrând pe cont propriu. Nu ne e prea clar ce înseamnă asta.

Identificările lor sunt cel puţin şocante şi, în timp ce aşteptăm liniştiţi în sala de judecată, ne vine greu să nu ne întoarcem spre ei, să îi strigăm pe nume şi să le spunem ceva de genul: „Ce naiba căutaţi aici?“ Numai că noi suntem prea căliţi ca să facem aşa ceva. Când e posibil, nu trebuie să îi permiţi adversarului să afle ce ştii. Pentru moment, Cooley şi Mickey nu au habar că noi le ştim numele, adresele, numerele de înmatriculare ale mașinilor, numerele de la Asigurări Sociale sau locurile de muncă – și nici că săpăm în continuare. Desigur, presupunem că și ei au un dosar despre mine, despre Guardian și despre personalul său redus. Frankie nu e decât o umbră și nu va fi prins niciodată. Acum se află pe holul din fața sălii, urmărind totul și mișcându-se cu discreție. În oraș există puțini oameni de culoare, iar el este întotdeauna conștient când se simte observat.

Când apare, la ora 2.17, judecătorul Plank îi cere lui Susan Ashley să cheme următorul nostru martor. La astfel de audieri nu există surprize, astfel că toată lumea află că Zeke Huffey s-a întors în Florida. Surpriza e că a acceptat să depună mărturie în persoană dacă acceptăm să îi plătim călătoria cu avionul. Plus că eu a trebuit să depun un jurământ scris cum că sperjurul lui s-a prescris, astfel că nu poate fi acuzat de ceva.

În aceste zile, Zeke se simte fericit că este liber. Situația asta nu va dura mult – și noi știm asta –, dar măcar spune tot ce se cuvine despre faptul că se va cuminți. După ce depune jurământul, promite să spună adevărul, ceva ce a făcut de multe ori în sălile de tribunal înainte de a începe să mintă ca un ciripitor de închisoare bine școlit. Își spune povestea: a flecărit cu tovarășul său de celulă, Quincy Miller, care s-ar fi lăudat că i-a spulberat capul avocatului său și că a aruncat pușca în Golf. Zeke adaugă că, în schimbul mărturiei lui mincinoase, acuzațiile legate de droguri i-au fost mult reduse și a fost condamnat doar pe perioada pe care a executat-o până în prezent. Da, îi pare rău pentru ceea ce i-a făcut lui Quincy și a dorit mereu să îndrepte lucrurile.

Zeke pare un martor sincer, dar problema lui este evidentă. A mințit de atâtea ori, încât nimeni nu mai poate fi convins, mai ales judecătorul, că acum spune adevărul. Cu toate astea, depoziția lui este crucială pentru eforturile noastre, deoarece retractările martorilor reprezintă probe noi. Cu mărturia în persoană a lui Zeke și cu declarația lui Carrie Holland, avem destulă muniție pentru a susține îndelung și cu tărie că procesul lui Quincy nu a fost corect. Dacă reușim să obținem rejudecarea procesului, le vom putea prezenta probe științifice mai convingătoare membrilor juriului. Norwood nu se va mai apropia de sala de judecată și nici altul ca el. Visul nostru este să prezentăm totul în fața altui juriu.

La interogarea acuzării, Carmen Hidalgo se distrează copios făcându-l pe Zeke să își descrie cariera bogată de informator de închisoare. Ea are evidențe certificate de tribunale de la cinci procese în care Zeke a mințit în fața juriilor ca să își micșoreze pedepsele. Recunoaște că a mințit într-un caz, dar nu și în altul. Devine confuz și nu își mai aduce aminte ce minciună a spus în respectivul caz. E trist să asiști la asemenea scene, mai ales că onorata instanță obosește foarte curând. Însă măcelul continuă: doamna Hidalgo mărește ritmul și ne surprinde cu prezența ei în sala de judecată.

În jurul orei trei și jumătate, Plank începe să caște și clipește des, semne evidente cum că se pregătește să încheie. E epuizat și încearcă disperat să rămână treaz. Îi șoptesc lui Susan Ashley să pună capăt lucrurilor și să plecăm de acolo.

28

În ziua următoare, eu și Vicki ne întoarcem la Savannah și ne întâlnim în sala de conferințe cu Mazy, pentru a evalua cazul. Ca și Alabama, nici Florida nu le impune un termen-limită judecătorilor în situații de eliberare post-condamnare, așa că bătrânul Plank ar putea muri până să dea un verdict. Noi bănuim că el și-a format deja o părere, dar va trece multă vreme până când va lua o decizie. Nu putem face nimic pentru a-l îmboldi și orice încercare în acest sens ne-ar aduce un deserviciu.

Presupunem că, la un anumit nivel, suntem urmăriți, iar asta declanșează o discuție aprinsă. Suntem de acord că toate fișierele digitale și comunicațiile trebuie upgradate și securizate perfect. Asta ne va costa cam treizeci de mii de dolari – și încă în numerar –, bani ce nu sunt prevăzuți în bugetul nostru și așa auster. Tipii răi au bani cu nemiluita și pot face rost de cele mai scumpe mijloace de supraveghere.

Am îndoieli serioase că ei vor adulmeca prin Savannah ca să ne urmărească mișcările. Asta nu îi va face decât să se plictisească și nu le va oferi nicio informație folositoare. Cu toate astea, convenim că trebuie să fim mai vigilenți și să ne schimbăm rutinele. Puteau foarte ușor să mă urmărească până la Nassau și să vadă că m-am întâlnit cu Tyler Townsend. Același lucru e valabil și pentru Sun Valley și Bruce Gilmer. Însă acele deplasări s-au petrecut înainte de a prezenta petiția și înainte ca numele noastre să apară în mod oficial în acea cauză.

Am aflat și mai multe despre Nash Cooley. Deținem date publice privind mașinile, proprietățile și cele două divorțuri ale lui. E de ajuns să spun că face o mulțime de bani și îi place să îi cheltuiască. Vila lui din Coral Gables este evaluată la 2,2 milioane de dolari. Are cel puțin trei mașini pe numele lui, toate de fabricație germană. Firma lui e situată într-o clădire nouă și sclipitoare din centrul orașului Miami, având filiale pe Insula Grand Cayman și în Mexico City. Potrivit unui prieten de-al lui Susan Ashley, se știe că unii avocați specializați în procese care implică traficul de droguri își primesc onorariile offshore. Sunt prinși rareori, dar se întâmplă ca din când în când organele federale să îl înhațe pe câte unul pentru evaziune fiscală. Aceeași sursă afirmă că Varick & Valencia lucrează în domeniu de multă vreme și că are experți care le recomandă clienților cum să spele banii în modalități ceva mai curate. Doi dintre partenerii principali ai firmei sunt scandalagii cu experiență în sălile de judecată, având multe victorii la activ. În 1994, ei îl apăraseră pe Mickey Mercado, acuzat de crimă, și reușiseră să convingă jurații de nevinovăția lui.

Nu înțeleg logica lui Nash Cooley, care a făcut o călătorie de șase ore cu mașina ca să asiste la audierea noastră post-condamnare. Dacă voia să mă vadă mai bine, putea intra pe website-ul nostru, așa simpluț cum e. Același lucru e valabil și pentru Susan Ashley. Toate petițiile, moțiunile, pledoariile și verdictele sunt documente publice și pot fi găsite cu ușurință pe internet. Și de ce a riscat să fie depistat? De acord, riscul era foarte scăzut în acea parte izolată a statului, însă el a fost identificat de noi. Presupun doar că Nash Cooley a ajuns acolo pentru că un client i-a cerut asta.

Mickey Mercado e o brută de carieră, care a lucrat pentru un cartel încă de când a ajuns adult. Nu știm sigur pentru care cartel. El și alți doi indivizi au fost acuzați de omorul unui alt traficant în urma unei tranzacții nereușite, dar organele federale n-au reușit să instrumenteze un caz beton.

Iar acum mă urmărește?

Le spun doamnelor că, dacă ne uităm mereu peste umăr, nu-l putem ajuta pe Quincy Miller. Treaba noastră e să dovedim nevinovăţia lui, şi nu neapărat să îl descoperim pe cel care a apăsat pe trăgaci.

Nu le-am spus totul doamnelor. Rareori o fac. Povestea lui Tyler cu crocodilii e una pe care o păstrez pentru mine. Acea imagine nu-mi iese din minte.

Discuţia noastră despre Tyler continuă mai toată ziua, fiecare venind cu idei şi argumente pe care le dezbatem. Pe de o parte, mă simt obligat să fac un efort şi măcar să îl previn că, în prezent, activităţile noastre sunt monitorizate. Însă, pe de altă parte, simplul act de a-l contacta l-ar putea pune în pericol. Acelaşi lucru e valabil şi pentru Gilmer, dar el nu ştie la fel de multe lucruri ca Tyler.

Spre sfârşitul zilei, hotărâm că e un risc important pe care trebuie să ni-l asumăm. Intru pe internet şi revin la De Sub Veranda lui Patty, unde plătesc douăzeci de dolari pentru încă o lună şi transmit un mesaj care se va şterge automat după cinci minute.

Nassau din nou – important.

Trec cinci minute şi nu primesc răspuns. Trimit acelaşi mesaj de patru ori în următoarele trei ore, şi tot nimic.

După căderea întunericului, plec de la birou şi merg cale de câteva intersecţii în arşiţa înăbuşitoare. Zilele sunt lungi şi umede, iar oraşul geme de turişti. Ca de obicei, Luther Hodges stă pe verandă, abia aşteptând să iasă din casă.

– Bună, padre! strig eu.

– Bună, fiule!

Ne îmbrăţişăm pe trotuar, schimbăm insulte pline de voie bună, despre părul cărunt şi colăceii din talie, şi începem să ne plimbăm. După câteva minute, îmi dau seama că îl frământă ceva.

– Texasul va mai ucide un om mâine, îmi explică el.

– Îmi pare rău să aud asta.

Luther este un aboliţionist neobosit, al cărui mesaj simplu a fost dintotdeauna acelaşi: cum toţi suntem de acord că e rău să ucizi, de ce permitem statului să ucidă? Când se profilează o execuţie, el şi prietenii lui aboliţionişti scriu obişnuitele scrisori, dau telefoane, postează comentarii on-line şi câteodată merg la închisoare ca să protesteze. Îşi petrece ore în şir rugându-se şi suferă pentru ucigaşi pe care nu i-a văzut niciodată.

Nu suntem într-o dispoziţie prea bună ca să mâncăm într-un loc elegant, aşa că intrăm într-un local care oferă sandviciuri. Ca întotdeauna, îl plăteşte şi pe al meu şi, după ce ne aşezăm, îmi zâmbeşte şi spune:

– Hai, povesteşte-mi ce noutăţi ai în cazul lui Quincy!

*

De când şi-a început activitatea, Guardian a deschis optsprezece cazuri, dintre care opt s-au încheiat cu achitări. Un client de-al nostru a fost executat. În prezent lucrăm la şase cazuri. Trei au fost închise când ne-am convins că oamenii erau cu adevărat vinovaţi. Când facem greşeli, ne asumăm pierderile şi mergem mai departe.

După optsprezece cazuri am învăţat că, mai devreme sau mai târziu, vom avea şi noroc. Numele omului este Len Duckworth şi locuieşte în Sea Island, orăşel aflat la sud de Savannah, cam la o oră de mers cu maşina. A venit în oraş şi a intrat în sediul nostru şi, cum nu a văzut pe nimeni la recepţie, a vârât capul pe uşa biroului lui Vicki şi a salutat-o. Ca de obicei, Vicki s-a arătat politicoasă, chiar dacă era foarte ocupată. După câteva minute însă, m-a chemat la ea.

– Ar putea fi important, îmi spune.

În cele din urmă, ne aşezăm în sala de conferinţe de la etaj cu un ibric de cafea proaspăt făcută. Vicki şi Mazy iau notiţe, iar eu mă mulţumesc să ascult.

Duckworth are în jur de şaptezeci de ani, e bronzat şi în formă, modelul unui pensionar mulţumit de sine, care are timp din belşug pentru golf şi tenis. S-a mutat cu soţia în Sea Island în urmă cu câţiva ani şi se străduiesc amândoi să aibă ocupaţii. El e din Ohio şi ea e din Chicago şi amândoi preferă vremea caldă. În 1973, când Congresul a înfiinţat DEA – Drug Enforcement Administration – Administraţia de Combatere a Drogurilor, era un agent FBI căruia i s-a părut că munca de la DEA putea fi mai interesantă decât cea de birou pe care o avea. A trecut la DEA și și-a petrecut restul carierei acolo, iar doisprezece ani a acționat în nordul Floridei.

Noi încercăm de luni întregi, dar fără succes, să obținem evidențe de la DEA privind anii '80. Însă, ca și FBI sau ATF[1], DEA își protejează cu tenacitate arhivele. Una dintre solicitările făcute de Vicki în baza prevederilor FOIA[2] s-a întors cu o scrisoare în care fiecare cuvânt era scris corect, mai puțin articolele hotărâte și nehotărâte.

Asta e clar o zi norocoasă.

– Știu o mulțime de lucruri despre afacerile cu droguri de pe vremea aceea, spune Duckworth. Sunt unele lucruri despre care pot vorbi și altele despre care nu pot.

– Sunt curios de ce ai venit la noi, îi spun. Noi ne-am chinuit să obținem dosare și note DEA vreme de șapte luni, dar fără noroc.

– N-o să obțineți mare lucru, fiindcă DEA se ascunde întotdeauna sub pretextul că investigațiile sunt active și continue. N-are importanță cât de vechi sau de inactive ar fi ele, procedura DEA spune să nu vă ofere nimic. Și sunt pregătiți să meargă și în tribunale ca să-și protejeze informațiile. Așa am funcționat.

– Și cât de multe ne poți spune? îl întreb.

– Mda, vă pot vorbi despre uciderea lui Keith Russo, întrucât cazul a fost închis cu mai bine de douăzeci de ani în urmă, dar și pentru că nu a fost o investigație DEA. L-am cunoscut pe Keith, l-am știut chiar bine, pentru că l-am recrutat. A fost informator de-al nostru și de aceea a fost ucis.

Vicki, Mazy și cu mine ne privim unul pe altul în timp ce ideea ne intră în cap. Singura persoană din lume care poate confirma că Russo a fost informator stă pe unul dintre scaunele noastre desperecheate și soarbe calm din ceașca de cafea.

---

[1] Bureau for Alcohol, Tobacco, Firearms and Explosives – Biroul pentru alcool, tutun, arme de foc și explozivi (n.tr.)
[2] Freedom of Information Act – Legea privind libertatea accesului la informații (n.tr.)

– Cine l-a ucis? întreb eu oarecum timid.

– Nu ştiu, dar nu Quincy Miller. A fost o reglare de conturi a cartelului.

– Care cartel?

Face o pauză şi ia o gură de cafea.

– Mă întrebi de ce am venit aici. Am auzit de eforturile voastre pentru a obţine achitarea lui Miller şi aplaud ceea ce faceţi. Au înhăţat omul nepotrivit pentru că aşa au vrut. Ştiu o mulţime de lucruri pe care le pot oferi fără să divulg informaţiile confidenţiale. Însă, în primul rând, am vrut să ies din casă. Soţia e la cumpărături undeva după colţ, iar mai târziu ne vom revedea ca să luăm o cină pe cinste.

– Suntem numai urechi şi avem la dispoziţie toată ziua, îi spun.

– Bine, mai întâi, puţină istorie. Pe la mijlocul anilor '70, când a fost creat DEA, cocaina era distribuită în toată ţara şi sosea cu tonele – pe nave, în avioane, camioane, tot ce vreţi. Cererea era insaţiabilă, profiturile erau enorme, iar cultivatorii şi traficanţii abia dacă puteau face faţă. Au alcătuit organizaţii în America Centrală şi de Sud şi au burduşit banii în bănci din Caraibe. Florida, cu o mie două sute optzeci de kilometri de plaje şi cu zeci de porturi, a devenit punctul preferat de pătrundere a drogurilor. Miami s-a transformat în terenul de joacă al traficanţilor. Sudul Floridei era controlat de un cartel columbian, care încă este în activitate. Eu n-am avut treabă acolo. Secţiunea mea era la nord de Orlando, iar prin 1980, cartelul Saltillo din Mexic aducea cea mai mare parte a cocainei. Saltillo există şi acum, dar a fuzionat cu o organizaţie mai mare. Cei mai mulţi lideri ai ei au fost măcelăriţi într-un război al drogurilor. Bandele astea au întotdeauna suişuri şi coborâşuri, iar pierderile umane îţi taie răsuflarea. Sălbăticia e incredibilă. Dar nu ţin să vă plictisesc.

– Te rog să n-o faci, spune Vicki.

Pentru scurtă vreme, îmi vin în minte imaginile descrise de Tyler despre festinul crocodililor şi spun:

– Avem destul de multe informaţii despre şeriful Pfitzner şi ce s-a petrecut în comitatul Ruiz.

Zâmbeşte şi clatină din cap, ca şi cum şi-ar fi amintit de un vechi prieten.

– Dar noi n-am reuşit să-l prindem pe individ. Era singurul şerif pe care îl ştiam în nordul Floridei fiind mână în mână cu acel cartel. Îl aveam în vizor când Russo a încasat-o. După aceea, lucrurile s-au schimbat. Unii dintre informatorii noştri extrem de importanţi au început să sufere de trismus[1].

– Cum l-aţi recrutat pe Russo? întreb.

– Keith era un tip interesant. Foarte ambiţios. Sătul de acel orăşel. Voia să câştige o groază de bani. Și era un avocat al naibii de bun. A avut câţiva clienţi din domeniul drogurilor, din zona Tampa-St. Pete, şi şi-a câştigat un anumit renume. Un informator ne-a spus că lua onorarii mari în numerar, declarând doar o parte din bani sau deloc, ba chiar transferând banii offshore. I-am urmărit declaraţiile de venit vreo doi ani și a fost evident că el cheltuia cu mult mai mult decât câştiga pe Main Street în Seabrook. De aceea, ne-am întâlnit cu el și l-am ameninţat că îl vom da în judecată pentru evaziune fiscală. Se ştia cu musca pe căciulă şi nu voia să piardă totul. Se făcea vinovat și de spălare de bani pentru unii dintre clienţi, în primul rând băieţii din cartelul Saltillo. Folosea companii necomerciale offshore pentru a cumpăra proprietăţi în Florida și pregătea toate documentele. Nu era o chestie cumplit de complicată, dar ştia ce face.

– Soţia lui ştia că era informator?

Încă un zâmbet şi o altă sorbitură de cafea. Duckworth putea să ne spună poveşti ore întregi.

– Aici a apărut partea ciudată, serios. Lui Keith îi plăceau femeile. Avea grijă să nu le cucerească în Seabrook, dar la Tampa era altă poveste. El și Diana aveau acolo un apartament, chipurile din motive legate de munca lor, dar Keith îl folosea în alte scopuri. Înainte de a-l recruta, obţinusem mandate şi îi plasasem microfoane în apartament, la birou şi chiar acasă. Am ascultat totul, inclusiv

---

[1] Contractură spastică a muşchilor masticatori, cu dificultatea de a deschide gura (n.tr.)

telefoanele pe care le dădea femeilor lui. Apoi am trăit un adevărat şoc. Se pare că Diana hotărâse să facă acelaşi joc. Amicul ei era unul dintre clienţii în materie de droguri, un băiat atrăgător care lucra în Miami pentru cartelul Saltillo. Îl chema Ramon Vasquez. Au existat cel puţin două ocazii în care Keith se afla la Tampa şi lucra din greu, iar Ramon s-a furişat în Seabrook pentru a o vizita pe Diana. În orice caz, vă închipuiţi în ce hal era acea căsnicie. Deci, ca să vă răspund la întrebare, nu am stabilit sigur dacă el i-a spus soţiei lui că era informator. Bineînţeles, noi l-am avertizat să nu-i spună.

– Ce s-a întâmplat cu Diana? întreabă Vicki.

– Într-un fel sau altul, cartelul a aflat că Russo lucra pentru noi. Am o bănuială serioasă că un alt informator, agent dublu, unul dintre oamenii noştri, a vândut această informaţie. Asta e o treabă murdară, în care fidelitatea se schimbă de la o zi la alta. Banii în mână şi spaima de a fi ars de viu pot convinge mulţi oameni. L-au lichidat pe Keith şi, în cele din urmă, Diana a părăsit oraşul.

– Şi Ramon? întreabă Mazy.

– El şi Diana au stat o vreme în Tampa, apoi s-au tot mutat spre sud. La data aceea nu ştiam sigur, dar am bănuit că el se cam retrăsese din activitatea de traficant ca să scape de necazuri. Ultima ştire pe care am primit-o preciza că se aflau împreună în Caraibe.

– Cu o groază de bani, spun.

– Da, cu o groază de bani.

– Ea a fost implicată în crimă? întreabă Mazy.

– Asta nu s-a dovedit. Ştiţi deja despre asigurarea de viaţă şi despre contul bancar comun, dar chestia asta nu e neobişnuită.

– De ce nu i-aţi luat pe sus pe Pfitzner şi pe cei din cartel? îl întreb.

– Ei bine, după crimă, cazul s-a stins. Mai aveam o lună sau două până la data unei acţiuni de amploare, care ar fi dus la o sumedenie de acuzaţii, inclusiv câteva împotriva lui Pfitzner. Fuseserăm răbdători, de fapt prea răbdători, dar ne luptam şi cu procurorul general de acolo. Oamenii erau suprasolicitaţi şi alte de-astea. După crimă, informatorii noştri s-au topit, iar cazul s-a destrămat. Oamenii cartelului s-au speriat şi s-au retras o vreme. În cele din urmă, Pfitzner s-a pensionat. Iar eu am fost transferat la Mobile, unde mi-am încheiat cariera.

– Pe cine-ar putea folosi cartelul pentru a ucide pe cineva? întreabă Mazy.

– O, au destui ucigaşi, iar indivizii ăştia nu sunt întotdeauna asasini care să se complice. Sunt nişte fiare, care mai curând ar tăia capul victimei cu toporul decât să folosească o armă. Pentru tipii ăştia, două gloanţe trase în faţă reprezintă o intimidare pentru alţii. Crimele lor sunt sângeroase pentru că aşa le vor. Nu le pasă dacă lasă urme. N-ai cum să-i găseşti, pentru că se întorc în Mexic sau în Panama. Ori undeva în junglă.

– Dar scena crimei lui Russo a fost curată, adevărat? N-au rămas indicii.

– Da, dar Pfitzner a răspuns de anchetă.

– Tot nu înţeleg de ce nu l-aţi putut prinde pe Pfitzner, îi spun. Zici că ştiaţi că el proteja portul, depozita cocaina și îi apăra pe traficanţi – iar voi aveaţi informatori, printre care și Keith. De ce nu l-aţi putut sălta?

Duckworth inspiră adânc şi îşi împreunează mâinile la ceafă. Se uită în tavan, rămâne zâmbitor şi răspunde:

– Aceea a fost probabil cea mai mare dezamăgire a carierei mele. Chiar voiam să-l înhăţăm pe individ. Unul dintre noi, un om al legii, să fie pus pe luat bani şi să se dea de partea celor mai respingători oameni pe care-i poţi întâlni vreodată... Să contribui la aducerea cocainei în Atlanta, Birmingham, Memphis, Nashville și în tot sud-estul statului... Și puteam să facem asta. Ne infiltraserăm. Instrumentasem cazul. Aveam dovezi. E vorba de procurorul general din Jacksonville. Nu l-am putut face să se mişte suficient de repede ca să ducem cazul în faţa marelui juriu. A insistat să conducă ancheta şi nu ştia despre ce era vorba. Apoi a fost eliminat Russo. Încă mă gândesc la acel procuror general al statului. Mai târziu a candidat pentru Congres şi abia am aşteptat să votez împotriva lui. Din câte-am auzit recent, după aceea, cu faţa lui linguşitoare pe tot felul de afişe, a devenit vânător de ambulanţe[1].

– Şi spui că acest cartel încă există? îl întreabă Mazy.

– În mare parte – ori cel puţin exista când m-am pensionat eu. Am ieşit din sistem acum cinci ani.

– Bun, să discutăm despre cei care au ordonat uciderea lui Russo! spune Mazy. Unde se află acum?

– N-am idee. Sunt convins că unii au murit, alţii se află în închisoare, iar unii s-au retras în conacele pe care le-au cumpărat în jurul lumii. Iar unii încă se ocupă de traficul de droguri.

Duckworth se apleacă în faţă şi ia o gură de cafea. Stă îndelung pe gânduri, cântărind preocupările noastre. În cele din urmă, spune:

– Evident, nu pot face decât speculaţii. Ei stau cu ochii în patru, la un anumit nivel. Nu-l vor achitat pe Quincy Miller, asta în primul rând. Am o întrebare pentru voi, spune el, uitându-se la mine. În cazul în care clientul vostru este eliberat, cazul de crimă va fi redeschis?

– Probabil că nu. În aproape jumătate din cazurile noastre, am reuşit să identificăm adevăratul făptaş, în restul, nu. Cazul este vechi. Probele au dispărut. Aşa cum spui, adevăratul ucigaş o duce bine, undeva departe.

– Ori a murit, spune Duckworth. Asasinii de profesie n-au viaţă lungă în carteluri.

– Şi atunci, de ce ne urmăresc? întreabă Vicki.

– De ce n-ar face-o? Sunteţi uşor de urmărit. Petiţiile către tribunale ţin de domeniul public. De ce să nu fie la curent cu mersul lucrurilor?

– Ai auzit vreodată de un avocat din Miami, specializat în infracţiuni cu droguri, pe nume Nash Cooley? îl întreb apoi.

– Nu cred. E de la vreo firmă?

– Varick & Valencia.

---

[1] Avocat care caută clienţi printre cei vătămaţi în urma unor accidente rutiere sau de alt gen (n.tr.)

– Da, bineînţeles. Firma există de ani buni. E cunoscută în domeniu. De ce mă întrebi?

– Nash Cooley a fost în sala de judecată săptămâna trecută, când ne-am prezentat moţiunea.

– Deci îl cunoaşteţi?

– Nu, dar l-am identificat. A fost acolo cu un tip pe nume Mickey Mercado, unul dintre clienţii lui.

Fiind un poliţist adevărat, ar vrea să ne întrebe cum i-am identificat pe cei doi, dar nu insistă. Zâmbeşte şi spune:

– Mda, dacă aş fi în locul vostru, mi-aş lua măsuri de precauţie. E aproape sigur că stau cu ochii pe voi.

29

După părerea lui Steve Rosenberg, judecătoarea Marlowe are mai multă autoritate decât am crezut-o în stare. El crede că a făcut lobby la Curtea de Apel din Alabama, determinând-o să acţioneze într-un ritm ce ar putea fi considerat record. La mai puţin de două luni după audierea de la Verona, Curtea a aprobat în unanimitate cererea judecătoarei Marlowe de a se face testul ADN al celor șapte fire de păr pubian. Curtea de Apel a cerut ca testarea să fie plătită de biroul onorabilului judecător Chad Falwright. Doi detectivi de la poliţia statului duc probele la acelaşi laborator din Durham pe care l-am folosit și noi pentru a testa saliva lui Mark Carter. Mă uit la telefon vreme de trei zile, până când sună: un apel chiar de la onorata instanţă.

Cu o dicţie perfectă, fără niciun accent, și cu vocea feminină cea mai frumoasă pe care am auzit-o vreodată, ea spune:

– În fine, domnule Post, se pare că aţi avut dreptate. Clientul dumneavoastră a fost exclus prin testul ADN. Toate cele șapte fire de păr pubian i-au aparţinut cândva domnului Carter.

Mă aflu în biroul lui Vicki, iar faţa mea spune totul. Închid ochii un moment, în timp ce Vicki o îmbrăţişează în tăcere pe Mazy.

Doamna judecător continuă:

– Azi este marţi. Puteţi veni aici joi, pentru o audiere?

– Desigur. Și vă mulţumesc, doamnă judecător Marlowe.

– Nu-mi mulţumiţi mie, domnule Post. Sistemul nostru judiciar vă este enorm de recunoscător.

Acestea sunt momentele pentru care trăim. Peste mai puţin de două ore, statul Alabama ar fi ucis un om nevinovat. Duke Russell ar fi în mormânt dacă nu am exista noi, activitatea şi dăruirea noastră de a îndrepta condamnările nedrepte.

Însă vom sărbători asta ceva mai târziu. Plec imediat spre Alabama şi vorbesc non-stop la telefon. Bineînţeles, Chad nu vrea să vorbească şi e mult prea ocupat acum. Întrucât va încerca să încurce din nou lucrurile şi, nu în ultimul rând, este un tip incompetent, ne facem griji în legătură cu prinderea lui Mark Carter. Din câte ştim noi, Carter nu a aflat nimic despre testele ADN. Steve Rosenberg îl convinge pe procurorul general să îl apeleze pe Chad şi să îl silească să se conformeze. Totodată, procurorul general este de acord să înştiinţeze poliţia statului şi să ceară ca aceasta să stea cu ochii pe Carter.

*

Spre sfârşitul dimineţii de miercuri, Duke Russell stă întins pe patul lui îngust, acelaşi din ultimii zece ani, citind o carte de buzunar şi văzându-şi de treburile lui, când un gardian se uită printre gratii şi spune:

– Hei, Duke! E momentul să te cari de-aici, omule!

– Să mă car... unde?

– Acasă. O judecătoare vrea să te vadă în Verona. Pleci peste douăzeci de minute. Fă-ţi bagajul!

Gardianul vâră un rucsac ieftin printre gratii şi Duke se apucă să îşi strângă lucrurile: şosete, tricouri, boxeri, două perechi de adidaşi, obiecte de toaletă. Are şi opt cărţi de buzunar, dar cum le-a citit pe fiecare de cel puţin cinci ori, hotărăşte să le lase următorului ocupant al celulei. Acelaşi lucru e valabil şi pentru micul televizor alb-negru şi pentru ventilatorul rotativ. Când păşeşte afară din celulă încătuşat, dar fără lanţuri la picioare, camarazii lui ovaţionează şi aplaudă. Lângă uşa principală s-au strâns şi ceilalţi gardieni, ca să îl bată amical pe spate şi să îi ureze noroc. Câţiva dintre ei îl conduc afară, unde aşteaptă o furgonetă albă a închisorii. În timp ce părăseşte secţia ocupată de condamnaţii la moarte, refuză să privească în urmă. Ajunşi la clădirea administrativă a închisorii Holman, Duke este transferat într-o maşină de patrulare a comitatului, care porneşte imediat. După ce iese din închisoare, maşina se opreşte, iar adjunctul de şerif de pe scaunul din dreapta şoferului coboară. Deschide portiera din spate, îi desface cătuşele lui Duke şi îl întreabă dacă vrea ceva de mâncare. Duke îi mulţumeşte, dar refuză. Emoţiile copleşitoare i-au tăiat pofta de mâncare.

Patru ore mai târziu, ajunge la închisoarea comitatului, unde îl aştept împreună cu Steve Rosenberg şi cu un avocat din Atlanta. L-am convins pe şerif că Duke este pe cale de a fi eliberat, pentru că de fapt este nevinovat, astfel că omul cooperează. Ne permite să îi folosim biroul înghesuit pentru mica noastră întâlnire. Îi explic clientului meu ceea ce ştiu, dar nu îi spun totul. A doua zi, judecătoarea Marlowe va anula condamnarea şi va hotărî eliberarea lui. Idiotul de Chad ameninţă să reformuleze acuzaţiile nu doar împotriva lui Duke, ci şi împotriva lui Mark Carter. Noua lui teorie bizară este că amândoi au violat-o pe Emily Broone, apoi au ucis-o.

Cei doi nu s-au întâlnit în viaţa lor. Chiar dacă sună revoltător, acest lucru nu e surprinzător. Când sunt încolţiţi şi suferă, procurorii pot deveni deseori extrem de creativi, născocind noi teorii ca să dovedească vinovăţia cuiva. Faptul că numele lui Mark Carter nu a fost menţionat niciodată în urmă cu zece ani, la procesul lui Duke, va pune capăt acestei bazaconii. Judecătoarea Marlowe e pornită şi furioasă şi nici nu va dori să audă aşa ceva. Şi, pe de altă parte, procurorul general din Alabama exercită presiuni asupra lui Chad pentru a-l potoli.

Cu toate astea, el are puterea de a reformula acuzaţii, iar asta creează unele îngrijorări. L-ar putea aresta pe Duke la scurtă vreme după eliberare. În timp ce încerc să explic aceste chichiţe legale, clientul meu devine prea emotiv ca să poată vorbi. Îl lăsăm cu şeriful, care îl duce în cea mai elegantă celulă ca să îşi petreacă ultima noapte de captivitate.

Eu și Steve mergem cu mașina până la Birmingham ca să bem ceva cu Jim Bizko de la *Birmingham News*. Parcă a turbat auzind povestea, răspândind apoi vestea printre colegii lui. Ne-a promis că a doua zi va ieși un adevărat circ.

Luăm o cină târzie și găsim un motel ieftin, departe de Verona. Nu ne simțim în siguranță acolo. Victima are o familie numeroasă și are mulți prieteni. Iar noi am primit deja telefoane de amenințare. Și astea fac parte din meseria noastră.

*

Înainte de crăpatul zorilor, poliția statului îl arestează pe Mark Carter și îl duce la închisoarea dintr-un comitat alăturat. Șeriful ne spune asta imediat ce intrăm în tribunal ca să ne pregătim pentru audiere. În timp ce așteptăm – și pe măsură ce apar o mulțime de oameni –, mă uit pe fereastră și văd în fața tribunalului care de transmisie ale unor posturi de televiziune, vopsite în culori vii. La ora 8.30, Chad Falwright sosește cu mica lui gașcă și ne spune bună dimineața. Îl întreb dacă are în plan să îl dea din nou în judecată pe clientul meu. Îmi zâmbește mieros și spune că nu. E înfrânt definitiv, iar la un moment dat în cursul serii precedente, probabil după o discuție încordată cu procurorul general al statului, a hotărât să o lase baltă.

Duke sosește cu o escortă de polițiști în uniforme și e numai un zâmbet. Poartă o geacă de culoare bleumarin, mult prea mare pentru el, o cămașă albă și o cravată cu nodul cât un pumn. Arată splendid și deja savurează momentul. Mama lui stă în primul rând de bănci din spatele nostru, împreună cu cel puțin vreo douăsprezece rude. Dincolo de interval, Jim Bisko stă alături de câțiva reporteri. Judecătoarea Marlowe permite doar fotografii, nu și filmări, iar aparatele foto scot clicuri repetate.

Ea apare pe scaun exact la ora nouă și ne spune bună dimineața.

– Înainte de a începe, vă spun că șeriful Pilley m-a rugat să informez publicul și presa că un cetățean al acestui comitat, un bărbat pe nume Mark Carter, a fost arestat în această dimineață la domiciliul său din Bayliss, fiind acuzat de violarea și uciderea lui Emily Broone. A rămas în custodie și va apărea în această sală de tribunal peste aproximativ o oră. Domnule Post, cred că aveți de prezentat o moțiune.

Zâmbind, mă ridic și spun:

– Da, onorată instanță. În numele clientului meu, Duke Russell, solicit să fie anulată condamnarea dată în cazul lui, iar el să fie eliberat imediat.

– Și care este baza acestei moțiuni?

– Testarea ADN, onorată instanță. Am obținut testarea ADN a celor șapte fire de păr pubian de la locul faptei. Domnul Russell este exclus. Toate cele șapte fire provin de la domnul Carter.

– Și, din câte am înțeles, domnul Carter a fost ultima persoană văzută împreună cu victima, cât era încă în viață, adevărat?

Mă întreabă asta și se uită urât la Chad.

– Întocmai, onorată instanță, spun, reținându-mi bucuria. Iar domnul Carter nu a fost nicio clipă suspectat de către poliție sau de către procuror.

– Vă mulțumesc. Domnule Falwright, vă opuneți acestei moțiuni?

Omul se ridică și spune aproape în șoaptă:

– Acuzarea nu se opune.

Ea răsfoiește câteva hârtii și pare să nu se grăbească. În cele din urmă, spune:

– Domnule Russell, vă rog să vă ridicați!

Duke se ridică și se uită la ea cu un aer uimit. Judecătoarea își drege glasul și spune:

– Domnule Russell, condamnarea dumneavoastră pentru acuzațiile de viol și omor sunt anulate și respinse. Pentru totdeauna – și nu pot fi invocate din nou. Evident, nu am participat la procesul dumneavoastră, dar consider un privilegiu să mă ocup astăzi de achitarea dumneavoastră. S-a produs o gravă eroare judiciară și ați plătit scump pentru asta. Aţi fost condamnat pe nedrept de statul Alabama şi aţi executat zece ani de închisoare. Ani care nu pot fi restituiţi. În numele statului, declar că îmi pare rău şi îmi dau seama că scuzele mele nu pot vindeca suferinţele dumneavoastră. Cu toate acestea, sper că într-o bună zi vă veţi aminti de aceste scuze şi veţi găsi o oarecare alinare. Vă doresc o viaţă lungă şi fericită şi să lăsaţi în urmă acest coşmar. Domnule Russell, sunteţi liber să plecaţi!

Din spatele nostru răsună icnete şi ţipete când membrii familiei lui aud aceste vorbe. Duke se apleacă în faţă şi îşi lasă ambele mâini pe masă. Eu mă ridic şi îmi las un braţ pe umărul lui, în timp ce el suspină. Cu această ocazie observ cât de firav şi slab este în haina sport a altcuiva.

Chad iese grăbit pe uşă ca să scape, prea laş ca să se apropie de Duke şi să îşi ceară şi el scuze. Probabil că îşi va petrece restul carierei minţind despre faptul că Duke a scăpat datorită unor aspecte tehnice.

Când ieşim din tribunal, ne trezim cu mai multe camere de luat vederi în faţă şi răspundem la întrebări. Duke vorbeşte foarte puţin. Nu vrea decât să plece acasă şi să mănânce costiţe făcute la grătar cu unchiul lui. Nici eu nu am prea multe de spus. Cei mai mulţi avocaţi visează asemenea momente, dar pentru mine gustul victoriei este amărui. Pe de o parte, simt o imensă satisfacţie pentru că am salvat de la moarte un om nevinovat. Însă, pe de altă parte, mă simt furios şi frustrat din cauza unui sistem care permite condamnări pe nedrept. Aproape toate ar putea fi evitate.

De ce ar fi de aşteptat să sărbătorim după ce un om nevinovat este eliberat?

Trec prin mulţime şi merg cu clientul meu până într-o cameră mică în care ne aşteaptă Jim Bizko. I-am promis un interviu exclusiv, astfel că eu şi Duke ne descărcăm sufletele. Bizko începe cu întrebări despre salvarea miraculoasă de călău din urmă cu şapte luni, iar curând râdem când vorbim despre ultima masă a lui Duke şi despre eforturile lui disperate de a termina de mâncat friptura şi felia de tort înainte de a se întoarce în celulă. Hohotele de râs ne fac bine și vin ușor, la fel ca și lacrimile.

*

După o jumătate de oră, îi părăsesc și mă întorc în sala de tribunal, unde mulțimea umblă de colo până colo și așteaptă următorul act al dramei. Judecătoarea Marlowe se așază pe scaun și toată lumea o imită. Ea face semn din cap și un executor judecătoresc deschide o ușă laterală. Încătușat și purtând salopeta standard de culoare oranj, apare Mark Carter. Aruncă o privire în jur, vede mulțimea, își găsește familia în primul rând, apoi se uită în altă parte. Se așază pe un scaun la masa apărării și coboară ochii, de parcă încălțămintea i-ar reține atenția.

Judecătoarea Marlowe se uită la el și îl întreabă:

– Sunteți Mark Carter?

El încuviințează din cap.

– Vă rog să vă ridicați când mă adresez dumneavoastră și să răspundeți clar.

Împotriva voinței lui, se ridică în picioare ca și cum ar fi stăpân pe situație și în acele momente.

– Da, sunt.

– Aveți un avocat?

– N-am.

– Vă puteți permite unul?

– Depinde cât de mult mă va costa.

– Prea bine. Voi numi unul acum și îl veți întâlni la închisoare. Revenim aici săptămâna viitoare și mai facem o încercare. Între timp, veți fi reținut fără posibilitatea de plată a unei cauțiuni. Luați loc!

Se așază, iar eu înaintez spre masa apărării. Mă aplec și, cu glas scăzut, spun:

– Bună, Mark, sunt tipul care te-a sunat în noaptea în care Duke era cât pe ce să fie executat. Îți amintești discuția aceea?

Se holbează la mine și, cum este încătușat și nu mă poate lovi cu pumnul, pare să fie dispus să mă scuipe în față.

– În fine, ţi-am spus că eşti un gunoi şi un laş, lăsând pe altcineva să moară pentru crima pe care tu ai comis-o. Şi ţi-am promis că ne vom revedea la tribunal.

– Cine eşti tu? se răsteşte el.

Un executor judecătoresc se deplasează spre noi, astfel că mă retrag.

*

În cursul unei scurte ceremonii, personalul de la Guardian prinde pe perete o fotografie color, înrămată, a lui Duke Russell, alături de cele ale celorlalţi opt graţiaţi. E un portret frumos, pentru care am plătit. Clientul nostru a pozat în aer liber, la casa mamei lui, stând rezemat de un gard şi având alături o undiţă. Un zâmbet larg. Faţa mulţumită a unui om fericit că şi-a recăpătat libertatea, fiind încă destul de tânăr ca să se bucure de o altă viaţă mai departe. O viaţă pe care noi i-am adus-o.

Facem o pauză şi ne batem amical pe spate, apoi ne întoarcem la treabă.

30

Quincy își închipuie că mă aflu acolo pentru că sunt avocatul lui, iar o parte a sarcinii mele este să-mi văd clienții atunci când mi se oferă prilejul. E a patra vizită a mea și îi spun ultimele noutăți. Bineînțeles că n-am încă nimic de la judecătorul Plank, dar Quincy nu înțelege de ce nu putem depune o plângere ca să o determinăm pe bătrâna fosilă să întreprindă ceva. Îi descriu apariția lui Zeke Huffey în instanță și îi transmit scuzele individului pentru că a contribuit la trimiterea lui Quincy în închisoare pentru restul vieții. Quincy rămâne de neclintit. Omorâm două ore discutând despre aceleași lucruri bine știute.

După ce plec de la închisoare, mă îndrept spre sud pe un drum de comitat care curând devine o șosea cu trei benzi pe sens spre Orlando, de care mă apropii. Privitul în oglinzile retrovizoare a devenit deja un obicei pe care îl detest, dar nu mă pot înfrâna. Știu că nu există nimeni care să mă urmărească. Dacă sunt ascultat și supravegheat, oamenii aceia nu ar apela la o metodă atât de învechită. Ar putea intercepta telefoane și computere și Dumnezeu știe ce altceva, dar nu și-ar pierde vremea urmărindu-mă pe unde merg cu micul meu Ford SUV. Ies rapid pe o șosea aglomerată, apoi mai fac un viraj și ajung într-o parcare uriașă de la un mall dintr-o suburbie. Parchez între două mașini, intru ca un cumpărător oarecare și merg cel puțin opt sute de metri până la un magazin care vinde produse Nike, unde ajung exact la ora 2.15. Găsesc un raft cu tricouri pentru alergări. Tyler Townsend așteaptă de cealaltă parte a raftului. Are pe cap o şapcă de golf de la un club de ţară şi poartă o pereche de ochelari cu rama din baga, fără dioptrii.

Privind în jur, îmi spune cu glas reţinut:

– Sper că e de bine.

Examinez un tricou şi spun:

– Am văzut duşmanul. Şi cred că trebuie să ştii şi tu despre asta.

– Te ascult, spune el fără să se uite la mine.

Îi povestesc despre audierea în faţa judecătorului Plank, despre apariţia lui Nash Cooley şi a lui Mickey Mercado şi despre eforturile lor stângace de a evita să fie văzuţi împreună. Lui Tyler îi sunt necunoscute numele lor.

Un puşti zâmbitor se apropie de noi şi ne întreabă dacă avem nevoie de ajutor. Politicos, îi fac semn să ne lase în pace.

Îi prezint lui Tyler toate datele pe care le avem despre Mercado şi Cooley. Apoi îi spun pe scurt ce ne-a povestit Len Duckworth despre DEA şi cartel.

– Ai bănuit că Russo era informator, adevărat? îl întreb.

– Ei bine, a fost ucis dintr-un anumit motiv. Ori l-a ucis soţia ca să încaseze asigurarea de viaţă, lucru pe care nimeni nu l-a crezut cu adevărat, ori s-a amestecat prea mult cu clienţii lui dubioşi. Eu am crezut încă de la început că a fost lovitura dată de banda de traficanţi de droguri. Aşa îi tratează pe trădători, la fel ca pe cei doi băieţi pe care i-am văzut în Belize – ori unde s-a întâmplat asta. Post, mai ţii minte fotografia aceea? Eu, pe tiroliană?

– Mă gândesc mereu la ea.

– La fel şi eu. Ascultă, Post, dacă ăştia stau cu ochii pe tine, nu mai suntem amici. Nu vreau să te mai văd în viaţa mea. Face un pas înapoi şi se uită pătrunzător la mine. Nimic, Post, auzi? Niciun contact.

Dau din cap şi spun:

– Am înţeles.

Ajuns la uşă, verifică mallul, de parcă ar putea vedea doi ucigaşi cu puşti, apoi se îndepărtează cât de nonşalant poate. Iuţeşte paşii şi curând dispare, iar eu îmi dau seama cât de mult îl îngrozeşte trecutul.

Întrebarea este: „Cât de îngroziți ar trebui să fim noi de prezent?"
Răspunsul ne sosește câteva ore mai târziu.

*

Ne alegem cazurile cu mare grijă, iar odată porniți la drum, investigăm și intentăm procese, dându-ne toată sârguința. Scopul nostru este să descoperim adevărul și să obținem achitări pentru clienții noștri, lucru pe care l-am reușit de nouă ori în ultimii doisprezece ani. Cu toate acestea, niciodată n-am crezut că eforturile noastre de a salva un client ar putea provoca moartea lui.

*

A fost o încăierare tipică pentru închisori, purtând toate semnele unei ambuscade, și, drept urmare, va fi dificil să descoperim adevărul. Chiar dacă depun mărturie, martorii nu pot fi luați în serios. De cele mai multe ori, gardienii sunt aproape orbi. Administrațiile penitenciarelor au toate motivele să mușamalizeze lucrurile și să prezinte situația într-un mod cât mai favorabil pentru ele.

În acea dimineață, la scurtă vreme după ce îmi luasem rămas-bun de la el, Quincy a fost atacat de doi bărbați pe o pasarelă aflată între un atelier și o sală de gimnastică. A fost înjunghiat cu un obiect ascuțit și lovit grav cu niște instrumente dure, apoi lăsat acolo ca să moară. Un gardian a trecut în cele din urmă pe acolo, l-a văzut zăcând într-o baltă de sânge și a dat alarma. Quincy a fost dus cu o ambulanță la cel mai apropiat spital, iar de acolo, transportat la Spitalul Mercy din Orlando. Testele au evidențiat o fractură craniană, o inflamație a creierului, o fractură de mandibulă, o fractură de umăr și de claviculă, dinți sparți, plus trei răni adânci prin înjunghiere. I s-a administrat un litru și jumătate de sânge și a fost dus la reanimare. Când, în cele din urmă, închisoarea ne-a contactat biroul din Savannah, Vicki a fost informată că el era în stare „critică" și că nu existau prea multe șanse de supraviețuire.

Mă aflam pe șoseaua de centură a orașului Jacksonville când Vicki m-a sunat ca să îmi dea vestea. Am făcut uitate toate celelalte lucruri care mă frământau în acel moment și m-am întors. Practic, Quincy nu are familie. Iar în acest moment are nevoie de avocatul lui.

*

Mi-am petrecut jumătate din carieră umblând prin penitenciare și cultura violentă de acolo îmi este cunoscută, dar asta nu m-a călit, pentru că oamenii închiși inventează mereu noi modalități de a-și face rău unii altora.

Dar nu m-am gândit niciodată la posibilitatea ca un caz de nevinovăție să fie răsturnat din interiorul unei închisori prin eliminarea unui potențial achitat. Sclipitoare mișcare!

În cazul în care Quincy moare, închidem dosarul și mergem mai departe. Asta nu este o politică instituită la Guardian, pentru că nu ne-am confruntat niciodată cu un asemenea deces, însă cum avem un șir nesfârșit de cazuri din care să alegem, nu putem justifica timpul pentru a obține achitarea postumă a cuiva. Sunt convins că autorii știu asta. Oricine ar fi ei. Ca să îmi continui monologurile lungi cât timp mă aflu la volan, mă gândesc că i-aș putea bănui pe cei din banda Saltillo sau pe alții ca ei. Însă „ei" sună mai bine.

Înseamnă că urmăresc acțiunile noastre din tribunale. Probabil că ne urmăresc ocazional, poate ne interceptează și trag cu urechea. Și sigur știu despre noi și despre recenta noastră victorie din Alabama. Știu că avem antecedente, că ne pricepem să administrăm un proces și că suntem tenace. De asemenea, ei știu că nu Quincy l-a ucis pe Keith Russo și nu le place că noi căutăm adevărul. Nu vor să ne înfrunte direct, nici să ne sperie sau să ne intimideze, cel puțin deocamdată, pentru că asta ar confirma existența lor, ceea ce i-ar sili probabil să comită încă o crimă, lucru pe care vor să îl evite. Un incendiu, o bombă ori un glonț ar crea un deranj prea mare și ar lăsa urme.

Cel mai ușor mod de a stopa investigația este să îl elimine pe Quincy. Comandă un atac din interiorul închisorii, unde au deja prieteni sau cunosc niște tipi duri, care pot executa ordinul pentru bani sau favoruri. Crimele din închisori sunt oricum obișnuite.

Rareori îmi pierd vremea cercetând antecedentele din închisoare ale clienților mei. Întrucât sunt nevinovați, manifestă tendința de a se comporta decent, evită bandele și drogurile, urmează orice curs educativ care le este pus la dispoziție, lucrează, citesc și îi ajută pe alți deținuți. Quincy a absolvit liceul în Seabrool în 1978, dar nu și-a putut permite să urmeze colegiul. Nu are la activ încălcări grave ale disciplinei de închisoare. Nu mi-l imaginez pe Quincy făcându-și dușmani. Merge la sală, a învățat karate și, în general, se poate apăra. Ar fi nevoie de mai mult decât un tânăr viguros ca să îl doboare, de aceea pariez că, înainte de a fi pus la pământ, a provocat și el ceva vătămări.

Stând în traficul din Orlando, telefonez la închisoare și cer să discut cu directorul. N-am nicio șansă să accepte, dar țin ca el să știe că voi ajunge acolo cât de curând. Au vreo douăsprezece telefoane. Vicki îi pisează pe cei de la spital, solicitând informații. Obține puține și mi le transmite. Îl sun pe Frankie și îi spun să se îndrepte spre sud. Într-un târziu, îl găsesc pe Marvis, fratele lui Quincy, care lucrează în construcții în Miami, dar el nu poate pleca de acolo. E singura rudă căreia îi pasă de Quincy și l-a vizitat cu regularitate în ultimii douăzeci și trei de ani. E cutremurat și vrea să știe cine i-ar face așa ceva lui Quincy. Nu am ce să i răspund.

De obicei, gulerul de preot mă ajută în spitale, de aceea mi-l pun imediat ce ajung în parcare. Terapia intensivă e la etajul unu și mă strecor curajos pe lângă o asistentă ocupată. Doi tineri imenși – unul alb, celălalt negru – stau pe taburete alături de o încăpere cu pereți din sticlă.

Sunt gardieni și poartă uniformele urâte, cafenii, pe care le-am văzut la Penitenciarul Corecțional Garvin. Sunt plictisiți și se simt nelalocul lor acolo. Decid să fiu amabil și mă prezint ca fiind avocatul lui Quincy.

Lucru deloc surprinzător, cei doi nu știu aproape nimic. Nu au fost de față în momentul atacului și nu au văzut victima decât după ce a ajuns în ambulanță; li s-a ordonat să o urmeze și să ia măsuri pentru ca deținutul să fie în siguranță.

Quincy Miller e în siguranţă, bineînţeles. E legat de un pat înalt din mijlocul încăperii, înconjurat de tuburi, monitoare, perfuzii şi aparate. Un ventilator zumzăie şi pompează oxigen printr-un tub de traheotomie şi îl menţine în viaţă. Are faţa acoperită cu bandaje prin care ies diverse tuburi.

Gardianul alb îmi spune că, în ultimele două ore, Quincy a intrat în stop cardiac de trei ori. Medicii şi asistentele au venit în goană din toate direcţiile. Gardianul de culoare confirmă şi mai spune că, după părerea lui, e doar o chestiune de timp.

Mica noastră discuţie se stinge din lipsă de alte subiecte. Băieţii ăştia nu ştiu dacă e cazul să doarmă pe podea, să găsească un motel sau să se întoarcă la închisoare. Biroul de acolo e închis şi nu îşi găsesc şeful. Fac remarca subtilă că deţinutul nu va pleca de acolo pe picioarele lui.

Din întâmplare, apare un doctor şi observă gulerul meu. Ne retragem ca să discutăm discret. În cât mai puţine cuvinte, încerc să îi explic că pacientul nu are familie, că a stat în închisoare douăzeci şi trei de ani pentru o crimă comisă de altcineva şi că, în calitate de avocat al lui, mă simt oarecum răspunzător. E grăbit şi nu simte nevoia să audă toate astea. Spune că pacientul are răni multiple, cea mai gravă fiind un traumatism cerebral. Folosind pentobarbital, medicii i-au indus coma pentru a slăbi presiunea asupra creierului. Dacă va supravieţui, îl aşteaptă o mulţime de intervenţii chirurgicale. Falca superioară, partea stângă, claviculele şi umărul stâng se pot reconstrui. Poate şi nasul. O împunsătură de cuţit i-a perforat un plămân. S-ar putea ca ochiul stâng să îi fie grav afectat. În etapa de început, nu se poate preciza nivelul de vătămare cerebrală, deşi ea va fi „considerabilă – dacă supravieţuieşte".

Needucat în medicină, am impresia că doctorul derulează în minte o listă a rănilor lui Quincy – şi, cum el va muri oricum, de ce să le numească pe toate?

Îl întreb ce şanse are, iar el ridică din umeri şi spune:

– Una dintr-o sută.

Ca un jucător de noroc de la Las Vegas.

*

După căderea întunericului, amicii mei în uniforme s-au săturat să tot aștepte și să nu facă nimic. Sunt iritați că stau în calea tuturor și nu mai au chef să vadă încruntările asistentelor, nici să păzească un deținut care oricum nu poate evada. Pe de altă parte, le e foame și, judecând după taliile lor masive, cu ora lor de masă nu e de joacă. Îi conving că plănuiesc să îmi petrec noaptea în sala pentru vizitatori, iar dacă i se întâmplă ceva lui Quincy, îi voi anunța telefonic. Îmi iau rămas-bun de la ei promițându-le că deținutul lor este închis peste noapte.

Nu există fotolii sau scaune comode în apropierea paturilor de la reanimare. E normal să treci pe acolo ca să arunci o privire sau să schimbi o vorbă cu cel drag, dacă e capabil să vorbească, însă asistentele sunt foarte agresive și vor ca în acel loc să fie întuneric și cât se poate de multă liniște.

Îmi fac un culcuș în golul de după colț și încerc să citesc. Cina o iau de la un aparat automat cu mâncare, ceva absolut submediocru. Moțăi, descarc un maldăr de e-mailuri și mai citesc. La miezul nopții, intru tiptil în camera lui Quincy. Electrocardiograma lui provoacă îngrijorare, astfel că în jurul patului e o echipă întreagă.

Acesta ar putea fi sfârșitul. Într-un fel, așa sper. N-aș vrea să moară, dar nici nu aș vrea să trăiască în stare de legumă. Alung aceste gânduri și rostesc o rugăciune pentru el și pentru echipa lui medicală. Mă retrag într-un colț și îi urmăresc prin peretele din sticlă pe doctorii și pe asistentele care lucrează cu disperare ca să salveze viața unui om pe care statul Florida s-a străduit din răsputeri să îl ucidă. Un nevinovat căruia un sistem corupt i-a răpit libertatea.

Mă chinuiesc să îmi controlez emoțiile și mă întreb: Guardian se face oare răspunzătoare de asta? Quincy s-ar fi aflat aici dacă am fi refuzat să îi preluăm cazul? Nu, n-ar fi fost. Visul lui de a fi liber, precum și dorința noastră de a-l ajuta l-au făcut să devină o țintă.

Îmi îngrop fața în palme și plâng.

31

În holul de la secţia de terapie intensivă sunt două canapele, dar niciuna dintre ele nu a fost concepută pentru ca un adult să poată dormi prea mult. Pe cea în faţa căreia m-am aşezat stă o femeie al cărui adolescent a suferit răni cumplite în urma unui accident de motocicletă. M-am rugat împreună cu ea de două ori. Mă chinuiesc să aţipesc pe canapeaua mea cu o pernă şi dorm sănătos până la trei dimineaţa, când mă gândesc la ceva ce ar fi trebuit să fie evident mai devreme. În camera cu lumină difuză, mă ridic în capul oaselor şi îmi zic: „Bravo! Mare dobitoc eşti! De ce nu te-ai gândit la asta până acum?“

Presupunând că atacul împotriva lui Quincy a fost comandat de cineva din afară, atunci nu e într-un pericol mai mare aici decât în închisoare? Oricine poate să intre în spital, să ia liftul până la etajul unu, să treacă nonşalant pe lângă asistentele de la recepţia secţiei de reanimare, spunând o poveste plauzibilă, şi să ajungă imediat în camera lui Quincy.

Mă calmez şi îmi recunosc paranoia. Nu există asasini pe drum, întrucât „ei“ cred că l-au terminat deja pe Quincy. Şi asta pe drept cuvânt.

Îmi este imposibil să mai adorm. În jurul orei 5.30, un doctor şi o asistentă vin pe hol şi stau de vorbă încet cu mama băiatului. Fiul ei a murit în urmă cu douăzeci de minute. Cum sunt singurul preot aflat în apropiere, mă trezesc târât în această dramă. Cei doi mă lasă ţinând-o de o mână, iar ea le telefonează rudelor.

Quincy se agață de viață. Tura de dimineață începe devreme și discut cu un alt doctor. Nu au apărut schimbări și sunt puține speranțe. Cred că acest client al meu ar putea fi în pericol, îi explic eu. A fost atacat de niște oameni care au vrut să îl ucidă – nu a fost o încăierare obișnuită dintr-o închisoare –, iar spitalul trebuie să fie înștiințat în legătură cu acest lucru. Îl rog să anunțe personalul și pe cei care răspund de măsurile de securitate. Pare să înțeleagă, dar nu-mi promite nimic.

La ora șapte, o sun pe Susan Ashley de la Central Florida Innocence Project și îi povestesc despre Quincy. Analizăm diverse idei vreme de o jumătate de oră și convenim că ar trebui înștiințați cei de la FBI. Ea știe pe cine să sune. Discutăm și despre strategia de a merge la tribunalul federal pentru a da în judecată statul Florida și Departamentul Corecțional. Vom cere emiterea imediată a unui ordin prin care să i se ceară directorului de la Penitenciarul Garvin să investigheze atacul și să pună la dispoziție dosarele. O apelez pe Mazy și discutăm pe aceeași temă. Ca de obicei, se arată precaută, dar nu se sfiește niciodată când este vorba de a apărea într-un tribunal federal. O oră mai târziu, Mazy, Susan, Ashley și cu mine purtăm o discuție gen conferință și hotărâm să nu întreprindem nimic vreme de câteva ore. Întreaga strategie se va schimba în cazul morții lui Quincy.

Mă aflu pe hol și vorbesc la telefon când un doctor mă vede și se apropie. Pun capăt convorbirii și îl întreb ce se petrece.

Îmi spune cu un aer grav:

– Electrocardiograma arată o scădere constantă a activității cerebrale. S-a diminuat și ritmul cardiac, ajungând la douăzeci de bătăi pe minut. Ne apropiem de sfârșit și trebuie să discutăm cu cineva.

– Despre eutanasiere?

– Nu e chiar termenul medical, dar merge și așa. Spuneați că nu are familie.

– Are un frate care se străduiește să ajungă aici. Bănuiesc că el hotărăște.

– Domnul Miller e deţinut al statului, corect?

– E deţinut într-o închisoare de stat, mai precis, de peste douăzeci de ani. Vă rog să nu-mi spuneţi că directorul închisorii va fi acela care va hotărî.

– Ba da, în absenţa unui membru al familiei.

– Ei, drace! Dacă direcţia închisorii ajunge să eutanasieze pe cineva, atunci niciun deţinut nu se va mai simţi în siguranţă. Să-l aşteptăm pe fratele lui, bine? Sper să ajungă aici pe la amiază.

– De acord. Poate vă gândiţi să-i acordaţi ultima împărtăşanie.

– Sunt preot episcopal, nu catolic. La noi nu se face ultima împărtăşanie.

– Mda, atunci faceţi tot ce puteţi înainte ca el să moară.

– Mulţumesc.

Când doctorul se îndepărtează, îi văd pe cei doi gardieni coborând din lift și îi salut ca pe niște vechi prieteni. Au revenit ca să piardă încă o zi, neavând nimic altceva de făcut decât să stea degeaba. Ieri i-am socotit total inutili, dar acum mă bucur să îi văd. Avem nevoie de mai mulţi oameni în uniforme aici.

Le propun să luăm dejunul în cafeneaua de la subsol pe banii mei și cred că ei n-au refuzat niciodată ceva de mâncare. Cât mâncăm gofre și cârnaţi, reușesc să vorbească în râs despre propriile probleme. Directorul închisorii i-a sunat dis-de-dimineaţă ca să îi ia la întrebări. Era furios pentru că îl lăsaseră nesupravegheat pe deţinut fără aprobare. Acum sunt trecuţi amândoi pe o perioadă de probă de treizeci de zile și vor fi depunctaţi la caracterizarea anuală.

N-au auzit zvonuri despre atac și, atâta vreme cât trebuie să rămână în spital fără să facă nimic, nu vor afla mare lucru. Cu toate astea, locul în care a fost atacat Quincy este cunoscut ca fiind una dintre puţinele zone ale închisorii nemonitorizate de camere de supraveghere. Acolo au avut loc și alte atacuri. Mosby, gardianul de culoare, spune că auzise de Quincy cu mulţi ani în urmă, după care fusese transferat în alt sector. Crabtree, gardianul alb, nu a auzit de el, dar, la urma urmelor, la Garvin sunt două mii de deţinuţi.

Deși știu foarte puține lucruri, se bucură de importanța ce li se acordă pentru că au oarecare legătură cu un eveniment atât de captivant. Mă confesez lor, spunându-le că, după părerea mea, atacul a fost comandat din afară și că deținutul Quincy a devenit o țintă și mai ușoară, ce trebuie protejată.

Când ne întoarcem la secția de terapie intensivă, găsim doi agenți de securitate făcându-și de lucru și încruntându-se către oricine, ca și cum dincolo de geam s-ar afla președintele țării. Acum există acolo patru tineri înarmați în misiune și, cu toate că, dacă ar juca baseball, niciunul dintre ei nu ar putea sprinta spre prima bază fără să se prăbușească la pământ, prezența lor e liniștitoare. Discut cu un doctor care îmi spune că nu s-a schimbat nimic, astfel că plec din spital înainte de a fi întrebat dacă aparatele care îl țin în viață pe Quincy ar trebui oprite.

Găsesc un motel ieftin, fac un duș, mă spăl pe dinți, mă schimb parțial de haine, apoi pornesc în goană spre Garvin. Susan Ashley a sâcâit-o pe secretara directorului fără succes. Planul meu de a da buzna în biroul lui ca să cer răspunsuri este blocat la punctul de verificare, unde mi se interzice accesul în penitenciar. Îmi fac de lucru vreo oră și ameninț pe oricine care este dispus să mă asculte, dar e cu totul inutil. Închisorile sunt sigure din multe motive.

Revenit la spital, flecăresc cu o asistentă cu care am mai flirtat, iar ea îmi spune că semnele vitale ale lui Quincy s-au îmbunătățit ușor. Iar Marvis, fratele lui, nu își poate părăsi slujba din Miami. Și nimeni din personalul închisorii nu răspunde la apelurile mele.

Pentru prânz, dăm cu banul și Mosby câștigă. Crabtree comandă un sandvici cu șuncă și brânză și rămâne acolo ca să îl protejeze pe Quincy. Eu și Mosby coborâm la cafenea și ne încărcăm tăvile cu ce a mai rămas din lasagna și legume direct din caserole. E cam aglomerație, astfel că ne îngrămădim la ultima masă rămasă liberă, care îl apasă pe stomac. Are doar treizeci de ani și e supraponderal – aș vrea să îl întreb cât de masiv ar vrea să devină în următorii zece ani. Sau în următorii douăzeci? Își dă seama că, în ritmul în care se îngrașă, va fi diabetic la vârsta de patruzeci de ani? Însă, ca de obicei, păstrez astfel de întrebări doar pentru mine.

El se arată interesat de activitatea noastră și se uită mereu la gulerul meu. De aceea îl delectez cu povești ușor înfrumusețate despre oamenii pe care i-am scos din închisori. Îi vorbesc despre Quincy și îi susțin nevinovăția. Mosby lasă impresia că mă crede, deși practic asta îl lasă rece. E doar un puști de la țară care lucrează pentru doisprezece dolari pe oră pentru că are nevoie de slujba asta. De fapt, o detestă – urăște faptul că lucrează în spatele unor garduri din sârmă ghimpată, urăște pericolul de a se ocupa de criminali care inventează tot timpul planuri de evadare, detestă birocrația și nenumăratele reglementări, urăște violența, îl urăște pe director, precum și stresul permanent. Și totul pentru doisprezece dolari pe oră. Soția lui curăță birouri, în timp ce mama ei se ocupă de cei trei copii ai lor.

Vicki a găsit trei articole despre gardieni corupți de la Garvin. În urmă cu doi ani, opt au fost concediați pentru vânzare de droguri, votcă, articole pornografice și diverse alte lucruri preferate de deținuți, cum ar fi telefoane mobile. Un deținut a fost prins cu patru telefoane pe care le vindea cu bucata. El a mărturisit că vărul lui le fura și mituia un gardian ca să le strecoare în penitenciar. Unul dintre gardienii concediați afirmase: „Nu putem trăi cu doisprezece dolari pe oră, așa că trebuie să mai facem câte ceva".

La desert – plăcintă cu ciocolată pentru el, cafea pentru mine –, spun:

– Ascultă, Mosby! Am fost în peste o sută de închisori, așa că am învățat câte ceva. Și știu că cineva a văzut când Quincy a fost atacat. Corect?

Încuviințează din cap și spune:

– Mai mult decât probabil.

– Pentru ceva cu adevărat nasol, un viol sau o înjunghiere, trebuie să găsești gardianul potrivit care să se uite în altă parte, corect?

Zâmbește și continuă să dea din cap. Insist:

– Anul trecut au fost două omoruri la Garvin. S-a întâmplat vreunul în tura ta?

– Nu.

– Şi i-au prins pe făptaşi?

– În primul caz, da. Cel de-al doilea s-a ales cu beregata tăiată în timp ce dormea. Încă nu s-a rezolvat nimic şi probabil că aşa va rămâne.

– Ascultă, Mosby, pentru mine este important să descopăr cine l-a atacat pe Quincy. Şi ştii al naibii de bine că au fost amestecaţi cel puţin doi gardieni. Pariez că unul s-a făcut că nu vede nimic în timpul atacului. Am dreptate?

– Probabil. Ia o îmbucătură şi se uită în altă parte. După ce înghite, spune: Post, în închisoare, totul e de vânzare. Ştii asta.

– Mosby, vreau nume. Numele celor care l-au stâlcit în bătaie pe Quincy. Cât m-ar costa asta?

Se apleacă şi se străduieşte să îşi sugă burta.

– Nu ştiu nume, jur. Aşa că va trebui să le aflu şi să-l plătesc pe cel care mi le va da. Înţelegi ce spun. Nici mie nu mi-ar strica nişte bani în plus.

– Sigur, dar ţin să-ţi aduc aminte că noi suntem o organizaţie nonprofit şi nu avem bani.

– Aveţi cinci mii de dolari?

Mă încrunt, ca şi cum mi s-ar cere un milion, însă cinci mii e preţul corect. Unii dintre deţinuţii din lanţul bârfelor sunt oameni care gândesc în funcţie de lucrurile de bază: hrană mai bună, droguri, un nou televizor color, câteva prezervative, hârtie igienică mai moale. Alţii sunt gardienii care au nevoie de câte o mie de dolari pentru a-şi repara maşinile.

– Probabil, spun eu. Dar asta trebuie să se întâmple repede.

– Şi ce vei face cu numele lor? mă întreabă el, în timp ce înfulecă ultima bucată de plăcintă.

– Ce-ţi pasă? Probabil e vorba de doi condamnaţi pe viaţă, care se vor alege cu pedepse suplimentare.

– Tot ce se poate, spune el cu gura plină.

– Deci, facem târgul? Tu începi să faci săpături, iar eu încerc să găsesc nişte bani.

– S-a făcut.

– Şi să păstrăm discreţia, Mosby. N-aş vrea ca Crabtree să-şi vâre nasul în treaba asta. Pe de altă parte, va vrea şi el o parte din onorariu, corect?

– Corect. Şi nici nu-s sigur că pot avea încredere în el.

– Nici eu nu cred că aş avea încredere în el.

Revenim la terapie intensivă şi îi dau lui Crabtree sandviciul cerut. Stă alături de un poliţist al oraşului Orlando, un tip foarte vorbăreţ, care ne spune că a primit ordin să stea pe acolo câteva zile. Văd destui oameni în uniformă foindu-se prin jur şi încep să mă simt mai bine în legătură cu siguranţa lui Quincy.

32

S-au scurs douăzeci și opt de ore de la bătaie și după cinci sau șase episoade de moarte clinică, monitoarele au început să arate o stabilizare a stării lui Quincy. Deși el sigur nu știe asta, creierul lui a devenit mai activ, iar inima lui e ceva mai puternică. Și totuși, asta nu îi face pe doctori să fie mai optimiști.

M-am săturat de spital și aș vrea să scap de acolo, dar nu pot sta prea departe de pacient. Îmi petrec ore în șir pe canapeaua din hol, la telefon, on-line, făcând orice pentru a omorî timpul. Eu și Mazy hotărâm să mai așteptăm o zi înainte de a lua legătura cu FBI-ul. Și intentarea unui proces împotriva autorităţilor federale mai poate aştepta, deşi încă avem păreri împărţite în legătură cu o asemenea acţiune. Deocamdată nu am primit niciun mesaj de la director și nici nu ne-a contactat cineva din partea închisorii.

Mosby și Crabtree primesc ordin să plece la ora cinci după-amiaza. Sunt înlocuiţi de un veteran cu păr cărunt pe nume Holloway, care nu se arată prea prietenos. Pare deranjat că a fost trimis să monitorizeze un hol și nu vorbește prea mult. În fine. E bine măcar că avem un alt om înarmat care să stea de pază. Oricum m-am săturat să tot vorbesc cu unii și cu alţii.

Marvis Miller sosește la începutul serii și intru cu el în încăpere ca să își vadă fratele. Devine imediat tulburat, de aceea mă retrag. Stă la căpătâiul patului, temându-se să atingă ceva, și se uită la grămada de bandaje care acoperă faţa lui Quincy. O asistentă medicală îi cere câteva informaţii, iar eu revin pe hol ca să mai omor ceva timp.

Iau cina cu Marvis, a treia mea masă a zilei în cafeneaua spitalului. E cu şase ani mai tânăr decât Quincy şi întotdeauna l-a avut pe el ca idol. Mai au două surori, dar nu vorbesc cu ele. Familia s-a destrămat după condamnarea lui Quincy, când surorile au presupus că el era vinovat, iar juraţii aşa au hotărât, astfel că au tăiat orice legătură cu el. Asta l-a iritat pe Marvis, care a crezut mereu că fratele lui a fost victima unei înscenări, simţind că acesta avea nevoie de sprijinul familiei mai mult ca niciodată.

După ce mâncăm, preferăm să rămânem şi să bem o cafea în loc să reintrăm în atmosfera înăbuşitoare a holului destinat vizitatorilor. Îi explic temerile mele în legătură cu siguranţa lui Quincy. Îi ofer teoria mea, bazată mai mult pe speculaţii, despre atacul comandat de cineva care are legătură cu condamnarea, cineva care se teme de investigaţia demarată de noi. Îi cer scuze neconvingătoare pentru cele întâmplate, dar el nu le acceptă. Ne este recunoscător pentru eforturile făcute şi spune asta de mai multe ori. Mereu a visat că fratele lui mai mare va ieşi victorios din închisoare şi că va fi considerat nevinovat. Marvis seamănă foarte mult cu Quincy, pentru că e calm, agreabil, credibil, un om de treabă care încearcă să supravieţuiască unei vieţi dure. Există câteva răbufniri de amărăciune la adresa sistemului care i-a răpit fratele, dar are şi multe speranţe cum că o nedreptate cumplită va fi îndreptată într-o bună zi.

În cele din urmă, urcăm la etaj şi îi cedez canapeaua. Mă duc la motel, fac un duş şi adorm imediat după aceea.

*

Mosby se vede cu Frankie Tatum. Întâlnirea are loc într-o speluncă de la marginea oraşului Deltona, departe de lumea lui Mosby. Îmi spune că a frecventat acel loc cândva pe vremea tinereţii, dar este convins că nimeni nu l-ar putea recunoaşte acum. Ca întotdeauna, Frankie a verificat localul înainte de acea întâlnire. E aproape miezul nopţii, într-o zi de miercuri, iar localul este gol şi liniştit. Au nevoie de două beri ca să se simtă relaxaţi unul în prezenţa celuilalt.

Dacă îi dai lui Frankie două beri împreună cu un frate într-un mediu prietenos, poate căpăta încrederea oricui.

– Vreau șase mii, în numerar, spune Mosby.

Stau la o masă din partea din spate a localului, în apropierea unei mese de biliard la care nu joacă nimeni. Iar cei doi tipi de la bar nu pot auzi ce discută ei.

– Putem face asta, spune Frankie. Ce căpătăm pentru banii ăștia?

– Am o bucată de hârtie cu trei nume scrise pe ea. Primele două nume sunt ale unor ucigași condamnați, care au pedepse grele de executat, iar eliberarea pe cauțiune e în curs, dacă va fi plătită vreodată. Ei l-au executat pe Quincy. Cel de-al treilea nume este al gardianului care s-a aflat aproape, dar s-a prefăcut că nu vede nimic. Probabil că era cel care ținea de șase. În locul acela nu există supraveghere video. Au ales o zonă care nu este monitorizată. Nu-mi dau seama de ce Quincy a apărut în acel loc, pentru că mai toți deținuții îl știu. Acolo a fost violat un tip în urmă cu două luni. Pesemne că și-a închipuit că era prea tare ca să fie atacat și a fost neglijent. Va trebui să-l întrebi pe el, dacă vei avea șansa asta.

– Cât de multe știi despre cele două brute?

– Amândoi sunt albi, indivizi duri dintr-o bandă violentă, Diaconii Arieni. Primul nume e al unui tip pe care îl vedeam în fiecare zi când lucra într-un grup. Din comitatul Dade, un scandalagiu. Cel de-al doilea nume mi-e necunoscut. La Garvin sunt două mii de deținuți și, slavă Cerului, chiar nu-i știu pe toți.

– Există posibilitatea să fie o răfuială între bande?

– Mă-ndoiesc. Bandele sunt tot timpul în război, dar, din câte mi s-a spus, Quincy stătea departe de ele.

Frankie ia o gură din sticla lui și scoate un plic alb dintr-un buzunar al hainei. Îl așază pe masă și spune:

– Uite cinci mii.

– Am spus șase, zice Mosby fără să întindă mâna după plic.

Din alt buzunar, Frankie scoate un sul de bani și îl ține sub masă. Numără rapid și îi întinde zece bancnote de o sută de dolari.

– S-au făcut șase.

Mosby îi dă peticul de hârtie cu o mână, iar cu cealaltă ia plicul și cele zece bancnote. Frankie despăturește hârtia și se uită la cele trei nume.

– Ar mai fi ceva, spune Mosby. Quincy n-a picat chiar așa de ușor. A tras și el câțiva pumni, cât a putut. Primul s-a ales cu nasul spart. A fost tratat la infirmerie în după-amiaza asta și a zis că a pățit-o într-o încăierare. Se întâmplă mereu, așa că nu se pun prea multe întrebări. O să aibă fața umflată câteva zile, de aceea a trebuit să mă grăbesc. O confirmare.

– Mulțumesc. Altceva?

– Da, nu mai revin la spital. Acum schimbă gardienii și suntem deja puțini. Spune-i domnului Post că apreciez afacerea asta.

– O să-i spun. Și noi o apreciem.

*

Îi dau lui Mazy primul nume, lui Vicki pe al doilea, iar eu le urmăresc pe toate trei. La un sfert de oră după ce Frankie și-a luat rămas-bun de la Mosby, cele trei computere ale noastre caută de zor pe internet.

Robert Earl Lane a fost condamnat pentru omor deosebit de grav, după uciderea prietenei lui în urmă cu șaptesprezece ani, în comitatul Dade. Înainte de asta, executase trei ani de închisoare pentru atacarea unui polițist. Jon Drummik și-a ucis bunica pentru șaizeci de dolari, bani de care avea nevoie ca să își cumpere cocaină. A pledat vinovat în Sarasota, în 1998, și așa a scăpat de condamnarea la moarte. Ambii se află la Penitenciarul Corecțional Garvin de aproape zece ani, dar cum dosarele închisorii sunt confidențiale, nu putem găsi prea multe. De obicei, Mazy poate pătrunde oriunde, dar am hotărât să nu încălcăm legea. Totodată, bandele precum Diaconii Arieni nu țin evidențe, așa că nu putem verifica apartenența lor la ea.

Gardianul este Adam Stone, un alb de treizeci și patru de ani, care locuiește într-un orășel aflat la o jumătate de oră de mers cu maşina. La ora 2.15, Frankie găseşte casa lui Stone şi ne comunică numerele de înmatriculare ale maşinii şi ale camionetei lui. La ora trei, echipa de la Guardian poartă o discuţie tip conferinţă şi schimbă informaţii. Alcătuim un plan pentru a pătrunde mai adânc în trecutul lui Lane şi Drummik, ca să aflăm cât mai multe despre Diaconii Arieni din Florida.

Teoria noastră este că lovitura a fost comandată şi plătită de cineva din afara închisorii. Lane şi Drummik n-au avut nicio legătură cu asasinarea lui Russo. Sunt doar nişte brute condamnate la ani grei de închisoare, care s-au ocupat de această treabă pentru câţiva dolari. Faptul că victima era un om de culoare a făcut ca atacul să fie şi mai atrăgător.

La cinci dimineaţa, mă întorc la spital şi văd că sala pentru vizitatori e pustie. Sunt oprit de o asistentă la recepţia secţiei de reanimare, deci măcar o persoană este trează. Întreb de Marvis Miller, iar ea îmi face semn din cap către camera în care se află Quincy. Marvis doarme pe un pat pliant, apărându-şi fratele. Nu există agenţi de pază sau poliţişti prin preajmă. Asistenta îmi spune că, pe la miezul nopţii, Marvis a devenit iritat din cauza lipsei de vigilenţă şi a cerut un pat. Şeful ei a fost de acord, astfel că au dus unul în camera lui Quincy. Îi mulţumesc şi o întreb:

– Cum e pacientul?

Ridică din umeri şi spune:

– Rezistă.

O oră mai târziu, frecându-se la ochi şi fericit să mă vadă, Marvis iese puţin nesigur pe picioare. Găsim nişte cafea călâie şi ne aşezăm pe scaunele pliante de pe hol, urmărind defilarea asistentelor şi a doctorilor care fac turul de vizite. Ni se face semn să ne alăturăm la uşa camerei lui Quincy şi ni se spune că semnele vitale continuă să evidenţieze o uşoară îmbunătăţire. Au în plan să îl menţină în comă încă o perioadă, probabil câteva zile.

Marvis se teme că îşi va pierde slujba şi trebuie să plece. Ajunşi la lift, ne îmbrăţişăm şi îi promit să îl sun dacă apare vreo schimbare.

Îmi făgăduiește că se va întoarce cât de curând va putea, dar are de mers cu mașina aproape cinci ore.

Apar apoi și doi polițiști din Orlando înarmați și stau puțin de vorbă cu ei. Vor rămâne acolo în jur de o oră, până la sosirea gardienilor.

La 7.30, primesc un e-mail de la închisoare. Directorul are câteva minute libere și îmi acordă o audiență.

*

Sosesc la Garvin cu trei sferturi de ceas înainte de întâlnirea ce va avea loc la ora zece. Încerc să le explic celor de la intrare că am o întâlnire programată cu directorul, dar sunt tratat ca oricare alt avocat care merge acolo pentru a vedea un client. Nimic nu e ușor într-o închisoare. Regulile sunt rigide ori sunt schimbate din zbor – orice, numai să te facă să îți pierzi timpul. În cele din urmă, sunt preluat de un gardian venit cu o mașinuță de golf și facem o plimbare cu ea până la clădirea administrației.

Directorul e un negru masiv și foarte țanțoș. În urmă cu douăzeci de ani, a jucat fotbal în echipa Florida State și a fost recrutat în Liga Națională de Fotbal, unde a rezistat doar zece meciuri, după care și-a distrus un genunchi. Biroul lui e înțesat de fotografii color ale lui în uniformă, de mingi de fotbal cu autograf, precum și de lămpi de masă făcute din căști. Arată de parcă ar fi jucat la Packers[1]. Stă la un birou masiv, care e acoperit de dosare și hârtii – teritoriul unui om important. În stânga lui, în picioare, se află avocatul închisorii, un birocrat alb, cu fața palidă, care ține în mână un blocnotes și care se uită la mine de parcă și-ar dori să mă târască în fața unei instanțe pentru vreun motiv anume – sau chiar fără.

– Am la dispoziție în jur de cincisprezece minute, începe directorul pe un ton plăcut.

Îl cheamă Odell Herman. Pe pereți sunt agățate cel puțin trei tricouri de diferite culori având numele HERMAN scris pe spate. Ai crede că individul a ajuns în Hall of Fame.

---

[1] Green Bay Packers, înființată în 1919 (n.tr.)

– Vă mulțumesc pentru timpul acordat, îi răspund eu. Aș vrea să știu ce i s-a întâmplat clientului meu, Quincy Miller.

– Anchetăm și nu putem vorbi încă despre asta. Am dreptate, domnule Burch?

Domnul Burch dă demn din cap pentru a confirma.

– Știți cumva cine l-a atacat? întreb.

– Avem suspecți, dar, repet, deocamdată nu putem discuta despre asta.

– Am înțeles, accept. Fără să divulgați nume, știți cine a făcut asta?

Herman se uită la Burch, care scutură din cap.

– Nu, domnule, încă nu deținem aceste informații.

Ajunși în acest punct, discuția pare încheiată. Mușamalizează lucrurile și nu îmi vor da nicio informație.

– Bine. Știți cumva dacă în atac a fost implicat într-un fel sau altul vreun gardian?

– Bineînțeles că nu, spune Herman iritat.

Cum îndrăznesc să sugerez ceva atât de scandalos?

– Așadar, astăzi, la trei zile după atac, nu știți cine a făcut-o și susțineți că nu a fost amestecat niciun angajat al închisorii. E adevărat?

– Așa am spus.

Mă ridic brusc și mă îndrept spre ușă.

– Clientul meu a fost atacat de două brute. Prima este Robert Earl Lane. Verificați asta. În prezent, are ochii umflați și vineți, întrucât Quincy i-a spart nasul. Lane a fost tratat la infirmeria închisorii la câteva ore după asalt. Vom solicita evidențele, de aceea vă sugerez să nu le pierdeți.

Herman deschide gura, dar nu îi scapă nicio vorbă. Avocatul Burch se încruntă și pare cu totul debusolat.

Deschid ușa, mă opresc și închei:

– Povestea e mai lungă. Totul va ieși la lumină când o să ne vedem într-un tribunal federal.

Trântesc ușa în urma mea.

33

Biroul FBI din Orlando este situat într-o clădire modernă cu trei etaje din suburbia Maitland. Eu și Susan Ashley sosim devreme pentru întâlnirea programată la ora trei cu puternicii zilei. Susan și-a petrecut ultimele două zile stabilind contacte și străduindu-se să obțină această întâlnire. A trimis deja un rezumat al dosarului nostru despre Quincy Miller. Nu avem habar cu ce agent special vom discuta, dar suntem optimiști că vom găsi pe cineva dispus să ne asculte.

E de fapt o agentă, pe nume Agnes Nolton, o tipă până în patruzeci de ani, dar cu destulă greutate, întrucât are un birou frumos într-un colț. Pe drum, am trecut prin dreptul a zeci de agenți care lucrau în cubicule strâmte, astfel că ne este limpede că agenta Nolton e oarecum șefă. În biroul ei vine și agentul special Lujevski, care arată de parcă ar fi încă la colegiu. După ce suntem serviți cu o cafea și încheiem cu amabilitățile, sunt invitat să spun povestea.

Fac un rezumat rapid al activității companiei Guardian în numele lui Quincy Miller și îmi exprim părerea că o bandă de traficanți de droguri, cu mult ajutor din partea fostului șerif din comitatul Ruiz, i-a înscenat totul. Acum, când noi vrem achitarea post-condamnare, cei care se fac vinovați de asasinarea lui Keith Russo se simt încolțiți. Le dau numele lui Nash Cooley din Miami, avocat specializat în apărarea traficanților de droguri, și al lui Mickey Mercado, unul dintre acoliții săi. Avansez speculația că, împreună cu persoane necunoscute nouă, cei doi se fac răspunzători de încercarea foarte sclipitoare de a pune capăt investigaţiei noastre prin eliminarea clientului nostru.

– Asta va da roade? întreabă Nolton. Dacă vă moare clientul, ce se întâmplă cu acest caz?

– Da, va da roade, îi răspund. Misiunea noastră este să scoatem oamenii nevinovaţi din închisoare. Nu avem timp şi resurse ca să intentăm procese dacă nu mai avem clientul în viaţă.

Ea încuviinţează, aşa că eu continui. Îl descriu pe Quincy şi accentuez faptul că nu a făcut parte din nicio bandă, astfel că Arienii nu aveau niciun motiv să îl atace.

– Aşadar, vorbim de o crimă la comandă? întreabă ea.

– Da, crimă la comandă, ceea ce reprezintă o infracţiune federală.

Este evident, cel puţin pentru mine, că Nolton este intrigată de acest caz. Lujevski a rămas imperturbabil, dar nu i-a scăpat niciun amănunt. Deschide laptopul şi începe să tasteze.

Continui:

– Şi deţinem numele celor doi atacatori, ambii criminali condamnaţi. Aţi auzit de Diaconii Arieni?

Nolton zâmbeşte şi cazul începe să îi placă şi mai mult. O bandă de traficanţi, un cartel mexican mai precis, un şerif corupt, un avocat ucis la biroul lui, o condamnare nedreaptă, iar acum o încercare de asasinare la comandă pentru a pune capăt eforturilor de a se obţine o achitare. Nu te întâlneşti în fiecare zi cu un asemenea caz.

– Sigur, spune ea. Numai că noi suntem prea ocupaţi să aruncăm oameni în închisoare ca să ne mai facem griji în legătură cu ce li se întâmplă după ce ajung acolo. Doriţi să ne daţi numele lor?

– Ce veţi face cu ele?

Stă pe gânduri şi ia o gură de cafea, apoi aruncă o privire spre Lujevski. El se opreşte din tastat şi spune:

– Diaconii Arieni s-au desprins din Frăţia Ariană, cea mai numeroasă bandă de închisoare din Statele Unite. Apartenenţa la Deke este estimată la zece mii de membri, dar evidenţele sunt neconcludente. Activitate tipică de bandă – droguri, hrană, sex, telefoane mobile.

Discipolii lor – puţinii care ies din închisori – rămân membri şi îşi continuă activitatea infracţională. O adunătură de băieţi foarte răi.

– Repet, avem de lucru la nesfârşit pe partea asta, zice Nolton.

– Există şi un gardian al închisorii care probabil a fost implicat, spun. Un alb care s-a prefăcut că nu vede nimic. El ar putea fi veriga slabă, pentru că el are cel mai mult de pierdut.

– Îmi place felul în care gândeşti, domnule Post, spune ea.

– Într-un fel, avem aceeaşi meserie. Dumneavoastră soluţionaţi crime pentru a arunca oameni după gratii. Eu le rezolv ca să îi scot de acolo.

*

Pentru Adam Stone a fost o zi obişnuită de muncă. A ajuns la serviciu la 7.59 şi a stat un sfert de oră lângă fişetul lui, bând cafea şi mâncând o gogoaşă împreună cu alţi doi gardieni. Nu s-a grăbit să se prezinte la Blocul E pentru încă o zi stresantă, în care trebuia să supravegheze criminali care l-ar fi ucis dacă ar fi avut o şansă cât de mică. Îi plăceau câţiva dintre ei şi aprecia persiflările lor. Pe alţii îi dispreţuia sau chiar îi ura. Mai ales pe negri. Stone crescuse într-o zonă rurală, nemiloasă, unde trăiau puţini negri, iar aceştia se simţeau complet nedoriţi acolo. Tatăl lui era un rasist înfocat, care dispreţuia toate minorităţile şi le învinuia pentru nereuşitele din viaţa lui. Mama lui susţinea că fusese atacată sexual de un sportiv de culoare pe când era la liceu, deşi nu depusese plângere. Când era mic, Adam fusese învăţat să evite pe cât posibil negrii şi să le vorbească doar pe un ton superior.

Însă în slujba de gardian nu avea de ales. Şaptezeci la sută din deţinuţii de la Garvin erau negri sau tuciurii, la fel ca şi majoritatea gardienilor. În cei şapte ani de când lucra acolo, atitudinea lui rasistă se radicalizase. Vedea tot ce e mai rău în ei – oamenii încarceraţi, care fuseseră mereu discriminaţi şi abuzaţi, nimeriseră într-un mediu pe care îl controlau. Pedepsele administrate de ei erau deseori cumplite. Pentru protecţie, albii aveau nevoie de propriile bande. În secret, îi admira pe Arieni. Copleşiţi numeric şi ameninţaţi permanent, supraviețuiau făcându-și unii altora jurăminte de sânge. Tipul de violențe la care apelau era de cele mai multe ori înspăimântător. Cu trei ani înainte, atacaseră doi gardieni de culoare cu șișuri ascuțite ca briciul, apoi ascunseseră corpurile lor și îi urmăriseră sângerând până la moarte.

În cursul zilei, Adam și-a făcut rondurile, a escortat câțiva deținuți la infirmerie și înapoi, și-a petrecut ora obligatorie de urmărire a camerelor de supraveghere, a tras de pauza de masă de la prânz, de jumătate de oră, făcând să treacă o oră, și a pontat de plecare la 4.30. Opt ore de muncă fără vreun consum fizic, la doisprezece dolari ora.

Nu are de unde să știe că agenții care lucrează pentru guvernul federal și-au petrecut ziua scotocind prin viața lui.

Doi dintre ei îl urmăresc în timp ce părăsește închisoarea. Adam conduce o camionetă-monstru Ram, mândria și bucuria lui, un model foarte recent, cu pneuri supradimensionate, cu jante negre și fără pic de praf. Îl costă șase sute cincizeci de dolari pe lună și mai are de plătit ani întregi. Soția lui conduce o Toyota, un model recent, care costă trei sute de dolari pe lună. Casa lor e ipotecată până la suma de o sută treizeci și cinci de mii de dolari. Conturile lor bancare, obținute în baza unui mandat, arată depozite de aproape nouă mii de dolari, în conturi curente sau de economii. Pe scurt, Adam și soția lui, care lucrează ca angajată cu normă redusă la o firmă de asigurări, trăiesc pe picior mare, în ciuda veniturilor modeste.

Adam oprește la un magazin sătesc ca să alimenteze camioneta și intră să achite. Când se întoarce, este așteptat de doi domni în blugi și adidași. Ei își spun repede numele, menționând că sunt de la FBI, apoi își arată insignele și precizează că ar dori să stea de vorbă cu el. Deși un tip călit, care se crede și mai dur în uniformă, Adam simte că i se înmoaie genunchii. Broboane de sudoare îi apar pe frunte.

Îi urmează cale de un kilometru și jumătate, până la o școală părăsită, care are un loc de parcare presărat cu pietriș. Ajunși sub un stejar bătrân, alături de ceea ce a fost cândva un loc de joacă, se reazemă de marginea unei mese de picnic din lemn și se străduiește să pară destins.

– Domnilor, cu ce vă pot ajuta?

Agentul Frost spune:

– Doar câteva întrebări.

– Vă rog, spune Adam cu un zâmbet care nu e al lui.

Își șterge fruntea cu o mânecă.

Agentul Thagard spune:

– Știm că ești gardian la Garvin și că lucrezi acolo de când... de șapte ani, da?

– Da, domnule, ceva de genul.

– Cunoști un deținut pe nume Quincy Miller?

Adam se încruntă și se uită la crengile copacului ca și cum s-ar gândi profund. Clatină din cap, un nu care nu convinge pe nimeni.

– Nu cred. La Garvin sunt o sumedenie de deținuți.

– Dar pe Robert Earl Lane și pe Jon Drummik? îl întreabă Frost. I-ai cunoscut pe acești tipi?

Urmează un zâmbet cooperant, după care Adam răspunde:

– Sigur, amândoi sunt în Secția E. Acolo sunt repartizat în prezent.

Thagard spune:

– Acum trei zile, Quincy Miller, care e negru, a fost bătut până când și-a pierdut cunoștința pe aleea dintre sala de gimnastică și magazin, alături de Secția E. A fost înjunghiat de cel puțin trei ori și lăsat să moară acolo. Ai fost de serviciu când s-a petrecut atacul. Știi ceva despre asta?

– S-ar putea să fi auzit de el.

– Cum se poate să nu fi auzit? se răstește Frost brusc și face un pas spre Adam.

– La Garvin sunt o mulțime de încăierări, spune Adam drept scuză.

– Nu i-ai văzut pe Lane și pe Drummick atacându-l pe Quincy Miller? îl întreabă Thagard.

– Nu.

– Avem un informator care spune altceva. Susţine că ai fost chiar acolo, dar motivul pentru care ai fost orb e că nici nu ai vrut să vezi ceva. Afirmă că ai ţinut de şase. Şi că eşti cunoscut ca unul dintre curierii preferaţi ai Diaconilor.

Adam expiră apăsat, ca şi cum cineva l-ar fi lovit cu pumnul în stomac. Îşi şterge din nou sudoarea de pe frunte şi se străduieşte zadarnic să zâmbească, de parcă asta l-ar amuza.

– În niciun caz, domnule, nici vorbă.

– Hai să terminăm cu prostiile, Adam! spune Thagard. Avem mandate de percheziţie şi am strâns date despre întreaga ta situaţie financiară. Ştim că ai la bancă nouă mii de dolari, o sumă impresionantă pentru un bărbat care câştigă doisprezece dolari pe oră şi a cărui soţie câştigă zece lucrând cu normă redusă, un tip care are doi copii, care nu a moştenit niciun cent de la vreo rudă, care cheltuieşte cel puţin două mii de dolari pe lună doar ca să aibă jante atrăgătoare şi o casă frumoasă, fără a mai vorbi de aprovizionarea cu mâncare şi facturile la telefoane. Trăieşti cu mult peste posibilităţile tale salariale, Adam! Şi, tot de la informatorul nostru, mai ştim că te alegi cu bani suplimentari aducându-le droguri celor din banda Diaconilor. Putem dovedi asta chiar şi mâine în instanţă.

Nu am putea, dar Adam sigur nu are cum să îşi dea seama de asta.

Frost preia ideea cu eleganţă şi spune:

– Adam, vei fi acuzat într-un tribunal federal. Procurorul-şef din Orlando lucrează acum la asta, iar marele juriu se va reuni mâine. Numai că pe noi nu ne interesează gardienii. Cei mai mulţi plimbă mărfuri încoace şi încolo şi se aleg cu ceva bani în plus. Directorului închisorii nu-i prea pasă, pentru că vrea ca deţinuţii să fie înmuiaţi de droguri. Se comportă mai frumos când au probleme de coordonare a mersului. Adam, ştii lecţia. Nu ne pasă nici cât negru sub unghie de contrabandă. Avem în vedere ceva mult mai important. Atacul împotriva lui Quincy Miller a fost un contract de crimă, o lovitură comandată de cineva din afară. Asta înseamnă conspiraţie – şi astfel cazul devine de competenţa autorităţilor federale.

Ochii lui Adam devin apoși și îi șterge cu antebrațul.

– Dar n-am făcut nimic. Nu mă puteți pune sub acuzare.

– Doamne, am auzit asta de foarte multe ori! spune Frost.

Thagard intervine:

– Procurorul general al statului te va toca mărunt, Adam. N-ai nicio șansă. Va avea grijă să fii concediat imediat. Și s-a dus salariul tău, la fel și banii din mită... o grămadă de bani. Apoi o să pierzi camioneta aceea monstru cu pneuri înalte și cu jante de doi bani, la fel și casa ta și... la naiba, Adam, o să fie groaznic.

– Asta-i o tromboneală, spune el, chinuindu-se să pară puternic, chiar dacă vocea spartă îl trădează. Celor doi aproape că li se face milă de el. Nu puteți face asta.

– Ba da, Adam, facem asta mereu, spune Frost. Dacă ești pus sub acuzare, va dura doi ani până să ajungi la proces, chiar mai mult dacă așa preferă procurorul general. Nu-l doare niciunde dacă ești vinovat sau nu, ci doar vrea să te distrugă dacă nu cooperezi.

Adam își dă capul pe spate și face ochii cât cepele.

– Să cooperez?

Frost și Thagard schimbă priviri cu un aer grav, ca și cum nu ar ști cum să continue. Thagard se apleacă în față și spune:

– Adam, ești o plevușcă! Asta ai fost mereu și asta vei rămâne. Procurorul general nu se sinchisește de tine și de planul tău meschin de a fi mituit. El îi vrea pe cei din banda Diaconilor, vrea să afle cine a plătit pentru atacul împotriva lui Quincy Miller. Dacă joci cinstit cu noi, și noi vom proceda la fel.

– Vreți să devin turnător?

– Nu. Vrem să ne informezi. E o mare diferență. Strângi informații de la amicii tăi și ni le transmiți. Află cine a comandat lovitura și facem uitată punerea sub acuzare.

– Mă vor ucide, spune el și, într-un târziu, izbucnește în lacrimi.

Suspină cu mâinile pe față, timp în care Frost și Thagard se uită în jur. Pe drumul de țară trec mașini, dar niciun șofer nu se deranjează să privească spre ei.

Își revine după câteva minute.

– Adam, nu te vor ucide, îi zice Thagard, pentru că nu-și vor da seama ce faci. Dirijăm tot timpul informatori și știm cum se fac jocurile.

Frost continuă:

– Iar dacă lucrurile devin prea periculoase, te scoatem de acolo, Adam, și-ți găsim un loc într-o închisoare federală. Salariu dublu, plus sporuri duble.

Cu ochii înroșiți, Adam se uită la ei și întreabă:

– Putem păstra discreția? Cum să zic... nimeni nu știe despre asta, nici măcar soția mea.

Cu aceste cuvinte, înțelegerea e ca și încheiată. Frost spune:

– Sigur, Adam. Îți închipui că le oferim oamenilor detalii despre informatorii noștri? Fii serios, domnule! Noi am scris cartea despre instruirea informatorilor.

O vreme, nimeni nu spune nimic, iar Adam privește spre pietrișul de sub picioare și își șterge când și când lacrimile de pe față. Cei doi îl urmăresc și par aproape înduioșați.

– Pot să mă mai gândesc la asta? întreabă Adam. Dați-mi ceva timp.

– Nu, spune Frost. Nu avem timp. Adam, lucrurile se mișcă repede. În cazul în care Quincy moare, vei fi acuzat de crimă, în stil federal.

– Și care va fi acuzația?

– Tentativă de omor. Conspirație. Cel mult treizeci de ani, iar procurorul general va cere executare până în ultima zi.

Scutură din cap și pare gata să izbucnească din nou în lacrimi. Cu glas spart, întreabă:

– Și dacă vă fac jocul, cum vă place să ziceți?

– Nu vei fi pus sub acuzare. Scapi, Adam. Nu fi ridicol.

Frost încheie târgul spunând:

– Adam, acesta e unul dintre momentele care îți vor schimba viața. Ia hotărârea potrivită acum și viața ta va merge mai departe. Dacă iei hotărârea greșită, o să fii închis cu sălbaticii pe care îi păzești acum.

Adam se ridică şi se apleacă, scoţând un râgâit.

– Scuzaţi-mă, spune el, apoi se duce spre marginea fostului teren de joacă, unde începe să verse.

Frost şi Thagard se întorc cu spatele şi se uită spre drum. Adam îngenunchează în spatele unui tufiş mare şi varsă cu icnete o vreme. După ce termină, se apropie cu paşi târşâiţi şi se aşază la masa de picnic. Cămaşa îi este scăldată de sudoare, iar cravata lui ieftină, de culoare cafenie, e pătată de câţiva stropi de vomă.

– Am înţeles, spune el cu glas răguşit. Care e prima treabă pe care trebuie s-o fac?

Frost nu ezită.

– Lane sau Drummik au telefoane mobile?

– Ştiu că Drummik are. Eu i l-am dus.

– De unde l-ai luat?

Adam şovăie, apoi îşi dă drumul la gură. După ce spune ce are de spus, nu mai există cale de întoarcere.

– Un om, Mayhall, nu-i ştiu celălalt nume, nici nu ştiu dacă e real sau fals, n-am habar unde locuieşte şi nici de unde vine. Vine cu bunătăţi pentru băieţii de la Garvin. Celulare şi droguri, de obicei pastile şi metadonă, droguri ieftine. Iau marfa şi le-o dau oamenilor indicaţi. Îmi plăteşte o mie de dolari numerar, plus ceva droguri pe care să le vând pe cont propriu. Nu sunt singurul gardian care face asta. Când câştigi doisprezece dolari pe oră, e greu să supravieţuieşti.

– Înţelegem asta, spune Thagard. Câţi membri are banda Diaconii Arieni?

– Douăzeci şi cinci sau treizeci. Frăţia are mai mulţi.

– Câţi gardieni îi slujesc pe Diaconi?

– Din câte ştiu, eu sunt singurul. Unii gardieni se ocupă de anumite grupuri. Nu cred că Mayhall ar dori să mai amestece pe altcineva. Obţine ce doreşte cu ajutorul meu.

– A fost închis?

– Sunt convins că da. Nu poţi deveni membru al Diaconilor decât dacă ai fost închis.

– Poți obține telefonul lui Drummik? îl întreabă Frost.

Adam ridică din umeri și zâmbește, ca și cum ar fi foarte isteț.

– Sigur. Celularele sunt la mare căutare și câteodată se fură. O să intru în celula lui Drummik când e afară, în curte, și fac să pară că i-a fost furat.

– Cât de curând? îl întreabă Thagard.

– Mâine.

– Bine, fă-o! O să vedem cu cine a vorbit și-o să-ți dăm altul în schimb.

– Individul ăsta, Mayhall, va deveni bănuitor dacă Drummik are un alt telefon? întreabă Frost.

Adam rămâne pe gânduri câteva momente.

Lucrurile nu îi sunt prea clare. Apoi clatină din cap și spune:

– Nu cred. Tipii ăștia cumpără, vând, fac schimburi, fură... tot ce vrei.

Thagard se apleacă în față și îi întinde o mână.

– Bine, Adam, am făcut târgul, bine?

Adam îi strânge mâna cu reținere.

– Și telefoanele tale sunt interceptate, Adam, adaugă Frost. Monitorizăm totul, de aceea te sfătuiesc să nu faci vreo mișcare prostească, înțelegi?

Îl lasă la masa pentru picnic, privind în depărtare și întrebându-se cum se întâmplase ca viața lui să se schimbe atât de repede.

34

Întrucât cei de la FBI și-au făcut simțită prezența și autoritatea, Quincy este transferat într-o cameră dintr-un colț, care e mai sigură. Două camere de supraveghere sunt montate vizibil deasupra ușii. Personalul spitalului este alertat la maximum, iar prezența agenților de pază e constantă. Închisoarea trimite în fiecare zi câte un gardian pentru câteva ore, pentru a monitoriza holul, iar polițiștilor din Orlando le place să treacă pe acolo ca să flirteze cu asistentele.

Starea lui Quincy se îmbunătățește de la o zi la alta și, treptat, începem să credem că nu va muri. Am ajuns să mă tutuiesc cu doctorii și cu personalul și fiecare trage din greu pentru clientul meu. E în siguranță, așa că am hotărât să pornesc la drum din nou. Locul acela mă face să înnebunesc. Cine nu detestă să stea într-un spital? Savannah e la cinci ore de mers cu mașina și niciodată nu mi-a fost mai dor de casă.

Când ajung undeva în apropiere de St. Augustine, Susan Ashley mă anunță că bătrânul judecător Jerry Plank a luat o hotărâre prin care respinge petiția noastră pentru eliberare post-condamnare. Hotărârea lui era de așteptat; surpriza e că a rămas treaz îndeajuns de mult ca să facă totuși ceva. Anticipam o amânare de cel puțin un an, dar el a redus durata la două luni. Asta e de fapt o veste bună, întrucât grăbește apelul nostru către Curtea Supremă a statului. Nu vreau să opresc pentru a citi motivarea lui, despre care Susan Ashley spune că e scurtă. Un ordin de două pagini, în care Plank spune că am prezentat probe noi, în ciuda retractărilor formulate de Zeke

Huffey și de Carrie Holland. În fine. Ne așteptam să pierdem la nivelul tribunalului de circuit. Înjur câteva minute în trafic, apoi mă potolesc. Există situații, chiar multe, când îi disprețuiesc pe judecători, mai ales pe cei orbi, bătrâni și cu părul alb, pentru că aproape toți se dau de partea procurorilor și nu manifestă niciun fel de înțelegere pentru cei acuzați de infracțiuni. Pentru ei, oricine este acuzat devine automat vinovat și trebuie să ajungă după gratii. Sistemul funcționează minunat, iar justiția are întâietate.

După ce îmi închei monologul, o sun pe Mazy, care îmi citește hotărârea. Discutăm despre apel, iar ea promite că va lăsa totul deoparte și îl va pregăti. Spre sfârșitul după-amiezii, când ajung la birou, are deja redactată o ciornă. O analizăm la o cafea împreună cu Vicki, apoi le povestesc evenimentele din Orlando.

*

Adam Stone a făcut o treabă foarte bună cu telefonul lui Jon Drummik. I-a luat vechiul telefon când i-a percheziționat celula, iar în ziua următoare i-a dat lui Drummik unul nou. Cei de la FBI se străduiesc să depisteze apelurile vechi și le ascultă pe cele noi. Sunt încredințați că țintele lor vor cădea în capcană. Nu dețin informații despre Mayhall – ori mai bine zis niciuna pe care să mi-o divulge mie –, dar plănuiesc să îl urmărească îndeaproape când se va întâlni data următoare cu Adam.

În cele trei zile dinaintea atacului împotriva lui Quincy, Drummik apelase pe cineva din Delray Beach, aflat la nord de Boca Raton. În ziua de după atac, avusese loc doar un apel, la același număr. Cu toate acestea, urma dispăruse când numărul se topise pur și simplu. Telefonul, de unică folosință, un aparat care funcționa doar treizeci de zile, fusese cumpărat de la un magazin Best Buy. Deținătorul lui se dovedise foarte precaut.

Adam nu are numărul lui Mayhall și nici nu l-a avut vreodată. Nu poate fi urmărit decât dacă Mayhall îl sună, lucru care se întâmplă în cele din urmă. FBI-ul ia numărul apelantului de pe telefonul lui Adam și ajunge la un alt celular, tot din Delray Beach. Puzzle-ul se încheagă. Monitorizând semnalul acelui telefon, FBI-ul prinde urma lui Mayhall în timp ce acesta gonește pe autostrada interstatală 95, îndreptându-se spre nord. Mașina pe care o conduce e pe numele unui anume Skip DiLuca din Delray Beach. Alb, cincizeci și unu de ani, condamnat de patru ori, cea mai gravă faptă fiind omorul, eliberat condiționat în urmă cu trei ani dintr-o închisoare din Florida și având în prezent un magazin care vinde motociclete la mâna a doua.

DiLuca, având pseudonimul Mayhall, aranjează o întâlnire cu Adam într-un bar din Orange City, aflat la patruzeci și cinci de minute de mers de la închisoare. Adam spune că s-au întâlnit întotdeauna în același loc ca să bea o bere cât timp discutau afaceri. Pentru a evita orice suspiciune, Adam îmbracă haine de stradă. Instructorii lui îi plasează microfoane pe piept. Sosește primul, face o probă de microfon și totul funcționează perfect. Aflați într-o furgonetă parcată pe strada din spatele barului, o echipă FBI ascultă.

După câteva scurte amabilități, începe adevărata discuție:

DILUCA: Nu l-au ucis pe Miller. Ce s-a întâmplat?

ADAM: Păi, câteva lucruri n-au mers. În primul rând, Miller știe să lupte și s-a înfuriat la culme. Robert Earl Lane s-a ales cu nasul spart. Le-au trebuit câteva minute ca să-l doboare – prea mult. După ce l-au pus la pământ, nu l-au putut termina, pentru că putea să apară un alt gardian. Nu l-au înjunghiat suficient de bine.

DILUCA: Și tu unde-ai fost?

ADAM: Am fost acolo, domnule, exact unde trebuia să fiu. Îmi cunosc teritoriul. Ambuscada a mers perfect, doar că nu l-au putut omorî.

DILUCA: Ei bine, n-a murit. Și asta-i problema. Am fost plătiți pentru o treabă pe care n-am sfârșit-o cum trebuia. Domnii cu care tratez nu sunt deloc încântați.

ADAM: Nu-i vina mea. Am făcut tot ce trebuia să fac. Nu-l puteți lichida în spital?

DILUCA: Am aruncat o privire, dar sunt mulți în uniforme pe-acolo. Iar starea lui se îmbunătățește pe zi ce trece, așa că treaba pe care-am făcut-o se împute... Trebuia să-l lichidăm, pur și simplu. Spune-le lui Drummik și lui Lane că sunt total sictirit de treaba mizerabilă pe care au făcut-o. Mi-au promis că se pot ocupa de asta.

ADAM: Cât de presat ești?

DILUCA: De asta mă ocup eu.

*

Discuția dintre ei este scurtă, iar după ce-și termină berile, ies afară. DiLuca îi dă lui Adam o pungă de cumpărături de culoare cafenie, în care sunt o mie de dolari în bancnote, două celulare noi și droguri. Pleacă fără să își ia rămas-bun și se îndepărtează grăbit. Adam așteaptă până când omul dispare, apoi le spune agenților că DiLuca a plecat. Apoi pornește mașina și îi întâlnește pe o stradă lăturalnică.

Din punct de vedere tehnic și legal, FBI-ul are toate informațiile necesare pentru a-i pune sub acuzare pe DiLuca, Adam, Drummik și Lane pentru ucidere la comandă sau pentru tentativă de omor. Însă Adam e prea valoros ca informator. Iar DiLuca îi poate conduce spre prada cea mare.

După douăzeci de minute pe șosea, DiLuca vede lumini albastre pâlpâind în oglinda retrovizoare. Se uită la vitezometru și își dă seama clar că nu a încălcat legea. E eliberat condiționat și își prețuiește libertatea; de aceea, respectă regulile – ori cel puțin pe acelea ale șoselei. Un polițist de comitat îi ia permisul și talonul mașinii și își pierde o jumătate de oră dând telefoane la sediu. DiLuca începe să se frământe. Când revine, ofițerul îl întreabă brutal:

– Ai băut?

– Doar o bere, răspunde DiLuca, lucru adevărat.

– Așa spun toți.

Soseşte apoi încă o maşină de patrulare a comitatului, care parchează în faţa automobilului lui DiLuca. Din ea coboară doi poliţişti care îl privesc străpungător, de parcă ar fi ucis nişte copii. Cei trei se grupează şi trag de timp, iar DiLuca spumegă. În cele din urmă, i se cere să coboare din maşină.

– Pentru ce dracu'? se răsteşte DiLuca, în timp ce închide portiera.

E ceea ce n-ar fi trebuit să facă, întrucât doi poliţişti îl înşfacă şi îl aşază cu faţa peste capota maşinii, în timp ce un altul îl încătuşează.

– Ai virat periculos, spune primul poliţist.

– Ei, pe naiba! protestează DiLuca.

– Ţine-ţi gura!

Îi verifică buzunarele, îi iau telefonul şi portofelul şi îl vâră destul de brutal pe bancheta din spate a primei maşini de patrulare. În timp ce este dus de acolo, un poliţist cheamă o maşină de tractare, apoi telefonează la FBI. Ajuns la secţia de poliţie, DiLuca este plasat într-o cameră de reţinere, unde este silit să pozeze pentru o fotografie facială. Apoi este lăsat să se perpelească încă patru ore.

Un magistrat federal aflat în aşteptare aprobă imediat două mandate de percheziţie: unul pentru apartamentul lui DiLuca, iar celălalt pentru maşina lui. Agenţii FBI pătrund în apartamentul său din Delray Beach şi se apucă de treabă. E un apartament cu un dormitor şi cu un mobilier sărăcăcios şi ieftin şi nu se constată prezenţa vreunei femei. Blaturile din bucătărie sunt pline de farfurii nespălate. Rufele murdare sunt puse grămadă pe hol. În frigider nu există decât bere, apă şi hrană rece. Măsuţa pentru cafea din camera de zi e înţesată cu reviste porno. Într-un birou minuscul este găsit un laptop, care este dus afară, într-o furgonetă, şi un tehnician copiază ce se află pe hard disk. Se descoperă şi două telefoane cu cartele preplătite, care sunt deschise, analizate şi înregistrate, apoi aşezate la loc pe birou. Se plasează microfoane în tot apartamentul. Echipa îşi termină treaba după două ore şi, deşi, în mod normal, ar fi bine să aşeze lucrurile la fel cum au fost găsite, DiLuca e atât de neglijent, încât i-ar fi imposibil să bage de seamă că o echipă de percheziţie i-a scotocit apartamentul.

O altă echipă îi percheziționează mașina și descoperă un alt telefon cu cartelă preplătită. Căutând în memoria telefonului ieftin, tehnicianul dă de un filon de aur în fișierul de contacte. În memorie se află doar zece numere, iar unul este al lui Mickey Mercado, individul care a apărut la tribunal ca să tragă cu urechea la moțiunea noastră pentru eliberarea post-condamnare. În fișierul de convorbiri recente, există douăzeci și două de apeluri primite și inițiate de și către Mercado în ultimele două săptămâni.

În partea interioară a barei din spate se montează un monitor GPS, astfel că DiLuca nu va putea scăpa de supraveghere. La ora zece seara, șeriful comitatului intră în camera de reținere și îi cere scuze lui DiLuca. Îi spune că în ziua aceea, dimineața, fusese jefuită o bancă din apropiere de Naples și că mașina cu care fugiseră hoții semăna cu a lui. L-au bănuit, dar și-au dat seama apoi că au greșit. Este liber să plece.

DiLuca nu mulțumește și nici nu ține să fie iertător, dar pleacă imediat. E bănuitor și hotărăște să nu se întoarcă la Delray Beach. Se ferește să folosească telefonul cu cartelă preplătită, astfel că nu apelează pe nimeni. Merge două ore spre Sarasota și se cazează la un motel ieftin.

În dimineața următoare, același magistrat federal emite un mandat prin care autorizează percheziționarea apartamentului lui Mercado și supravegherea electronică a telefoanelor lui. Printr-un alt mandat, îi cere furnizorului său de telefonie mobilă să predea evidențele. Cu toate acestea, înainte de realizarea interceptării, DiLuca îl sună pe Mercado de la un telefon public. Apoi este urmărit mergând de la Sarasota la Coral Gables, unde urma îi este prinsă de o echipă de agenți FBI. În cele din urmă, el oprește la un restaurant afgan care prepară chebap de pe Dolphin Avenue și intră în el. Un sfert de oră mai apoi, o agentă tânără oprește la restaurant ca să mănânce ceva și îl identifică pe DiLuca luând masa cu Mickey Mercado.

*

Comentariul înfricoșător al lui DiLuca față de Adam, cum că ei „aruncaseră o privire“ la Quincy în spital, dă naștere unor măsuri și mai severe de securitate. Quincy este mutat din nou, într-o altă rezervă dintr-un alt colţ, şi nu este lăsat nesupravegheat nicio clipă.

*

Agenta Agnes Nolton mă ţine la curent cu evoluţia lucrurilor, deşi eu nu aflu chiar totul. O previn să nu ne telefoneze, iar noi folosim doar e-mailuri criptate. Ea este convinsă că (1) în spital Quincy e bine protejat şi că (2) vor reuşi curând să îl prindă pe Mercado prin planurile făcute de FBI. Îngrijorarea noastră este că omul are dublă cetăţenie şi că poate veni şi pleca după cum are chef. Dacă devine bănuitor, ar putea să o şteargă fără să mai fie văzut vreodată în Statele Unite. Nolton consideră că Mercado va fi premiul cel mare. Conspiratorii de deasupra lui, adevăraţii criminali, probabil că nu se află în America şi, practic, rămân imuni faţă de acuzaţii.

Cum FBI-ul se ocupă din plin de caz, iar clientul nostru este încă în viaţă, ne putem îndrepta din nou atenţia spre achitarea lui.

35

Sunt chemat din nou la o sangria. Glenn Colacurci e însetat și vrea să ne întâlnim la The Bull, în Gainesville. După două zile în care m-am străduit să mă odihnesc în Savannah, mă îndrept din nou spre sud, iar aventura continuă. Quincy a fost scos din coma indusă și e destul de alert. Funcţiile vitale se îmbunătăţesc de la o zi la alta, iar doctorii îl scot de la terapie intensivă și îl duc într-un salon unde pot începe planificarea intervenţiilor chirurgicale de refacere a oaselor. Mă asigură în mod repetat că măsurile de securitate sunt stricte, așa că nu mă mai văd silit să merg până acolo ca să stau ore în șir pe hol, contemplându-mi pantofii.

Ajung la The Bull cu câteva minute după ora patru după-amiaza, iar paharul înalt al lui Glenn e deja pe jumătate gol. Nasul lui mare și cărnos a devenit roz, o nuanţă care se apropie de cea a băuturii. Comand același lucru și mă uit în jur, căutând-o din ochi pe simpatica lui secretară, la care, spre surprinderea mea, mă gândesc mai mult decât s-ar cuveni. N-o văd însă pe Bea.

Glenn a citit despre problemele lui Quincy și vrea informaţii de la sursă. Cum am cunoscut o sută de avocaţi vorbăreţi din orășele care îi seamănă, nu îi dezvălui nimic nou. La fel ca în cazul celor mai multe încăierări din închisori, amănuntele sunt puţine și neclare. Cu un aer grav, de conspirator, mă informează că săptămânalul local din comitatul Ruiz urmărește cazul lui Quincy, precum și eforturile noastre de a obţine achitarea lui. Ascult asta cu o atenţie religioasă și trec peste ocazia de a-i spune că Vicki monitorizează jumătate din ziarele – săptămânale și zilnice – din statul Florida. Ține o evidență la zi a fiecărui cuvânt tipărit despre caz. Doar trăim pe internet. Glenn dă peste așa ceva numai o dată pe săptămână.

Această întâlnire are un scop, altul decât de a bea ceva, iar după o jumătate de oră, îmi dau seama că sangria este motorul conversației. Plescăie din limbă, își șterge buzele cu o mânecă și, în cele din urmă, trece la subiect.

– Ascultă, Post, trebuie să-ți spun că m-am gândit la cazul ăsta zi și noapte. Chiar așa să știi. Totul s-a întâmplat în legislatura mea, în zilele de glorie când eram în Senatul statului și aveam cea mai mare firmă de avocatură. Și, în fine, cum să zic, îmi închipuiam că sunt pe cai mari. Mi-am imaginat că Pfitzner lucra și cu unii, și cu alții, dar noi am stat fiecare în banca lui, dacă înțelegi ce vreau să spun. El își făcea numărul, primea voturi, iar eu făceam la fel. Când lui Keith i-a fost spulberat capul, iar băiatul vostru a fost condamnat pentru asta, ei bine, am fost satisfăcut. Voiam pedeapsa cu moartea. Întregul oraș a respirat ușurat. Însă, privind în urmă...

Îl vede pe chelner, îi face semn să vină la masă și, golind paharul, comandă încă un rând. Eu abia am sorbit din al meu. Având timp din belșug, întâlnirea s-ar putea prelungi până spre sfârșitul după-amiezii.

Își trage răsuflarea și continuă:

– Privind în urmă, lucrurile nu se leagă. Sunt rudă cu mai mult de jumătate dintre oamenii din comitat și am reprezentat cealaltă jumătate. Ultima oară când am candidat, am obținut optzeci la sută din voturi și m-am supărat pentru că am pierdut douăzeci la sută. Era un bătrân adjunct de șerif – nu-ți dau numele lui – care se ocupa de cazurile mele. Îi plăteam în numerar și îi dădeam o cotă-parte când rezolvam cazul. Am făcut același lucru și pentru șoferii de ambulanță, și pentru camionagii. Pe toți îi aveam pe statul meu de plată. În orice caz, adjunctul încă trăiește, undeva aproape de Golf, și am vorbit cu el. S-a retras cu ani în urmă, cu probleme de sănătate cât cuprinde, dar bate spre optzeci de ani. A lucrat sub comanda lui

Pfitzner și a reușit să rămână curat. Se ocupa de treburi ușoare – trafic, jocuri de fotbal, evenimente școlare. Nu era grozav ca polițist, dar nici nu voia să fie. Îi plăceau uniforma și salariul. El spune că ai dreptate, că Pfitzner s-a dat de partea traficanților și că treaba asta era cunoscută de toți polițiștii. Pfitzner îi avea pe frații aceia...

– Chip și Dip.

Face o pauză și-mi aruncă un zâmbet care îi evidențiază dinții îngălbeniți.

– Dar ești tare bun, Post!

– Lucrăm conștiincios.

– În orice caz, Chip și Dip se ocupau de treburile lui Pfitzner și îi țineau din scurt pe toți. Cercul intern păstra banii, iar oamenii credeau că păstrau și secretele – dar, bineînțeles, trăiam într-un orășel.

Chelnerul revine cu două căni de alcool slab și se uită la paharul meu, practic neatins, ca și cum ar vrea să spună: „Hai, amice, doar ne aflăm într-un bar adevărat!" Îi arunc un zâmbet și trag o gură prin pai. Glenn face la fel, iar după ce soarbe zgomotos, spune:

– Adjunctul mi-a spus că, de fapt, Kenny Taft n-a fost ucis de o bandă de traficanți. Nici vorbă. Afirmă că unii dintre adjuncții de atunci l-au bănuit serios pe Pfitzner că a pus la cale ambuscada, fiindcă trebuia să-l reducă la tăcere pe Taft, care știa ceva. Omul zice că totul a mers ca pe roate, dar a apărut o problemă minoră. Unul dintre ei a fost împușcat. Evident, Kenny Taft sau Brace Gilmer a reușit un foc norocos și unul dintre ticăloși a căzut. Se povestește că a sângerat de moarte în drum spre spital, așa că i-au aruncat cadavrul în spatele unui local rău famat din Tampa. Încă o crimă nesoluționată. Din fericire pentru Pfitzner, omul nu era adjunct și nici nu era din Seabrook, astfel că nu au existat suspiciuni. Ceva din toate astea îți sună cunoscut?

Clatin din cap. Nu vreau să repet ce mi-a spus Bruce Gilmer în Idaho.

Glenn mai ia o gură sănătoasă din pahar și capătă energie pentru a continua povestea:

– Deci, întrebarea evidentă e de ce a vrut Pfitzner să scape de Kenny Taft.

– Asta e necunoscuta, spun eu încurajator.

– Ei bine, s-a zvonit că Taft mirosise planul de incendiere a magaziei în care poliţiştii ţineau probele culese de la locul faptelor şi că Taft luase câteva cutii cu probe înainte de incendiu. Bineînţeles, nimeni n-a ştiut asta, iar după ce le-a luat, s-a temut să le folosească în vreun fel. Probabil că a vorbit prea mult şi spusele lui au ajuns la urechile lui Pfitzner, care a organizat ambuscada.

– Câteva cutii? întreb.

Îmi simt gura uscată, iar inima începe să îmi bată mai tare.

Sorb din sangria ca să mă calmez.

– Aşa se zvoneşte, Post. Nu ştiu ce a fost distrus în incendiu şi nici ce a scos Kenny Taft din magazie. Doar zvonuri. Din câte-mi aduc aminte, lipsea o lanternă. Am citit petiţia ta de eliberare – am văzut că ai pierdut săptămâna trecută – şi ştiu că s-a presupus că lanterna a fost distrusă. Am dreptate, Post?

– Da.

– Poate că n-a fost distrusă.

– Asta-i interesant, reuşesc să spun cu glas calm. Zvonurile menţionează ceva despre ce a făcut Kenny cu acele cutii în care erau probe?

– Nu. Însă, lucru interesant, zvonurile spun că în timpul serviciului funerar, care a fost potrivit pentru un general cu cinci stele, Pfitzner şi-a pus doi oameni să verifice casa lui Kenny centimetru cu centimetru, căutând cutiile. Potrivit surselor, n-au fost găsite.

– Dar ai o bănuială, corect?

– Nu, dar mă ocup de asta, Post. Am o sumedenie de surse, vechi şi noi, şi sunt în căutare. M-am gândit că ai vrea să ştii.

– Şi nu eşti îngrijorat? îl întreb.

– Îngrijorat? De ce?

– Că ai putea descoperi ceva care a fost bine ascuns. Nu Quincy Miller l-a ucis pe Keith Russo. Crima a fost comandată de o bandă de traficanţi de droguri cu binecuvântarea lui Pfitzner, care a acoperit urmele. Banda încă există, iar acum zece zile a încercat să-l ucidă pe Quincy în închisoare. Nu le plac modalităţile în care scormonim noi trecutul şi nici încercările tale.

Râde şi spune:

– Post, sunt prea bătrân ca să-mi fac griji. Pe de altă parte, asta mă distrează nespus de mult.

– Atunci, de ce ne ascundem într-un bar din Gainesville?

– Pentru că-n Seabrook nu-s baruri cumsecade, ceea ce probabil e bine pentru unul ca mine. Pe de altă parte, aici am terminat colegiul. Iubesc locul ăsta. Post, tu eşti îngrijorat?

– Să zicem doar că sunt precaut.

36

Dosarul lui Mickey Mercado se îngroașă. În baza mandatelor, se obțin taxele plătite de el, care sunt verificate. Își prezintă ocupația ca fiind de consultant în probleme de securitate, singur deținător al firmei, fără parteneriat și fără a face parte dintr-o corporație. Adresa firmei este în aceeași clădire în care se află și Varick & Valencia, firma de avocatură a lui Nash Cooley. Venitul brut de anul trecut a depășit cu puțin suma de două sute de mii de dolari, din care s-au retras bani pentru o ipotecă și două mașini de lux. E singur, divorțat, fără copii. Nicio activitate caritabilă.

FBI-ul nu are niciun interes să îi ia în colimator pe gardienii care vând droguri sau pe membrii bandelor care se războiesc între ele. Însă Agnes Nolton nu poate ignora scenariul în care un boss al crimei organizate angajează pe cineva din banda Diaconii Arieni ca să ucidă un om nevinovat, ai cărui avocați fac eforturi să îi obțină achitarea. Ia hotărârea să dea cu zarul în stil mare și să îl prindă în clește pe Skip DiLuca. E o strategie de înalt risc, dar care ar putea oferi o recompensă mare.

Având cooperarea procurorului general al statului, apare în fața unui mare juriu federal și prezintă dovezile. Jon Drummik, Robert Earl Lane și Skip DiLuca sunt puși sub acuzare pentru tentativă de crimă prin contract și pentru atac deosebit de grav împotriva lui Quincy Miller. Acuzațiile sunt acceptate, iar FBI-ul așteaptă să organizeze ambuscada.

Şi eu aştept, făcându-mi de lucru prin preajma noului salon de spital al lui Quincy şi ajutând la îngrijirea lui. Discuţiile dintre noi sunt scurte, pentru că vorbitul îl oboseşte imediat. Nu îşi aduce aminte nimic despre atac. În ceea ce priveşte memoria pe termen scurt, nu sunt mari progrese.

*

Adam Stone ajunge la locul indicat. Domnul Mayhall e pe drum, cu alte lucruri de contrabandă şi cu bani. Fiindcă a fost cât pe ce să fie arestat data precedentă, el hotărăşte să schimbe locul întâlnirii. Alege un local care vinde taco, aflat la marginea de nord a orăşelului Sanford, cu o populaţie de cincizeci de mii de locuitori. Purtând haine de stradă, Adam soseşte primul, se aşază la o masă cu vedere spre parcare şi începe să mănânce taco. Cei de la FBI i-au spus deja că Mayhall, pe numele lui adevărat DiLuca, conduce în prezent un Lexus nou, de culoare argintie, pe care tocmai l-a cumpărat în leasing. Adam mestecă şi este atent să observe autoturismul Lexus. Soseşte cu cincisprezece minute întârziere şi parchează alături de camioneta-monstru a lui Adam. După ce coboară, DiLuca se îndreaptă în grabă spre uşa laterală a restaurantului, dar nu apucă să ajungă la ea. Doi agenţi în costume negre apar ca din senin şi îi blochează drumul. Îi arată insignele şi îi fac semn să meargă spre un SUV care aşteaptă lângă o maşină de gunoi. DiLuca ştie că ar fi o prostie să se opună sau să spună ceva. Îşi lasă capul în jos, iar umerii i se pleoştesc în timp ce este condus spre maşină. A reuşit încă o dată să îşi strice viaţa în lumea liberă. Încă o dată simte strânsoarea neplăcută a cătuşelor metalice.

Adam e singura persoană din restaurant care urmăreşte acea dramă. Nu îl încântă evenimentele. Lumea lui se zdruncină din nou. Cei de la FBI i-au promis că, în schimbul cooperării, vor renunţa la punerea lui sub acuzare. I-au promis o slujbă mai bună. Dar cine respectă asemenea promisiuni? Din câte ştie el, planul e să-l prindă pe DiLuca înainte de a apuca să îşi anunţe complicii. În acest fel, Diaconii nu vor afla nici de arestarea lui, nici de faptul că Adam, curierul lor, a devenit informator. Însă Adam ştie că, într-o închisoare, fidelităţile se schimbă de la o zi la alta, iar secretele sunt greu de păstrat. Se teme pentru viaţa lui şi ar vrea o altă slujbă.

Termină un taco şi se uită la SUV-ul care se îndepărtează. Imediat după aceea, soseşte o maşină de asistenţă rutieră care ia noul Lexus. După ce lucrurile par să revină la normal, Adam termină de mâncat şi ultimul taco, apoi se duce la camioneta lui, bănuind că şi el va fi arestat curând. Ori, mai rău, că va fi înjunghiat în închisoare şi lăsat să sângereze până la moarte.

*

Vreme de aproape o oră, Skip DiLuca stă pe bancheta din spate având cătuşele strânse în jurul încheieturilor şi nu scoate niciun cuvânt. Nici agentul aflat alături de el nu vorbeşte. La fel, şi cei doi agenţi din faţă. Geamurile laterale sunt de un fumuriu-închis, astfel încât cei din maşină nu pot vedea mare lucru prin ele, iar cei de afară cu siguranţă nu îi pot zări pe pasageri.

SUV-ul şerpuieşte şi duduie prin trafic şi, în cele din urmă, ajunge în spatele clădirii FBI din Maitland. DiLuca este condus pe o scară cale de două paliere, apoi într-o încăpere fără ferestre, unde aşteaptă alţi agenţi. E silit să se aşeze pe un scaun şi i se scot cătuşele. În cameră sunt nu mai puţin de şase agenţi, ceea ce reprezintă un tur de forţă impresionant. Skip se întreabă dacă o asemenea demonstraţie e cu adevărat necesară. Dacă ar încerca să evadeze, unde s-ar putea duce? Liniştiţi-vă, oameni buni!

În cameră intră o femeie, iar bărbaţii încremenesc. Ea se aşază faţă în faţă cu Skip, iar bărbaţii rămân în picioare, pregătiţi să intervină dacă ar fi cazul. Ea spune:

– Domnule DiLuca, mă numesc Agnes Nolton, agent special FBI, şi te informez că eşti arestat pentru încercarea de ucidere pe bază de contract a lui Quincy Miller şi pentru atac deosebit de grav, precum şi pentru alte câteva infracţiuni mai puţin grave. Ţi-am percheziţionat maşina şi am descoperit trei sute de capsule cu metadonă cristalizată, aşa că vom adăuga aceste acuzaţii mai târziu. Aici sunt trecute acuzaţiile. Aruncă o privire!

Îi împinge peste masă lista cu acuzaţii, dar DiLuca nu se grăbeşte să le citească. Nu se lasă impresionat şi citeşte cu o expresie de aroganţă, ca şi cum ar verifica nişte scoruri de la un meci de box. După ce termină, aşază foaia de hârtie pe masă şi îi aruncă un zâmbet siropos. Ea îi întinde o altă foaie, pe care sunt trecute drepturile pe care le are. Le citeşte şi semnează în josul paginii – nu e prima dată când trece prin asta.

– O să te predăm gardienilor peste câteva momente, spune Nolton, dar mai întâi aş dori să purtăm o mică discuţie. Ai nevoie de un avocat?

– Nu, am nevoie de doi. Poate de trei.

– Cu siguranţă. Acum însă ne putem opri şi-ţi vom aduce un avocat din oficiu mâine. Dar dacă se întâmplă asta, nu mai putem purta mica noastră discuţie, iar asta va fi foarte rău pentru tine.

– Ascult, spune el cu glas calm.

– Ai un cazier destul de bogat, iar acum, în baza tuturor acuzaţiilor, te aşteaptă treizeci de ani de detenţie. Ai cincizeci şi unu de ani, astfel că vei muri în spatele gratiilor.

– Mulţumesc.

– Nu e cazul. Sinceră să fiu, nu reprezinţi o ţintă deosebită şi avem lucruri mai bune de făcut decât să ne preocupe jocurile bandelor din închisori. Însă un contract de lichidare e cu totul altceva. Cineva a plătit pentru asta. Ne spui cine, cât, toate amănuntele, iar noi îţi garantăm o pedeapsă mai uşoară şi ani de libertate după aceea. Asta în cazul în care nu mai comiţi şi altceva, ceea ce mi se pare îndoielnic.

– Mulţumesc.

– N-ai pentru ce. Domnule DiLuca, îţi propunem un târg favorabil, iar oferta expiră peste exact patruzeci şi trei de minute. În timp ce spune asta, se uită la ceasul de la mână. Nu poţi pleca din camera asta şi nici să apelezi pe cineva.

– Refuz. Nu sunt informator şi nici turnător.

– Sigur că nu, nici n-am vrut să sugerez asta. Dar să nu ne amăgim singuri! Nu eşti chiar preşedintele Clubului Rotary. Skip, uită-te în oglindă! Înfruntă adevărul. Nu eşti decât un ţepar, un escroc, un infractor cu cazier, un membru al unei bande violente, un rasist, un perdant de multă vreme, cu un istoric ce cuprinde o mulţime de lucruri prosteşti. Acum ai fost prins mituind un gardian şi aducând droguri pentru prietenii tăi, Diaconii. Foarte rău, Skip! De ce naiba nu poţi face ceva inteligent în viaţa asta? Chiar vrei să-ţi petreci următorii treizeci de ani închis cu animalele acelea? Şi va fi o închisoare federală, Skip, nu o tabără de vacanţă. O să ne asigurăm că vei fi încarcerat într-un penitenciar federal.

– Fii serioasă.

– Un penitenciar federal, Skip, cel mai rău dintre toate. Pentru următorii treizeci de ani. Garvin e un loc de picnic în comparaţie cu cel în care vei ajunge.

Skip inspiră adânc şi examinează tavanul. Nu se teme de închisoare, nici măcar de una federală. Şi-a petrecut mai toată viaţa în spatele gratiilor şi a supravieţuit, câteodată chiar a prosperat. Acolo se află fraţii lui, cu toţii juraţi într-o bandă feroce, care îl vor apăra. Nu va munci şi nici nu va avea de plătit facturi. Trei mese pe zi. O grămadă de droguri, mai ales pentru un membru al bandei. Şi sex din belşug, dacă ar avea chef de aşa ceva.

Cu toate astea, de curând a cunoscut o femeie la care ţine mult şi care reprezintă prima lui aventură după mulţi ani. E ceva mai în vârstă decât el, dar are nişte bani şi au discutat despre traiul împreună şi despre o călătorie. Skip nu poate pleca departe, fiindcă a fost eliberat condiţionat; paşaportul reprezintă un vis pentru el. Însă ea i-a oferit o idee de viaţă nouă şi practic nu ar vrea să se întoarcă în închisoare.

Întrucât este un escroc cu experienţă, ştie cum să facă acest joc. Tipa asta dură poate găsi puţină înţelegere ca să negocieze. De aceea întreabă:

– Prin urmare, despre ce pedeapsă vorbim?

– Am spus, treizeci de ani.

– Şi dacă facem un târg?

– Între trei şi cinci ani.

– Nu pot supravieţui între trei şi cinci ani. Răspunsul meu este nu.

– Dacă nu poţi rezista între trei şi cinci ani, cum te aştepţi să supravieţuieşti treizeci?

– Am mai fost închis. Ştiu cum se fac jocurile.

– Asta aşa e.

Nolton se ridică şi se uită cu severitate la el.

– Skip, mă întorc peste o jumătate de oră. Acum doar mă faci să pierd timpul.

– Aş putea primi nişte cafea? întreabă el.

Nolton îşi duce braţele în lături şi spune:

– Cafea? N-am cafea. A primit cineva de-aici cafea?

Ceilalţi şase agenţi se uită în jur, ca şi cum ar căuta ceşti de cafea. Cum nu găsesc, clatină din capete. Nolton iese hotărâtă din cameră şi cineva închide uşa. Înăuntru rămân trei agenţi. Cel mai masiv dintre ei se aşază în dreptul uşii pe un scaun greu şi începe să îşi şteargă e mailurile. Ceilalţi doi se duc la masa la care se află Skip şi îşi fac de lucru cu telefoanele mobile. În cameră se lasă liniştea, iar Skip se preface că aţipeşte.

Un sfert de oră mai apoi, uşa se deschide şi în cameră intră Nolton. Nu se aşază, ci coboară privirea spre Skip şi spune:

– Tocmai l-am ridicat pe Mickey Mercado din Coral Gables şi ne pregătim să-i oferim înţelegerea vieţii lui. Dacă el o acceptă primul, ai încurcat-o, căci oferta noastră va fi retrasă. Gândeşte repede, Skip, dacă se poate!

Se răsuceşte pe călcâie şi iese din cameră. Skip reuşeşte să nu îşi trădeze sentimentele, dar simte cum i se contractă măruntaiele şi este cuprins de greaţă. Vederea i se înceţoşează şi simte că i se învârteşte creierul. Cei de la FBI nu doar că ştiu de Mercado, ci l-au şi înhăţat! Asta îl copleşeşte. Se uită în jur şi observă că agenţii de la masă îi urmăresc orice mişcare. Respiră mai apăsat şi nu se poate înfrâna. Fruntea i se umple de broboane de sudoare. Cei doi scriu ceva pe telefoane şi transmit mesaje.

Trece un moment şi reuşeşte să nu verse. Continuă să înghită în sec şi trec alte câteva momente.

Zece minute mai târziu, Nolton se întoarce. De astă dată se aşază, un indiciu clar cum că şi-a propus să îl strângă de boaşe. Începe pe un ton amabil:

– Skip, eşti un nătărău! Orice escroc aflat în situaţia ta care nu acceptă înţelegerea e un nătărău.

– Mulţumesc. Să discutăm despre protecţia martorilor.

Ea nu zâmbeşte, dar este clar încântată că au făcut un pas uriaş în direcţia corectă. Apoi spune:

– Putem discuta despre asta, dar nu sunt convinsă că va funcţiona în cazul de faţă.

– Ba poţi să o faci să funcţioneze. O faceţi tot timpul.

– Adevărat. Aşadar, ipotetic vorbind, dacă ne punem de acord să te închidem, ce obţinem? La masa asta? Evident, îl avem pe Mercado. El era legătura ta directă? Mai era cineva deasupra lui? Câte nume ne poţi da? Câţi bani? Şi cine i-a primit?

DiLuca dă din cap şi priveşte în jur. Nu îi place să trădeze şi şi-a petrecut cariera pedepsind cu brutalitate turnătorii. Cu toate astea, vine un moment în care fiecare trebuie să îşi facă griji pentru sine.

– Vă voi spune tot ce ştiu, dar vreau o înţelegere în scris, zice el. Acum. La masa asta, cum spui. N-am încredere în tine, aşa cum nici tu n-ai încredere în mine.

– Destul de corect. Avem un acord standard în formă scurtă, pe care l-am folosit ani întregi. A fost aprobat de diverşi avocaţi ai apărării. Putem completa spaţiile goale şi vedem ce se va întâmpla.

*

DiLuca este dus în altă încăpere şi pus în faţa unui computer cu ecran mare. Îşi scrie declaraţia:

În urmă cu aproape şase săptămâni, am fost abordat de un bărbat care s-a prezentat drept Mickey Mercado şi care a spus că este din Miami. Practic, a bătut la uşa apartamentului meu, lucru ciudat, pentru că puţini oameni mă cunosc şi ştiu unde locuiesc. Curând mi-am dat seama că ştia o mulţime de lucruri despre mine. Ne-am dus la o cafenea de după colţ şi am purtat prima discuţie. Ştia că sunt Diacon şi că făcusem închisoare la Garvin. Ştia totul despre cazierul meu. Am fost oarecum iritat de acest lucru, aşa că am început să îi pun mai multe întrebări. Mi-a spus că este consultant în probleme de securitate. L-am întrebat ce naiba însemna asta, iar el mi-a zis că lucra pentru diverşi clienţi, în primul rând din Caraibe şi din alte asemenea locuri, dar a fost foarte discret. L-am întrebat cum puteam să mă asigur că nu era vreun poliţist sau un agent – ori alt individ de genul ăsta – care încerca să mă atragă într-o capcană. L-am întrebat dacă avea dispozitive de înregistrare asupra lui. A râs şi m-a asigurat că nu avea aşa ceva. În orice caz, am făcut schimb de numere de telefon şi m-a invitat să îi fac o vizită, ca să îi văd biroul şi afacerea. A jurat că vorbea serios. Câteva zile după aceea, am mers până în centrul oraşului Miami, am urcat la etajul 34 şi l-am întâlnit în biroul lui, care avea o frumoasă privelişte a oceanului. Am observat că avea o secretară şi câţiva angajaţi. Însă pe uşă nu era nicio tăbliţă cu vreun nume. Am băut o cafea şi am discutat cam o oră. M-a întrebat dacă mai aveam legături în închisoarea Garvin. Eu am vrut să ştiu dacă era vorba de un contract. A spus că da ori ceva de genul ăsta. A adăugat că exista un deţinut care trebuia să fie „eliminat", din cauza unei înţelegeri nerespectate cu un client de-al lui Mercado. Nu mi-a dat numele şi nici eu n-am refuzat contractul. Am plecat şi am ajuns acasă. Între timp, am căutat pe internet, dar am aflat foarte puţine lucruri despre Mercado. M-am convins însă aproape complet că nu era poliţist. A treia noastră întâlnire a avut loc într-un bar din Boca. Acolo am încheiat afacerea. M-a întrebat cât ar costa. Am spus cincizeci de mii de dolari, ceea ce reprezenta un adevărat jaf, pentru că într-o închisoare se poate aranja lichidarea unui om pentru mult mai puţini bani. Însă el mi-a lăsat impresia că nu îl interesa. Nu am întrebat ce făcuse Miller şi nici Mercado nu mi-a spus. Pentru mine, era doar o înţelegere oarecare. L-am sunat pe Jon Drummik, şeful Diaconilor de la Garvin, iar el a aranjat totul. Urma să îl folosească pe Robert Earl Lane, probabil cel mai periculos om de acolo, alb sau negru. Aveau să primească fiecare câte cinci mii de dolari și alți cinci mii după ce făceau treaba. Nu poți duce bani lichizi în închisoare, de aceea am aranjat ca plata să se facă în numerar către fiul lui Drummik și fratele lui Lane. La cea de-a patra întâlnire a noastră, Mercado mi-a dat douăzeci și cinci de mii de dolari în numerar. Mă îndoiam că aveam să văd vreodată și restul de bani, indiferent ce urma să i se întâmple lui Quincy Miller. Dar nu m-am sinchisit. Douăzeci și cinci de mii de dolari reprezintă un profit grozav pentru o crimă în închisoare. Apoi m-am întâlnit cu Adam Stone, omul nostru din penitenciar, și am planificat omorul. El le-a transmis mesajele lui Drummik și lui Lane. Atacul a mers bine, dar ei n-au reușit să îl omoare pe Quincy. Stone mi-a spus că apăruse un alt gardian sau ceva de genul ăsta. Mercado s-a înfuriat când a aflat că treaba nu a mers și a refuzat să-mi plătească restul banilor. Am păstrat cincisprezece mii de dolari în numerar.

Mercado nu mi-a menționat niciodată numele clientului său. El a fost singura mea legătură. Sincer să fiu, nu am insistat, pentru că mi-am închipuit că într-o asemenea înțelegere este preferabil să știu cât mai puține lucruri. Dacă l-aș fi întrebat, sunt convins că Mercado ar fi evitat să îmi răspundă.

Un prieten de-al meu din Miami, fost traficant de droguri, spune că Mercado e un fel de operator semilegal, folosit deseori de traficanți pentru a rezolva anumite probleme. M-am întâlnit cu el de două ori după atacul împotriva lui Miller, dar nu am reușit să aflu mai multe. M-a întrebat dacă ar fi posibil să ajung la Miller în spital. M-am dus acolo și am tatonat, dar nu mi-a plăcut ce am văzut. Mercado mi-a cerut să urmăresc ritmul în care își revine Miller și să găsesc o modalitate de a încheia treaba.

Skip DiLuca

*

Întrucât planul conspirativ de a-l ucide pe Quincy este încă în vigoare, cei de la FBI trebuie să ia o hotărâre. Preferă să îl urmărească pe Mercado și să spere că el îi va conduce la un pește mai mare, probabil folosindu-l pe DiLuca drept nadă. Cu toate astea, câtă vreme Mercado este liber și plănuiește să îl termine pe Quincy, pericolul rămâne real. Calea cea mai simplă ar fi arestarea lui Mercado şi exercitarea unor presiuni asupra lui, dar nimeni din cadrul FBI nu se aşteaptă ca el să vorbească ori să coopereze.

DiLuca este ţinut în închisoare, la solitar, sub supraveghere permanentă şi departe de orice fel de comunicare. E un infractor de carieră, în care nimeni nu poate avea încredere. Dacă ar avea posibilitatea, cu siguranţă ar lua legătura cu Mercado. Şi s-ar asigura că Jon Drummik şi Robert Earl Lane ştiu că Adam Stone este un turnător.

Agnes Nolton hotărăşte să îl aresteze pe Mercado şi să îl ducă pe Adam Stone departe de Garvin. Se fac imediat planuri pentru a-l muta împreună cu familia într-un alt oraş, unul aproape de o închisoare federală, unde îl aşteaptă o slujbă mai bună. De asemenea, se fac planuri pentru trimiterea lui DiLuca într-un loc în care câţiva chirurgi îi vor modifica înfăţişarea şi unde va primi un nou nume.

*

Încă o dată, răbdarea dă roade. Folosind un paşaport hondurian pe numele Alberto Gomez, Mercado îşi rezervă un bilet pentru un avion care zboară de la Miami la San Juan; de acolo ia un avion Air Caribean până în insula Martinica, din Indiile Franceze de Vest. Agenţii locali fac eforturi să îi prindă urma în capitala Fort-de-France şi îl urmăresc când ia un taxi până în staţiunea Oriole Bay, un loc elegant şi izolat de pe coasta unui munte. Două ore mai târziu, un avion cu reacţie al autorităţilor guvernamentale aterizează pe acelaşi aeroport, iar agenţii FBI se grăbesc să se îmbarce în maşinile care îi aşteaptă. Cu toate acestea, staţiunea nu mai are locuri libere de cazare. Are doar douăzeci şi cinci de camere foarte scumpe şi toate sunt ocupate. Agenţii se instalează în cel mai apropiat hotel, aflat la cinci kilometri distanţă.

*

Mercado merge încet prin staţiune, ia masa singur lângă piscină şi bea ceva într-un mic bar care oferă vedere spre traficul pietonal. Ceilalţi turişti sunt europeni bogaţi, care vorbesc în diferite limbi, şi nu îi stârnesc bănuieli. Spre sfârşitul după-amiezii, pleacă în susul pantei pe o potecă îngustă, lungă de vreo cincizeci de metri, spre un bungalow mare, unde un servitor îi oferă ceva de băut pe terasă. Apa sclipitoare a Mării Caraibilor se întinde mulţi kilometri dedesubtul lui. Îşi aprinde un trabuc cubanez şi se delectează cu priveliştea.

Stăpânul casei este Ramon Vasquez, care apare într-un târziu pe terasă. Stăpâna casei este Diana, perechea lui de multă vreme, pe care Mercado nici nu a întâlnit-o, nici nu a văzut-o vreodată. Diana aşteaptă şi urmăreşte totul de la fereastra unui dormitor.

Ramon îşi trage un scaun. Nu îşi dau mâinile.

– Ce s-a întâmplat?

Mercado ridică din umeri, semn că au apărut probleme.

– Nu ştiu sigur. Treaba n-a fost terminată în interiorul închisorii.

Vorbesc rapid în spaniolă.

– Evident. Există vreun plan ca să ducem treaba până la capăt?

– Asta vrei?

– Foarte mult. Băieţii noştri nu sunt deloc mulţumiţi şi vor ca problema asta să dispară. Am crezut că putem avea încredere în tine pentru ceva atât de simplu. Ai spus că va fi uşor de rezolvat. Te-ai înşelat şi vrem să punem capăt contractului.

– Am înţeles. Voi face un plan, dar nu va fi deloc uşor. Mai ales acum.

Servitorul îi aduce lui Ramon un pahar cu apă cu gheaţă. El refuză o ţigară de foi. Mai discută o jumătate de oră, după care Mercado este expediat. Se întoarce discret în staţiune, flirtează cu o tânără în cursul serii, apoi ia cina singur în restaurantul elegant al hotelului.

În ziua următoare, folosind un paşaport bolivian, Mercado se întoarce la San Juan.

37

În comitatul Ruiz există doar două municipii: Seabrook, cu o populaţie de unsprezece mii de persoane, şi satul Dillon, mult mai mic, cu o populaţie de două mii trei sute de persoane. Dillon se află spre nord şi mai spre interiorul uscatului, destul de departe de ocean, şi aparent este uitat de timp. În Dillon există puţine slujbe decente, iar comerţ nu se face mai deloc. Cei mai mulţi tineri îl părăsesc de nevoie şi din dorinţa de a supravieţui. Aproape nimeni nu se gândeşte la prosperitate. Cei rămaşi în sat, tineri şi bătrâni, se descurcă greu, trăind din slujbele mizere pe care le pot găsi şi din ajutoare guvernamentale.

Deşi comitatul are populaţie albă în proporţie de optzeci la sută, în Dillon proporţia e de jumătate-jumătate. În anul precedent, micul său liceu a fost absolvit de şaizeci şi unu de tineri, dintre care treizeci erau negri. Kenny Taft a terminat liceul acolo, în 1981, la fel ca şi sora şi fratele lui, mai mari decât el. Familia locuia la câţiva kilometri de Dillon, într-o fermă veche, pe care tatăl lui Kenny o cumpărase la o licitaţie după o executare silită, înainte de naşterea lui.

Vicki a alcătuit o istorie cu multe goluri a familiei Taft şi a constatat că aceasta a avut parte de multe suferinţe. Din vechi ferpare, ştim că tatăl lui Kenny a murit la vârsta de cincizeci şi opt de ani, din motive necunoscute. A urmat Kenny, care a fost ucis la vârsta de douăzeci şi şapte de ani. Un an mai târziu, a murit fratele lui cel mai mare, într-un accident rutier. Doi ani mai târziu, Ramona, sora lui mai mare, a murit la treizeci şi şase de ani, din cauze necunoscute.

După ce le-a supraviețuit soțului și copiilor, în 1996, doamna Vida Taft a fost internată într-un spital de boli nervoase, dar evidențele tribunalului nu sunt clare în legătură cu ce s-a întâmplat ulterior. Și în Florida, la fel ca în multe alte state, procedurile de internare sunt confidențiale. La un moment dat, a fost externată, apoi a murit „în pace acasă", potrivit unui anunț din săptămânalul care apare în Seabrook. Nu s-a legalizat niciun testament al ei sau al soțului, deci se poate presupune că nu au semnat niciodată așa ceva. Vechea fermă și cele două hectare de pământ din jurul ei sunt acum în proprietatea nepoților, doisprezece, cei mai mulți fiind însă plecați din zonă. Cu un an în urmă, comitatul Ruiz a evaluat proprietatea la treizeci și trei de mii de dolari, dar nu se știe cine a plătit impozitele de două sute nouăzeci de dolari, pentru a se evita executarea silită.

Frankie găsește casa la capătul unui drum presărat cu pietriș. O fundătură. Se vede clar că a fost abandonată de ceva vreme. Printre scândurile deformate ale verandei din față cresc buruieni. Câteva obloane s-au prăbușit la pământ, altele abia atârnă în cuie ruginite. Un lacăt mare asigură ușa din față, iar cea din spate arată la fel. Nu e spartă nicio fereastră, iar acoperișul pare solid.

Frankie îi dă roată și îi este de ajuns. Pășește cu grijă prin buruieni și se întoarce la camionetă. A adulmecat prin Dillon vreme de două zile și crede că a găsit un suspect destul de plauzibil.

Slujba de zi a lui Riley Taft este de custode-șef la școala medie din sat, dar adevărata lui vocație este să predice în fața enoriașilor lui. E pastor al Bisericii Baptiste Red Banks, aflată la câțiva kilometri depărtare. Cei mai mulți membri ai familiei Taft sunt înmormântați acolo, unii având pietre funerare simple, alții, nu. Turma lui de credincioși numără mai puțin de o sută de oameni, care nu își permit să aibă un pastor cu normă întreagă. De aici, slujba de custode. După câteva telefoane, este de acord să îl întâlnească pe Frankie la biserică, spre sfârșitul după-amiezii.

Riley e trecut de treizeci de ani, e îndesat și comunicativ și zâmbește mereu. Îl plimbă pe Frankie prin cimitir și îi arată zona în care sunt înmormântați cei din neamul Taft. Tatăl său, cel mai mare copil, este înmormântat între Kenny și mama lui. Povestește tragediile din familie: bunicul lui, mort la cincizeci și opt de ani în urma unei indigestii misterioase; Kenny, ucis; tatăl lui, ucis pe loc într-un accident rutier; mătușa, moartă de leucemie la treizeci și șase de ani. Vida Taft a murit în urmă cu doisprezece ani, la vârsta de șaptezeci și șapte de ani.

– Sărmana femeie și-a pierdut mințile, spune Riley cu ochii umezi. Și-a îngropat cei trei copii și a luat-o razna. Rău de tot!

– Bunica ta?

– Da. Ia spune, de ce vrei să știi despre familia mea?

Frankie și-a pregătit deja povestea despre Guardian, misiunea noastră, succesele înregistrate și faptul că îl reprezentăm pe Kenny Miller.

– Credem că uciderea lui Kenny nu s-a petrecut așa cum a prezentat-o șeriful, spune el.

Asta nu îi stârnește nicio reacție. Face semn din cap spre partea din spate a micii biserici și spune:

– Să bem ceva!

Trec pe lângă morminte ale altor membri ai familiei Taft și ies din cimitir. Intră în sala de adunare a bisericii pe ușa din spate. Riley deschide un frigider dintr-un colț și scoate două sticle din plastic în care e limonadă.

– Mulțumesc, spune Frankie, așezându-se pe un scaun pliant.

– Și care e teoria asta nouă? întreabă apoi Riley.

– N-ai auzit niciodată vreuna?

– Nu, niciodată. Când a fost ucis Kenny, parcă s-a sfârșit lumea. Aveam vreo cincisprezece sau șaisprezece ani, cred că eram în clasa a zecea, iar Kenny îmi era mai curând un frate mai mare decât unchi. Îl veneram. Era mândria familiei. Foarte inteligent, călătorea mult – așa credeam. Era încântat de meseria de polițist, dar voia să progreseze. Doamne, ce mult l-am iubit! Toți îl iubeam. Toată lumea. Avea o soție atrăgătoare, Sybil, o adevărată doamnă. Și un copil. Totul îi mergea din plin când, brusc, a fost ucis. Când am auzit vestea, m-am prăbușit pe podea și am plâns ca un copil. Îmi venea să mor și eu. Am cerut să fiu pus în mormânt cu el. A fost groaznic. Ochii i se umezesc și ia o gură din sticlă. Noi am crezut că a dat peste niște traficanți de droguri și a fost împușcat. Acum, după mai bine de douăzeci de ani, apari tu și-mi spui ceva diferit. Am dreptate?

– Da. După părerea noastră, Kenny a fost prins în ambuscadă de oameni care lucrau pentru șeriful Pfitzner, care împărțea banii cu traficanții de droguri. Kenny știa prea multe, iar Pfitzner a devenit bănuitor.

E nevoie de o secundă sau două pentru ca ideea să capete greutate, dar Riley înțelege. Pentru el e un șoc, dar vrea să afle mai multe.

– Și ce legătură are asta cu Quincy Miller? întreabă el.

– Pfitzner a avut legătură cu asasinarea lui Keith Russo, avocatul. Russo a făcut ceva bani ca avocat apărându-i pe traficanți în instanță, apoi a fost recrutat de DEA și a devenit informator. Pfitzner a aflat, a aranjat crima și a făcut o treabă fără cusur punând-o în cârca lui Quincy Miller. Kenny știa ceva despre crimă, iar asta l-a costat viața.

Riley zâmbește, clatină din cap și spune:

– Mi se pare o nebunie.

– N-ai auzit asemenea zvonuri?

– Niciodată. Domnule Tatum, trebuie să înțelegi că Seabrook e la doar douăzeci de kilometri de aici, dar ar putea fi și la o sută cincizeci. Dillon este o lume aparte. Un locșor trist... serios vorbesc! Oamenii de aici abia se descurcă, trăind de pe o zi pe alta. Ne confruntăm cu propriile probleme și nu avem timp să ne facem griji pentru ceea ce se întâmplă în Seabrook ori altundeva, fiindcă veni vorba de asta.

– Înțeleg, spune Frankie, luând o gură de limonadă.

– Așadar, ai executat paisprezece ani pentru crima comisă de altcineva? întreabă Riley, nevenindu-i să creadă.

– Da, paisprezece ani, trei luni și unsprezece zile. Iar reverendul Post mi-a sărit în ajutor. E cumplit, Riley, să fii întemnițat și uitat de lume când știi că ești nevinovat. De aceea lucrăm atât de intens pentru Quincy și pentru alți clienți. După cum știi, frate, există mulți oameni condamnați pentru fapte pe care nu le-au comis.

– Ai înțeles bine.

Beau în semn de solidaritate.

Frankie insistă:

– Există posibilitatea, probabil foarte firavă, ca unchiul tău să fi intrat în posesia unor probe care erau depozitate într-o magazie din spatele biroului lui Pfitzner din Seabrook. Fostul lui partener ne-a spus asta recent. Kenny a mirosit un plan care prevedea incendierea clădirii pentru distrugerea probelor – de aceea a scos de acolo câte ceva înainte de asta. Dacă Pfitzner a organizat ambuscada împotriva lui Kenny, de ce a vrut să fie ucis? Întrucât Kenny știa ceva. Probele erau la el. Nu există un alt motiv – ori niciunul pe care să îl bănuim – care să explice motivația lui Pfitzner.

Lui Riley îi place povestea.

– Așadar, spune el, marea întrebare e: ce-a făcut Kenny cu probele? De aceea ai venit aici, da?

– Ai înțeles corect. Kenny sigur nu le-ar fi dus acasă, pentru că asta i-ar fi pus familia în pericol. Plus că trăia într-o locuință închiriată.

– Soția lui n-a fost prea fericită acolo. Era pe Secretary Road, la est de Seabrook. Sybil voia să se mute în altă parte.

– Apropo, am găsit-o pe Sybil în Ocala, dar nu vrea să discute cu noi. N-a scos nicio vorbă.

– O femeie drăguță, întotdeauna îmi zâmbea. N-am mai văzut-o de ani buni și cred că nici n-o voi mai vedea vreodată. Așadar, domnule Tatum...

– Frankie, te rog.

– Așadar, Frankie, crezi că el a dus probele la casa natală, cea de aici, unde le-a ascuns, corect?

– Lista ascunzătorilor probabile este scurtă, Riley. Dacă ar fi avut ceva de ascuns, ceva valoros, Kenny ar fi vrut să păstreze totul într-un loc sigur și accesibil. E logic, nu? Casa de aici are pod sau subsol?

Riley clatină din cap.

– N-are subsol. Nu sunt sigur, dar se pare că există un pod. Nu l-am văzut și nici n-am urcat vreodată acolo. Ia o gură de limonadă și adaugă: Frankie, asta mi se pare o vânare de vânt.

Frankie râde și spune:

– Vai, ne-am specializat în așa ceva! Am pierdut o mulțime de timp scotocind după ace în care cu fân. Însă câteodată mai descoperim câte ceva.

Riley își termină limonada, apoi se ridică încet și începe să se plimbe prin încăpere ca și cum s-ar simți brusc împovărat. Se oprește și coboară privirea spre Frankie, spunând:

– Nu se poate intra în casa aceea. E prea primejdios.

– Dar e abandonată de ani întregi.

– De oameni adevărați, dar acolo există multe lucruri care se mișcă. Spirite, fantome... locul e bântuit, Frankie. Am văzut-o cu ochii mei. Sunt un om sărac, cu puțini bani la bancă, dar nici pentru o mie de dolari n-aș intra în casa aceea – nici ziua în amiaza mare, cu o pușcă în mână. Nimeni din familia noastră n-ar intra acolo.

Riley îl privește cu ochii dilatați de spaimă și degetul îi tremură când îl întinde spre Frankie, care rămâne încremenit un moment. Apoi se duce la frigider, mai scoate două sticle, îi întinde una lui Frankie și se așază. Respiră greu și stă cu ochii închiși, ca și cum și-ar aduna puterile pentru o poveste complicată. În cele din urmă, începe:

– Vida, bunica mea, a fost crescută de bunica ei într-o așezare de negri aflată la vreo șaisprezece kilometri de aici. Acum a dispărut. Vida s-a născut în 1925. Bunica ei, în jurul anului 1870, când mulți negri aveau rude născute în sclavie. Bunica ei practica vrăjitoria și voodoo african, care era obișnuit în acea vreme. Religia ei era un amestec de evanghelizare creștină și spiritualism al lumii vechi. Era moașă și doctor local, știind să pregătească loțiuni și alifii, dar și ceaiuri din ierburi care puteau să vindece aproape orice. Vida a fost influențată profund de femeia aceea și toată viața s-a socotit o maestră spirituală, evitând să folosească termenul de „vrăjitoare". Ești atent, Frankie?

Era, chiar dacă acum era pierdere de timp. Frankie a dat din cap hotărât, apoi a spus:

– Sigur. E fascinant.

– Îți prezint lucrurile pe scurt, dar se poate scrie o carte groasă despre Vida. Era o femeie înspăimântătoare. Își iubea copiii și nepoții și domnea peste toată familia, dar avea și o latură întunecată, misterioasă. Să-ți spun o poveste! Ramona, fiica ei, mătușa mea, a murit la treizeci și șase de ani, doar i-ai văzut piatra funerară. Când era mică, pe la vreo paisprezece ani, Ramona a fost violată de un băiat din Dillon, un soi rău. Toată lumea îl știa. După cum îți poți închipui, familia a fost tulburată, dar nu a vrut să cheme șeriful. Vida nu avea încredere în dreptatea făcută de albi. A spus că se va ocupa chiar ea de toate. Kenny a găsit-o la miezul nopții în curtea din spate, implicată în niște ritualuri voodoo. Bătea într-o tobiță, având tigve prinse de gât și piei de șarpe înfășurate în jurul labelor picioarelor și rostind incantații într-o limbă necunoscută lui. Mai târziu, ea i-a spus lui Kenny că aruncase un blestem asupra băiatului care o violase pe Ramona. Apoi s-a răspândit vestea, cel puțin între negrii din Dillon, că băiatul era blestemat. Câteva luni mai târziu, a ars de viu într-un accident rutier, iar după aceea oamenii au început să se ferească de Vida. Atât de mult se temeau de ea!

Frankie ascultă totul fără să scoată niciun cuvânt.

– De-a lungul anilor, a devenit tot mai ciudată, de aceea, în cele din urmă, n-am avut de ales. Am angajat un avocat din Seabrook pentru a o trimite la spitalul de boli nervoase. S-a înfuriat pe familie și ne-a amenințat pe toți. I-a amenințat pe avocat și pe judecător. Am fost îngroziți. N-au putut face nimic cu ea la azil și, până la urmă, i-a convins pe doctori să o externeze. După aceea, ne-a spus tuturor să stăm departe de ea și de casă – și așa am făcut toți.

– Potrivit ferparului, a murit în 1998, reușește Frankie să spună.

– Acela a fost anul, dar nimeni nu știe ziua. Vărul meu Wendell s-a îngrijorat și s-a dus până la casă, unde a găsit-o zăcând liniștită în mijlocul patului, cu cearșafurile trase până sub bărbie. Era moartă de câteva zile. Lăsase un bilet, în care cerea să fie înmormântată alături de copii, fără vreo ceremonie funerară. A mai scris că ultima ei acțiune pe pământ fusese să pună un blestem pe casă. Îmi pare rău s-o spun, dar am fost ușurați cu toții când a murit. Am îngropat-o în grabă, în timpul unei furtuni cu fulgere și tunete, o scurtă slujbă doar pentru familie, iar în momentul în care am coborât-o în mormânt, un fulger a lovit un copac din cimitir, iar noi am tresărit înspăimântați de moarte. Niciodată în viață nu mi-a mai fost atât de frică și niciodată nu m-am bucurat mai mult văzând un sicriu acoperit de pământ.

Riley ia o înghițitură mare din sticlă și se șterge la gură cu dosul mâinii.

– Asta a fost Vida, bunica mea. Îi spuneam buni, dar cei mai mulți copii îi spuneau Voodoo pe la spate.

Cu un glas ferm, Frankie spune:

– Trebuie să verificăm podul.

– Domnule, nu ești sănătos la cap.

– Cine are cheia?

– Eu, dar n-am călcat înăuntru de ani întregi. Curentul a fost întrerupt de multă vreme, dar câteodată se pot vedea lumini noaptea. Lumini care se mișcă. Doar un nebun ar trece de ușile acelea. Apoi adaugă: Simt nevoia de aer.

Ies amândoi afară, în arșiță, și se duc spre mașinile lor. Apoi Riley spune:

– Știi ceva? Totul e ciudat. Kenny a murit acum douăzeci de ani și nimeni nu a manifestat vreun interes. Iar acum, în mai puțin de o săptămână, tu și alți doi oameni veniți să adulmecați pe aici.

– Alți doi?

– Săptămâna trecută au apărut doi albi care m-au întrebat despre Kenny. Unde a crescut? Unde a trăit? Unde e îngropat? Nu mi-au plăcut, de aceea am făcut pe prostul și nu le-am spus nimic.

– De unde erau?

– Nu i-am întrebat. Dar am avut impresia că oricum nu mi-ar fi spus.

38

Prima intervenţie chirurgicală suportată de Quincy durează şase ore şi are ca scop reconstituirea unui umăr şi a unei clavicule. Decurge bine, iar doctorii sunt încântaţi. Stau lângă el câteva ore, cât îşi revine din anestezie. Corpul lui zdrobit se reface bine şi îi revine şi o parte din memorie, deşi scena atacului rămâne încă o gaură neagră. Nu îi spun ce ştim despre Drummik şi Robert Earl Lane şi nici despre Adam Stone şi Skip DiLuca. E sub o medicaţie masivă şi nu pare pregătit să afle restul poveştii.

La uşa rezervei lui se află tot timpul un paznic de un fel sau altul, de multe ori chiar mai mulţi: agenţi de pază ai spitalului, gardieni din închisoare, poliţişti din Orlando, oameni de la FBI. Mă întreb deseori cât costă totul. Cincizeci de mii de dolari pe an pentru a-l ţine în închisoare, şi asta vreme de douăzeci şi trei de ani. O picătură dintr-un ocean din ceea ce plătesc acum contribuabilii pentru a-l menţine în viaţă şi a-i repara vătămările. Fără a mai vorbi de măsurile de securitate. Milioane risipite pentru un om nevinovat, care nu ar fi trebuit să ajungă în închisoare.

Într-o dimineaţă, moţăi pe patul pliant din camera lui când îmi sună telefonul. Agenta Nolton mă întreabă dacă sunt în oraş. Vrea să îmi arate ceva. Conduc până la biroul ei şi o urmez într-o sală de conferinţe spaţioasă, unde ne aşteaptă un om de la serviciul tehnic.

Face lumina să scadă şi, rămaşi în picioare, privim către un ecran mare. Apare o faţă – un bărbat de origine spaniolă, în vârstă de aproape șaizeci de ani, atrăgător în mod brutal, cu ochii negri și sclipitori și cu o barbă pe jumătate încărunțită.

– Numele lui e Ramon Vasquez, spune Agnes. A fost multă vreme la conducerea cartelului Saltillo, dar acum e pe jumătate pensionat.

– Numele mi-e cunoscut, îi spun.

– Stai puțin. Dă un clic și apare o altă imagine, făcută din aer, a unei mici stațiuni cuibărite pe versantul unui munte înconjurat de apa cea mai albastră din lume. Aici își petrece mai tot timpul. Insula Martinica, Indiile Franceze de Vest. Locul se cheamă Oriole Bay, iar stațiunea este deținută de una dintre cele un milion de companii fără chip cu domiciliul în Panama. Împarte ecranul în două și apare fața lui Mickey Mercado. În urmă cu trei zile, amicul nostru de acolo a folosit un pașaport hondurian ca să zboare până în Martinica, unde s-a întâlnit cu Vasquez în această stațiune. Am apărut și noi, dar n-am putut pătrunde – și probabil că a fost mai bine așa. În ziua următoare, Mercado a folosit un pașaport bolivian ca să revină la Miami prin San Juan.

Asta îmi redeșteaptă memoria.

– Vasquez a fost amantul Dianei Russo, spun eu.

– Încă este. Stau împreună cam de după moartea prematură a iubitului ei soț. Mai dă un clic și Mercado dispare, iar jumătate din ecran rămâne neagră. Cealaltă jumătate păstrează imaginea insulei. Nu avem fotografii cu Diana. Din câte am reușit să aflăm – și n-o să te plictisesc cu povești despre cât de nesigure sunt informațiile culese în zona Caraibelor –, cei doi își petrec mai tot timpul trăind în izolare la vila lor. Se spune că ea conduce treburile casei, dar rămâne foarte discretă. Pe de altă parte, cei doi călătoresc mult, în întreaga lume. Cei de la DEA nu știu sigur dacă deplasările lor au legătură cu traficul de droguri ori dacă vor să părăsească insula din când în când. Se crede că Vasquez a trecut de prima tinerețe, dar încă este consultant. S-ar putea ca asasinarea lui Russo să se fi petrecut pe vremea șefiei lui, așa că trebuie să curețe urmele lăsate. Ori s-ar putea să fie încă activ în afaceri. Indiferent ce ar face, pare extrem de precaut.

Mă retrag spre un scaun și mă las greu pe el, apoi mormăi:

– Deci și ea a fost implicată...

– Ei, nu știm sigur asta, dar dintr-odată pare mult mai vinovată. A renunțat la cetățenia americană în urmă cu cincisprezece ani și a devenit cetățean cu drepturi depline al statului Panama. Probabil că asta a costat-o cincizeci de mii de dolari. Noul ei nume e Diana Sanchez, dar pariez că are și altele. Și cine știe câte pașapoarte... Nu există evidențe cum că ea și Ramon s-au legat pe viață. Evident, nu au copii. Ai văzut de ajuns?

– Mai sunt imagini?

– A, bineînțeles.

*

FBI-ul îl monitoriza pe Mercado și pregătea arestarea lui când bărbatul a făcut o gafă inexplicabilă. A pus mâna pe telefonul nepotrivit și a telefonat la un număr care nu a putut fi identificat. Cu toate astea, convorbirea a fost înregistrată. Mercado i-a sugerat celui cu care vorbea să se întâlnească în ziua următoare la un restaurant specializat în mâncare din crabi din Key Largo pentru a lua prânzul. Acționând cu o iuțeală remarcabilă – ceea ce mă face să fiu fericit fiindcă sunt de partea FBI-ului –, Nolton a obținut un mandat, iar agenții ei au sosit primii la localul respectiv. L-au fotografiat pe Mercado în parcare, l-au filmat în timp ce mânca crabi cu legătura lui și i-au fotografiat pe amândoi când s-au urcat în mașinile proprii.

SUV-ul marca Volvo este înregistrat pe numele lui Bradley Pfitzner.

În imagini, acesta pare să fie într-o formă destul de bună, având o bărbuță căruntă și părul alb și ondulat. Pensionarea în condiții de lux pare să îi fi priit mult. Are aproape optzeci de ani, dar se mișcă mai vioi decât unii oameni mai tineri decât el.

– Felicitări, Post! spune Nolton. În sfârșit, avem veriga lipsă.

Sunt prea șocat ca să deschid gura. Apoi continuă:

– Sigur că nu-l putem pune sub acuzare pe Pfitzner pentru că a luat masa cu cineva, dar o să obținem mandate și o să știm și când merge la toaletă.

– Să fiţi precauţi, îi spun. E foarte inteligent.

– Da, dar până şi cei mai inteligenţi infractori fac lucruri prosteşti. Întâlnirea cu Mercado vine ca un cadou.

– Nu există niciun indiciu cum că Pfitzner e în legătură cu DiLuca? o întreb.

– Niciunul. Pun pariu pe un salariu că Pfitzner nici măcar nu ştie numele lui DiLuca. Mercado circulă prin lumea întunecată în care ştia doar despre Arieni şi a aranjat lovitura. Se poate ca Pfitzner să fi plătit, dar putem dovedi asta doar dacă Mercado ciripeşte ceva. Iar indivizii ca el nu prea toarnă.

Mă simt copleşit de evenimente şi mă zbat să îmi păstrez gândurile în ordine. Prima mea reacţie este:

– Ce şir de evenimente... În decurs de trei zile, Mercado vă conduce la Ramon şi la Diana Russo, apoi la Bradley Pfitzner.

Agnes dă din cap, foarte mândră de progresele făcute, dar prea serioasă ca să exulte.

– O parte din puzzle se lămureşte, dar mai avem multe de făcut. Hai, că trebuie să fug! Te ţin la curent.

Are o altă întâlnire, iar tipul de la tehnic mă lasă singur în sală. Rămân îndelung în lumina difuză şi privesc în gol spre perete, încercând să desluşesc aceste ştiri-bombă. Agnes are dreptate spunând că, dintr-odată, ştim mult mai multe despre conspiraţia pentru uciderea lui Keith, dar câte se pot proba? Şi cât de mult îl poate ajuta asta pe Quincy?

În cele din urmă, părăsesc sala şi clădirea şi mă întorc la spital, unde îl găsesc pe Marvis stând cu fratele lui. Îmi spune că l-a convins pe şeful lui să îi acorde câteva zile de concediu, prin urmare va sta mai mult pe acolo. Asta e o veste bună, aşa că mă grăbesc să ajung la motel ca să îmi strâng lucrurile. Ies din oraş în ritm de melc şi inspiraţia îmi vine atât de brusc, încât aproape că mă văd silit să trag pe dreapta şi să dau roată maşinii. Cu toate astea, conduc în continuare, timp în care în minte mi se conturează un plan simplu, dar minunat. Apoi o sun pe cea mai bună prietenă a mea, Agnes Nolton.

– Ce s-a întâmplat? mă întreabă ea, după ce stau în așteptare timp de zece minute.

– Singurul mod de a-l prinde pe Pfitzner este prin a-l atrage în conspirație, îi spun.

– Asta sună a atragere în cursă.

– Cam așa ceva, dar ar putea da rezultate.

– Te ascult.

– L-ați trimis deja pe DiLuca spre zone necunoscute?

– Nu. E încă pe-aici.

– Mai avem nevoie de o trebușoară înainte de a dispărea.

*

La Hialeah Park, DiLuca ocupă un loc în tribună departe de alți spectatori. Ține în mână o fișă a curselor, ca și cum ar fi pregătit să înceapă să parieze pe cai. Are asupra lui cea mai modernă instalație de ascultare, ce ar putea recepționa și fornăitul unui cal aflat la zece metri distanță. Mercado apare douăzeci de minute mai târziu și se așază alături de el. Își cumpără fiecare câte o bere de la un vânzător ambulant și se uită la următoarea cursă.

În cele din urmă, DiLuca spune:

– Am un plan. Între intervențiile chirurgicale, l-au mutat din nou pe Miller. Starea lui continuă să se îmbunătățească, dar nu va fi externat prea curând. Paznicii lui se schimbă mereu și există tot timpul cineva la ușa camerei lui. Închisoarea trimite câțiva flăcăi, când și când. Aici vine planul. Împrumutăm o uniformă de gardian de la Stone și o îmbracă unul dintre oamenii mei. Se strecoară noaptea, târziu. În același timp, declanșăm o amenințare cu bombă la spital – poate facem ceva să explodeze în subsol, fără să fie nimeni rănit. În mod normal, cei din spital vor înnebuni. Un trăgător și toată demența de după... În agitația aceea, băieții noștri îl căpăcesc pe Miller. Folosim o seringă EpiFen[1] – luăm una de la o farmacie și o

[1] Seringă de unică folosință, pregătită pentru autoinjectare intramusculară în cazul unor alergii severe (n.tr.)

umplem cu ceva mortal, ricin sau cianură. Îl înţepăm într-un picior şi moare în cinci minute. Dacă e treaz, nu va avea vreme să reacţioneze, numai că îl ţin sedat. Facem treaba noaptea, când probabil va dormi. Omul nostru iese şi dispare în agitaţia de acolo.

Mercado ia o gură de bere şi se încruntă.

– Nu ştiu ce să zic. Mi se pare cumplit de riscant.

– Adevărat, dar e un risc pe care suntem dispuşi să ni-l asumăm. La un anumit preţ.

– Am înţeles că sunt camere de supraveghere peste tot.

– Deasupra uşii, dar nu şi în camera lui. Omul nostru intră acolo pentru că este gardian. După ce ajunge înăuntru, face treaba în câteva secunde, apoi se amestecă printre oamenii agitaţi. Nici naiba nu va şti cine este! Îl îmbarc pe un avion în mai puţin de o oră.

– Bine, dar Miller e într-un spital, înconjurat de doctori buni.

– Adevărat, dar până identifică toxina, va muri. Ai încredere în mine în privinţa asta. Am otrăvit trei oameni în închisoare – şi am făcut-o cu substanţe făcute de mine.

– Nu ştiu ce să spun. Va trebui să mă gândesc.

– Mickey, nu trebuie să te osteneşti. În afară de bani. Dacă omul nostru o dă în bară şi e prins, nu va vorbi. Îţi promit asta. Iar dacă Miller supravieţuieşte, păstrezi jumătate din bani. Crimele din închisoare costă puţin. Aici nu e vorba de aşa ceva.

– Cât?

– O sută de miare. Jumătate acum, jumătate după înmormântare. Plus ceilalţi douăzeci şi cinci de mii de la prima acţiune.

– E cam mult.

– E nevoie de patru oameni, eu şi alţi trei, plus cel care va pregăti bomba. E mult mai complicat decât să înjunghii pe cineva în închisoare.

– E vorba de o mulţime de bani.

– Îl vreţi mort sau nu?

– Trebuia să fie mort, dar oamenii tăi au dat-o în bară.

– Mort sau nu?

– Prea mulţi bani.

– Asta nu înseamnă nimic pentru băieţii tăi.

– O să mă gândesc.

Aflaţi de cealaltă parte a pistei de curse, lângă un padoc, oamenii FBI-ului dintr-o furgonetă filmează totul, în vreme ce microfonul captează fiecare cuvânt.

*

Pfitzner face câte o plimbare lungă împreună cu cea de-a doua soţie a lui, pescuieşte cu un prieten într-o barcă Grady-White cu motor, lungă de aproape zece metri, şi joacă golf în fiecare luni şi miercuri în aceeaşi formaţie de patru persoane. Potrivit tuturor indiciilor – îmbrăcăminte, casă, maşini, restaurante elegante, cluburi –, este cât se poate de înstărit. Agenţii îl urmăresc, dar nu pătrund în casa lui, pentru că există prea multe camere de supraveghere. Are un iPhone pe care îl foloseşte pentru discuţiile obişnuite şi cel puţin unul cu cartelă preplătită pentru apeluri mai delicate. Vreme de unsprezece zile, el nu se aventurează mai departe de terenul de golf sau de portul de agrement.

În cea de-a douăsprezecea zi, pleacă din Marathon şi conduce spre nord pe Autostrada 1. Când ajunge la Key Colony Beach, planul este activat. Este accelerat când Mercado pleacă din Coral Gables, pornind la drum. Soseşte primul la Key Largo şi opreşte în parcarea din faţa restaurantului Snook's Bayside. Doi agenţi în şorturi şi cămăşi cu motive florale intră în restaurant şi se aşază la o masă aflată lângă apă, la circa zece metri de masa lui Mercado. Zece minute mai târziu, Pfitzner soseşte cu Volvoul lui şi intră fără să aibă asupra lui geanta de antrenament, una dintre numeroasele greşeli pe care le-a făcut până în acel moment.

În vreme ce Mercado şi Pfitzner mănâncă salate cu fructe de mare, geanta este scoasă din Volvo. Înăuntru sunt cinci teancuri de bancnote de câte o sută de dolari, legate strâns cu benzi de cauciuc. Nu sunt bancnote noi, ci unele care au fost păstrate ceva vreme. În total, cincizeci de mii de dolari. Două teancuri sunt extrase și înlocuite cu bancnote noi, ale căror serii au fost înregistrate. Geanta este pusă la loc în portbagajul Volvoului. Mai sosesc doi agenți, întărind echipa de zece oameni.

După ce termină prânzul, Pfitzner plătește nota cu un card American Express, apoi el și Mercado ies în soare. Ezită o clipă lângă Volvo cât Pfitzner deschide portbagajul, scoate geanta sport și, fără să îi tragă fermoarul și să se uite în ea, i-o predă lui Mercado, care o primește atât de nonșalant, încât este limpede că au mai făcut asta și până atunci. Înainte ca Mercado să apuce să facă un pas, se aude o voce puternică:

– Stați pe loc! FBI!

Bradley Pfitzner leșină și se prăbușește peste mașina parcată alături de Volvoul lui. Se ghemuiește pe asfalt în vreme ce agenții îl înșfacă pe Mercado, luându-i geanta și încătușându-l. Când se ridică în picioare, Bradley este amețit și are o tăietură deasupra urechii stângi. Folosind un șervețel din hârtie, un agent îi șterge rana fără milă, apoi ambii suspecți sunt urcați în mașină pentru a fi duși la Miami.

39

În ziua următoare, Agnes Nolton mă sună ca să mă anunţe că Skip DiLuca e la bordul unui avion care se îndreaptă spre Mars, cu o nouă identitate şi cu şansa de a începe o nouă viaţă. Prietena lui i se va alătura mai târziu. Agnes îmi spune şi ultimele noutăţi legate de Pfitzner şi de Mercado, dar nimic nu s-a schimbat. Lucru care nu mă surprinde, firma de avocatură a lui Nash Cooley îi reprezintă pe amândoi, astfel că acuzarea se va împotmoli în curând, pentru că avocaţii vor pune beţe în roate sistemului. Cei doi acuzaţi încearcă să obţină eliberarea pe cauţiune, dar judecătorul federal nu se lasă convins.

Are vocea mai relaxată şi încheie discuţia întrebându-mă:

– De ce nu m-ai invitat încă la cină?

Orice şovăială mi-ar trăda slăbiciunea, de aceea îi răspund imediat:

– Ce-ar fi să luăm cina împreună?

Având în vedere starea mea obişnuită de neştiinţă în privinţa sexului opus, nu m-am deranjat să văd dacă poartă verighetă. După părerea mea, are patruzeci şi doi de ani. Parcă am văzut în biroul ei fotografiile unor copii.

– Se acceptă, spune ea. Unde ne întâlnim?

– E oraşul tău, zic, gata de plecare.

Singurele lucruri pe care le-am mâncat în Orlando au fost cumpărate de la cafeneaua din subsolul spitalului Mercy. Sunt groaznice, dar ieftine. Încerc cu disperare să îmi amintesc ultima cifră a soldului de pe cardul meu de credit. Îmi pot permite să o invit la un restaurant bun?

– Unde stai? mă întreabă ea.

– La spital. Dar n-are importanţă. Am maşină.

Am tras la un motel ieftin dintr-o zonă dubioasă a oraşului, un loc despre care nu ţin să aduc vorba. Şi maşina mea? Un mic Ford SUV cu pneurile tocite şi cu un milion de kilometri la bord. Îmi dau seama totuşi că Agnes ştie asta. Sunt convins că poliţiştii de la FBI m-au verificat. Ar fi de ajuns o privire la pneuri ca să spună că ar prefera să ne „întâlnim“ la restaurant decât să apelăm la formalitatea de a o lua de la birou. Îmi place felul în care gândeşte.

– Ştiu un restaurant numit Christner's, pe Lee Road. Ne întâlnim acolo. Şi plătim nemţeşte.

Asta îmi place şi mai mult la ea. S-ar putea să mă îndrăgostesc.

– Dacă insişti...

Având o diplomă de Drept şi optsprezece ani de muncă, salariul ei este cu aproape o sută douăzeci de mii mai mare decât salariile lui Vicki, Mazy şi al meu împreună. Noi avem fiecare câte două mii de dolari pe lună ca să supravieţuim şi ne acordăm o primă de Crăciun dacă ne mai rămân ceva bani în bancă.

Sunt convins că Agnes ştie că trăiesc în sărăcie.

Îmbrac singura cămaşă curată şi pantalonii kaki, uzaţi binişor. Ea pleacă de la birou şi, ca întotdeauna, este bine îmbrăcată. Bem un pahar de vin la bar, apoi ne retragem la masa noastră. După ce mai comandăm un pahar de vin, ea spune:

– Nu discutăm chestii de serviciu. Să vorbim despre divorţul tău.

Luat prin surprindere, chicotesc, deşi trebuia să mă aştept la un atac direct.

– De unde ştii?

– Bănuiam. Tu vorbeşte-mi despre divorţul tău, apoi vorbesc şi eu despre al meu. Şi astfel vom evita să discutăm despre muncă.

– Bine, îi spun, s-a întâmplat cu mult timp în urmă.

Apoi pătrund în trecutul meu: Facultatea de Drept, curtea făcută lui Brooke, căsătoria, cariera de apărător public, căderea nervoasă care m-a dus către seminar și chemarea de a ajuta oameni nevinovaţi.

Chelnerul apare la masa noastră și comandăm salate și paste.

Ea a trecut de fapt prin două divorţuri. Unul minor, care a urmat unei prime căsnicii îngrozitoare, și unul major, care s-a încheiat cu mai puţin de doi ani în urmă. El, director într-o corporaţie, era transferat foarte des. Ea voia să își vadă de carieră și se săturase să se mute de colo până colo. A fost o despărţire dureroasă, deoarece se iubeau. Cei doi copii adolescenţi încă se străduiesc să facă faţă situaţiei.

Pe Agnes o intrigă activitatea mea și îmi face plăcere să vorbesc despre cei a căror achitare am obţinut-o și despre cazurile la care lucrăm în prezent. Mâncăm, bem, discutăm și avem parte de o cină foarte plăcută. Sunt încântat că mă aflu în prezenţa unei femei atrăgătoare și inteligente, dar și că mănânc în alt loc decât la cafeneaua spitalului. Ea pare dornică de o conversaţie care să nu aibă legătură cu munca ei.

Cu toate astea, când ne sosește cafeaua și tiramisu, ne întoarcem la chestiunile presante. Ne nedumeresc acţiunile lui Bradley Pfitzner. Vreme de ani întregi, a dus o viaţă confortabilă, departe de locul infracţiunilor pe care le-a comis. Niciodată nu a simţit ameninţarea unei puneri sub acuzare. A fost suspectat și anchetat, dar s-a dovedit prea inteligent și a avut norocul să nu fie prins. A plecat cu banii și i-a spălat în mod elegant. Are mâinile curate. I-au ieșit bine înscenarea care a dus la condamnarea lui Quincy și lichidarea lui Kenny Taft, astfel încât să nu fie dat de gol. De ce a riscat acum, amestecându-se într-un complot de zădărnicire a eforturilor noastre prin uciderea lui Quincy?

Agnes crede că el a acţionat în numele cartelului. Tot ce se poate, dar de ce le-ar păsa celor din cartel și lui Pfitzner că noi îl scoatem pe Quincy din închisoare? Nu vom reuși să îl identificăm pe cel angajat să îl ucidă pe Russo în urmă cu douăzeci și trei de ani. Iar dacă, printr-un miracol, i-am afla numele, ar trebui să se petreacă încă trei miracole ca să facem legătura între el și cartel. Achitarea lui Quincy nu e același lucru cu soluționarea crimei.

Agnes e de părere că Pfitzner și cartelul au socotit că atacul din închisoare va decurge cu ușurință și nu va lăsa indicii. Trebuiau doar să găsească doi indivizi violenți, cu pedepse mari, cărora să le promită niște bani. Odată Quincy îngropat, nouă nu ne-ar rămâne decât să închidem dosarul și să ne vedem de alte treburi.

Suntem de acord că, la vârsta lui înaintată, Pfitzner s-a speriat probabil când și-a dat seama că cineva credibil investighează o chestiune pe care el o considera moartă și îngropată. Știe că acest caz merită investigat și, din reputația noastră, mai știe că suntem tenace și că de obicei reușim. Scoaterea lui Quincy din închisoare ar lăsa multe întrebări fără răspuns. Scoaterea lui din închisoare cu picioarele înainte ar îngropa acele întrebări.

Există și posibilitatea reală ca Pfitzner să se fi considerat imun față de orice bănuială. A făcut legea ani întregi. A acționat deasupra ei, a încălcat-o în interiorul și în exteriorul secției sale și a făcut întotdeauna ce a vrut, mulțumindu-i în același timp și pe alegători. S-a pensionat având o avere și se socotește isteț. Dacă mai era nevoie de o crimă – și încă una simplă precum un atac în închisoare –, atunci sigur ar fi recurs la ea ca să nu își mai facă nicio grijă.

Agnes mă distrează cu povești despre gafe incredibile comise de infractori altfel deștepți. Spune că ar putea umple o carte cu asemenea cazuri.

Facem speculații, ne exprimăm bănuielile și discutăm despre trecutul fiecăruia până târziu, bucurându-ne din plin de conversația lungă. Ceilalți clienți pleacă pe rând, dar noi abia dacă băgăm de seamă. Când chelnerul se uită cu subînțeles la noi, ne dăm seama că restaurantul s-a golit. Plătim nota pe din două, ne strângem mâinile la ușă și convenim să ne mai întâlnim.

40

Când FBI-ul și-a înfipt colții în Adam Stone și în Skip DiLuca, mi-am dat seama că Quincy Miller are un proces civil de toată frumusețea. Cu o complicitate activă din partea angajatului statului, Stone, asaltul a devenit un caz de prejudiciu produs cu intenție, mult mai ușor de instrumentat decât bătăile de varieteu din închisori. Statul Florida devine răspunzător și nu are cale de scăpare. Am discutat îndelung despre asta cu Susan Ashley Gross, consilierul nostru asociat, iar ea ne-a recomandat fără să ezite un avocat pledant pe nume Bill Cannon, din Fort Lauderdale.

Statul Florida nu duce lipsă de procese în care se cer prejudicii. Legile sunt prietenoase cu reclamanții. Jurații sunt educați și generoși, lucru dovedit de istorie. Cei mai mulți judecători au dat naștere unei atitudini agresive, în care pledanții au avut câștig de cauză. Dacă observi reclamele de pe orice autostradă aglomerată din Florida, aproape că îți dorești să fii rănit de ceva. Dimineața, de cum deschizi televizorul, ești bombardat de avocați care îți simt durerile.

Bill Cannon nu își face reclamă, fiindcă nu are nevoie. Reputația lui este de notorietate națională. Și-a petrecut ultimii douăzeci și cinci de ani în săli de judecată și a convins jurații să dea verdicte în care statul a plătit până la un miliard de dolari. Vânătorii de ambulanțe care bântuie pe străzi îi aduc lui cazurile. El cerne și discerne, alegându-le pe cele mai bănoase.

Însă am hotărât să optez pentru el din alte motive. În primul rând, crede în cauza noastră și face donații generoase pentru grupul inocenţilor condus de Susan Ashley. În al doilea rând, crede în pro bono şi se aşteaptă ca şi partenerii şi asociaţii lui să doneze zece la sută din timpul lor pentru a-i reprezenta pe cei mai puţin norocoşi. Deşi în prezent călătoreşte cu propriul avion cu reacţie, în copilărie a aflat ce înseamnă sărăcia şi îşi aminteşte încă suferinţa de a fi călcat în picioare, precum şi momentele în care familia lui a fost evacuată pe nedrept.

La trei zile după arestarea lui Mercado şi Pfitzner, Cannon înaintează în numele lui Quincy o plângere federală împotriva Departamentului Penitenciarelor din Florida, precum și împotriva lui Mickey Mercado şi Bradley Pfitzner, cerând cincizeci de milioane de dolari despăgubiri. Plângerea îi citează inclusiv pe Robert Earl Lane şi pe Jon Drummik, împreună cu Adam Stone și Skip DiLuca, dar ei vor fi scoşi din cauză ulterior. Imediat după depunerea plângerii, Cannon convinge un magistrat să blocheze conturile bancare şi toate celelalte bunuri ale lui Mercado şi Pfitzner înainte ca banii să se strecoare şi să dispară în Caraibe.

Înarmaţi cu mandate de percheziţie, cei de la FBI iau cu asalt apartamentul elegant din Coral Gables al lui Mercado. Descoperă câteva arme uşoare, telefoane cu cartelă preplătită, o cutie cu doar cinci mii de dolari şi un laptop din care se extrag prea puţine informaţii. Mercado a trăit mereu într-o stare de spaimă și a evitat să lase urme. Cu toate astea, două extrase bancare îi conduc pe cei de la FBI spre trei conturi care însumează patru sute de mii de dolari. Un raid asemănător la biroul lui mai scoate la iveală ceva bani. Agnes presupune că Mercado și-a depus averea offshore, în bănci dubioase.

Pfitzner n-a fost la fel de precaut. Prima descindere la casa lui a fost împiedicată de soţie, care s-a înfuriat la culme și a încercat să blocheze uşile. În cele din urmă, a fost domolită cu ajutorul cătușelor şi ameninţată cu închisoarea. Evidenţele bancare arată trei conturi în Miami, în care bunul nostru șerif are aproape trei milioane de dolari. Într-un cont de economii are ceva peste un milion de dolari. Deloc rău pentru un șerif dintr-un orășel oarecare.

Agnes crede că ar fi vorba de mai mulţi bani. La fel şi Cannon. Dacă Pfitzner a avut atâta îndrăzneală încât să păstreze în bănci americane patru milioane de dolari obţinute prin treburi murdare, trebuie să ne imaginăm ce a dus offshore. Iar Cannon ştie cum să găsească banii. În timp ce FBI-ul începe să exercite presiuni asupra băncilor din Caraibe, Cannon angajează o firmă de investigaţii contabile, specializată în depistarea şi urmărirea traseului banilor murdari care ies din ţară.

Chiar dacă este încrezător, Cannon nu face predicţii. Cu toate astea, este încredinţat că noul lui client va recupera o sumă considerabilă pentru daune, desigur minus procentul obligatoriu de patruzeci la sută din sumă, care va intra în contul firmei de avocatură. Sper în sinea mea că şi Guardian va putea obţine ceva bani, ca să îşi plătească facturile pentru utilităţi, dar asta se întâmplă rareori.

Însă, în aceste zile, Quincy nu se gândeşte la bani. E prea ocupat să reînveţe să meargă. Doctorii i-au operat umărul, ambele clavicule şi falca şi este înfăşurat în bandaje pe jumătate din tors şi în jurul unei încheieturi. I-au implantat trei dinţi şi i-au imobilizat nasul. Are permanent dureri, dar încearcă bărbăteşte să nu aducă vorba despre asta. Are tuburi care îi drenează un plămân şi o parte a creierului. E sub o medicaţie atât de bogată, încât e greu de stabilit cum îi funcţionează creierul, însă el e hotărât să coboare din pat şi să umble. Mârâie la terapeuţi când se încheie sesiunile de tratament. Vrea mai mult – mai multă plimbare, mai multe aplecări, masaje, frecţii, mai multe provocări. S-a săturat de spital, dar nu are unde să plece. Garvin nu are nimic de oferit în acest sens, fiindcă activităţile de refacere şi de îngrijire a sănătăţii sunt submediocre. Când e treaz de-a binelea, se ceartă cu mine pentru că nu i-am obţinut achitarea, ca să nu mai fie silit să se întoarcă la Garvin.

41

Vestea s-a răspândit în rândul membrilor familiei Taft, iar unii dintre ei nu sunt încântaţi de ideea ca o persoană străină să scotocească prin casa bântuită a Videi. Cu toţii au sentimentul că ea a blestemat casa înainte de a muri, umplând-o cu spirite furioase care nu pot ieşi afară. Deschiderea uşilor ar putea elibera tot soiul de rele, cele mai multe dintre acestea fiind îndreptate fără îndoială împotriva urmaşilor ei. A murit purtându-le pică tuturor celor care o trimiseseră la azil. În ultimele ei zile de viaţă, pe când era deja nebună, a lansat blesteme crunte împotriva familiei sale. Din câte spune Frankie, un curent african de vrăjitorie consideră că blestemele dispar odată cu moartea vrăjitoarei, însă altul spune că ele durează o veşnicie. Niciunul dintre cei din neamul Taft nu doreşte să afle care este adevărul.

Eu şi Frankie călătorim cu sclipitoarea lui camionetă spre Dillon. El conduce, iar eu trimit mesaje. Pe consola dintre noi se află un pistol Glock de 9 milimetri, cumpărat legal şi înregistrat pe numele lui. Dacă obţinem permisiunea de a pătrunde în casă, are de gând să îl ia cu el.

– Sper că nu crezi cu adevărat în chestiile astea cu vrăjitoria, nu-i aşa, Frankie? îl întreb.

– Nu ştiu ce să spun. Aşteaptă până vezi casa. N-o să te simţi prea îndemnat să intri în ea.

– Serios vorbind, ţi-e teamă de fantome, spiriduşi şi alte chestii din astea?

– Continuă să râzi, şefu'! Atinge pistolul că mâna dreaptă. S-ar putea să doreşti să ai la tine aşa ceva.

– Dar nu poţi împuşca o fantomă, nu-i aşa?

– Nu e nevoie. Dar pentru orice eventualitate.

– Atunci, tu intri primul, cu pistolul în mână, iar eu vin după tine, în regulă?

– Vom vedea. Dacă ajungem până acolo.

Trecem prin tristul orăşel Dillon şi ne continuăm drumul şerpuit prin peisajul rural. La capătul aleii presărate cu pietriş, vedem o camionetă veche parcată în faţa casei dărăpănate. Când încetinim, Frankie spune:

– Uite-o! Tipul din dreapta e Riley, amicul meu. Nu sunt sigur, dar am o bănuială că individul celălalt e vărul lui, Wendell. El ne-ar putea crea necazuri.

Wendell are aproape patruzeci de ani şi poartă ghete murdare şi blugi. Nu ne zâmbeşte în timp ce ne prezentăm şi ne strângem mâinile; la fel şi Riley. Ne este limpede imediat că s-au spus multe, iar cei doi nu s-au înţeles. După un minut în care schimbăm amabilităţi, Riley mă întreabă:

– Aşa, ce plan aveţi? Ce doriţi?

– Am dori să intrăm în casă şi să aruncăm o privire, îi spun. Sunt convins că ştii de ce ne aflăm aici.

– Ascultă, domnule Post, începe Wendell pe un ton respectuos, ştiu casa asta pe faţă şi pe dos. Când eram copil, am locuit aici cu intermitenţe. Am descoperit-o pe Vida după ce a murit. Iar la scurtă vreme după aceea, am încercat să trăiesc aici cu soţia şi copiii mei. N-am putut. Locul e bântuit. Crede-mă, Vida a pus un blestem asupra ei! Acum, ai vrea să găseşti nişte cutii, iar eu îţi zic că n-o să găseşti nimic. Cred că există un pod mic, dar nu am urcat niciodată acolo. Ne-am temut prea mult ca să intrăm în el.

– Atunci, să aruncăm o privire! spun eu, cât de convingător sunt în stare. Voi doi rămâneţi aici, iar eu şi Frankie urcăm în pod.

Riley şi Wendell schimbă priviri furioase.

– Nu-i chiar atât de ușor, domnule Post. Nimeni nu vrea să deschidă ușile acelea.

– Nimeni? Cine anume? îl întreb.

– Nimeni din familie, spune Wendell cu glas tăios. Avem aici câțiva veri, alții au plecat... Dar nimeni nu vrea ca locul ăsta să fie tulburat. Nu ați cunoscut-o pe Vida, dar vă spun că e încă pe-aici și nu e de glumit cu ea.

Detectez în glasul lui un tremurat.

– Respect asta, spun eu, încercând să par sincer.

O adiere care cu o clipă în urmă nu exista face să foșnească frunzele unei sălcii ale cărei crengi atârnă peste casă. Ca la un semn, ceva geme și scârțâie în partea din spate a casei și simt imediat cum mi se face pielea de găină. Toți patru ne holbăm la casă și respirăm adânc.

Trebuie să continuăm discuția.

– Ascultați, prieteni, spun eu, aici e vorba doar de un ac într-un car cu fân. Nimeni nu știe dacă, până la urmă, Kenny Taft a adus aici cutiile cu probe înainte de incendiul de la postul de poliție. Dacă a făcut asta, atunci nimeni nu are habar unde le-a pus. S-ar putea să fie aici, în pod, dar există posibilitatea ca ele să fi dispărut cu ani în urmă. Probabil că ne pierdem vremea, însă noi urmărim fiecare pistă. Vrem doar să aruncăm o privire, iar după aceea vom pleca. Vă promitem asta.

– Și ce se întâmplă dacă descoperiți ceva? întreabă Wendell.

– Îl sunăm pe șerif și predăm totul. Asta ne-ar putea ajuta. Cu toate astea însă, nu poate fi vorba de nimic valoros pentru familie.

În cazul acestor oameni săraci, ideea că în pod s-ar putea afla bijuteriile familiei ar fi ridicolă.

Wendell se trage înapoi, apoi face câțiva pași în cerc. Semn că se gândește profund, se sprijină de bara de protecție a camionetei, scuipă, își încrucișează brațele la piept, apoi spune:

– Nu cred asta.

– Acum, zice Riley, Wendell are mai mult sprijin din partea familiei decât mine. Dacă el zice nu, atunci așa rămâne.

Îmi arunc brațele în lături și spun:

– O oră. Acordați-ne o oră și n-o să ne mai vedeți niciodată.

Wendell clatină din cap. Riley îl urmărește pe Wendell și îi spune lu Frankie:

– Îmi pare rău.

Le arunc amândurora o privire de dezgust. Probabil că e vorba de un șantaj, de aceea trebuie să rezolvăm cumva situația. Spun:

– În regulă. Uitați, proprietatea asta e evaluată de comitatul Ruiz la treizeci și trei de mii de dolari. Asta înseamnă în mare o sută de dolari pe zi timp de un an. Noi, cei de la Guardian Ministries, închiriem casa și proprietatea pentru o zi și vă plătim două sute de dolari. Începând de mâine, de la ora nouă dimineața până la ora cinci după-amiaza. Cu opțiunea de a prelungi durata cu încă o zi, la același preț. Ce părere aveți?

Cei doi Taft rămân pe gânduri și se scarpină în barbă.

– Mi se pare puțin, spune Wendell.

– Dar cinci sute pe zi? spune Riley. Cred că putem accepta suma asta.

– Fii serios, Riley! Noi suntem o asociație nonprofit și nu avem bani. Nu putem scoate bani din buzunar așa cum am vrea. Trei sute.

– Patru sute, altfel nu discutăm.

– Bine. De acord. În baza legii din Florida, orice înțelegere privind terenurile trebuie încheiată în scris. O să întocmesc un contract de închiriere de o pagină și ne vedem aici mâine, la ora nouă dimineața. S-a făcut?

Riley pare satisfăcut. Wendell abia dacă dă din cap. Da.

*

Plecăm din Dillon cât de repede putem și, pe drum, pufnim în râs de câteva ori. Frankie mă lasă lângă mașina mea pe Main Street din Seabrook, apoi pornește spre est. S-a cazat la un motel aflat undeva între Seabrook și Gainesville, dar, ca întotdeauna, amănuntele sunt neclare.

Intru în birourile lui Glenn Colacurci puțin după ora cinci și îl aud răcnind la telefon undeva în spate. Bea, atrăgătoarea lui secretară, apare într-un târziu şi îmi aruncă un zâmbet cuceritor. O urmez şi îl văd pe Glenn la birou, având în faţă mai multe hârtii împrăştiate. Sare în picioare, îmi întinde mâna şi mă salută de parcă aş fi fiul lui risipitor. Aproape la fel de repede se uită la ceasul de la mână, ca şi cum nu ar avea idee ce oră e, apoi spune:

– Ei, fir-ar să fie, dacă e ora cinci undeva, atunci e şi aici. Ce bei?

– Doar o bere, spun, dorind să fie ceva uşor.

– O bere şi un dublu, îi spune Glenn lui Bea, făcând semn spre canapea.

Merge legănat sprijinindu-se în baston, apoi se lasă greu pe un morman prăfuit de perne îmbrăcate în piele. Mă aşez pe canapeaua deşelată şi dau deoparte o pilotă. Presupun că trage câte un pui de somn în fiecare zi după ce îşi ia prânzul lichid. Sprijinindu-şi ambele mâini pe mânerul bastonului şi ţinându-şi bărbia rezemată în degete, îmi zâmbeşte răutăcios şi spune:

– Nu-mi vine a crede că Pfitzner e în închisoare.

– Nici eu. E un cadou.

– Povesteşte-mi!

Presupunând din nou că tot ce îi voi spune va fi repetat la cafenea a doua zi de dimineaţă, îi servesc o versiune scurtă a poveştii despre frumoasa activitate a FBI-ului, care a prins un gardian având legături cu o bandă din închisoare, dar nu menţionez niciun nume. Asta a dus la un infractor care lucra pentru o bandă de traficanţi, apoi la Pfitzner, care a căzut în capcană cu naivitatea perfectă a unui hoţ din magazine. Acum îl aşteaptă treizeci de ani la răcoare.

Bea ne aduce băuturile şi ciocnim. Lichidul din paharul lui e cafeniu şi nu are gheaţă prea multă. Îşi linge buzele de parcă i-ar fi uscate şi spune:

– Ce vânt te-aduce în oraş?

– Aş vrea să mă întâlnesc mâine cu şeriful, Wink Castle, dacă-l găsesc. O să discut cu el despre redeschiderea investigaţiei, mai ales că acum ştim că Pfitzner a încercat să îl ucidă pe Quincy. E destul de mult adevăr în asta ca să explic prezenţa mea în oraş. Pe de altă parte, sunt curios în ceea ce te priveşte. Data trecută, când ne-am întâlnit în

Gainesville, ai lăsat impresia că te distrează să mai faci săpături în cazul ăsta. Ai vreo surpriză pentru mine?

– Nu tocmai, am avut altceva de făcut. Face semn cu mâna spre mormanul de hârtii de pe birou, ca și cum ar lucra optsprezece ore pe zi. Ceva noroc pe partea cu Kenny Taft?

– Ei, într-un fel. Trebuie să apelez la serviciile tale pentru o mică treabă legală.

– Paternitate, conducere sub influența alcoolului, divorț, crimă? Spune, pentru că ești în locul potrivit.

Hohotește la propria glumă și râd și eu. Folosește aceeași frază de cel puțin cincizeci de ani.

Apoi devin serios și îi povestesc despre legăturile noastre cu familia Taft și planurile de a cerceta casa. Îi întind o bancnotă de o sută de dolari și îl fac să o accepte. Acum a devenit avocatul meu și batem palma. Totul e confidențial – ori ar trebui să fie. Am nevoie de un contract de închiriere simplu, de o pagină, care să impresioneze familia Taft, și de un cec extras din contul lui Glenn. Sunt convins că familia ar prefera numerar, dar eu prefer un document. Dacă descoperim probe în casă, lanțul custodiei se va complica fără vreo speranță de soluționare rapidă, iar documentele se vor dovedi cruciale. Sorbind din pahare, eu și Glenn discutăm ca doi avocați unși cu toate alifiile, analizând o problemă unică. E intuitiv și descoperă două probleme potențiale la care nu m-am gândit. După ce golește paharul, o cheamă pe Bea ca să ne mai aducă un rând. Când se întoarce, îi cere să ia notițe stenografiate, ca pe vremuri. Îi prezentăm lucrurile de bază, iar ea se retrage la biroul ei.

– Văd că te uiți lung la picioarele ei, spune el.

– Recunosc. E ceva rău în asta?

– Nicidecum. E o scumpă. Mama ei, Mae Lee, se ocupă de casa mea, iar la cina din fiecare marți pregătește cele mai grozave pachețele de primăvară[1] pe care le-ai pomenit vreodată. Asta-i seara ta norocoasă.

---

[1] Rulouri umplute, aperitiv din bucătăria asiatică (n.tr.)

Zâmbesc și încuviințez. Oricum nu am alte planuri.

– În plus, vine și vechiul meu amic, Archie. Nu ți-am mai vorbit despre el. Ba nu, am adus vorba de el când am băut sangria la The Bull. Suntem de-o vârstă și am practicat amândoi aici cu zeci de ani în urmă. Soția lui a murit și a rămas cu ceva bani, așa că s-a lăsat de avocatură – mare greșeală! În ultimii zece ani s-a cam plictisit, pentru că trăiește singur și n-are nimic de făcut. Pensionarea e o mare capcană, Post. Cred că o place pe Mae Lee. În orice caz, lui Archie îi plac pachețelele și se pricepe să spună povești incredibile. Și e mare amator de vinuri, așa că are o pivniță plină cu sticle. O să ne aducă sigur ceva bun. Îți place vinul?

– Nu tocmai.

„Dacă ți-ai imagina soldul meu din bancă..."

Ultimul cub de gheață a ajuns o așchie pe care o plimbă prin pahar, făcând-o să scoată clinchete. Parcă așteaptă altul. Bea revine cu două exemplare din ciorna noastră. Facem câteva modificări, iar ea pleacă să imprime versiunea finală.

*

Casa lui Glenn se află pe o stradă umbrită, la patru intersecții de Main Street. Mă plimb cu mașina prin oraș ca să mai omor timpul, apoi parchez în spatele unui Mercedes vechi, despre care bănuiesc că e al lui Archie. Îi aud râzând după colțul casei și mă îndrept spre curtea din spate. Sunt deja pe verandă, stând rezemați de spătarele unor balansoare din nuiele, în timp ce deasupra capetelor lor se rotesc scârțâind două ventilatoare de epocă. Archie rămâne așezat cât Glenn face prezentările. E cel puțin la fel de bătrân ca și Glenn și nu e chiar imaginea sănătății. Ambii au părul lung și neîngrijit, ceea ce ar fi fost considerat cândva cu totul nonconformist. Amândoi poartă pantofi bătrânești și costume din bumbac cu dungi, care își trădează rău vârsta, fără cravată. Măcar Archie nu are nevoie de baston. Entuziasmul lui față de vin este evident, căci are nasul roșu în permanență. Glenn rămâne la bourbon, dar eu și Archie încercăm un vin de Sancerre pe care l-a adus el. Mae Lee e atrăgătoare ca și fiica ei și ne servește băuturile.

Curând, Archie nu se mai poate abține și spune:

– Așadar, Post, tu te faci răspunzător pentru arestarea lui Pfitzner?

Resping orice merit și le spun povestea din punctul de vedere al unui tip de pe margine, care urmărește lucrurile în desfășurare, strecurând câteva informații din partea FBI-ului. Se pare că Archie s-a confruntat deseori cu Pfitzner pe vremea lui și nu îl agreează deloc pe individ. Pur și simplu nu poate crede că ticălosul a ajuns în spatele gratiilor după atâția ani.

Archie spune apoi povestea unui client a cărui mașină s-a defectat în Seabrook. Polițiștii au găsit un pistol sub scaunul din față și, din anumite motive, au stabilit că puștiul ucisese un polițist. Pfitzner s-a implicat și i-a sprijinit pe oamenii săi. Archie i-a spus lui Pfitzner să nu îl sâcâie pe tânăr în închisoare, dar el l-a interogat. Polițiștii au obținut o mărturie după nenumărate bătăi, iar puștiul a stat cinci ani în închisoare. Pentru o mașină defectă. La sfârșitul narațiunii, Archie își varsă tot veninul împotriva lui Pfitzner.

Poveștile curg o vreme din gura celor doi bătrâni războinici, care le-au spus de multe alte ori. Ascult în mare măsură, dar pe ei îi interesează activitatea celor de la Guardian, astfel că le relatez câteva întâmplări, dar pe scurt. Nu fac nicio mențiune la familia Taft și la adevăratul scop al prezenței mele în oraș. Avocatul meu bine plătit păstrează secretul. Archie desface încă o sticlă de Sancerre. Mae Lee aranjează masa pe verandă, unde glicina și lămâița se cațără pe spalierele de deasupra. Un alt ventilator de tavan plimbă de colo colo aerul înfierbântat. Archie socotește că un vin de Chablis ar fi mai potrivit, de aceea aduce o sticlă. Glenn, ale cărui papile gustative sunt probabil amorțite, trece pe vin.

Pachețelele de primăvară sunt într-adevăr delicioase, mai ales alimentate de alcool. Există un platou întreg și multă mâncare bună, așa că, pur și simplu, mă îndop. Archie continuă să toarne în pahare, iar când Glenn observă încercările mele slabe de a mai reduce porțiile, spune:

– Ei, la naiba! Poți dormi aici. Am o mulțime de paturi. Archie rămâne întotdeauna peste noapte. Cine vrea bețivi pe șosele la vremea asta din noapte?

– O ameninţare la adresa societăţii, îl aprobă Archie.

La desert, Mae Lee ne aduce un platou de cornuri dulci cu ou – nişte chestii mici şi moi, umplute cu un amestec de albuş de ou şi zahăr. Archie vine cu un vin de Sauternes pentru desert şi ne vorbeşte despre asocieri. El şi Glenn refuză cafeaua, în primul rând pentru că nu are alcool. Curând, pe masă apare o cutie cu ţigări de foi. Cei doi aleg câte una, ca nişte copii într-un magazin de dulciuri. Nici nu îmi mai aduc aminte când am fumat trabuc ultima oară, dar ţin minte că m-am înverzit după doar câteva fumuri. Cu toate astea, nu mă feresc să accept provocarea. Cer ceva mai puţin tare, iar Glenn îmi dă o Cohiba sau ceva asemănător, un trabuc cubanez autentic. Ne ridicăm de la masă şi ne deplasăm nesiguri pe picioare până la balansoare, scoţând vălătuci de fum spre grădină.

Archie a fost unul dintre puţinii avocaţi care s-au împăcat bine cu Diana Russo şi ne vorbeşte despre ea. Nu a bănuit-o niciodată că ar fi fost implicată în moartea soţului ei. Ascult cu atenţie, dar nu spun nimic. Ca toată lumea din Seabrook, şi el a socotit că ucigaşul era Quincy şi s-a simţit uşurat când a fost condamnat. Pe măsură ce timpul se scurge şi conversaţia ajunge să lâncezească, devin tot mai miraţi de cât de mult s-au înşelat. Nici nu pot crede că Bradley Pfitzner e în închisoare şi că nu există şanse de scăpare pentru el.

Satisfăcător, desigur. Însă Quincy e condamnat în continuare ca făptaş şi mai avem cale lungă până să obţinem achitarea lui.

Ultima oară când furişez o privire spre ceasul de la mână văd că e aproape miezul nopţii. Refuz însă să fac vreo mişcare înaintea lor. Cei doi sunt cu cel puţin douăzeci şi cinci de ani mai în vârstă decât mine şi au mult mai multă experienţă când e vorba de băutură la modul serios. Rezist bărbăteşte, în timp ce Archie trece la brandy, şi beau şi eu acelaşi lucru. Din fericire, Glenn începe să sforăie, iar la un moment dat aţipesc şi eu.

42

Ca un făcut, vremea se înrăutăţeşte. În nordul Floridei nu a plouat de două săptămâni şi chiar se vorbeşte de secetă, însă ziua începe cu un cer întunecat şi agitat în timp ce Frankie conduce prin Dillon, iar eu scrâşnesc din dinţi şi înghit cu greu acreala din gură.

– Şefule, sigur te simţi bine? mă întreabă el cel puţin a treia oară.

– Încotro baţi, Frankie? mă răstesc eu. Am mărturisit deja. Am avut parte de o noapte lungă – am băut prea mult, m-am îndopat ca porcul, am fumat un trabuc tare şi am adormit pe verandă ca un mort, asta până când un motan mare mi-a sărit pe piept pe la trei dimineaţa, speriindu-mă de moarte. De unde să ştiu că acela era balansoarul în care dormea el? Niciunul dintre noi nu a mai putut adormi. Aşa că, da, sunt mahmur. Îmi curg ochii. Sunt acoperit cu păr de pisică. Şi mă simt ca înviat din morţi. Asta e.

– Ai greţuri?

– Încă nu. Dar te anunţ când va fi cazul. Dar tu? Ai emoţii că te apuci se explorezi o casă bântuită, blestemată de o vrăjitoare africană?

– Abia aştept să intru.

Îşi atinge pistolul Glock, amuzându-se din plin de suferinţele mele fizice.

Riley şi Wendell ne aşteaptă în apropierea casei. Vântul vuieşte şi curând începe şi ploaia. Le întind fiecăruia câte un exemplar al contractului de închiriere şi le descriu rapid lucrurile de bază. Pe ei îi interesează mai mult banii, de aceea le dau un cec plătibil din contul firmei de avocatură Colacurci.

– Dar nu ne daţi bani lichizi? întreabă Wendell, uitându-se supărat la cec.

Mă încrunt ca un avocat adevărat şi îi răspund:

– Nu se poate plăti în numerar pentru o tranzacţie imobiliară.

Nu ştiu dacă acest lucru este valabil pentru Florida, dar reuşesc să am o voce autoritară.

Frankie ia din bena camionetei o scară de vreo doi metri şi jumătate şi o rangă nouă-nouţă şi sclipitoare, pe care le-a cumpărat ieri. Eu am două lanterne şi un spray de alungat insectele. Mergem prin buruienile înalte spre rămăşiţele treptelor de la veranda din faţă şi ne uităm la casă. Wendell arată spre ea şi spune:

– Două camere, o cameră de zi şi un dormitor la parter. Scară spre dreapta, în camera de zi. Două dormitoare sus. Deasupra găsiţi podul – ori poate nu. Repet, n-am urcat niciodată acolo, nici n-am vrut aşa ceva. Nici n-am întrebat, serios. În spate e o anexă, adăugată ulterior. Acolo sunt bucătăria şi o baie, care nu au nimic deasupra. Totu-i al vostru, prieteni!

Sunt hotărât să nu mă arăt deloc reticent când încep să îmi dau braţele şi picioarele cu spray-ul de alungat insecte. Presupun că locul e infestat de căpuşe, păianjeni şi gândaci mici de care nici n-am auzit vreodată. Îi întind atomizorul lui Frankie, care se stropeşte din cap până în picioare. Deocamdată a proptit scara de uşă. Nu suntem siguri că vom avea nevoie de ea.

Cu o reţinere care pare de-a dreptul dramatică, dar probabil reală, Riley scoate cheia şi o răsuceşte în lacătul masiv. Toarta sare şi el o scoate din belciuge. Se retrage imediat. Cei doi membri ai familiei Taft par pregătiţi să o rupă la fugă. Un fulger loveşte nu prea departe şi tresărim din nou. Cerul uruie, iar norii întunecaţi se învârtejesc. Dându-mă curajos, împing uşa cu piciorul, iar ea se deschide. Inspirăm adânc şi ne simţim uşuraţi că dinăuntru nu apare nimic ameninţător. Mă întorc spre Riley şi Wendell şi le spun:

– Ne vedem peste câteva minute.

Ușa se închide brusc și se aude un pocnet puternic. Frankie scoate un răcnet disperat:

– La naiba!

Mă sperii cumplit. Cei doi membri ai familiei Taft se retrag cu ochii dilatați și cu gurile căscate. Râd forțat, ca și cum aș vrea să spun: „La naiba, ce distractiv e!“, apoi fac un pas în față și deschid din nou ușa.

Așteptăm. Dinăuntru nu iese nimic. Nimeni nu trântește ușa din nou. Îmi aprind lanterna, iar Frankie procedează la fel. Are lanterna în mâna stângă și ranga în dreapta, iar pistolul se află într-un buzunar al pantalonilor. Arunc o privire spre chipul lui și văd că este evident îngrozit. Asta în ciuda faptului că a petrecut paisprezece ani în închisoare. Împing ușa și mai mult și pășim înăuntru. Vida a murit în urmă cu treisprezece ani și probabil că, deși casa a fost departe de orice așezare, cineva a luat de acolo mai tot mobilierul. Mirosul nu e neplăcut, ci doar apăsător și stătut. Podelele din lemn sunt mucegăite și simt că inhalez tot felul de bacterii ucigașe. La lumina lanternelor verificăm dormitorul din stânga. O saltea este plină de praf și țărână. Presupun că acolo a murit Vida. Podeaua murdară este acoperită de abajururi rupte, obiecte vechi de îmbrăcăminte, cărți și ziare. Facem câțiva pași în camera de zi și o verificăm cu fasciculele lanternelor. Un televizor din anii '60, cu ecranul crăpat. Tapet scorojit. Straturi de praf, mizerie și pânze de păianjen peste tot.

În timp ce îndreptăm fasciculele lanternelor spre scara îngustă și ne pregătim să urcăm, aversele de ploaie lovesc în acoperișul din tablă, iar zgomotul este asurzitor. Vântul în rafale lovește în pereți, făcându-i să trepideze.

Având-l pe Frankie în spate, urc trei trepte și, pe neașteptate, ușa din față se trântește din nou. Suntem închiși cu spiritele pe care Vida le-a lăsat acolo. Mă opresc, însă doar pentru o clipă. Eu sunt șeful expediției, cel curajos, și nu trebuie să mă arăt temător, deși măruntaiele mele se răsucesc, iar inima îmi e pe cale să explodeze.

Cât de mult mă voi distra când le voi povesti acest episod lui Vicki și lui Mazy!

Iar asta se adaugă pe lista lucrurilor care nu ni s-au spus la facultate.

Ajungem în capătul de sus al scării, iar arșița ne izbește precum cea dintr-o saună, o boare fierbinte și lipicioasă pe care probabil am vedea-o dacă înăuntru nu ar fi atât de întuneric. Picăturile de ploaie și vântul lovesc acoperișul și ferestrele și scot zgomote puternice. Pășim în dormitorul din dreapta, un spațiu mic, de cel mult doisprezece metri pătrați, cu o saltea, un scaun rupt și un covor zdrențuit. Îndreptăm lanternele spre tavan, căutând o trapă sau un loc de intrare în pod, dar nu vedem nimic. Totul e din lemn de pin, cândva vopsit în alb, dar vopseaua s-a scorojit. Într-un colț, văd ceva care se mișcă și răstoarnă un borcan. Îndrept fasciculul lanternei spre locul acela și spun:

– Înapoi! E un șarpe!

Unul lung, gros și de culoare neagră, probabil neotrăvitor, dar cui îi pasă de asta în asemenea momente? Nu e încolăcit, ci se furișează, fără să se îndrepte spre noi; probabil e derutat de apariția noastră.

Nu îmi plac șerpii, dar nici nu mă tem de ei. Cu toate astea, Frankie își scoate pistolul.

– Să nu tragi, îi spun cu glas tare, ca să fiu auzit în ciuda uruitului ploii și a șuieratului vântului.

Stăm nemișcați și ținem șarpele îndelung în lumina lanternelor, până când ne simțim cămășile lipindu-ni-se de spinări și răsuflăm tot mai apăsat. Încet, șarpele se strecoară sub covor și nu îl mai vedem.

Ploaia se mai abate și încercăm să ne adunăm mințile.

– Cum stai cu păianjenii? îl întreb, întorcând capul peste umăr.

– Ține-ți gura!

– Atunci, fii atent, pentru că sunt peste tot.

În timp ce ne retragem din cameră, încă uitându-ne după acel șarpe sau alții, un trăsnet cumplit de puternic lovește în apropiere, iar în clipa aceea îmi dau seama că, dacă nu voi muri ucis de vreun spirit rău sau de vreun animal veninos, voi pieri sigur din cauza unui stop cardiac. De pe frunte mi se scurg picături de sudoare. Cămășile noastre sunt ude. În celălalt dormitor există un pat pentru o persoană, pe care se află o pătură veche, militară, de culoare verde, strânsă ghemotoc. Tapetul atârnă pe pereți. Arunc o privire pe fereastră, iar printre pânzele ploii abia dacă îi pot distinge pe Riley și pe Wendell stând în camionetă, ferindu-se de furtună și urmărind casa, în timp ce ștergătoarele mătură parbrizul. N-am nicio îndoială că țin ușile blocate ca să se ferească de spirite.

Dăm cu picioarele în tot felul de gunoaie ca să verificăm dacă mai sunt șerpi, apoi ne îndreptăm atenția spre tavan. Nu vedem nici acum vreun semn de acces spre pod. Presupun că, probabil, Kenny Taft a ascuns cutiile acolo și le-a închis bine și pe vecie – sau măcar până când avea să se întoarcă după ele. De unde naiba să știu ce a făcut el?

Frankie observă un soi de clanță din ceramică pe o ușiță, probabil un dulap. Mi-l arată și îmi atrage atenția asupra lui, dar preferă să îl deschid eu. Prind clanța, o leg și trag tare de ea, iar când ușa se deschide, rămân față în față cu un schelet uman. Frankie se simte rău și cade într-un genunchi. Mă îndepărtez și, în cele din urmă, vărs.

Un val de furtună se năpustește și mai puternic asupra casei și, vreme îndelungată, ascultăm zgomotul asurzitor. Mă simt ceva mai bine după ce am scăpat de pachețelele de primăvară, de bere, de vin, de brandy și de tot ce-a mai fost la masa din seara trecută. Frankie își revine din starea de spaimă și, treptat, îndreptăm lumina lanternelor spre dulap. Scheletul atârnă legat de un cordon din plastic, iar degetele lui abia dacă ating podeaua. Dedesubt e o băltoacă întunecată și uleioasă. Probabil că e ceea ce a mai rămas din sânge și organe după atâția ani de descompunere. Nu pare să fie vorba de spânzurare. Coarda din plastic e prinsă în jurul pieptului și pe sub brațe, nu de gât, astfel încât craniul stă aplecat spre stânga, iar găvanele goale ale ochilor sunt îndreptate în jos, ca și cum ar dori să ignore pentru totdeauna orice intruși.

Este exact ce îi trebuie comitatului Ruiz – încă un caz vechi și uitat. Ce loc mai bun poţi găsi pentru a-ţi ascunde victima decât o casă bântuită, care îi înspăimântă atât de mult pe proprietari, încât nu îndrăznesc să pătrundă în ea? Ori poate a fost vorba de o sinucidere. Acesta este un caz pe care îl predăm bucuroşi şerifului Castle şi băieţilor lui. E treaba altora, nu a noastră.

Închid uşa şi răsucesc clanţa cât de bine pot.

Aşadar, avem două soluţii. Putem să ne întoarcem în dormitorul în care se află şarpele sau să rămânem aici, unde se găsește scheletul din dulap. Alegem a doua variantă. Frankie reușește să atingă o scândură a podului cu capătul rângii și o smulge. Documentul nostru nu ne dă dreptul să distrugem casa, dar cui îi mai pasă acum? Doi dintre proprietarii ei stau într-o camionetă și sunt prea îngroziţi ca să treacă pragul casei. Avem o treabă de rezolvat și deja am obosit. În timp ce Frankie încearcă să smulgă o altă scândură, eu cobor cu grijă pe scară și redeschid ușa din faţă. Le fac semn din cap lui Ridley și lui Wendell prin ploaia foarte densă, care nu ne permite să stabilim un contact vizual. Înșfac scara și o duc la etaj.

Când Frankie sfărâmă cea de-a patra scândură, o cutie cu borcane vechi, pline cu gemuri de fructe, se prăbușește la picioarele noastre.

– Minunat! strig eu. Acolo a fost un soi de debara.

Inspirat, Frankie rupe scândurile cu furie și, curând, o treime din tavanul dormitorului se transformă în moloz, pe care îl împing cu picioarele într-un colţ.

Poziţionez bine scara și urc atent prin borta din tavan. După ce ajung până la talie în pod, îl examinez cu lumina lanternei. Nu are ferestre și e întuneric beznă. Este îngrămădit și cu aer stătut, având o înălţime de cel mult un metru douăzeci. Pentru podul unei case atât de vechi, arată surprinzător de puţin aglomerat, semn că proprietarii nu erau consumatori care să renunţe la diverse obiecte; iar asta reprezintă o dovadă că el a fost închis cu peste douăzeci de ani în urmă de Kenny însuși.

Ne este imposibil să ne ridicăm în picioare, astfel că eu și Frankie ne târâm înăuntru încet, în patru labe. Rafalele de ploaie cad pe acoperișul de tablă, la câțiva centimetri deasupra capetelor noastre. Trebuie să strigăm unul la celălalt ca să ne auzim. El pleacă încet într-o parte, iar eu în cealaltă. Târându-ne, trecem prin pânze groase de păianjen și urmărim fiecare locșor în care s-ar putea ascunde vreun șarpe. Trec pe lângă o stivă de scânduri groase de doi centimetri jumătate pe cincisprezece centimetri lățime, probabil lăsate acolo de constructori, în urmă cu o sută de ani. Văd un morman de ziare vechi, iar cel din vârf datează din martie 1965.

Frankie scoate un strigăt, iar eu înaintez ca un șobolan, având deja praful lipit de genunchii blugilor.

Tocmai a tras de o pătură îndeajuns de zdrențuită ca să lase la vedere trei cutii din carton asemănătoare ca dimensiuni. Îndreaptă lumina lanternei către o inscripție, iar eu mă aplec până la câțiva centimetri de ea. Scrisul de mână cu cerneală s-a cam șters, însă textul este clar: *Departamentul șerifului comitatului Ruiz - dovezi în dosarul QM 14.* Toate cele trei cutii sunt sigilate cu scotch gros, de culoare cafenie.

Folosindu-mă de telefonul mobil, fac vreo zece fotografii ale celor trei cutii, înainte ca ele să fie mutate cu vreun centimetru de acolo. Pentru a le proteja, Kenny a fost suficient de inteligent încât să le plaseze peste niște scânduri care să le țină deasupra podelei în cazul unei inundații prin acoperiș. Însă podul a fost extrem de bine făcut, iar dacă noi nu ne-am udat în timpul unei asemenea ploi, înseamnă că acoperișul este în stare foarte bună.

Cutiile nu sunt deloc grele. Le târâm cu grijă spre deschizătură. Eu cobor primul, iar Frankie mi le dă una câte una. După ce le coborâm în dormitor, fac alte fotografii ale scenei. Ținând seama de șarpele și de scheletul din apropierea noastră, ieșim repede de acolo. Veranda din față este aproape prăbușită și umedă, de aceea lăsăm cutiile dincolo de ușa de la intrare și așteptăm ca vremea să se potolească.

43

Ruiz este grupat cu alte două comitate, alcătuind al 22-lea District Judiciar al Floridei. Procurorul ales, aflat acum în funcţie, este un anume Patrick McCutcheon, un avocat din Seabrook, cu birourile în tribunal. În urmă cu optsprezece ani, după ce a absolvit Dreptul, McCutcheon a devenit asociat la firma de avocatură – foarte activă pe vremea aceea – a lui Glenn Colacurci. Când cariera lui s-a îndreptat spre politică, s-au despărţit în termeni amicali.

– Pot discuta cu flăcăul, mă asigură Glenn.

Poate – şi chiar o face. În vreme ce el discută cu McCutcheon, eu încerc să dau la telefon de şeriful Castle, un om ocupat mai tot timpul. Cu toate astea, după ce, într-un final, îl asigur că aventura mea din acea dimineaţă a fost reală şi că am în posesie trei cutii cu probe pe care Bradley Pfitzner încercase să le distrugă prin ardere, reuşesc să îi reţin atenţia.

Fără să pară că a făcut exces de băutură cu o noapte în urmă, Glenn profită de moment şi vrea să preia iniţiativa. La ora două după-amiaza, ne strângem în biroul lui – eu, Frankie Tatum, Patrick McCutcheon, şeriful Castle şi Bea, care stă într-un colţ şi ia notiţe.

Întreaga mea corespondenţă cu McCutcheon s-a purtat în scris şi a fost cordială. În urmă cu aproape un an, i-am adresat o solicitare de rutină pentru a redeschide investigaţia în cazul Quincy, iar el a refuzat politicos, lucru care nu m-a surprins. I-am cerut acelaşi lucru şi lui Castle, dar el a manifestat prea puţin interes. De atunci încoace, le-am transmis prin e-mail rezumate privind ultimele evenimente, astfel că sunt informați. Ori ar trebui să fie. Presupun că acum au revăzut materialele mele. Mai presupun și că au fost foarte ocupați, asta până la arestarea lui Pfitzner. Acel eveniment uluitor le-a atras atenția.

Iar acum sunt captivați. Interesul stârnit brusc este sporit de descoperirea celor trei cutii cu probe pierdute.

Avem parte de câteva momente de stânjeneală când încerc să stabilesc cine va conduce discuția. Nimic nu i-ar plăcea mai mult lui Glenn decât să treacă la cârmă, dar refuz politicos. Fără să le explic de ce am manifestat interes față de moartea lui Kenny Taft, le povestesc despre felul în care am luat legătura cu familia, despre închiriere, plată și aventurile noastre din acea dimineață în casa veche. Bea a mărit fotografiile cutiilor așa cum erau așezate în pod și le dau spre consultare.

– Au fost deschise? întreabă șeriful.

– Nu, sunt încă sigilate, îi răspund.

– Unde se află?

– Nu vă spun acum. În primul rând, trebuie să ajungem la o înțelegere privind modul de procedură. Fără acord, nu primiți probele.

– Cutiile acelea aparțin departamentului meu, spune Castle.

– Nu sunt prea convins de asta, îi răspund. Poate da, poate nu. Până acum două ore, tu și departamentul tău nu ați știut de existența lor. Nu există o investigație începută, întrucât ai refuzat să te implici, ții minte?

McCutcheon simte nevoia să se afirme, de aceea spune:

– Sunt de acord cu șeriful. Dacă au fost furate din departamentul lui, indiferent când s-a întâmplat asta, probele îi aparțin.

Și Glenn ține să iasă în față, așa că se apucă să îl dojenească pe fostul lui asociat:

– Patrick, în urmă cu douăzeci de ani, departamentul lui a încercat să distrugă probele. Slavă Cerului că le-a găsit Post! Ascultă, ați început deja să luptați pentru supremație! Îi reprezint pe domnul Post și pe cei din organizația lui și trebuie să îl iertați dacă pare cam posesiv în privința probelor. Printre ele s-ar putea afla cele care pot contribui la achitarea clientului său. Având în vedere cele petrecute în Seabrook în trecut, are tot dreptul să fie îngrijorat. Vă rog pe toți să inspirați adânc și să vă liniștiți.

După un timp, spun:

– Sugerez să convenim asupra unui plan, apoi să deschidem cutiile împreună – totul filmat, bineînțeles. Dacă lanterna este acolo, vreau să o păstrez pentru a fi analizată de experții noștri, doctorul Kyle Benderschmidt și doctorul Tobias Black. Cred că aveți copii ale rapoartelor întocmite de ei. După ce își termină treaba, o voi preda ca să o duceți la laboratorul criminalistic al statului.

– Spui că experții voștri sunt mai buni decât cei ai statului Florida? întreabă Castle.

– Sigur că da. Dacă vă amintiți, statul a adus la bară un șarlatan pe nume Paul Norwood. Raportul lui a fost infirmat în ultimul deceniu, dar a reușit să ducă la condamnarea lui Quincy. Acum a fost eliminat din branșă. Îmi pare rău, domnilor, dar în cazul ăsta n-am încredere în stat.

– Sunt convins că laboratorul nostru criminalistic poate rezolva cazul, spune McCutcheon. Pe vremea aceea, Norwood nu lucra pentru stat.

Glenn se simte obligat să riposteze imediat ce McCutcheon tace.

– Patrick, n-ai ascultat cu atenție. Clientul meu stabilește ce și cum. Dacă nu sunteți de acord, nu pupați probele. Le ia cu el și trecem la Planul B!

– Mai precis?

– Ei bine, n-am stabilit toate amănuntele, dar Planul B presupune plecarea domnului Post cu acele cutii și analizarea lor de către experți independenți. Veți fi excluși. Asta vreți?

Mă ridic și mă uit pătrunzător la Castle și la McCutcheon.

– Nu mă aflu aici ca să negociez. Și nu-mi place tonul vostru. Nici atitudinea. Cutiile sunt în siguranță, ascunse din nou, și le voi aduce atunci când termin.

Mă îndrept spre ușă și o deschid, când McCutcheon spune:

– Așteaptă!

*

Cutiile au fost șterse de praf, dar tot își arată vârsta. Se află acum pe mijlocul mesei lungi din sala de conferințe a lui Glenn. O cameră video montată pe un trepied este îndreptată spre ele. Ne strângem în jurul lor și le privim. O ating pe prima și spun:

– Presupun că QM înseamnă Quincy Miller. Vrei să ne faci onoarea? îl întreb pe șerif și îi întind un briceag.

Îi mai dau o pereche de mănuși chirurgicale foarte subțiri, pe care și le trage pe mâini. Bea pornește înregistrarea, în timp ce Frankie filmează cu telefonul.

Castle ridică briceagul și plimbă lama pe banda adezivă din partea de sus a cutiei, apoi pe lateral. Când desface capacul, ne încordăm privirile ca să vedem ce e înăuntru. Primul lucru e o pungă transparentă din plastic plină cu ceea ce pare o cămașă albă, plină de sânge. Fără să o deschidă, Castle o ridică spre cameră, se uită la etichetă și citește:

– Locul crimei, Russo, 16 februarie 1988.

Apoi o așază pe masă. Cămașa din pungă pare zdrențuită în unele locuri. După douăzeci și trei de ani, sângele este aproape negru.

Urmează o altă pungă transparentă din plastic, în care se află o pereche de pantaloni de costum, împăturiți și îndesați bine. Se disting mai multe pete întunecate. Castle citește eticheta – aceeași informație.

Alături e o cutie de mărimea unei scrisori, înfășurată într-o pungă neagră pentru gunoi. Șeriful îndepărtează cu atenție plasticul, apoi lasă cutia pe masă și o deschide. Scoate rând pe rând mai multe foi de imprimantă pătate, un blocnotes, câteva bilete cu notițe, patru pixuri ieftine și două creioane neascuțite. Eticheta spune că acele obiecte au fost luate de pe biroul lui Russo. Toate sunt pătate de sânge.

Apoi scoate patru volume de Drept, tot pătate. Nota spune că au fost luate de pe raftul cu cărți din biroul lui Russo. Toate prezintă stropi de sânge.

Urmează o cutie pătrată din carton, cu latura de treizeci de centimetri. Este învelită într-o pungă din plastic pentru congelator, care, la rândul ei, este băgată într-o altă pungă cu fermoar. Castle îndepărtează plasticul și, de parcă noi am ști deja ce urmează, se oprește o secundă, timp în care ne uităm fix la cutia cafenie. Nu e sigilată cu bandă adezivă, ci are o închizătoare. O deschide încet și scoate dinăuntru o altă pungă cu fermoar, pe care o așază pe masă. Înăuntru este o mică lanternă de culoare neagră, lungă de vreo treizeci de centimetri, cu geamul de cinci centimetri diametru.

– Să nu deschidem punga! spun eu, simțindu-mi inima în gâtlej.

Castle mă aprobă dând din cap.

Glenn preia comanda și adaugă:

– Domnilor, să ne așezăm și să stabilim în ce situație ne aflăm!

Ne mutăm la un capăt al mesei și ne lăsăm pe câteva scaune. Frankie se duce spre celălalt capăt al mesei și lasă telefonul pe tăblie.

– Încă înregistrez, spune Bea.

– Lasă filmarea să meargă, îi spun.

Vreau să se înregistreze fiecare cuvânt.

Vreme de câteva minute, stăm toți patru în diferite stări de destindere și încercăm să ne limpezim gândurile. Mă uit la lanternă, apoi îmi mut privirea, cumva incapabil să înțeleg prezența ei și fără să pot înțelege pe deplin ce ar putea însemna asta. În cele din urmă, McCutcheon spune:

– Post, am o întrebare.

– S-o auzim.

– Trăiești cu cazul ăsta de aproape un an. Noi, nu. Bun, care e cea mai plauzibilă teorie a ta privind intenția lui Pfitzner de a distruge aceste probe?

– Ei bine, cred că există o singură explicație, spun eu. Și Kyle Benderschmidt m-a ajutat să o găsesc. După cum susține el, aici e mâna unui avocat inteligent, chiar dacă diabolic. Lanterna a fost plantată de Pfitzner și fotografiată cu grijă. Ai văzut pozele. Pfitzner știa că va găsi un șarlatan ca Paul Norwood, care va arunca o privire la ele, fără să examineze lanterna, și va inocula în mințile juraților teoria lansată de procuror cum că ea ar fi fost folosită de ucigaș, Quincy, pentru a trage pe întuneric. Motivul pentru care Pfitzner a vrut să o facă să dispară a fost temerea că un alt expert, unul mai bine pregătit decât Norwood, ar putea să o examineze în numele apărării și să spună adevărul. Pfitzner mai știa și că un negru într-un oraș de albi va fi mult mai ușor de condamnat.

După ce analizează asta îndelung, McCutcheon rupe tăcerea din nou:

– Post, ce plan ai?

– Nu mă așteptam la atât de mult sânge, îi răspund. E un adevărat cadou, serios. De aceea, în mod ideal, propun ca mai întâi să îi ducem lanterna lui Benderschmidt spre examinare. Aici nu poate face treaba, pentru că are un laborator dotat la VCU.

McCutcheon spune:

– Și dacă sângele de pe lanternă este identic cu acela de pe îmbrăcăminte, înseamnă că Quincy este legat de crimă, corect?

– Posibil, dar nu se va întâmpla asta. Lanterna a fost plantată de Pfitzner și nu a fost găsită la locul faptei. Garantez asta.

Glenn simte nevoia de a se vârî în poză, așa că îi spune lui McCutcheon:

– Uite, după cum văd eu lucrurile, avem două probleme. Prima este achitarea, iar a doua este punerea sub acuzare a adevăratului ucigaș. Prima este presantă, a doua s-ar putea să nu se întâmple niciodată. Sigur, Pfitzner e la închisoare, dar va fi greu să îl legăm de crimă. Post, ești de acord cu mine?

– Da, dar nu asta mă preocupă acum. Ne-a oferit un cadou și va sta închis multă vreme de acum. Îl vreau pe Quincy Miller scos din închisoare cât mai curând și am nevoie de ajutorul vostru. Am mai parcurs drumul ăsta, iar când procurorul districtual cooperează, lucrurile se desfășoară mult mai repede.

– Hai, Patrick! îl dojenește Glenn. Se vede de la o poștă. Băiatul a fost batjocorit de comitatul ăsta acum douăzeci și trei de ani. A sosit vremea să îndrepți lucrurile.

Șeriful Castle zâmbește și spune:

– Te ascult. Redeschidem cazul imediat ce primești rezultatele testelor.

Îmi vine să mă întind peste masă și să îl strâng în brațe.

– S-a făcut, zice McCutcheon. Cer doar ca totul să fie fotografiat, filmat și conservat. S-ar putea să am nevoie de ele pentru un alt proces, într-o bună zi.

– Bineînțeles, spun eu.

– Acum, ce facem cu celelalte două cutii? întreabă Castle.

Glenn își înfige bastonul în podea, sare în picioare și spune:

– Să aruncăm o privire! S-ar putea ca acolo să fie câteva mizerii despre mine.

Agitați, pufnim în râs și ne ridicăm în picioare. Frankie își drege glasul și spune:

– Hei, șefu', nu uita de dulapul acela!

Chiar uitasem. Mă uit la șerif și îi zic:

– Domnule șerif, îmi pare rău că asta complică lucrurile, dar în casa familiei Taft, într-un dulap de la etaj, am descoperit întâmplător și altceva. Nu sunt sigur dacă poate fi numit cadavru, pentru că n-a mai rămas decât scheletul. Doar oasele. Probabil că se află acolo de ani întregi.

Castle se încruntă și spune:

– Grozav. Exact ce-mi lipsea!

– Nu l-am atins, dar n-am observat găuri de glonț în craniu. Ar putea fi vorba de o sinucidere.

– Post, îmi place cum gândești!

– Și nu erau obiecte de îmbrăcăminte. În orice caz, nu le-am spus nimic celor doi din familia Taft, așa că treaba îți aparține.

– Nu prea am de ce să vă mulțumesc.

44

Glenn ne invită pe mine și pe Frankie la o nouă cină pe verandă, de data asta cu mâncare chinezească, dar noi îl rugăm să ne scuze. Plec din Seabrook la sfârșitul după-amiezii, avându-l în urma mea pe Frankie, ca și cum aș vrea să mă ajute să păzesc încărcătura mea valoroasă. Am așezat-o pe scaunul din dreapta, ca să pot sta cu ochii pe ea. O cutie mică, în care se află lanterna, atinsă pentru prima oară după două decenii și ceva, precum și o pungă din plastic în care se află o cămașă plină de sânge uscat. Conducem fără să oprim vreme de trei ore și ajungem în Savannah cu puțin înainte de coborârea întunericului. Încui probele în apartamentul meu peste noapte, ca să pot dormi aproape de ele. Vicki face pui la cuptor, iar eu și Frankie suntem rupți de foame.

În timpul cinei, discutăm în contradictoriu dacă e cazul să mergem cu mașina sau cu avionul până în Richmond. Eu nu vreau să zbor, fiindcă nu-mi place ideea de a prezenta probele personalului de securitate de pe aeroport. Un agent plictisit ar putea să se lege de cămașa plină de sânge. Ideea că vreo persoană ar putea să atingă lanterna mă îngrozește.

De aceea, plecăm la ora cinci dimineața în camioneta încăpătoare și mult mai sigură a lui Frankie, iar el conduce în prima etapă, în timp ce eu încerc să dorm. Frankie începe să moțăie imediat ce trecem granița de stat dinspre Carolina de Sud, așa că trec eu la volan. Prindem un post de radio care transmite muzică rhythm and blues din Florence și cântăm odată cu Marvin Gaye. În loc de mic dejun, luăm biscuiţi şi cafea de la fereastra unui fast-food şi mâncăm în timp ce mergem. Nu ne putem abţine şi râdem când ne amintim unde ne aflam în urmă cu exact douăzeci şi patru de ore. În pod, îngroziţi, aşteptându-ne să fim atacaţi de spiritele rele. Când Frankie îşi aminteşte cum am vărsat în momentul în care scheletul părea să sară din dulap, râde atât de tare, încât nu poate mânca. Recunoaşte că s-a lăsat în genunchi şi a pus mâna pe pistol.

Se face aproape ora patru după-amiaza când ajungem în centrul oraşului Richmond. Kyle Benderschmidt şi-a făcut timp, iar echipa lui ne aşteaptă. Îl urmăm într-o încăpere spaţioasă din zona laboratoarelor lui. Ne prezintă colegilor şi celor doi tehnicieni şi toţi cinci îşi pun mănuşi chirurgicale. Sunt activate două camere video, una suspendată chiar deasupra mesei. Eu şi Frankie facem un pas înapoi, dar suntem hotărâţi să nu ne scape nimic, întrucât ochiul din cer transmite simultan imagini pe un ecran de înaltă definiţie aflat pe peretele din faţa noastră.

Kyle vorbeşte către camera de la capătul mesei şi rosteşte numele tuturor celor din încăpere, precum şi data, locul şi scopul examinării. Descrie cu glas degajat tot ce face în timp ce scoate cutia din punga de plastic, o deschide încet şi extrage punga mai mică în care se află lanterna. Desface fermoarul şi aşază obiectul pe o placuţă ceramică cu formă pătrată, cu latura de aproape un metru. Cu ajutorul unei rulete, măsoară lungimea obiectului, douăzeci şi opt de centimetri. Explică publicului că lanterna are o carcasă neagră dintr-un metal uşor, probabil aluminiu, cu o suprafaţă striată, departe de a fi netedă. Presupune că va fi greu de descoperit amprente. Preţ de un moment, devine profesor şi ne informează că amprentele latente pot rămâne pe o suprafaţă netedă vreme de decenii dacă nu sunt atinse. Sau pot dispărea rapid dacă suprafaţa este expusă intemperiilor. Începe apoi să desfacă partea în care se instalează bateriile, iar din ghidaje cad fragmente de rugină. Scutură uşor lanterna şi din ea cad cu greu două baterii tip R 20. Nu le atinge, dar spune că bateriile prezintă deseori amprente. Spărgătorii inteligenţi şi alţi infractori şterg deseori lanternele pe care le folosesc, însă uneori uită de amprentele lăsate pe baterii.

Nu m-am gândit nicio clipă la aşa ceva. Eu şi Frankie schimbăm priviri: asta este o noutate pentru noi.

Kyle ne prezintă un coleg pe nume Max, care pare să fie cel mai bun specialist în luarea de amprente. Max preia prezentarea în timp ce se apleacă deasupra celor două baterii şi ne spune că, întrucât au o culoare preponderent închisă, va folosi o pudră albă foarte fină, asemănătoare cu talcul. Cu o pensulă mică şi cu gesturi delicate, aplică pudra pe baterii şi precizează că aceasta se va lipi de uleiurile corporale lăsate de piele, asta dacă ele există. La început, nimic. Rostogoleşte bateriile şi mai aplică pudră.

– Am dat lovitura, spune el apoi. Se pare că avem amprenta unui deget mare.

Mi se înmoaie genunchii şi simt că am nevoie să mă aşez. Dar nu pot face asta, căci toată lumea e cu ochii pe mine. Benderschmidt spune:

– Ce părere ai de asta, domnule consilier? Probabil că nu e o idee bună să procesăm amprenta, adevărat?

Mă străduiesc să îmi adun gândurile. M-am convins cu luni în urmă că nu vom descoperi niciodată criminalul. Dar nu cumva i-am descoperit amprenta degetului mare?

– Da, să ne oprim cu amprenta, propun eu. Probabil că va merge la tribunal şi m-aş simţi mai bine dacă ar preleva-o oamenii de la laboratorul criminalistic al Floridei.

– De acord, spune Kyle.

Şi Max dă din cap aprobator. Aceşti oameni sunt prea buni din punct de vedere profesional ca să afecteze vreo probă.

Apoi îmi vine o idee.

– Putem să o fotografiem şi să le-o trimitem chiar acum?

– Sigur, spune Kyle, făcând un gest din umeri şi dând din cap către un tehnician. Apoi se uită la mine şi spune: Presupun că abia aştepţi să fie identificat cineva, adevărat?

– Corect, dacă este posibil.

Tehnicianul aduce un aparat pe rotile, care este descris drept camera de înaltă rezoluţie şi care are un nume aproape imposibil de pronunţat, aşa că îşi petrec următoarea jumătate de oră făcând fotografii de aproape ale amprentei. Îl sun pe Castle la Seabrook şi primesc numărul omului său de legătură de la laboratorul criminalistic. Vrea să afle dacă am făcut ceva progrese, dar deocamdată nu îi spun nimic.

După ce tehnicianul îndepărtează camera, Kyle pune bateriile în pungi din plastic şi îşi îndreaptă atenţia asupra geamului lanternei. Am privit fotografiile de o mie de ori şi ştiu că există trei puncte din ceea ce s-a considerat a fi sângele lui Russo. Trei dintre puncte sunt ceva mai mari şi au diametrul de aproape 0,3 milimetri. Kyle doreşte să extragă unul dintre acestea şi să facă o serie de teste. Întrucât sângele este uscat de aproape douăzeci şi trei de ani, nu va fi uşor de extras. Lucrând ca o echipă de neurochirurgi, el şi Max scot rama şi plasează geamul într-un vas Petri, perfect curat. Kyle continuă să vorbească. Folosind o mică seringă, lasă să cadă o picătură de apă distilată direct pe cea mai mare pată de sânge. Eu şi Frankie urmărim totul pe ecran.

Apa se amestecă bine, iar o picătură de lichid roz se rostogoleşte de pe geam în vasul Petri. Benderschmidt şi Max dau din cap în semn de aprobare. Sunt mulţumiţi de mostra extrasă. Îşi scot mănuşile chirurgicale şi un tehnician ia proba pentru a fi dusă la laborator.

– Vom lua o mică mostră de sânge de pe cămaşă şi vom face o comparaţie, îmi spune Kyle. Apoi vom mai face nişte teste şi un diagnostic al mostrelor. Va dura ceva timp. Vom lucra peste noapte.

Ce pot să spun? Aş vrea să primesc rezultatele – de preferat favorabile şi, dacă s-ar putea, imediat –, însă le mulţumesc lui Kyle şi lui Max. Eu şi Frankie părăsim clădirea şi rătăcim prin centrul oraşului Richmond, căutând o cafenea. Bem ceai rece şi mâncăm sandviciuri, încercând să discutăm despre lucruri care să nu aibă legătură cu sângele, dar ne este imposibil. Dacă mostra de pe lanternă coincide perfect cu petele de pe cămaşă, adevărul devine neclar şi rămân întrebări la care nu se va putea răspunde.

Cu toate astea, dacă mostrele provin din surse diferite, Quincy va ieşi din închisoare pe picioarele lui. Dacă va fi în stare. În fine.

Şi amprenta? Ea nu va conduce în mod automat spre tipul care a apăsat pe trăgaci – doar dacă nu cumva se poate dovedi că lanterna s-a aflat la locul crimei. Dacă mostrele nu se potrivesc, înseamnă că lanterna nu s-a aflat acolo, ci a fost plantată de Pfitzner în portbagajul maşinii lui Quincy. Cel puţin, aşa gândim noi.

În timpul lungii călătorii de la Savannah la Richmond, eu şi Frankie am analizat dacă ar fi cazul să îi informăm pe membrii familiei Taft că într-un dulap există un schelet. Când i-am spus asta, şeriful Castle nu a manifestat prea mult interes. Pe de altă parte, membrii familiei Taft ar putea avea vreo rudă care a dispărut cu ani în urmă, iar ancheta ar putea rezolva misterul. Totuşi, ei sunt deja atât de speriaţi de locul acela, încât ne vine greu să credem că îi va interesa prea mult un alt deces din casa bântuită.

Cât ne bem cafelele, socotim că povestea e prea interesantă ca să o lăsăm nerezolvată. Frankie formează numărul lui Riley Taft. Acesta tocmai pleacă de la şcoală şi rămâne surprins aflând că am ajuns deja atât de departe cu probele. Frankie îi spune că multe dintre ele sunt în posesia şerifului, însă noi am luat ceea ce ne trebuia. Frankie îl întreabă dacă ştie poveşti de familie despre oameni dispăruţi probabil în ultimii zece ani.

Riley vrea să ştie de ce este important acest lucru.

Zâmbind şi având o sclipire în ochi, Frankie îi povesteşte despre ce am mai descoperit în casă: în dulapul din dormitorul orientat spre est era un schelet intact, având o frânghie legată în jurul pieptului, care îl fixase acolo; posibil o crimă, însă nu prin spânzurare, deşi nimic nu este sigur.

Întrucât Riley pare şocat, Frankie surâde larg şi e pe punctul să chicotească. Discută în contradictoriu şi Riley îl acuză pe Frankie că îl trage pe sfoară. Frankie se încinge şi spune că adevărul este uşor de dovedit: e nevoie doar să se arunce o privire acolo. Și, în plus, el și Wendell vor intra în casă cât de curând posibil și vor scoate scheletul pentru a fi înmormântat cum se cuvine.

Auzind asta, Riley începe să răcnească și să rostească blesteme. După ce se liniștește, Frankie își cere scuze pentru că i-a dat o veste atât de proastă, dar a considerat că trebuiau să știe și ei asta. S-ar putea ca șeriful să îi contacteze curând și să vrea să arunce o privire acolo.

Apoi Frankie ascultă, zâmbește și spune:

– Nu, nu, Riley, în locul tău, eu nu i-aș da foc.

Riley continuă să vocifereze, iar la un moment dat, Frankie își îndepărtează telefonul de ureche. Spune de câteva ori:

– Ei, fii serios, Riley, nu incendia casa!

Când încheie convorbirea, este convins că proprietarii sunt pe cale să dea foc casei.

45

Așteptăm până aproape de ora unsprezece dimineața, când doctorul Benderschmidt își termină prelegerile și revine la birou. Eu și Frankie suntem acolo, bând cafea după cafea. Intră zâmbitor și ne spune:

– Ați câștigat! Se lasă pe un scaun, își aranjează papionul și pare încântat să ne dea minunata veste. Nu există nicio potrivire. Nici nu e vorba de sânge uman. A, sigur, e destul sânge pe cămașa lui Russo, tip 0, la fel ca la majoritatea oamenilor, dar asta e tot ce știm. Cum spuneam, aici nu avem laborator pentru analiza ADN-ului și, slavă Cerului, nici nu ne trebuie așa ceva. Sângele de pe geamul lanternei provine de la un animal, cel mai probabil un iepure sau un alt mamifer de mici dimensiuni. În raportul meu, voi folosi toți termenii științifici, dar deocamdată mă abțin. Am întârziat pentru că am stat treaz toată noaptea ca să pot rezolva cazul ăsta. Trebuie să prind un zbor peste două ore. Post, nu pari surprins!

– Nu sunt, domnule doctor. Doar mă simt ușurat să aflu adevărul.

– Va ieși din închisoare, adevărat?

– Nu e chiar atât de ușor. Doar știi jocurile. Va fi nevoie de lupte la cuțite în instanță ca să obținem achitarea, dar vom câștiga. Îți mulțumim.

– Post, tu ai făcut partea cea grea, eu nu sunt decât om de știință.

– Și amprenta degetului mare?

– Vestea bună este că nu îi aparține lui Quincy. Vestea proastă e că nu îi aparține nici lui Pfitzner. Deocamdată, e a unui necunoscut, dar laboratorul de criminalistică din Florida continuă cercetările. Au verificat-o prin sistemul lor noaptea trecută, dar nu au găsit-o. Probabil că persoana care a pus bateriile nu a fost niciodată amprentată. Așa că ar putea fi oricine. Soția lui Pfitzner, menajera sau vreunul dintre băieții de la birou. Cineva despre care nu s-a auzit vreodată și care nu va fi găsit.

– Dar nu contează, corect? spune Frankie. Dacă lanterna nu a fost prezentă la locul faptei, înseamnă că ucigașul n-a folosit-o.

– Exact, zice Kyle. Și-atunci, ce s-a întâmplat? Cred că Pfitzner a omorât un iepure, a luat ceva sânge și a stropit lanterna. Eu unul aș cumpăra o seringă de la un magazin oarecare și aș folosi-o ca să stropesc geamul de la vreun metru și jumătate. Ar stropi destul de convingător. A lăsat sângele să se usuce, a manevrat-o cu mănuși pe mâini, a vârât-o în buzunar, a obținut mandat pentru percheziționarea mașinii lui Quincy și a plantat-o acolo. Avea știință despre Paul Norwood, așa-zisul expert, și s-a asigurat că procurorul l-a angajat. Norwood era în stare de orice pentru un onorariu, așa că a venit în oraș cu un raport gros și i-a convins pe jurații... hai să zicem, simpluți la minte. Mai toți albi, dacă-mi amintesc bine.

– Unsprezece la unu, adaug eu.

– O crimă senzațională, setea de dreptate, suspectul perfect – care avea și motiv – și o înscenare ingenioasă. Quincy a scăpat ca prin urechile acului de condamnarea la moarte, dar a fost închis pe viață. Iar după douăzeci și trei de ani, tu descoperi adevărul, Post. Meriți o medalie.

– Mulțumesc, doctore, dar nu ne interesează medaliile. Doar achitările.

– A fost o plăcere pentru mine. Un caz fantastic. Voi veni oricând vei avea nevoie de mine.

*

Când plec din Richmond, o sun pe asistenta mea preferată, care îi dă telefonul lui Quincy. Îi vorbesc simplu și îi explic că acum suntem în posesia unor probe valoroase care vor duce la achitarea lui într-o bună zi. Moderez șansele de a obține o eliberare rapidă și îl previn că în următoarele luni va trebui să întreprindem multe intervenții legale ca să îl eliberăm. E încântat, recunoscător și liniștit.

A fost atacat în urmă cu treisprezece săptămâni, iar starea lui se îmbunătățește în fiecare zi. Înțelege mai multe și își găsește mai ușor cuvintele, iar vocabularul lui sporește. O problemă majoră este că nu înțelege că însănătoșirea lui trebuie să decurgă cât mai lent posibil. În cazul său, îmbunătățirea stării de sănătate până la stadiul în care să poată fi externat înseamnă întoarcerea în închisoare. Am încercat în mod repetat să conving echipa medicală care se ocupă de el să nu grăbească lucrurile. Însă pacientul s-a săturat de ritmul lent, s-a săturat de spital, de intervenții chirurgicale, ace și tuburi. Vrea să se ridice din pat și să alerge.

În timp ce Frankie se îndreaptă spre sud, port o discuție lungă cu Mazy, Susan Ashley și Bill Cannon. Ne vin atât de multe idei, încât Mazy inițiază o discuție tip conferință și întreaga echipă analizează totul vreme de o oră. Ea are cea mai sclipitoare idee a momentului, un truc la care se gândește de ceva timp. În baza legii din Florida, petiția de eliberare post-condamnare trebuie prezentată în comitatul în care condamnatul execută pedeapsa. Astfel, judecătorul Plank este asaltat de probleme neimportante, deoarece Penitenciarul Garvin se află în zona rurală a comitatului Poinsett. E prea iritat de această situație ca să aibă sentimente de compătimire și nu vrea să recunoască noile probe, de parcă ele l-ar mușca de fund.

Însă, în prezent, Quincy nu este închis acolo. E spitalizat în centrul orașului Orlando, în mijlocul comitatului Orange, cu o populație de 1,5 milioane de locuitori, sediul a patruzeci și trei de judecători care activează în diferite circuite. Dacă depunem o nouă petiție în comitatul Orange, ea va fi atacată de stat, care va susține că noi căutăm instanța cea mai favorabilă, dar nu avem nimic de pierdut. Dacă avem câștig de cauză, îi vom prezenta noile probe unui nou judecător din zona metropolitană, cu o oarecare diversitate. Dacă pierdem, revenim la bătrânul Plank pentru o nouă încercare. Mai întâi însă trebuie să renunţăm la apelul faţă de respingerea de către Plank a primei noastre petiţii. Stă neatinsă de trei luni la Curtea Supremă din Tallahassee.

Eu şi Mazy ne petrecem următoarele două zile redactând o petiţie modificată. Primim vestea bună că laboratorul criminalistic al statului Florida a ajuns la aceleaşi concluzii ca şi Kyle Benderschmidt.

Nu primim nicio ştire de la familia Taft şi nu ştim dacă s-a găsit scheletul din dulapul casei lor.

Dacă am ţine şampanie la birou, am desface o sticlă atunci când asistenta mea preferată ne sună de la Orlando şi ne spune despre Quincy că (1) are o infecţie de la una dintre rănile de cuţit şi că (2) falca lui nu s-a vindecat bine şi va avea nevoie de o altă intervenţie chirurgicală.

Închei discuţia spunându-i:

– Nu-l externaţi, vă rog!

*

Prezentăm imediat petiţia la Curtea de circuit din comitatul Orange, care e domeniul lui Susan Ashley. Curtea păstrează secretul privind modul în care cazurile sunt repartizate judecătorilor, aşa că nu ştim cine va prelua cazul. Statului Florida îi trebuie două săptămâni ca să ne răspundă şi face asta printr-o moţiune atât de scurtă şi de succintă, încât abia dacă a meritat efortul de a fi redactată.

Susan Ashley solicită o audiere de urgenţă şi aflăm că judecătorul care va hotărî în cazul nostru este onorabilul Ansh Kumar, un american de treizeci şi opt de ani din a doua generaţie de indieni, ai cărui părinţi au imigrat din India. Ne-am rugat pentru diversitate şi am obţinut-o. El aprobă solicitarea noastră pentru o audiere, ceea ce e un semn bun, şi mă grăbesc să ajung la Orlando. Merg cu Frankie în camioneta lui, întrucât el socoteşte că micul meu Ford nu mai este sigur, mai ales când virez şi, în acelaşi timp, răcnesc la telefon. De aceea conduce el, iar eu fac eforturi să nu strig.

Frankie este extrem de important în prezent şi dintr-un alt motiv. Lucru deloc surprinzător, s-a apropiat de Quincy şi îşi petrece ore întregi cu el la spital. Urmăresc împreună meciuri, mănâncă de la un fast-food şi, în general, terorizează personalul medical. Asistentele ştiu că amândoi au executat pedepse lungi pentru crime pe care nu le-au comis, aşa că le dau pace, făcând remarci sexuale deloc răuvoitoare. Frankie îmi spune că unele dintre asistente pot face asemenea glume la fel de repede ca băieţii.

Încă o dată, statul Florida o trimite pe Carmen Hidalgo să se ocupe de caz. Ea este unul dintre cei o mie de avocaţi de la biroul procurorului general şi a tras din nou un loz necâştigător. Cazurile vechi de dovedire a nevinovăţiei nu sunt prea apreciate de avocaţii de vârf ai statului.

Ne strângem într-o sală de judecată modernă de la etajul doi al unei clădiri înalte din centrul oraşului, noul sediu juridic de care comitatul Orange este foarte mândru, pentru ceea ce ar trebui să fie o audiere scurtă. Judecătorul Kumar salută avocaţii cu un zâmbet cald şi ne cere să ne prezentăm pledoariile.

Carmen este prima şi susţine cu eleganţă că reglementările statului sunt clare şi că ele cer ca toate petiţiile de acest gen, pentru eliberare post-condamnare, să fie prezentate în comitatul în care este încarcerat deţinutul. Susan Ashley o contrazice spunând că, deşi figurează ca deţinut la Garvin, clientul nostru nu se află acolo. În ultimele cincisprezece săptămâni a fost în Orlando şi nu se poate anticipa data externării lui din spital. Acest aspect a fost specificat de ambele părţi şi ne este clar imediat că judecătorul Kumar a citit nu doar prezentările, ci şi petiţia noastră substanţială.

După ce ascultă răbdător, judecătorul spune:

– Doamnă Hidalgo, se pare că inculpatul a prins statul într-un mic laţ aproape unic. Reglementările nu spun nimic despre locul în care se poate prezenta această petiţie când el este mutat temporar din închisoarea în care execută sentinţa. Se pare că aţi fost prinsă pe picior greşit!

– Bine, dar, onorată instanţă...

Judecătorul Kumar ridică încet ambele mâini şi îi aruncă un zâmbet cald.

– Vă rog să vă așezați, doamnă Hidalgo. Vă mulțumesc. Acum, în primul rând, voi păstra acest caz din mai multe motive. Primul, și cel mai important, este că nu sunt convins că legea cere ca această petiție să fie prezentată în comitatul Poinsett. În al doilea rând, mă intrigă faptele, în special având în vedere ultimele evoluții ale sale. Am citit totul – prima și a doua petiție ale inculpatului, răspunsurile autorităților statului, punerea sub acuzare federală a fostului șerif al comitatului Ruiz și a altor persoane, acuzațiile aduse celor care se pare că au conspirat pentru a comite un omor prin contract în închisoare... Am citit totul. Și al treilea motiv pentru care păstrez cazul este că se pare că există posibilitatea ca domnul Quincy Miller să-și fi petrecut douăzeci și trei de ani în închisoare pentru o crimă comisă de altcineva. Vă asigur că încă nu mi-am formulat o părere și aștept cu interes o audiere cu prezentarea de probe complete legate de această petiție. Doamnă Gross, când vă simțiți pregătită pentru o audiere completă?

Fără să se ridice, Sussan Ashley spune:

– Chiar și mâine.

– Doamnă Hidalgo?

– Onorată instanță, vă rog, încă nu am formulat răspunsul nostru.

– Oh, eu consider că ați făcut-o. E deja în computerul dumneavoastră. Adaptați-o puțin și prezentați-o imediat, doamnă Hidalgo. Audierea va avea loc peste exact trei săptămâni în această sală de judecată.

În ziua următoare, doamna Hidalgo se grăbește să ajungă la Curtea Supremă a statului cu un apel privind hotărârea luată de Kumar. O săptămână mai târziu, Curtea Supremă a Floridei emite o hotărâre în două fraze care vine în sprijinul nostru. Vom avea parte de o confruntare, dar se pare că, de această dată, am dat peste un judecător care ne va asculta cu atenție.

46

Bill Cannon ne face o ofertă care ne surprinde. Ar dori să ne onoreze și să ne reprezinte în instanță atunci când vom prezenta petiția pentru eliberarea post-condamnare. Vede totul ca un preludiu pentru procesul federal pe care îl vom intenta peste câteva luni. Abia așteaptă înfruntarea și vrea să interogheze personal martorii. Deși este sclipitoare și gândește iute, Susan Ashley are doar treizeci și trei de ani și puțină experiență în instanță. I-aș da doi de A pentru cunoștințe. Datorită reputației lui, Cannon se află deja în Hall of Fame. Ea se declară încântată să cedeze locul pe podium și se simte onorată să ocupe locul doi. Cum sunt un posibil martor, renunț la rolul meu de avocat fără nicio undă de regret. Cu toate astea, mă așez în primul rând din față.

Simțind o victorie pentru echipa care joacă acasă, Vicki și Mazy își iau câteva zile libere și vin cu mașina până la Orlando pentru această ocazie unică. Frankie stă alături de ele în primul rând de bănci. Astfel, sunt prezenți toți membrii de la Guardian. Și ar mai fi ceva. Reverendul Luther Hodges s-a deplasat de la Savannah ca să ne vadă în acțiune. A urmărit cazul chiar din ziua în care ne-am angajat și a petrecut multe ore rugându-se pentru Quincy. Glenn Colacurci sosește purtând un costum în dungi roz și având-o pe atrăgătoarea Bea alături de el. Am îndoieli că el s-a rugat prea mult. Alături de el este și Patrick McCutcheon, care, potrivit lui Glenn, a luat hotărârea de a nu cere rejudecarea lui Quincy dacă noi avem succes cu petiția.

Susan Ashley a anunțat presa, iar cazul a dat naștere unei publicități masive. Povestea referitoare la un fost șerif corupt care a conspirat pentru a acuza un om nevinovat şi a-l azvârli în închisoare, cu peste douăzeci de ani în urmă, e un subiect prea bun pentru a fi ratat. Iar acum, faptul că omul nevinovat se zbate din greu pentru a fi eliberat, în vreme ce şeriful este arestat, nu face decât să atragă şi mai mult atenţia asupra acestui caz. În sala de judecată sunt dispersaţi mai mulţi reporteri, la care se adaugă vreo douăzeci de spectatori. Indiferent de mărimea sau de locul în care se află, orice tribunal își are obişnuiţii săi – oameni curioşi, care nu au altceva mai bun de făcut.

Judecătorul Kumar se aşază pe scaunul său fără nicio ceremonie şi îi salută pe cei prezenţi. Se uită în jur şi nu vede deţinutul. În urmă cu două zile, a aprobat solicitarea noastră de a i se permite lui Quincy să asiste la audierea din propriul caz. Până în prezent, a făcut tot ce i-am cerut.

– Aduceţi-l în sală, spune judecătorul către un aprod.

Ușa din apropierea boxei juraţilor se deschide şi în sală pătrunde un adjunct de şerif. Quincy, fără cătușe la mâini, păşeşte în urma lui sprijinindu-se de un baston. Poartă o cămașă albă și pantaloni cafenii, articole vestimentare pe care i le-am cumpărat chiar eu cu o zi în urmă. A vrut să poarte şi cravată pentru prima oară după douăzeci şi trei de ani, dar i-am spus că nu este nevoie. Nu vom avea parte de juriu, ci doar de un judecător care probabil că nu are cravată pe sub roba neagră. A slăbit cel puţin douăzeci de kilograme şi încă nu şi-a recăpătat complet capacitatea de a merge, însă, Doamne, arată grozav. La început derutat şi nesigur pe picioare, priveşte în jur – dar cine i-ar putea aduce acuzaţii pentru asta? –, apoi mă zăreşte şi îmi aruncă un zâmbet. Merge chinuit spre noi, în timp ce adjunctul de şerif îl îndrumă spre un loc aflat între Susan Ashley şi Bill Cannon. Eu stau în spatele lor, ascuns, alături de bară. Îl bat pe umăr pe Quincy şi îi spun că arată bine. El se întoarce şi mă priveşte cu ochi înlăcrimaţi. Această incursiune în libertate este deja copleșitoare pentru el.

Suntem în război cu Departamentul Penitenciarelor din cauza a ceea ce vom face cu el. Doctorii lui și-au încheiat treaba şi îl pregătesc pentru externare, ceea ce înseamnă un bilet fără întoarcere la Garvin.

Susan Ashley a solicitat un transfer către o unitate cu securitate minimă din apropiere de Fort Myers, care are facilităţi de recuperare. Doctorii lui ne-au pus la dispoziţie scrisori medicale şi rapoarte prin care susţin nevoile lui de reabilitare. Susţinem vehement că închisoarea Garvin este un loc periculos pentru toţi deţinuţii în general, dar mai ales pentru Quincy. Bill Cannon se răsteşte la birocraţii din sistemul penitenciar din Tallahassee. Cu toate acestea, pentru că el îi ţine pe toţi în corzi prin procesul în care cere cincizeci de milioane de dolari despăgubiri, nu toate părţile ţin să coopereze. Odell Herman, directorul Penitenciarului Garvin, spune despre Quincy că va fi plasat în CP – custodie protectoare –, ca şi cum asta ar fi o ofertă foarte generoasă. De fapt, este vorba doar de o închidere la solitar.

Doar o nouă infecţie îi mai lipseşte lui Quincy, iar cum ultima a fost cât pe ce să îl ucidă, păstrez asta pentru mine. A stat în spital nouăsprezece săptămâni şi i-a spus lui Frankie de câteva ori că preferă închisoarea.

Noi nu preferăm decât eliberarea, iar asta se va întâmpla – însă nu ştim când.

Bill Cannon se ridică şi se îndreaptă spre podium pentru a se adresa instanţei. Are cincizeci şi patru de ani, părul bogat şi încărunţit, bine aranjat, un costum de culoare neagră şi siguranţa unui maestru al tribunalelor, care poate obţine ceea ce vrea de la un juriu sau de la un judecător. Are vocea gravă a unui bariton, la care sunt convins că a lucrat cu decenii în urmă. Expunerea lui este perfectă. Începe prin a spune că suntem pe punctul de a afla adevărul, fundamentul celui mai măreţ sistem legal din lume. Adevărul despre cel care l-a ucis – sau nu – pe Keith Russo. Adevărul care a fost ascuns cu mult timp în urmă într-un orăşel corupt din nordul Floridei. Adevărul care a fost ascuns în mod deliberat de oameni necinstiţi. Însă acum, după câteva decenii, după ce un om nevinovat a fost închis vreme de douăzeci şi trei de ani, adevărul se află la îndemână.

Cannon nu are nevoie de notiţe, nici nu se opreşte ca să se uite în blocnotesul lui cu pagini gălbui. Nu există pauze, nici ezitări, nici fraze neterminate. Omul vorbeşte direct, din convingere, făcând din prezentare o proză elegantă. Şi stăpâneşte o strategie deprinsă de puţini avocaţi, nici chiar de cei mai şcoliţi: este succint, nu se repetă şi rezumă totul în puţine cuvinte. Prezintă cazul şi îi spune judecătorului Kumar ce dorim să dovedim. În mai puţin de zece minute, el stabileşte tonul şi nu lasă nicio îndoială în legătură cu faptul că are o misiune la care nu vrea să renunţe.

Carmen Hidalgo reacţionează, amintind instanţei că juraţii s-au pronunţat. Lui Quincy Miller i s-a instrumentat un proces cinstit, iar juriul l-a condamnat în unanimitate. Cu un vot mai puţin, a scăpat de pedeapsa capitală. De ce trebuie să se rejudece cazuri vechi? Sistemul nostru este şi aşa supraaglomerat şi suprasolicitat şi nu este gândit pentru a ţine cazurile în vigoare vreme de decenii. Dacă le permitem tuturor ucigaşilor condamnaţi să dea naştere unor noi procese şi să aducă presupuse noi probe, atunci la ce mai slujeşte primul proces?

Pledoaria ei este şi mai scurtă decât a lui Cannon.

El decide să înceapă în mod dramatic, de aceea îl cheamă la bară pe Wink Castle, şeriful comitatului Ruiz. Acesta aduce cu sine o cutie mică din carton. După ce depune jurământul, Cannon îl trece prin procedura de a descrie ce se află în cutie. Într-o pungă transparentă din plastic se află lanterna, care este aşezată pe masa din apropierea aprodului Curţii. Wink relatează cum a ajuns această lanternă în posesia lui. Cannon prezintă înregistrarea video în care apărem toţi în biroul lui Glenn în timp ce deschidem cutiile. Este o poveste amuzantă, care ne place tuturor, mai ales onoratei instanţe. Castle relatează puţinele lucruri pe care le cunoaşte din trecut, inclusiv misteriosul incendiu. Cu mândrie în glas, informează instanţa că sub conducerea lui lucrurile s-au modernizat în comitatul Ruiz.

Cu alte cuvinte, traficanţii de droguri au dispărut. Acum suntem cu toţii curaţi!

La interogatoriul luat de acuzare, Carmen Hidalgo are câteva reuşite, silindu-l pe Castle să admită că probele din cutii au lipsit mulţi ani; prin urmare, există un gol uriaş în ceea ce priveşte custodia lor. Acest lucru ar putea deveni crucial dacă lanterna este folosită într-un alt proces penal, dar acum este inutilă. După ce ea îşi încheie pledoaria, judecătorul Kumar intervine în proces şi spune:

– Această lanternă a fost examinată de laboratorul criminalistic al statului?

Wink spune că da.

– Aveţi un exemplar al raportului?

– Nu, domnule. Încă nu.

– Cunoaşteţi numele criminalistului care deţine această probă?

– Desigur, domnule.

– Bine. Doresc să îl sunaţi chiar acum ca să îi spuneţi că îl aştept aici mâine-dimineaţă.

– Aşa voi face, domnule.

Sunt chemat ca al doilea martor şi jur să spun doar adevărul. E a patra oară în cariera mea când apar la bară, iar instanţele arată foarte diferit când te afli în boxa martorilor. Ochii tuturor sunt îndreptaţi asupra martorului, care încearcă să se concentreze şi să se destindă în timp ce inima îi bate cu putere. Instantaneu, apare ezitarea de a deschide gura pentru că ar putea rosti ceva greşit. Fii sincer. Fii convingător. Fii limpede. Toate sfaturile obişnuite pe care le dau martorilor mei sunt departe, cel puţin pe moment. Din fericire, am un sclipitor avocat pledant de partea mea şi am repetat ceea ce voi spune. Nu mă pot imagina încercând să spun o poveste prost gândită când sunt bombardat de un om precum Cannon.

Spun o poveste foarte scurtă despre felul în care am găsit lanterna, lăsând deoparte porţiuni uriaşe. Nu aduc vorba de Tyler Townsend din Nassau sau de Bruce Gilmer din Idaho; nimic despre vrăjile africane sau despre scheletul din dulap. Mă bizui pe un zvon strecurat de un avocat bătrân, care a auzit că poliţistul Kenny Taft fusese ucis pentru că ştia prea multe. De aceea m-am dus la familia lui şi am început să investighez. Am avut noroc. Pe un ecran mare, Cannon proiectează fotografii ale casei dărăpănate şi altele, mai întunecate, ale podului, apoi un film în care apare Frankie cărând cutiile din casa bântuită. Povestesc despre călătoria noastră la Richmond pentru a duce probele și despre întâlnirea cu doctorul Benderschmidt.

Când mă interoghează, Carmen Hidalgo îmi pune o serie de întrebări menite să arunce alte îndoieli cu privire la lanţul custodiei. Nu, nu știu de câtă vreme erau cutiile în pod, nici cine le-a pus acolo, nici dacă ele au fost luate de Kenny Taft înainte de incendiu, nici dacă l-a ajutat cineva, nici dacă el a deschis cutiile și a alterat probele. Răspunsurile mele sunt politicoase și profesionale. Ea doar își face meseria și nu ar vrea să se afle aici.

Insistă să îi spun care este sursa zvonurilor despre Kenny Taft și îi răspund că trebuie să protejez sursele confidenţiale. Desigur, știu mai multe decât pot declara în acest moment, dar, la urma urmelor, sunt avocat și înţeleg ce înseamnă confidenţialitatea. Ea îi cere judecătorului să mă oblige să răspund la întrebările ei. Cannon ridică obiecţii și ţine o mică prelegere despre sanctitatea activităţii unui avocat. Judecătorul Kumar îi respinge cererea și revin pe scaunul meu din spatele lui Quincy.

Doctorul Kyle Benderschmidt se află în sală și vrea să plece cât mai repede de acolo. Bill Cannon îl cheamă în calitate de martor al nostru și începe plictisitorul proces de prezentare a calificării lui. După câteva minute, judecătorul Kumar se uită la Carmen Hidalgo și o întreabă:

– Chiar doriţi să îi puneţi la îndoială calificarea?

– Nu, onorată instanţă. Statul acceptă calificarea sa.

– Mulţumesc.

Kumar nu grăbește pe nimeni și pare să îi placă să ţină lucrurile sub control. Având o experienţă de doar trei ani, pare bine pregătit și sigur pe sine.

Cannon sare peste mărturia defectuoasă pe care juraţii au auzit-o din partea lui Paul Norwood – ea a fost prezentată în amănunt de Mazy – și, în schimb, vorbește despre probele reale. Acum, când deţinem lanterna și petele reale de sânge de pe ea, nu mai trebuie să facem speculații. Pe ecranul mare, Benderschmidt prezintă fotografiile făcute recent de el și le compară cu probele folosite la proces în urmă cu douăzeci și trei ani. Picăturile s-au decolorat în timp, chiar dacă geamul lanternei a fost ferit de lumină. Identifică trei pete mai mari și arată mostrele prelevate de el. Alte fotografii mărite, alt jargon medico-legal. Benderschmidt se lansează în ceea ce devine curând o prelegere plictisitoare de știință. Asta probabil din cauză că fondul meu genetic e cam sărăcăcios în privința științelor și matematicii; dar nu are nicio importanță dacă mă plictisesc sau nu. Onorata instanță ascultă cu mare atenție.

Kyle începe cu chestiunile de bază: celulele de sânge uman se deosebesc de cele ale animalelor. Pe ecran apar două imagini mari, iar Benderschmidt devine profesoral. Cea din stânga este o celulă sanguină mărită, prelevată de pe geam. Cea din dreapta pare asemănătoare și este prelevată de la un iepure, un mamifer mic. Celulele sanguine ale oamenilor și mamiferelor sunt similare prin faptul că nu posedă nucleu. Reptilele și păsările au celule sanguine cu nucleu, noi nu. Profesorul tastează la laptopul lui și, când imaginea se schimbă, începem să ne pierdem în lumea celulelor sanguine. Nucleul este mic și rotund și slujește drept centru de comandă al celulei. Controlează creșterea și reproducerea ei. Celula e înconjurată de o membrană. Și așa mai departe. La petiția noastră a fost anexat raportul complet întocmit de Benderschmidt, cuprinzând pagini întregi de lucruri greu de înțeles despre celule și sânge. Mărturisesc că nu l-am citit în întregime, dar ceva îmi spune că judecătorul Kumar a făcut-o.

Pe scurt: celulele sanguine ale animalelor diferă mult în funcție de specie. Benderschmidt este aproape sigur că sângele de pe geamul lanternei găsite în mașina lui Quincy de Bradley Pfitzner provine de la un mamifer mic. Este extrem de sigur că nu e vorba de sânge uman.

Nu ne-am mai obosit să efectuăm un test ADN al celor două mostre, căci nu avea niciun rost. Știm că sângele de pe cămașă a fost al lui Keith. Știm că acela de pe geam nu e.

Urmărindu-i pe Cannon și pe Benderschmidt acționând în tandem în cursul depoziției, am impresia că urmăresc un dans bine învățat și executat. Și s-au cunoscut doar ieri. Dacă ar fi să apăr pe cineva în viitor într-un proces în care se cer daune de cincizeci de milioane de dolari, aș începe imediat să propun o înțelegere.

E aproape ora unu după-amiaza când Benderschmidt termină de răspuns la seria de întrebări jalnice, de rutină, lansate de Carmen. Judecând după constituția sa firavă, onorata instanță nu pare să manifeste vreo dorință de a lua prânzul, însă noi, ceilalți, suntem rupți de foame. Facem o pauză de o oră și jumătate. Eu și Frankie îl ducem la aeroport pe Kyle, oprindu-ne pe drum la un restaurant drive-in ca să luăm niște hamburgeri. Kyle vrea să afle cât de curând posibil când se va da hotărârea. Îi place munca pe care o face și adoră acest caz, dorind cu disperare să obținem achitarea. Știința de tip neștiință a dus la condamnarea lui Quincy, iar el vrea să curețe această mizerie.

*

În ultimele șapte luni, Zeke Huffey s-a bucurat atât de mult de libertate, încât a reușit să evite o altă arestare. E eliberat condiționat în Arkansas și nu poate părăsi statul fără aprobarea ofițerului de legătură. Spune că s-a lăsat de droguri și de băutură și e hotărât să rămână așa. O organizație nonprofit i-a împrumutat o mie de dolari pentru a supraviețui la început și lucrează cu jumătate de normă la o spălătorie de mașini, la un restaurant care vinde hamburgeri și la o companie care îngrijește peluze. Supraviețuiește și a restituit aproape jumătate din împrumut. Guardian i-a cumpărat bilet de avion și apare la bară arătând mai bronzat și mai sănătos ca oricând.

Depoziția lui în prima audiere din fața bătrânului judecător Plank a fost exemplară. Și-a recunoscut minciunile și, deși a dat vina pe Pfitzner și pe sistemul rău alcătuit, a spus că știa ce făcea. Fusese plasat ca turnător și dăduse informații bune. Acum însă, regretă profund minciunile spuse. Într-un moment emoționant care îi ia pe toți pe nepregătite, Zeke se uită în sală spre Quincy și spune:

– Așa am făcut, Quincy. Am făcut-o ca să-mi salvez pielea și îmi doresc să nu fi procedat așa. Am mințit ca să mă salvez și te-am înfundat pe tine. Îmi pare rău, Quincy! Nu-ți cer să mă ierți, fiindcă, dacă aș fi în locul tău, nu m-aș ierta. Spun doar că-mi pare rău pentru ce am făcut.

Quincy încuviințează din cap, dar nu spune nimic. Mai târziu îmi mărturisește că ar fi vrut să spună ceva, să îl ierte, dar s-a temut să vorbească în fața instanței fără aprobare.

Zeke e aproape crucificat când Carmen se concentrează asupra trecutului lui pestriț în care a mințit permanent în instanță. Când a încetat să mintă? Chiar s-a întâmplat asta? De ce ar crede cineva că nu minte și acum? Și așa mai departe. Însă el a mai supraviețuit unor asemenea situații și se descurcă bine. Spune în mod repetat:

– Da, doamnă, recunosc că am mințit înainte, dar acum nu mint. Jur.

Următorul nostru martor este Carrie Holland Pruitt. A fost nevoie de ceva eforturi ca să îi convingem pe Carrie și pe Buck să facă o călătorie lungă până în Orlando, dar când Guardian le-a oferit cu generozitate bilete pentru un tur de familie la Disney World, am căzut la pace. Guardian nu își permite astfel de pachete familiale la Disney World, dar, ca întotdeauna, Vicki a reușit cumva să găsească banii necesari.

Cum Bill Cannon deține controlul total, Carrie revine asupra tristei povești privind punerea sub acuzare a lui Quincy Miller. Nu a văzut un bărbat negru alergând pe stradă dinspre locul faptei, ținând în mână ceea ce părea a fi un baston. Adevărat, nu a văzut nimic. A fost silită de șeriful Pfitzner și de Forrest Burkhead, procurorul de caz de atunci, să mintă la proces. A spus minciuni, iar a doua zi, Pfitzner i-a dat o mie de dolari în numerar, i-a spus să plece cu următorul autobuz și a amenințat-o cu închisoarea pentru sperjur dacă mai revine în Florida.

După o frază sau două a mărturiei, ochii încep să i se umezească. Imediat după aceea, vocea îi devine spartă. La jumătatea mărturiei avem parte de o sărbătoare a lacrimilor când își asumă minciunile și spune că îi pare rău. La acea dată era o puștoaică debusolată, care consuma droguri și care se întâlnea cu un prieten rău, polițist, având permanent nevoie de bani. Acum nu mai consumă droguri, nu mai bea de cincisprezece ani și nu lipsește nicio zi de la slujbă. Dar s-a gândit de multe ori la Quincy. Suspină și așteptăm ca ea să se liniștească. Buck, aflat în primul rând de bănci, își șterge și el obrajii.

Judecătorul Kumar anunță o pauză și avem o oră liberă. Grefierul își cere scuze și spune că judecătorul are de rezolvat o problemă urgentă la biroul său. Sosește Marvin Miller, care se așază alături de fratele lui, în vreme ce un gardian îi urmărește de la distanță. Mă așez undeva cu Mazy și Vicki și analizăm mărturiile de până în acel moment. Un reporter vrea să ne ia un interviu, dar eu îl refuz.

La ora patru și jumătate, ne adunăm din nou în sala de judecată și Bill Cannon îl cheamă la bară pe ultimul nostru martor din ziua aceea. Tocmai l-am informat pe Quincy, pentru a reduce șocul lui emoțional. Când Cannon rostește numele „June Walker", Quincy se întoarce și se uită pătrunzător la mine. Îi zâmbesc și dau încurajator din cap.

Frankie nu se dă bătut cu una, cu două, mai ales când e vorba de oamenii de culoare care trebuie să coopereze cu noi. De-a lungul lunilor, a cultivat o relație cu Otis Walker din Tallahassee și astfel a ajuns să o cunoască pe June. La început, cei doi s-au opus, fiind foarte iritați de faptul că avocații lui Quincy prezentaseră o imagine foarte dezavantajoasă a primei lui soții. Însă, cu timpul, Frankie a reușit să îi convingă pe June și pe Otis că minciunile spuse în trecut ar trebui îndreptate dacă există o asemenea șansă. Quincy nu a ucis pe nimeni, însă June i-a ajutat pe adevărații criminali, o bandă de albi.

Ea se ridică din rândul al treilea de bănci și pășește hotărâtă spre boxa martorilor, unde depune jurământul în fața grefierului. Am stat îndelung de vorbă cu June și am încercat să o conving că nu îi va fi chiar ușor să apară în sala de judecată și să recunoască sperjurul. Totodată, am asigurat-o că e imposibil ca ea să fie pusă sub acuzare pentru asta.

Dă din cap spre Quincy şi scrâşneşte din dinţi. Aşa şi trebuie. Îşi dă numele şi adresa şi spune că primul ei soţ a fost Quincy Miller. Au avut împreună trei copii, după care căsnicia lor s-a spulberat printr-un divorţ încărcat de amărăciune. E de partea noastră, iar Bill Cannon o tratează cu respect. Ridică nişte hârtii de pe masa lui şi i se adresează.

– Aşa, doamnă Walker, vă îndrept atenţia spre o perioadă din trecutul îndepărtat, respectiv cea a procesului intentat pentru crimă fostului dumneavoastră soţ, Quincy Miller. La acel proces, aţi depus mărturie în favoarea acuzării şi, în consecinţă, aţi făcut o serie de afirmaţii. Aş dori să le enumerăm, de acord?

Ea dă din cap şi spune:

– Da, domnule.

Cannon îşi aşază mai bine ochelarii pe nas şi se uită la transcrierea procesului.

– Procurorul v-a pus următoarea întrebare: „Acuzatul Quincy Miller deţine o puşcă de calibrul 18 mm?" Şi dumneavoastră aţi răspuns: „Aşa cred. A avut câteva pistoale. Nu mă pricep prea mult la arme, dar, da, Quincy a avut o puşcă mare". Acum, doamnă Walker, răspunsul a reflectat adevărul?

– Nu, domnule. N-am văzut niciodată vreo puşcă prin casa noastră şi nu ştiu ca fostul meu soţ să fi avut aşa ceva.

– Bine. A doua declaraţie. Procurorul v-a adresat această întrebare: „Acuzatului îi plăcea să vâneze şi să pescuiască?" Şi răspunsul dumneavoastră a fost: „Da, domnule, nu vâna prea mult, dar se ducea în pădure din când în când cu prietenii lui şi împuşca păsări şi iepuri". Doamnă Walker, răspunsul dumneavoastră a reflectat adevărul?

– Nu. Nu ştiu ca el să fi mers vreodată la vânătoare. Îi plăcea să meargă la pescuit cu unchiul lui, dar nu la vânătoare.

– Bine. A treia declaraţie. Procurorul v-a prezentat o fotografie color, înfăţişând o lanternă, şi v-a întrebat dacă l-aţi văzut pe Quincy cu ceva asemănător. Răspunsul dumneavoastră a fost: „Da, domnule, arată ca una pe care o ţinea în maşină". Doamnă Walker, răspunsul a reflectat adevărul?

– Nu. N-am văzut niciodată o asemenea lanternă și, oricum, sunt sigură că nu l-am observat niciodată pe Quincy folosind așa ceva.

– Vă mulțumesc, doamnă Walker. Ultima întrebare. La proces, procurorul v-a întrebat dacă Quincy se afla în apropiere de Seabrook în noaptea în care a fost ucis Keith Russo. Răspunsul dumneavoastră: „Așa cred. Cineva mi-a spus că l-a văzut la magazinul Pounder's". Doamnă Walker, răspunsul a reflectat adevărul?

Ea dă să răspundă, însă o lasă vocea. Încearcă din greu să își înghită nodul din gât, apoi se uită direct la fostul ei soț, strânge din dinți și spune:

– Nu, domnule, nu a fost adevărat. N-am auzit pe nimeni spunând că el a fost în oraș în seara aceea.

– Mulțumesc, spune Cannon și aruncă hârtiile pe masa lui.

Carmen Hidalgo se ridică încet în picioare, ca și cum nu ar ști sigur cum să procedeze mai departe. Ezită în timp ce o privește pe martoră, dându-și seama că nu mai poate obține nimic. Pare frustrată și spune:

– Acuzarea nu are nimic de spus, onorată instanță.

– Vă mulțumesc, doamnă Walker, zice judecătorul Kumar. Sunteți liberă.

June nu reușește să părăsească boxa martorilor suficient de repede. Aflat în fața mea, Quincy își împinge brusc scaunul în spate și se ridică în picioare. Fără să își folosească bastonul, trece prin spatele lui Bill Cannon și se îndreaptă spre June. Ea își rărește pașii, ca și cum ar fi speriată, și preț de o secundă înghețăm cu toții, crezând că se va petrece un dezastru. Apoi Quincy își desface brațele, iar June se apropie de el, lăsându-se îmbrățișată. El o strânge și izbucnesc amândoi în lacrimi. Doi oameni care au avut cândva trei copii, dar care au ajuns să se urască, se îmbrățișează în văzul unor necunoscuți.

– Îmi pare rău, șoptește ea de câteva ori.

– Nu-i nimic, îi șoptește el. Nu-i nimic.

47

Vicki și Mazy abia așteaptă să îl întâlnească pe Quincy. Se ocupă de cazul lui de multă vreme și știu o mulțime de lucruri despre viața lui, dar până acum nu au avut prilejul să îl salute. Ne retragem din tribunal și ne strângem la Spitalul Mercy, unde el este încă pacient și deținut. Acum are o cameră într-o nouă anexă, unde se află facilitățile de tratament de reabilitare, dar ne întâlnim în cafeneaua de la subsol. Cel care îl păzește este un polițist din Orlando, care, plictisit, stă departe de noi.

După douăzeci și trei de ani de hrană de închisoare, Quincy nu se plânge de calitatea mâncării din cafenea. Vrea un sandvici și cartofi prăjiți și îi aduc farfuria cerută în vreme ce el, Vicki și Mazy vorbesc înfierbântați despre aventurile din ziua aceea petrecute în sala de judecată. Pregătit să intervină oricând, Frankie se așază alături de el. Luther Hodges este aproape de ei și se simte fericit că participă la această întâlnire. Quincy vrea să luăm cina împreună, însă noi suntem prinși în alte planuri în seara aceea.

Este încă mișcat de întâlnirea cu June. A urât-o atât de multă vreme, încât este uimit de rapiditatea cu care a iertat-o. Stând acolo și ascultând-o cum își mărturisește minciunile, a simțit ceva pogorându-se asupra lui, poate Duhul Sfânt, și făcându-l să nu mai urască pe nimeni. A închis ochii și i s-a rugat lui Dumnezeu să îi alunge ura, iar într-o clipă, o povară uriașă i-a fost ridicată de pe umeri. Practic, a simțit acea ușurare în timp ce expira. I-a iertat și pe Zeke Huffey, și pe Carrie Holland. Și se simte minunat, profund despovărat.

Luther Hodges zâmbeşte şi dă aprobator din cap.

Quincy ciuguleşte din sandvici, ia câţiva cartofi prăjiţi şi spune că va mai trece câtva timp până să îi revină pofta de mâncare. Ieri cântărea 64 de kilograme, cu mult mai puţin decât greutatea lui de luptător de 82 de kilograme. Vrea să ştie ce se va întâmpla mâine, dar eu prefer să nu fac speculaţii. Presupun că judecătorul Kumar va termina cu audierea martorilor, va analiza cazul şi va da o hotărâre peste câteva săptămâni sau luni. Mi-a lăsat impresia că este înţelegător, dar am aflat cu ani în urmă că trebuie întotdeauna să te aştepţi la ce e mai rău. Şi să nu speri că dreptatea se va face imediat.

După o oră de discuţii, poliţistul ne spune că timpul acordat a expirat. Îl îmbrăţişăm toţi pe Quincy şi îi promitem să ne revedem a doua zi de dimineaţă.

*

Firma de avocatură a lui Bill Cannon are birouri în cele mai mari şase oraşe din Florida. Partenerul care conduce biroul din Orlando este un asasin în privinţa cazurilor de malpraxis medical, un tip al cărui nume, Cordell Jollie, stârneşte groaza în rândul doctorilor incompetenţi. I-a distrus din punct de vedere financiar pe mulţi dintre ei şi e departe de a-şi fi încheiat misiunea. Verdictele şi înţelegerile din afara tribunalului obţinute de el i-au oferit banii necesari pentru a-şi cumpăra un conac într-o zonă elegantă din Orlando, un cartier cu străzi umbroase, de-a lungul cărora se află case spectaculoase. Pătrundem pe o alee circulară şi observăm parcate pe o parte un Bentley, un Porsche şi un Mercedes sport cu două uşi. Flota lui Jollie face mai mult decât bugetul anual al lui Guardian. Şi, parcat cu mândrie în faţa conacului, e un vechi Volkswagen Beetle, fără îndoială deţinut de Susan Ashley Gross, care a sosit deja acolo.

În mod normal, noi, cei de la Guardian, am fi refuzat o invitaţie la cină la o asemenea adresă, însă este aproape imposibil să îl refuzi pe Bill Cannon. Pe de altă parte, suntem suficient de curioşi să intrăm într-o casă pe care altfel am vedea-o doar într-o revistă. Un tip în smoching ne întâmpină la uşa din faţă – primul majordom pe care l-am văzut vreodată în carne și oase. Îl urmăm prin holul uriaș cu tavan boltit, o încăpere mai spațioasă decât cele mai multe case cu dimensiuni rezonabile, și, brusc, devenim conștienți că nu purtăm hainele potrivite.

Frankie a avut prezența de spirit să refuze invitația. El, Quincy și Luther Hodges vor să vadă un meci de baseball la televizor.

Facem uitate hainele noastre când Cordell apare din altă încăpere purtând un tricou, un șort de golf murdar și șlapi. Are într-o mână o sticlă cu bere de culoare verde și ne strânge mâinile, făcând prezentările. Apare apoi și Bill Cannon, tot în șort, și îi urmăm prin clădirea ca o peșteră spre terasa din spate, care dă spre o piscină suficient de mare pentru a permite o cursă de schifuri. O cabană de lângă piscină, aflată la capătul celălalt, ar putea găzdui cu ușurință cincisprezece oameni. Un domn îmbrăcat în alb din cap până în picioare ia comenzile de băuturi în timp ce suntem îndrumați spre o zonă umbrită, aflată sub câteva ventilatoare. Susan Ashley bea vin alb și ne așteaptă.

– V-aș prezenta soției, însă a plecat luna trecută, spune Cordell cu voce tare, lăsându-se pe un balansoar din nuiele împletite. Al treilea divorț.

– Aveam impresia că sunt patru, spune Cannon cu seriozitate în glas.

– S-ar putea. Cred că-mi ajunge.

E ușor de înțeles că el joacă tare, muncește mult, petrece la greu și nu păstrează nimic pentru sine.

– Vrea casa, dar există chestia aia prenupțială pe care a semnat-o înainte de nuntă.

– N-am putea vorbi despre altceva? spune Cannon. Firma noastră de avocatură trăiește cu spaima provocată de următorul divorț al lui Cordell.

Însă despre ce anume am putea discuta în acele momente?

– Am avut o zi bună la tribunal, spun. Grație lui Bill.

Vicki, Mazy și Susan Ashley au rămas cu ochii mari și par să se teamă să vorbească.

– Întotdeauna merge bine când faptele sunt de partea ta, spune Cannon.

– Bineînţeles, adaugă Cordell. Ador cazul ăsta. Fac parte din comisia de litigii, iar în clipa în care Bill a preluat cazul, am spus: „La naiba, da!"

– Ce e comisia de litigii? întreb.

Cordell e de partea noastră şi e gură bogată, aşa că avem şansa de a învăţa mai multe de la el.

Îmi răspunde:

– Fiecare proces pentru despăgubiri trebuie examinat de o comisie alcătuită din partenerii care conduc cele şase filiale. Examinăm o mulţime de prostii, dar găsim şi cazuri bune care nu pot fi câştigate ori costă prea mult pentru a fi instrumentate. Ca să preluăm un caz, trebuie să existe şanse mari de recuperare a cel puţin zece milioane. E simplu. Dacă nu vedem posibilitatea de a scoate zece milioane, atunci nu ne băgăm. În cazul lui Quincy, ne aşteptăm la o sumă mai mare. Aici avem complicitatea statului Florida, fără limită privind daunele. Avem deja patru milioane îngheţate în conturile bancare ale şerifului, precum şi alţi bani aflaţi în bănci offshore. Şi mai e cartelul.

– Cartelul? întreb eu.

Domnul îmbrăcat în alb din cap până în picioare revine cu o tavă din argint pe care sunt băuturile noastre. Bere pentru mine, vin alb pentru Mazy şi Vicki. Probabil că e a doua oară când nu refuză de când o cunosc eu.

Bill spune:

– Nu-i o abordare nouă, ci un lucru pe care nu l-am mai încercat până acum. Ne-am asociat cu o firmă din Mexico City, care urmăreşte bunurile şi banii traficanţilor de droguri. E o activitate riscantă, după cum cred că vă daţi seama, dar au avut ceva succese, îngheţând conturi bancare şi confiscând proprietăţi. Cartelul Saltillo are câteva mutre noi, în primul rând întrucât cele vechi au fost eliminate, dar o parte dintre capi sunt cunoscuţi. Planul nostru este să facem un proces mare aici, care să ducă la confiscarea oricăror bunuri pe care le găsim.

– Dar intentarea unui proces împotriva unui cartel e cam periculoasă, spun eu.

Cordell râde și răspunde:

– Probabil că nu e la fel de rău cu a da în judecată companii de tutun, producători de arme sau mari concerne farmaceutice. Fără a mai vorbi de doctorii ticăloși și de companiile lor de asigurări.

– Vrei să spui că Miller se va alege cu cel puțin zece milioane de dolari? întreabă Mazy, vorbind rar, semn că nu îi vine să creadă.

Cannon râde.

– Nu, noi nu dăm niciodată garanții, zice el. Se pot întâmpla foarte multe lucruri anapoda. E vorba de o cerere de despăgubiri, iar asta înseamnă întotdeauna un joc de zaruri. Statul va dori să se ajungă la o înțelegere, dar nu și Pfitzner. Se va prăbuși ca naiba și se va strădui din răsputeri să își protejeze banii. Spun că acest caz al lui Quincy are foarte mult potențial, mai puțin onorariile noastre, bineînțeles.

– I-auzi! spune Cordell, în timp ce golește sticla.

– Cât timp va dura? întreabă Vicki.

Bill și Cordell se uită unul la celălalt și ridică din umeri.

– Doi, poate trei ani, spune Bill. Firma lui Nash Cooley știe cum să tragă de timp, așa că va fi vorba de o luptă directă și cinstită.

Mă uit la Susan Ashley, care urmărește îndeaproape discuția. În calitate de membră a firmei Guardian, știe că organizația noastră nonprofit nu poate împărți onorariile cu firmele de avocatură, dar mi-a spus în secret că Bill Cannon i-a promis că va dona zece la sută din onorariile legale către Central Florida Innocence Project. La rândul ei, Susan mi-a promis jumătate din ceea ce se va primi. Preț de o secundă, mintea mea o ia razna gândindu-mă la avocații noștri mexicani care atacă diverse conturi bancare din Caraibe pline de sume uriașe de bani în timp ce acestea sunt alimentate, însă, în cele din urmă, noi, cei de la Guardian Ministries, ne așteptăm la prea puțin când stăm cu mâna întinsă pentru a primi câteva mii de dolari.

Există o legătură directă între suma de bani pe care o primim şi numărul de oameni a căror achitare o obţinem. Dacă ar fi să obţinem nişte bani picaţi din cer, probabil ar trebui să ne restructurăm şi să angajăm personal suplimentar. Poate că eu mi-aş permite nişte pneuri noi ori, lucru şi mai bun, aş putea să trec la un vehicul mai frumos, chiar dacă ar fi second-hand.

Alcoolul ne ajută, aşa că reuşim să ne relaxăm şi să uităm de sărăcia noastră când băuturile ne sunt împrospătate şi se fac pregătirile pentru cină. Avocaţii aflaţi sub influenţa alcoolului sunt capabili să spună poveşti fascinante, iar Cordell ne distrează cu una despre un fost ofiţer CIA pe care l-a angajat şi l-a plantat într-o companie de asigurări ce se ocupa de malpraxis medical. Tipul a asigurat trei verdicte la preţuri exorbitante şi s-a retras fără să fie prins.

Cannon ne povesteşte despre felul în care a reuşit primul lui verdict de un milion de dolari, la vârsta de douăzeci şi opt de ani, ceea ce constituie un record în Florida.

Revenim la Cordell, căruia i se aduce aminte despre prima lui prăbuşire cu avionul.

Ne simţim uşuraţi când domnul în alb ne anunţă că se va servi cina. Ne deplasăm spre una dintre sufrageriile din conac, unde e ceva mai răcoare.

48

Zâmbind din nou, onorabilul Ansh Kumar se așază pe scaunul lui și ne spune „Bună dimineața". Ne aflăm cu toții pe locurile noastre, abia așteptând să înceapă ziua și să aflăm ce se va întâmpla în continuare. Judecătorul își coboară ochii spre Bill Cannon și spune:

– Ieri, când am amânat ședința, am luat legătura cu laboratorul de criminalistică din Tallahassee și am discutat cu directorul. Acesta mi-a spus că analistul, un anume domn Tasca, va sosi aici la ora zece. Domnule Cannon, mai aveți vreun martor?

Bill se ridică și spune:

– Tot ce se poate, onorată instanță. Agnes Nolton este agent special la biroul FBI din Orlando și a răspuns de investigația privind atacul brutal asupra lui Quincy Miller, petrecut în urmă cu aproape cinci luni. Este pregătită să depună mărturie cu privire la această investigație, subliniind relevanța ei față de cazul de față.

Am luat micul dejun cu Agnes, iar ea mi-a spus că este dispusă să ne ajute atât cât se poate. Cu toate acestea, avem îndoieli că judecătorul Kumar va socoti necesară depoziția ei, chiar așa restrânsă cum va fi ea.

Știe ce va urma, căci am menționat asta în timpul unei pauze de ieri. El s-a gândit îndelung la acest lucru. Carmen Hidalgo se ridică și spune:

– Onorată instanță, în cazul în care Curtea este de acord, trebuie să spun că nu prea înțeleg de ce această mărturie poate să vină în sprijinul nostru. FBI-ul nu a avut nimic de-a face cu investigarea uciderii lui Keith Russo și nici cu punerea sub acuzare a lui Quincy Miller. Mi se pare o pierdere de vreme.

– Aici tind să vă dau dreptate. Am citit acuzaţia, depoziţiile din cadrul procesului, prezentările făcute în presă, astfel că știu destule lucruri despre conspiraţia menită să îl ucidă pe domnul Miller. Vă mulţumesc, doamnă agent Nolton, pentru dorinţa de a depune mărturie, dar nu va fi nevoie.

Îi arunc o privire lui Agnes, iar ea îmi zâmbește.

Onorata instanţă bate cu ciocanul în masă și cere o pauză până la ora zece.

*

Domnul Tasca studiază probe de sânge pentru statul Florida de treizeci și unu de ani. Ambele părţi îi recunosc priceperea. Carmen face asta pentru că el este expertul din partea acuzării. Noi, pentru că vrem să îi ascultăm mărturia. Carmen refuză să îl interogheze în mod direct. Susţine că este vorba de petiţia noastră, nu a ei. Nicio problemă, spune Bill Cannon, când sare în picioare pentru a lua mărturia.

Aceasta se încheie după câteva minute. Bill întreabă:

– Domnule Tasca, aţi testat sângele prelevat de pe cămașă și aţi analizat mostra de sânge de pe geamul lanternei, adevărat?

– Adevărat.

– Și aţi citit raportul întocmit de doctorul Kyle Benderschmidt?

– Da.

– Îl cunoașteţi pe doctorul Benderschmidt?

– Da. E foarte bine cunoscut în domeniul nostru.

– Sunteţi de acord cu concluzia lui cum că sângele de pe cămașă este uman, iar cel de pe geamul lanternei provine de la un animal?

– Da, nu există nicio îndoială în această privinţă.

Apoi Cannon face ceva ce, din câte îmi amintesc, n-am mai văzut niciodată petrecându-se într-o sală de judecată. Începe să râdă. Râde de absurditatea de a solicita și alte mărturii. Râde de lipsa de probe împotriva clientului nostru. Râde de statul Florida și de eforturile sale patetice de a susţine în continuare o condamnare nedreaptă. Îşi flutură braţele şi întreabă:

– Ce facem aici, domnule judecător? Singura probă ce îl leagă pe clientul nostru de crimă este acea lanternă. Acum ştim că ea nu a fost acolo. N-a fost deţinută de clientul nostru. N-a fost ridicată de la locul crimei.

– Domnule Cannon, mai aveţi martori?

Încă amuzat, Bill clatină din cap şi se îndepărtează de bară.

– Doamnă Hidalgo, mai aveţi martori? întreabă judecătorul.

Ea face semn cu o mână că nu, părând pregătită să ţâşnească spre cea mai apropiată uşă.

– Pledoarii de încheiere ale avocaţilor?

Bill se opreşte la masa noastră şi spune:

– Nu, onorată instanţă, noi credem că s-au spus destule lucruri şi rugăm Curtea să delibereze cât mai repede. Quincy Miller a fost externat din spital şi mâine va trebui să se întoarcă în închisoare. Acest lucru e o parodie. Nu are ce căuta în închisoare – şi nici nu trebuia să ajungă acolo în urmă cu peste douăzeci de ani. A fost condamnat pe nedrept de statul Florida şi trebuie eliberat. Amânarea actului de justiţie este refuzul de a se face dreptate.

De câte ori am mai auzit asta? Aşteptarea este unul dintre riscurile acestei meserii. Am văzut cel puţin zece instanţe deliberând în cazul unor oameni nevinovaţi ca şi cum timpul nu ar avea nicio importanţă şi mi-am dorit de o sută de ori ca vreun judecător arogant să fie silit să petreacă măcar un weekend în închisoare. Doar trei nopţi, căci asta ar face minuni pentru etica muncii lui.

– Ridicăm şedinţa până la ora unu, spune judecătorul zâmbind.

*

Cannon urcă într-o limuzină şi goneşte spre aeroport, unde îl aşteaptă avionul său privat pentru a-l duce la Houston, ca să participe la o discuţie privind o înţelegere în afara tribunalului, unde el şi echipa sa vor toca o companie producătoare de medicamente pe care au prins-o falsificând documentele referitoare la cercetare și dezvoltare. Anticipând ce se va întâmpla, este aproape amețit de entuziasm.

Noi ne strângem într-o cafenea aflată undeva în adâncul clădirii tribunalului. Luther Hodges ni se alătură la primul rând de cafele. Un ceas mare de pe un perete arată ora 10.20, iar secundarul lui pare că a încremenit. Ne abordează o reporteră care ne întreabă dacă Quincy îi va răspunde la câteva întrebări. O refuz, apoi ies pe hol și stau de vorbă cu ea.

La cel de-al doilea rând de cafele, Mazy întreabă:

– Ce se poate întâmpla rău?

O mulțime de lucruri. Sunt convins că judecătorul Kumar va anula condamnarea și sentința. Nu are alt motiv pentru a relua ședința la ora unu. Dacă ar fi avut de gând să dea o sentință împotriva lui Quincy, ar fi așteptat câteva zile și ne-ar fi trimis hotărârea prin poștă. Audierea a decurs în favoarea noastră. Dovezile ne favorizează. Judecătorul s-a arătat prietenos – ori cel puțin așa a fost până acum. Acuzarea practic a renunțat să mai aducă argumente. Bănuiesc că judecătorul Kumar vrea să își asume o parte din glorie.

Cu toate astea, ar putea să îl trimită pe Quincy la închisoare pentru întocmirea unor formalități. Ori să trimită cazul în comitatul Ruiz și să ceară reținerea lui acolo până când localnicii vor bloca totul din nou. Ori ar putea hotărî să îl trimită pe Quincy înapoi la închisoarea din Orlando în așteptarea apelului depus de acuzare. Nu anticipez că va hotărî eliberarea lui Quincy, care va ieși din sală prin fața camerelor de filmat.

Limbile ceasului abia se clintesc, de aceea evit să mă mai uit la el. La amiază, ciugulim din sandviciuri doar ca să treacă vremea. La 12.45, revenim în sala de judecată și mai așteptăm ceva timp.

La unu și un sfert, judecătorul Kumar se așază pe scaunul lui și cere liniște. Face un semn din cap către stenografă și o întreabă:

– Vreo cerere din partea avocaților?

Susan Ashley scutură din cap în semn că nu, iar Carmen face la fel.

Începe să citească motivația:

– Ne aflăm aici în urma unei petiții pentru eliberare post-condamnare prezentată de inculpatul Quincy Miller în baza Hotărârii 3.850, prin care solicită Curții să anuleze condamnarea sa pentru crimă din urmă cu mulți ani în Districtul Juridic 22. Legea din Florida precizează că eliberarea se poate acorda doar dacă instanței i se prezintă noi probe, probe ce nu au fost obținute prin verificările prealabile din cadrul procesului original. Și nu este suficient să se invoce existența de noi probe, ci trebuie să se facă dovada că acestea ar fi modificat hotărârea inițială. Câteva exemple de probe noi sunt retractările martorilor, descoperirea de probe care disculpă sau descoperirea de noi martori care nu au fost cunoscuți la data procesului. În acest caz, retractările făcute de trei martori – Zeke Huffey, Carrie Holland Pruitt și June Walker – reprezintă dovezi clare ale faptului că mărturiile de la proces au fost compromise și inexacte. Curtea îi consideră pe cei trei drept martori credibili și serioși. Singura probă ce îl plasează pe Quincy Miller la locul faptei a fost presupusa lanternă, care nu a fost prezentată la proces. Descoperirea ei de către echipa apărării a fost remarcabilă. Analiza petelor de sânge de către ambele părți dovedește că aceasta nu a fost prezentă la locul crimei, ci probabil plantată în portbagajul mașinii deținute de inculpat. Lanterna reprezintă proba cea mai evidentă care scoate inculpatul de sub acuzația de omor.

Drept urmare, condamnarea pentru crimă este anulată, iar sentința este comutată efectiv imediat. Presupun că există posibilitatea ca domnul Miller să fie pus sub acuzare și judecat din nou în comitatul Ruiz, dar mă îndoiesc de asta. Dacă se va întâmpla acest lucru, va urma un nou proces, la o altă dată. Domnule Miller, vă rog să vă ridicați împreună cu avocații dumneavoastră.

Quincy uită de baston și sare în picioare. Îl prind de cotul mâinii stângi, iar Susan Ashley de cotul mâinii drepte. Onorata instanță continuă:

– Domnule Miller, persoanele care se fac vinovate de condamnarea dumneavoastră pe nedrept în urmă cu peste douăzeci de ani nu se află astăzi în sală. Mi s-a spus că unele dintre ele au decedat. Altele sunt dispărute. Nu cred că ele vor fi făcute răspunzătoare pentru această eroare judiciară. Eu nu am puterea de a le pune sub urmărire. Însă, înainte de a pleca de aici, mă văd silit ca măcar să confirm că ați fost tratat nedrept de sistemul nostru legal și, cum fac parte din el, îmi cer scuze pentru ceea ce vi s-a întâmplat. În măsura în care se poate, voi contribui la achitarea dumneavoastră oficială, inclusiv în problema despăgubirii. Domnule, vă urez noroc! Sunteți liber să plecați!

Quincy dă din cap și bolborosește:

– Vă mulțumesc.

I se înmoaie genunchii, de aceea se așază și își îngroapă fața între palme. Ne strângem în jurul lui – Susan Ashley, Marvis, Mazy, Vicki, Frankie și cu mine – și nimeni nu spune nimic multă vreme, pentru că toți plângem. Toți, în afară de Frankie, care nu a vărsat nicio lacrimă când a ieșit din închisoare după paisprezece ani.

După ce își scoate roba, judecătorul Kumar se apropie de noi și îi mulțumim călduros. Putea să aștepte o lună, șase luni sau chiar doi ani; putea să hotărască împotriva lui Quincy, azvârlindu-ne pe o orbită a apelurilor în care nimic nu este sigur, iar timpul nu înseamnă mai nimic. E puțin probabil că va mai avea vreodată șansa de a mai elibera un nevinovat după două decenii petrecute în închisoare, de aceea savurează momentul. Quincy se ridică în picioare pentru o îmbrățișare. Iar după aceea, îmbrățișările devin contagioase.

Este a zecea achitare obținută de noi și a doua din acest an și, de fiecare dată când privesc spre camere și spre reporteri, nu prea îmi găsesc cuvintele. Quincy iese primul din sală și spune că este recunoscător. Nu are planuri, nu a avut timp să se gândească la așa ceva, ci vrea doar niște costiță la grătar și o bere. Decid să urmez calea diplomației și nu îi învinuiesc pe cei răspunzători de nedreptatea suferită de Quincy. Îi mulțumesc judecătorului Kumar pentru curajul de a face ceea ce era drept și normal. Am învățat că, dacă răspunzi la prea multe întrebări, există riscul de a spune ceva nepotrivit, de aceea, după zece minute, le mulțumim reporterilor și plecăm.

Frankie și-a parcat camioneta pe o stradă lăturalnică. Le spun lui Vicki și lui Mazy că ne vom întâlni în Savannah peste câteva ore, apoi urc pe scaunul din dreapta șoferului. Quincy se așază pe bancheta din spate și întreabă:

– Ce naiba-i asta?

– Se cheamă camionetă cu patru locuri, spune Frankie demarând.

– E la mare modă, cel puțin pentru băieții albi, spun eu.

– Cunosc oameni care au asemenea mașini, zice Frankie ca să se apere.

– Bine, domnule, condu, spune Quincy bucurându-se de libertate.

– Vrei să trecem pe la Garvin ca să-ți iei lucrurile? îl întreb.

Râd amândoi.

– Post, s-ar putea să am nevoie de un nou avocat, spune Quincy.

– Chiar te rog! Dar nu va fi la fel de ieftin ca mine.

Quincy se apleacă în față, către bord.

– Ascultă, Post, încă n-am discutat despre asta, dar câți bani primesc din partea statului pentru partea asta cu achitarea?

– Cincizeci de mii pentru fiecare an executat din sentință. Peste un milion de dolari.

– Și când îi primesc?

– Va dura câteva luni.

– Dar sunt garantați, da?

– Practic, da.

– Și care-i partea ta?

– Zero.

– Hai, fii serios!

– Ba nu, e adevărat, spune Frankie. Statul Georgia mi-a plătit o groază de bani și Post nu a primit nimic.

Îmi dau seama că mă aflu în prezența a doi milionari de culoare, deși averile lor au fost câștigate într-un mod care sfidează orice încercare de a descrie asta.

Quincy se sprijină de spătar, expiră și, râzând, spune:

– Nu-mi vine să cred. Când m-am trezit azi-dimineață, am crezut că mă vor duce înapoi la închisoare. Post, unde mergem?

– Plecăm din Florida până nu se răzgândește cineva. Nu mă-ntreba cine! Nu știu cine, de unde, cum sau de ce, dar propun să ne ascundem în Savannah câteva zile.

– Cum adică, m-ar putea căuta cineva?

– Nu cred, dar prefer să fim siguri.

– Și Marvis?

– I-am spus că ne vedem în Savannah. Astă-seară mâncăm costițe la grătar și știu locul potrivit.

– Vreau niște costițe, o bere și o femeie.

– Ei, pe primele două le pot rezolva, îi spun.

Frankie își îndreaptă ochii spre mine, ca și cum s-ar putea să aibă o idee în legătură cu a treia dorință.

După o jumătate de oră de libertate, Quincy vrea să ne oprim la un restaurant de pe marginea autostrăzii, care vinde hamburgeri. Intrăm și plătesc apa minerală și cartofii prăjiți. El alege o masă aflată aproape de fereastra din față și ne spune cum se simte când stă jos și mănâncă la fel ca un om obișnuit. Liber să intre și să plece. Liber să comande orice din meniu. Liber să se ducă la toaletă fără să ceară permisiunea și fără să își facă griji despre ce rele i s-ar putea întâmpla acolo. Sărmanul om este emoționat la culme și plânge din te miri ce.

Reveniți la camionetă, intrăm în traficul aglomerat de pe autostrada interstatală 95 și ne continuăm drumul spre Coasta de Est. Îl lăsăm pe Quincy să aleagă un post de radio, iar el preferă unul care difuzează muzică din epoca de început a companiei de discuri Motown. Mie îmi convine. E fascinat de viața lui Frankie și vrea să știe cum a supraviețuit în primele luni de după eliberare. Frankie îl previne în legătură cu banii și cu prietenii noi pe care e posibil să îi atragă lângă el. Apoi Quincy ațipește și nu avem parte decât de muzică. Ocolim Jacksonville și ne aflăm la treizeci și ceva de kilometri de granița cu Georgia, când Frankie murmură:

– Fir-ar să fie!

Mă întorc și văd luminile albastre ale girofarurilor și simt că mi se oprește inima. Quincy se trezește și vede și el luminile albastre.

– Goneai? îl întreb pe Frankie.

– Așa cred. Nu m-am prea uitat la vitezometru.

Având girofarurile pornite, o a doua mașină se alătură primei, dar, lucru ciudat, polițiștii nu coboară. Asta nu miroase a bine. Vâr mâna în geanta diplomat, apoi scot un guler de preot și mi-l pun.

– A, deci acum te dai predicator, spune Quincy. Ai face bine să rostești o rugăciune.

– Mai ai vreun guler din acela?

– Sigur.

Îi întind unul, dar cum el n-a mai purtat așa ceva până acum, îl ajut să și-l prindă bine în jurul gâtului.

În cele din urmă, un polițist coboară din prima mașină și se apropie pe partea șoferului. E negru și poartă ochelari tip aviator, o pălărie fistichie și tot dichisul. Solid, pregătit fizic și fără niciun zâmbet pe față, o adevărată fiară. Frankie coboară geamul, iar polițistul se uită la el foarte surprins.

– De ce conduci așa ceva?

Frankie ridică din umeri și nu spune nimic.

– Mă așteptam să văd un sudist din Georgia. Și m-am ales cu un reverend de culoare. Se uită și la mine și observă gulerul. Și încă unul alb.

Apoi aruncă o privire spre bancheta din spate și îl vede pe Quincy, care stă cu ochii închiși, cufundat într-o rugăciune.

– Talonul și permisul de conducere, vă rog.

Frankie i le întinde și polițistul se întoarce la mașina lui. Se scurg greu câteva minute în care nimeni nu scoate nicio vorbă. Când se apropie din nou, Frankie coboară geamul, iar polițistul îi înapoiază actele.

– Dumnezeu mi-a spus să vă las să plecați, spune el.

– Lăudat fie Domnul! izbucnește Quincy.

– Un predicator negru conducând o camionetă, având în dreapta un predicator alb și gonind pe autostradă. Sunt sigur că aici e vorba de altceva.

Îi întind una dintre cărţile mele de vizită și arăt spre Quincy.

– Omul ăsta a ieșit din închisoare după douăzeci și trei de ani. În Orlando, am reușit să dovedim că este nevinovat, iar judecătorul l-a eliberat. Îl ducem la Savannah, unde va sta câteva zile.

– Douăzeci și trei de ani?!

– Iar eu am fost închis paisprezece ani în Georgia pentru crima comisă de altcineva, spune Frankie.

Poliţistul se uită la mine și întreabă:

– Și dumneavoastră?

– Încă nu m-au condamnat.

Îmi înapoiază cartea de vizită și spune:

– Urmaţi-mă!

Se urcă în mașină, lăsând girofarurile să funcţioneze, apoi ambalează motorul și, după câteva secunde, mergem cu o sută treizeci de kilometri pe oră, având o escortă în toată regula.

Nota autorului

Inspiraţia pentru acest roman provine din două surse: prima, un personaj, iar a doua, o acţiune.

Întâi, personajul. În urmă cu aproape cincisprezece ani, mă documentam pentru un caz din Oklahoma când am dat peste o cutie cu documente pentru Centurion Ministries. Pe vremea aceea, ştiam foarte puţine lucruri despre dovedirea nevinovăţiei şi nu auzisem despre Centurion. M-am interesat pe ici, pe colo şi, în cele din urmă, mi-am făcut drum la birourile lor din Princeton, New Jersey.

James McCloskey a înfiinţat Centurion Ministries în 1980, pe când era student la teologie. Lucrând în calitate de capelan de închisoare, a cunoscut un deţinut care susţinea că este nevinovat. Până la urmă, Jim a ajuns să îl creadă şi s-a pus pe treabă pentru a-i dovedi nevinovăţia. Achitarea obţinută l-a încurajat pe Jim să preia un alt caz, apoi încă unul. Vreme de aproape patruzeci de ani, Jim a călătorit prin toată ţara, de obicei singur, căutând probe pierdute şi martori greu de convins şi descoperind adevărul.

Până în prezent, şaizeci şi trei de bărbaţi şi femei le datorează libertatea lui Jim şi echipei de oameni dăruiţi adevărului de la Centurion Ministries. Website-ul lor spune o poveste mult mai bogată. Aruncaţi o privire, iar dacă aveţi ceva bani în plus, trimiteţi-le un cec. Mai mulţi bani înseamnă mai mulţi oameni achitaţi.

E trist, dar acţiunea din *Îngerii dreptăţii* se bazează pe povestea reală a unui deţinut din Texas, pe nume Joe Bryan. În urmă cu treizeci de ani, Joe a fost condamnat pe nedrept pentru uciderea soţiei lui, o crimă oribilă care s-a petrecut noaptea, pe când Joe dormea într-un hotel aflat la două ore de mers cu mașina. Investigația a fost făcută de mântuială încă de la început. Adevăratul ucigaș nu a putut fi identificat, dar probe serioase au dus spre un fost polițist care s-a sinucis în 1996.

Acuzarea nu a reușit să stabilească motivul pentru care Joe și-ar fi putut ucide soția, pentru că acesta nu exista. În căsnicia lor nu avuseseră loc neînțelegeri. Singura probă fizică ce părea să îl lege de crimă a fost o lanternă misterioasă găsită în portbagajul mașinii lui. Un expert a afirmat în fața juraților că petele minuscule de pe geamul ei erau „stropi ricoșați" de sânge și că aceștia îi aparțineau victimei. Așadar, a depus mărturie, susținând că lanterna fusese prezentă la locul faptei, chiar dacă ea nu fusese găsită acolo.

Mărturia expertului a fost prea extinsă și speculativă și nu s-a bazat pe dovezi științifice. Totodată, acestuia i s-a permis să lanseze teoria conform căreia Joe făcuse duș după comiterea crimei, pentru a îndepărta urmele de sânge de pe corpul lui. Dar nu a oferit nicio dovadă în acest sens. După aceea, expertul nu s-a mai solidarizat cu aceste păreri.

Joe ar fi trebuit achitat și eliberat cu ani în urmă, dar nu s-a întâmplat asta: cazul lui este tărăgănat la Curtea de Apel a Texasului. Acum are șaptezeci și nouă de ani și o sănătate precară. În data de 4 aprilie 2019, i s-a respins pentru a șaptea oară cererea de eliberare condiționată.

În mai 2018, *New York Times Magazine* și ProPublica au publicat simultan un serial în două părți despre cazul lui Joe. Acesta este un reportaj de investigație de cea mai bună calitate. Jurnalista, Pamela Colloff, a făcut o treabă minunată, investigând toate aspectele crimei și ale acuzării, precum și deficiențele sistemului judecătoresc.

Așadar, le mulțumesc lui Jim McCloskey și lui Joe Bryan pentru poveștile lor. Marele meu regret este că Jim nu a avut norocul de a descoperi cazul lui Joe cu treizeci de ani mai devreme. Mulțumiri Pamelei Colloff pentru munca ei deosebită și pentru faptul că a adus cazul în atenția unui public cât mai larg.

Le mulțumesc, de asemenea, lui Kate Germond, Bryan Stephenson, Mark Mesler, Maddy deLone și Deirdre Enright.

biblioteca rao

FICȚIUNE ADULȚI

Mitch Albom .... *Măsura timpului*
Pierre Assouline .... *Portretul*
Camille Aubray .... *Cina cu Picasso*
David Baldacci .... *Lovitura de grație* (seria *Vega Jane* vol. 1) • *Tărâmul celor cinci cercuri* (seria *Vega Jane* vol. 2) • *Un simplu geniu* • *Rece ca piatra* • *Ziua zero*
Angela Becerra .... *Penultimul vis*
Ana Bell .... *Lista de dorințe*
Mark Benecke .... *Pe urmele crimelor*
Steve Berry .... *Afacerea Columb* • *Enigma reginei* • *Secretul marelui sigiliu* • *Taina președintelui* • *Tezaurul Împăratului*
Samuel Bjork .... *Călătoresc singură*
Chris Bohjalian .... *Închideți ochii, luați-vă de mână*
Serena Burdick .... *O fată în amurg*
John Burnham Schwartz .... *Împărăteasa* • *O singură clipă*
Jessie Burton .... *Miniaturista*
Mireille Calmel .... *Cântul vrăjitoarelor* vol. 1 și 2
Carol Cassella .... *Oxigen*
Emma Cline .... *Fetele*
Sarah Cohen-Scali .... *Max*
Michael Connelly .... *Chipul dur al despărțirii* (seria *Harry Bosch*) • *Până la capăt* (seria *Mickey Haller*) • *Verdictul* • *Avocatul din limuzină* • *Jocul de domino* • *Adevărul din umbră*
John Connolly .... *Răzbunătorii*
Michael Cox .... *Sensul nopții*
Blacke Crouch .... *Materia întunecată*
Clive Cussler .... *Gheața de foc* • *Moarte în Arctica* • *Sabotorul* • *Urmărirea*
Clive Cussler și Dirk Cussler .... *Săgeata lui Poseidon* (seria *Dirk Pitt*) • *Zorii semilunii* (seria *Dirk Pitt*)
Manuel DeLope .... *Perlele călătoare*
Nelson DeMille .... *Coasta de Aur* • *Întoarcerea la Coasta de Aur*
Karen Dionne .... *Evadarea din mlaștină*
Val Emmich .... *Nu uita să-ți amintești*
Joseph Finder .... *Omul companiei*
Adam Foulds .... *Labirintul însuflețit*
Gyle Forman .... *Fără mine*
Ulla Frohling .... *Ființa din oglindă*

Adele Geras . . . . *Taina pictorului*
Javier Gonzales . . . . *Insula sfârșitului timpului*
John Grisham . . . . *Avocatul rebel • Calico Joe • Campionul din Arkansas • Ford County • Informatorul • Litigiul • Mărturisirea • Șantajul • Șirul de platani • Theodore Boone – Puștiul avocat • Theodore Boone – Răpirea • Theodore Boone – Acuzatul • Theodore Boone – Amenințarea*
Lauren Groff . . . . *Destin și furie*
Katryn Harkup . . . . *A de la arsenic. Otrăvurile Agathei Christie*
A.S.A. Harrison. . . . . *Soția tăcută*
Antonio Hill . . . . *Vara jucăriilor moarte*
Gail Honeyman. . . . . *Eleanor Oliphant se simte excelent*
Jay Hosking . . . . *Trei ani în labirint*
Catherine Isaac . . . . *Aici, acum, mereu*
Howard Jacobson . . . . *Chestiunea Finkler • J*
Christian Jacq . . . . *Fugarul* (vol. 1 seria *Răzbunarea zeilor*) • *Divina Adoratoare* (vol. 2 seria *Răzbunarea zeilor*)
Mack Karen & Kaufman Jennifer. . *Amanta lui Freud*
Dean Koontz . . . . *Noaptea lui Odd*
Danya Kukafka . . . . *Misterul fetei din zăpadă*
Will Landay. *În apărarea lui Jacob*
John Le Carre . . . . *Cel mai vânat om • Genul nostru de trădător • Tunelul cu porumbei • Un adevăr delicat*
Maggie Lehrman . . . . *Orice lucru are prețul lui*
Forrest Leo. *Un gentleman*
Susana Lopez Rubio. . . . . *Intrați în El Encanto*
Charlie Lovett . . . . *Povestea anticarului*
Benjamin Ludwig. . . . . *Ginny Moon: din secretele unei fetițe autiste*
Scott Lynch . . . . *Minciunile lui Locke Lamora • Pirații mărilor roșii*
Kathleen McGowan . . . . *Cartea iubirii • Prințul poet*
Benjamin Mee. . . . . *Avem un ZOO!*
Brad Meltzer . . . . *Cercul asasinilor • Cercul cavalerilor • Jocul zero*
Claire Messud . . . . *Prietenie dispărută*
Maggie Mitchell . . . . *A doua fată*
Walter Moers. . . . . *Cele 13 1/2 vieți ale căpitanului Urs Albastru*
Jeniffer Murphy . . . . *Te iubesc mai mult*
Tea Obreht. *Soția tigrului*
James Patterson / Maxine Paetro . . *Private – Agenția de investigații*

David Park........................ *Comisarul adevărului*
Chris Pavone...................... *Expatriații*
Malin Person Giolito .... *Nisipuri mișcătoare*
Michael Poore..................... *Dansul reîncarnării*
Francine Prose .... *Prima iubire*
Manicka Rani .... *Zeița orezului*
James Reese....................... *Dosarul Dracula*
T.R. Richmond .... *Ce-a lăsat în urmă*
Imogen Robertson .... *Iarna la Paris*
Patrick Rothfuss .... *Numele vântului* • *Teama înțeleptului* • *Tainica iscodire a celor tăcute*
Brian Ruckley .... *Nașterea iernii* – seria *Lumea fără zei*
Clara Sanchez .... *Misterul numelui tău*
Lisa See.......................... *Floare de zăpadă și evantaiul secret* • *Dragostea florii de bujor* • *Frumoasele chinezoaice*
Javier Sierra..................... *Îngerul pierdut* • *Maestrul de la Prado*
Lorenzo Silva..................... *Linia meridianului*
Indra Sinha .... *Oamenii lui Animal*
Dan Smith .... *Ținta: Președintele*
Wilbur Smith...................... *În pericol* • *Orizontul albastru*
Jose Carlos Somoza .... *Cheia Adâncului*
Nicholas Sparks................... *Privește-mă!*
Olen Steinhauer .... *Turistul*
Emma Straub....................... *Soare și nori în Mallorca*
Sarah Stricker .... *Cinci copeici*
Anne Sward........................ *Cu sufletul la gură*
James D. Tabor .... *Dinastia Iisus*
Kathryn Taylor .... *Moștenirea partea 1* și *partea 2* (Saga *Daringham Hall*) • *Hotărârea*
Yasuko Thanh .... *Mireasma misterioasă a munților Galbeni*
Brad Thor......................... *Lista neagră*
J.R.R. Tolkien .... *Legenda lui Sigurd și a lui Gudrun* (ediție bilingvă) • *Copiii lui Hurin* • *Hobbitul* • *Frăția inelului* (vol. 1 trilogia *Stăpânul Inelelor*) • *Cele două turnuri* (vol. 2 trilogia Stăpânul Inelelor) • *Întoarcerea Regelui* (vol. 3 trilogia *Stăpânul Inelelor*) • *Silmarillion*
S.K. Tremayne..................... *Dublă identitate*
Heather Tucker.................... *Fata din lut*
Simon Urban....................... *Planul D*
Timur Vermes...................... *Ia uite cine s-a întors*
Nicole C. Vosseler................ *Sub luna de șofran* • *Dincolo de Nil*

Leslye Walton .... *Straniile și minunatele amărăciuni ale Avei Lavender*
Michael White.................. *Secretul Medici*
David Wroblewski .... *Povestea lui Edgar Sawtelle*
Javier Yanez...................... *Stăpânul savanelor*
Joakim Zander .... *Fratele • Înotătorul*
Markus Zusak.................... *Hoțul de cărți • Mesagerul*

ROMAN ISTORIC / DRAMĂ ISTORICĂ

Francisco Asensi................ *Sângele*
Paula Cifuentes................. *Vremea bastarzilor*
Catherine Delors .... *Iubire și sânge*
Luca Di Fulvio................... *Fata care a atins cerul*
Ildefonso Falcones .... *Regina desculță*
Ken Follett........................ *Stâlpii pământului • O lume fără sfârșit • Codul „Rebecca"*
Antonio Garrido................. *Cititorul de cadavre*
Georgia Hunter.................. *Supraviețuitorii • Mâna Fatimei*
Antonio G. Iturbe.............. *Bibliotecara de la Auschwitz*
Laura McVeigh .... *Sub stelele tăcute*
Colum McCann .... *Transatlantic*
Pauline Peters .... *Camera rubinie*
Lucy Ribchester .... *Clubul Clepsidrelor: Vremea sufragetelor*
Lutz Seiler .... *Kruso*
Jean Louis Vullierme .... *O oglindă a Occidentului*

CLASICI CONTEMPORANI

Albert Camus & Rene Char ...... *Corespondență 1946-1959*
Miguel Delibes .... *Ereticul*
William Faulkner .... *Hoțomanii • Iscoada în țărână • O parabolă • Pe patul de moarte • Recviem pentru o călugăriță*
Gabriel Garcia Marquez .... *N-am venit să țin un discurs*
Witold Gombrowicz .... *Jurnal* – vol. I și II
Hermann Hesse .... *Cele mai frumoase povestiri* vol. 1 și vol. 2 – colecția Nobel • *Narcis și Gură-de-Aur*
John Irving .... *Vaduvă pentru un an*
James Joyce .... *Stephen Eroul*
Andre Malraux................... *Carnet din URSS 1934*
Thomas Mann.................... *Casa Buddenbrook* vol. 1 și vol. 2 – colecția Nobel
William Saroyan................. *Aventurile lui Wesley Jackson • Nebunie în familie*
John Steinbeck .... *Călătorii cu Charley*
Stefan Zweig .... *Amoc. Obsedatul*

RAO CONTEMPORAN

Angela Becerra . . . . *Ella*
Carlos Franz . . . . *Deșertul • Locul în care a fost paradisul*
Howard Jacobson . . . . *Vremea maimuțelor*
Siegfried Lenz . . . . *Un moment de reculegere*
Colum McCann . . . . *Goana nebună a lumii*
Patrick Modiano . . . . *Dora Bruder • Un pedigri*
Chimamanda Ngozi Adichie . . . . . *Hibiscus purpuriu*

AUTORI ROMÂNI CONTEMPORANI

Anghel Andreescu . . . . *Acțiunile separatiste*
Anghel Andreescu,. . . . . *Efectul migrației asupra securității*
Dan Andreescu, Dan Bardaș. . . . *României și a Europei*
Vartan Arachelian . . . . *Cartea regelui romantic și a fiilor fără de țară • Numele și umbra • Scânteia vine de la Moscova • Istoria unei supraviețuiri*
Ion Bâtlan . . . . *Reconsiderări filozofice*
Augustin Buzura. . . . . *Absenții • Drumul cenușii • Nici vii, nici morți • Orgolii • Recviem pentru nebuni și bestii • Refugii • Vocile nopții*
Doina Chereches . . . . *Străinul din oglindă*
Eugen Ovidiu Chirovici. . . . . *Cine a ucis-o pe Nora Jones? • Hoodoo Creek • O amintire de la Paris • Pulbere neagră • Sanitarium • Cartea oglinzilor*
Adrian Eugen Cristea, Marius Marinescu, Mihai Mitran . . . . . . *Cartierul interzis*
Ciprian Enea . . . . *Jurnalul unui călător boem*
Corneliu Filip . . . . *Ion Ghițulescu, omul de la microfonul radio*
Freddy Gârbaci . . . . *Iubirea și faptele timpului*
Mircea Malița . . . . *Homo Fraudens • Istoria văzută prin ochii diplomatului*
Vanessa D. Maris . . . . *Imagini de Fado*
Eugen Mihăescu . . . . *Corina • Rebel • Între linii • Strigăte în pustiu*
Ștefan Mitroi . . . . *Atunci când era mereu duminică • Biblia pentru furnici • Dulce ca pelinul • Jocuri de nenoroc*
Doru Munteanu . . . . *Viața de împrumut*
Adrian Năstase . . . . *Sub Zodia Momentului: Blog'n Roll vol. 7 • Războiul lui Onoda: Blog'n Roll vol. 8*
Adrian Onciu . . . . *Templul negru*
Dan Ioan Panțoiu . . . . *Mercenarul întunericului*

Dumitru Popescu .... *Cătând în urmă, istovit, spre omul poliedric* • *Artemis sau uzurparea sentimentului* • *Singurătatea mărilor*
Tudor Vlad Popescu............. *Taina. O nouă incursiune în irealitatea imediată*
Flaviu George Predescu.......... *Softul Ge*
Dinu Săraru..................... *Corrida* • *Ura din ochii vulpii*
Aurelian Silvestru............... *Cel rătăcit*
Mirel Taloș..................... *Colecționarul de nuduri*
Stelian Tănase.................. *Nocturnă cu vampir*
Stelian Țurlea................... *Trei femei*
Olimpian Ungherea .... *Dex masonic* – vol. 1 și 2 • *Sayonara. Confesiunile unui criminalist*

COLECȚIA PENTRU TINE

Antony Capella.................. *Ofițerul stării civile*
Sarah Lark .... *În Țara Norului Alb*, vol. I din trilogia *În Țara Norului Alb* • *Cântecul maorilor* vol. II din trilogia *În Țara Norului Alb* • *Strigătul păsării Kiwi* vol. III din trilogia *În Țara Norului Alb* • *Aurul maorilor* vol. I din trilogia *KAURI*

COLECȚIA ICEBERG FICTION

Åsa Avidc....................... *Insula morții*
Anders de la Motte.............. *Jocul* • *Bubble* • *Buzz*
Roy Jacobsen.................... *O minune de copil*
Henning Mankell .... *Câinii din Riga* • *Creierul lui Kennedy* • *Omul din Beijing* • *Pantofi italienești* • *Ucigași fără chip* – *seria Inspectorul Wallander*
Jo Nesbo........................ *Călăul* • *Steaua diavolului* • *Mântuitorul* • *Omul de zăpadă*
Jussi Adler Olsen .... *Camera groazei* • *Vânătorii de oameni* • *Somnul rațiunii*
Dan T. Sehlberg .... *Mona. Virus mortal*
Erik Axl Sund .... *Persona. Slăbiciunea Victoriei Bergman partea I* • *Trauma. Slăbiciunea Victoriei Bergman partea a II-a* • *Catharsis. Slăbiciunea Victoriei Bergman partea a III-a*
Erik Valeur .... *Al șaptelea copil*
Jakob Vedelsby .... *Legea umanității*

www.raobooks.com | www.facebook.com/rao.editura
office@rao.ro | libraria.rao@rao.ro